A MAGIA
QUE VEM DE DENTRO

Gerente editorial
Roger Conovalov

Projeto Gráfico
Lura Editorial

Diagramação
André Barbosa

Revisão
Teresinha Malacrida Benites

Design de Capa
Eliana Ferreira dos Santos
@turquesailustradora

Todos os direitos desta edição são reservados à Stefani Banhete

Lura Editorial – 2022
Rua Manoel Coelho, 500. Sala 710
São Caetano do Sul, SP – CEP 09510-111
Tel: (11) 4318-4605
Site: www.luraeditorial.com.br
E-mail: contato@luraeditorial.com.br

Todos os direitos reservados. Impresso no Brasil.
Nenhuma parte deste livro pode ser utilizada, reproduzida ou armazenada em qualquer forma ou meio, seja mecânico ou eletrônico, fotocópia, gravação etc., sem a permissão por escrito da autora.

CATALOGAÇÃO NA PUBLICAÇÃO
Elaborada por Bibliotecária Janaina Ramos – CRB-8/9166

Banhete, Stefani.
 A magia que vem de dentro / Stefani Banhete. São Paulo, Lura Editorial, 2022.

ISBN: 978-65-84547-90-2

1. Ficção 2. Fantasia I. Título.

CDD - B869.3

Índice para catálogo sistemático:
I. Ficção .B869.3

www.luraeditorial.com.br

MAGOS DE TAAH-REN
VOL.1

QUE VEM DE DENTRO

STEFANI BANHETE

lura

Sumário

Capítulo I - Agora e Antes.................07
Capítulo II - Novos Começos.................15
Capítulo III - Coisas Estranhas.................27
Capítulo IV - Coabitando.................45
Capítulo V - Revelações.................57
Capítulo VI - Mais Algumas Novidades.................73
Capítulo VII - Agridoce.................89
Capítulo VIII - O Primeiro Show.................100
Capítulo IX - O Gatinho Morre.................108
Capítulo X - O Leão Desperta.................120
Capítulo XI - Mudança de Perspectiva.................133
Capítulo XII - Tudo Muda.................147
Capítulo XIII - Darcy.................161
Capítulo XIV - Altos e Baixos.................167
Capítulo XV - Ponto de Partida.................177
Capítulo XVI - Para a Rainha.................191
Capítulo XVII - Layung.................209
Capítulo XVIII - Segredos.................227
Capítulo XIX - Frustração.................239
Capítulo XX - Truques Novos.................251
Capítulo XXI - Sozinho.................263
Capítulo XXII - A Esmagadora Verdade.................277
Capítulo XXIII - Contra-ataque.................285
Capítulo XXIV - Causa e Consequência.................295
Capítulo XXV - Esse É Apenas o Começo.................315
Capítulo XXVI - Um Casamento Real.................327

Capítulo I

Agora e Antes

Evander já fora um guerreiro. Um guerreiro muito poderoso liderara as melhores tropas rebeldes para dentro das masmorras do castelo tomado pela rainha traidora, a fim de libertar os Metamorfos do cativeiro. Evander fora aquele que levara as tropas à vitória.

Agora, quatrocentos anos se passaram, seu reino é um lugar diferente e ele é uma pessoa diferente. Agora, ele é apenas um artista, que agrada as massas com um de seus muitos talentos escondidos: sua voz melodiosa.

Os dias de lutas de espadas, bolas de fogo voando sobre sua cabeça e gritos desesperados de pessoas desesperadas acabaram.

Taah-Ren está em paz agora. Embora nem tudo esteja bem.

Os Metamorfos haviam desaparecido completamente e às vezes Evander não pode evitar sentir que tudo o que havia feito no passado, tinha sido em vão.

— Eu perdi uma perna naquele dia! Ele diz à sua melhor amiga, Aliz – Eu perdi homens naquela batalha. Bons homens que tinham famílias e vidas próprias! Tudo por causa deles! E desapareceram sem dizer nada!

— Entendo o que está sentindo, Ev, mas os Metamorfos nunca foram um povo disposto a lutar por nada. Você sabe disso. Além do mais, você não pode reduzir tudo o que fez na Última Guerra àquele dia! Você salvou nosso reino, nosso povo!

Evander deixa escapar um suspiro triste, enquanto passa uma mão pelos cabelos escuros.

— Eu sei, me desculpe por despejar tudo isso em você. Mas esse mistério me deixa tão frustrado... E minha perna está doendo!

— Isso é que é Síndrome do Membro Fantasma! – Ela brinca – Já faz quatro séculos!

— Minha perna sempre dói quando algo está para acontecer. – Ele diz, franzindo o cenho. – Algo sério.

— Eu sei. E você sabe que pode contar comigo para o que quer que seja, não é?

— Sim, é claro. Agradeço à Providência todos os dias por escolher você para nascer com Magia. – Evander diz, abraçando Aliz bem apertado.

Está na hora do show e seus fãs estão esperando. Evander respira fundo e alisa alguns vincos em seu figurino; uma casaca de corte antigo cor de vinho sobre uma camisa branca de babados e calças justas de tecido marrom que combinam com as botas de cano alto.

— Você está incrível, como sempre. – Aliz diz, entregando-lhe uma cartola e o empurrando para fora do camarim.

Assim que ele se vai, Aliz fecha a porta atrás de si e senta em um dos confortáveis sofás. Quando a perna fantasma de Evander começa a doer, ela tem de se preparar, pois logo verá o que ele sente estar chegando.

E a visão se forma sob suas pálpebras. É um pouco indistinta, como visões geralmente são, mas não é nada grave. Pelo menos por enquanto.

Uma hora depois, quando Aliz já está completamente recuperada da cansativa visão, Evander volta ao camarim com uma expressão assustada em seu rosto.

— Peter está bem? - ela pergunta, logo de cara.

— Ele não está morto, o que já é uma grande coisa, mas não vai poder sair em turnê conosco. Sua perna está quebrada em três lugares. Newton foi para o hospital com ele.

— Quem poderia adivinhar que um movimento que ele faz todas as noites poderia sair tão errado...

— Você não pode consertar a perna dele? – Evander pergunta, esperançoso. O acidente com o baixista não fora exatamente inesperado, mas fora um choque da mesma forma.

— Bem, eu poderia... Se ele não tivesse caído do amplificador na frente de 15.000 pessoas e se isso não fosse interferir com os planos da Providência.

— Oh! É por isso que a minha perna está doendo, então? Ele se senta ao lado de Aliz, tirando a cartola. – O que mais você viu?

— Você tem que encontrar um novo baixista.

— Não! É mesmo? – ele rebate em tom de deboche.

Aliz o encara, zangada, até que Evander pede desculpas.

— Um jovem loiro virá e ele é importante.

— Importante como?

— Não sei. – ela dá de ombros – Eu só sei que ele é e que você deve protegê-lo.

— Certo... Isso é mais do que a Providência costuma revelar. Você por acaso não sabe o nome dele, sabe?

— Eu não trabalho com nomes, Evander, você sabe disso. Precisei de um ano inteiro na Academia para entender que era você a pessoa a quem eu deveria me unir, lembra-se?

— *Pras* Profundezas se eu não me lembro! – O cantor ri, lembrando-se dos bons tempos de sua infância, quando ele e Aliz passaram a fazer parte da vida um do outro.

Tudo era mais fácil então. Fácil, não somente como a infância deveria ser, mas fácil no sentido de que ninguém em Taah- Ren temia a Magia e aqueles que nasciam com ela. Pessoas com Magia governavam o reino porque a Providência lhes dera esse direito e não havia pobreza nem fome. Não havia sequer uma pessoa passando por necessidades.

Evander e Aliz, junto com mais seis outras crianças foram confiados à Academia de Magos por suas famílias para que se tornassem quem deveriam ser. Ele era um Guerreiro inato e ela, uma poderosa Curandeira e Vidente.

Juntos estudaram e, mais tarde, quando a rainha traidora tomou o poder, acabando com o equilíbrio pacífico em que viviam e destruindo tudo no reino, eles lutaram contra ela lado a lado. Perderam amigos na guerra e, apesar de terem vencido, a ferida nunca se fechara por completo, mesmo quatrocentos anos depois. E era por isso que, de vez em quando, Evander sentia a necessidade de falar sobre aquele tempo.

Ele havia sido convocado pela Rainha Vermelha, sua benevolente e sábia governante há um milênio.

— Estimado Evander! Ainda preciso lhe agradecer por salvar minha vida ontem. – ela disse, assim que ele se ajoelhou diante dela na sala do trono, no castelo escondido para onde a Rainha fora forçada a se retirar. Alguns cortesãos e membros do Conselho os observavam, fazendo necessária aquela enfadonha formalidade entre eles, quando tudo o que Evander queria era abraçar sua amiga e ter certeza de que ela estava, de fato, sã e salva.

— Assegurar sua integridade é meu dever sagrado, Vossa Majestade.

— Sou-lhe grata de qualquer forma. Levante-se agora, bravo guerreiro, pois tenho ainda outra missão para lhe dar.

— Minha vida é sua, minha senhora.

— Peço-lhe que retorne às masmorras do castelo tomado, pois a usurpadora tem toda uma comunidade de nosso povo aprisionada.

— Os Metamorfos. Ouvi a respeito. Posso perguntar para que a usurpadora os quer?

— Eu não sei, bravo guerreiro, mas nada bom pode advir disso. Conto com você e seus homens para libertá-los.

Evander fez uma reverência e partiu, prometendo a vitória à sua Rainha. E uma vitória ele lhe deu.

Foi uma batalha violenta, uma vez que o exército da rainha traidora percebeu a invasão. As tropas de Evander estavam a ponto de libertar os prisioneiros quando os soldados feitos de pedra os cercaram.

Em uma tentativa desesperada de deixar os Metamorfos em segurança, Evander lançou um feitiço para congelar o tempo ao seu redor, para que Aliz tivesse tempo de fugir com eles.

Os golens de pedra, porém, eram mais fortes do que o guerreiro antecipara e nem todos foram afetados por sua Magia.

Foi então que Evander perdeu sua perna para uma afiada lâmina curva.

O pânico ameaçou tomar o jovem guerreiro: ninguém o havia treinado para quando sua Magia falhasse.

Olhando ao redor, ele viu uma jovem de cabelos coloridos acenando para ele de uma alcova escura.

Atraído pelos movimentos hipnóticos da aparição, Evander rastejou até a alcova, mas não havia sinal da dama ali.

Exasperado, tentou se acalmar e se lembrar do feitiço de cura que estancaria o sangramento em sua perna decepada.

Pouco depois, usando uma lança quebrada para se sustentar, ele voltou para a batalha, assegurando a vitória.

Assim que o último soldado inimigo tombou a seus pés, Evander caiu, perdendo os sentidos. Quando acordou, Aliz estava ao seu lado, um olhar preocupado nos lindos olhos verdes.

— Oh, você acordou! Graças à Providência! – ela disse, apertando a mão dele – Como você está se sentindo, querido?

— Parece que minha cabeça está cheia de paina... O que aconteceu? - ele tentou se sentar, mas ela o manteve deitado com uma mão em seu peito – Nós perdemos?

— Não seja tolo! É claro que não! Mas... – Aliz soltou um longo suspiro e sentou-se ao lado da cama. – Os Metamorfos se foram e... Você perdeu sua perna...

— Eles se foram? Como? Por quê?

— Eu não sei por que... Assim que alcançamos a segurança do bosque, eles se transformaram e desapareceram entre as árvores. E eles são impossíveis de se rastrear, então...

— Meus homens estão bem?

Uma sombra escureceu os olhos de Aliz e Evander soube que havia algo errado.

— Nós perdemos Sambril, Tayna e Saria. – A voz dela falhou e uma grossa lágrima cor de jade correu por sua face.

— Maldita seja a usurpadora e sua sede de poder! – Evander começou a chorar também, enquanto se sentava para abraçar a amiga – Nós vamos vingá-los! Eu juro a você, Aliz! A morte dos nossos amigos não terá sido em vão!

— Eu sei. Nós vamos derrubá-la e devolver nossa terra à Rainha Vermelha, como deveria ser. Eles serão vingados quando a paz reinar em nosso reino novamente!

— Que assim seja, meus bravos guerreiros!

Eles viraram a cabeça para ver a Rainha entrando no quarto. Era uma linda mulher, e mesmo marcadas pela tristeza, a serenidade em suas feições não falhava em trazer paz aos que estavam ao seu redor.

— Como está se sentindo, meu querido Evander?

— Estou pronto para a batalha, minha senhora. – assegurou, beijando-lhe as mãos – Quais são suas ordens?

— Por enquanto, descanse e se restabeleça, Evander. A fuga dos Metamorfos frustrou meus planos, então agora preciso repensar tudo.

— Como desejar, Majestade.

Com um sorriso triste, a Rainha acariciou o rosto dos amigos e partiu.

— O que você estava pensando, - Aliz se voltou para Evander – se oferecendo para lutar? Você perdeu a droga de uma perna, Evander!

— Você não pode fazê-la crescer novamente?

— Eu tentei! - ela disse, exasperada, sentando-se novamente na cadeira – E nossa Rainha tentou também. Nós até mesmo tentamos juntas! Mas há alguma coisa bloqueando a Magia... Eu não sei... Eu... Eu sinto muito, Evander.

— Não fique triste! Ei, olhe para mim, Aliz! - Evander estendeu a mão e a fez olhar para cima com um dedo sob seu queixo

— Está tudo bem. Eu vou me acostumar. E até posso transformar minha espada em uma muleta... – brincou, com o maior sorriso que conseguiu colar em seu rosto no momento.

— Isso não será necessário, meu Lorde Guerreiro! - uma voz alegre disse atrás deles.

Os amigos voltaram-se mais uma vez para ver um homem pequeno e magricela, com uma careca reluzente e grande nariz, entrando no quarto.

— Mestre Ourives, o que posso fazer pelo senhor? – Aliz perguntou, secando suas lágrimas.

— No caso, é o que eu posso fazer você, Minha Senhora. – o velho replicou, com um sorriso. – Melhor dizendo, o que eu posso fazer por nosso mais valoroso guerreiro.

— Você pode fazer minha perna crescer outra vez? - Evander zombou.

— Isso, infelizmente, eu não posso fazer. Mas eu posso lhe dar uma perna nova. – Ignorando as expressões chocadas dos dois guerreiros, o ourives continuou: - Uma que você será capaz de conectar ao resto do seu corpo, meu senhor. Será como se nada tivesse acontecido.

— Ótimo! Vamos com isso, então!

Com largo sorriso no rosto, o ourives abriu sua enorme maleta, que ele acomodara sobre uma mesa próxima, e rolou as mangas de sua camisa até os cotovelos.

— Primeiro, preciso tirar suas medidas. Se puder nos dar licença, Minha Senhora...

Aliz olhou para Evander com as sobrancelhas arqueadas e um sorriso divertido.

— Não há necessidade de que ela saia.

O ourives deu de ombros e pediu que Evander removesse a parte de baixo de suas vestimentas, para que ele pudesse medir a largura do que restara de sua coxa, o comprimento da perna saudável e o tamanho de seu pé.

Olhar para o toco que sua perna se tornara, aterrorizou e impressionou Evander. Havia sido um corte limpo e reto, e sua pele exibia marcas escuras em espiral.

Logo, o ourives declarou seu trabalho ali concluído e partiu para sua oficina.

— Essas marcas foram causadas pela lâmina que cortou minha perna fora? - ele perguntou à Aliz, assim que ficaram sozinhos novamente.

— Acho que sim. Meu palpite é que aquela espada tinha como alvo o seu pescoço ou seu coração, e estava encantada com um feitiço de bloqueio para que eu não pudesse revivê-lo. E é por isso que não consigo fazer sua perna crescer.

— Alguém teve muito trabalho planejando minha morte e como me manter morto... - ele resmungou para si mesmo.

— Bem, é claro. Você será a ruína da rainha traidora e ela sabe disso.

— Eu não conseguiria fazer nada sozinho, Aliz. Preciso de você ao meu lado, e meus homens...

— Você é nosso cérebro e nosso coração, Evander. Nós não seríamos nada sem você!

— Bem, graças à Providência nós não precisaremos colocar isso à prova tão cedo. Graças à Providência, e àquela estranha dama...

— Dama?

— Sim, ou pelo menos eu acho que era... Eu a vi me chamando para uma alcova, no meio da batalha no calabouço, mas quando alcancei a abertura, não havia ninguém. Foi então que consegui me acalmar e fazer o feitiço de cura.

— Bem, beberei à saúde dessa dama esta noite, pois ela com certeza salvou sua vida...

Teria sido mais fácil se as tropas pudessem contar com a ajuda dos Metamorfos e seus poderes sobre a Natureza.

Mesmo sem a ajuda deles, o exército da Rainha Vermelha derrotou os capangas da usurpadora de uma vez por todas e Evander sentiu orgulho ao levar a cabeça da rainha traidora até sua governante.

A Rainha Vermelha voltou ao seu lugar de direito e juntamente com o que restara de seu povo, começou a reconstruir o reino de Taah-Ren.

Só então Evander e Aliz se permitiram prantear seus amigos caídos em batalha.

Um monumento gigantesco foi construído na praça central do Castelo Vermelho onde seus nomes brilhariam para sempre, como suas almas brilhariam entre as estrelas no céu noturno.

Capítulo II

Novos Começos

Tommy bufa e olha para o relógio sobre sua mesa, depois para a pilha de papéis na bandeja do escaninho com a etiqueta "Despachado."

Já faz uma hora que terminou tudo o que tinha de fazer e só do que precisava para sair dali, era que seu chefe voltasse para sua sala, do outro lado do cômodo. Esticando o pescoço para enxergar por cima das divisórias, vê que a mesa do chefe continuava vazia.

— Que merda! Eu vou me atrasar!

Bufando mais uma vez, ele se levanta e pergunta à secretária do chefe onde ele está.

Com um olhar entediado por cima dos óculos grossos, a mulher diz que o chefe do departamento está em reunião com o chefão.

— Vai demorar?

— Isso seria da sua conta, por que, Sabberton?

— Porque eu preciso ir embora e ele disse que me liberaria se terminasse toda a papelada. Pois bem, eu terminei e onde está ele?

— Você não pode esperar que o chefe se lembre de tudo o que seus subalternos pedem a ele, Sabberton. – ela diz, entediada, sem parar de digitar; as unhas compridas fazendo barulho contra o teclado.

— Quer saber? Foda-se! Eu vou embora. Fizemos um acordo e eu cumpri minha parte.

— Se sair mais cedo sem a permissão do chefe, você será penalizado, Sabberton.

Por um momento, Tommy pensou em parar e dar meia volta, mas a satisfação na voz da secretária o impediu. Foda-se. Se tudo desse certo, ele não precisaria nunca mais voltar àquele lugar.

Passando em sua mesa, apanhou a jaqueta e a carteira e saiu marchando sob os olhares curiosos de seus colegas. Caminhou decidido pelo corredor, passando pelas janelas que davam para as salas de captação de energia.

Nas grandes alcovas cilíndricas, servomecanismos se abriam e fechavam ritmadamente, aproximando e afastando os pares de cristais verdes, que dançavam em um movimento ondulante. Cada vez que se aproximavam, geravam um campo magnético poderoso, que fazia a roda de metal no centro da alcova girar em grande velocidade. O eixo conectado a ela fazia girar uma turbina, que convertia aquela energia cinética na eletricidade distribuída pela cidade.

Tal efeito magnético desafiava o entendimento da ciência, mas ninguém se importava de verdade. Os cristais funcionavam e funcionavam muito bem. Cada cidade do país tinha uma usina como aquela, que era alimentada por cristais minerados nas montanhas do Território Central.

Ver as grandes bobinas gerando energia impressionava bastante nos primeiros meses, mas, para Tommy, já era algo rotineiro. Às vezes, ele se perguntava o que aconteceria se os cristais acabassem, mas dava de ombros em seguida. Era apenas um empregado. Que bem faria ele se preocupar com isso?

Saindo pelo portão dos funcionários, nos fundos do prédio, correu até a estação de ônibus, onde deixara seu baixo em um armário alugado.

Agora era questão de chegar à gravadora a tempo para o teste que mudaria sua vida para sempre.

Por incrível que pareça, Tommy não está nervoso com sua audição. Normalmente estaria, mas quando acordou naquela mesma manhã, ele se sentia relaxado e confiante.

Ele precisa desse trabalho, é claro. Estaria morto em um mês se tivesse de continuar atrás de uma mesa lidando com uma quantidade infinita de papelada, mas por alguma razão, ele sabe que vai conseguir.

Tommy tinha feito a lição de casa, pesquisando sobre o astro que estava procurando por um novo baixista.

Era um homem alto, na casa dos trinta e cinco anos, de cabelos escuros; com um corpo musculoso e olhos claros e expressivos. E alguma coisa naqueles olhos diz a Tommy que poderiam ser grandes amigos.

Então, ele está sorrindo enquanto sobe os poucos degraus que levam à porta do prédio, o velho baixo no estojo pendurado no ombro.

Seguindo as placas que indicavam a "Sala de Audições," encontra uma fila de candidatos esperando em um longo corredor, todos eles parecendo bastante nervosos. Tommy abre um sorriso amplo e senta-se na última cadeira vazia.

Nem cinco minutos depois, uma bela mulher de cabelos loiros encaracolados abre uma porta e sorri para os vários candidatos.

Tommy repara que ela está fazendo contato visual com cada um deles e, por isso, também percebe que os olhos dela são de um verde brilhante, que fica ainda mais brilhante quando encontram seus olhos castanhos.

— Bom dia a todos e obrigada por virem. As audições vão começar em alguns minutos. Vocês vão tocar o Hino Nacional, para que possamos avaliar seu desempenho e técnica. Alguém precisa de uma partitura?

Ninguém se manifesta, então ela bate palmas uma vez.

— Ótimo. Eu vou chamar vocês na ordem em que se inscreveram, então deixe-me ver... – Ela passa os olhos pela folha de papel em sua prancheta – Caleb Saunders, Charity Thompson e Tommy Sabberton.

Tommy levanta a mão junto com os outros dois.

— Vocês precisam de tempo para ensaiar um pouco?

Os outros dois dizem que sim e sorriem agradecidos para a mulher, mas Tommy balança a cabeça, dizendo:

— Eu não, posso entrar?

O grande sorriso que a mulher tem nos lábios fica ainda maior e ela assente.

— Venha comigo, por favor. Meu nome é Aliz.

— Ah sim! Você é a melhor amiga de Evander, e diretora da turnê. O que significa que é você quem manda.

— Já estou gostando de você. Vamos, entre!

Ele a segue através de um corredor curto e então para dentro de uma sala ampla com instrumentos musicais espalhados para todo lado. Três cadeiras e um pequeno amplificador ocupam o centro do cômodo.

— Sente-se e se prepare. Evander deve chegar logo.

— Ele já não deveria estar aqui? – o baixista pergunta, brincando.

— É, deveria, mas Evander não consegue chegar no horário nem que sua vida dependa disso.

— E acredite em mim: já dependeu!

Tommy se vira na direção da voz e, de repente, é como se todos os planetas estivessem alinhados e almas iluminadas tivessem descido das Planícies trazendo a lua e o sol. Sua atitude despreocupada desaparece e ele sente um nó na garganta.

— Qual deles é você? - Evander pergunta, estendendo a mão para cumprimentá-lo.

E é com grande horror que Tommy se ouve dizendo:

— Eu sou o certo.

As sobrancelhas de Evander se erguem, assim como as de Aliz e os dois amigos trocam olhares.

— É mesmo? Está bem. E qual é seu nome, gracinha?

— Tommy, senhor. Meu nome é Tommy. – *Evander estava mesmo flertando com ele?*

Evander não planejava se atrasar para os testes, mas ficou feliz por ter se dado aqueles cinco minutos extras na cama, o que lhe rendera mais alguns amassos com o ruivo com quem passara a noite, e a oportunidade de ouvir, pela porta entreaberta da sala de ensaio, a conversa de Aliz com o jovem que trouxera com ela.

Ele é pequeno e magro, com uma franja loira perfeitamente arrumada caindo sobre seus olhos que, surpreendentemente, estavam maquiados com delineador e sombra pretos. Sua voz era forte, mas não muito alta e seu sorriso era charmoso, mas acima de tudo, o rapaz transpirava confiança.

Ele gosta disso imediatamente e reza à Providência para que aquele seja o "loiro" que está destinado a proteger.

— *Ele já não deveria estar aqui?* O cantor escuta o outro perguntar. *Ele tem atitude também!*

Rindo, ele entra na sala enquanto Aliz responde:

— É, deveria, mas Evander não consegue chegar no horário nem que sua vida dependa disso.

E ali está sua deixa.

— E acredite em mim: já dependeu! – Evander interrompe, rindo, mas fica sério quando seus olhos se fixam nas íris castanhas do músico. Este é o jovem loiro em seu destino.

Ele está olhando para Evander também, com os olhos arregalados e sobrancelhas arqueadas. É adorável, e não muito diferente de como seus fãs o olham, mas de alguma forma, é diferente, sim. Ele sabe. A fagulha de reconhecimento está lá, mas não a compreensão...

— Qual deles é você? - Evander pergunta, apertando a mão do rapaz.

— Eu sou o certo. – o loiro diz sem pensar e parece tão confuso quanto Evander.

O cantor troca um olhar com sua amiga e olha novamente para o baixista, que já não parece mais tão confiante.

— É mesmo? Está bem. E qual é seu nome, gracinha?

— Tommy, senhor. Meu nome é Tommy.

— Tommy... Que delícia de nome. Por favor, sente-se e fique à vontade. Eu gostaria de fazer algumas perguntas enquanto você se prepara para tocar, se não se importa.

— Manda. - o baixista responde, baixando o rosto para que a franja esconda o rubor em seu rosto.

Evander gasta alguns minutos observando-o tirar o baixo do estojo e se sentar na cadeira para plugar o instrumento no amplificador.

— Então... De onde você é?

— Eu moro em Holls, mas nasci no Território Central.

— Em que cidade?

— Na Velha Capital. Logo atrás do Castelo Vermelho, na verdade. – Tommy completa, com um sorriso nostálgico nos lábios carnudos. – Minha mãe ainda vive lá.

— Tenho certeza de que está na sua ficha, mas quantos anos você tem?

— Acabei de fazer trinta, senhor.

— Esqueça essa história de senhor, está bem? Me chame de Evander. – Tommy abre um sorriso largo para ele – Mas se você vai mentir sobre sua idade, eu sugiro 25. Você não passaria por 30 nem em um milhão de anos.

— Diz o cara que afirma ter 529 anos de idade. – Tommy rebate, atrevido.

— Você fez sua pesquisa, bravo! – Evander aplaude, sarcástico – Esse é meu personagem, já que supostamente eu sou um bardo de outro tempo e tudo mais. E aquilo foi um elogio.

Tommy levanta a cabeça e pisca como um idiota para o cantor.

— Eu... ah... obrigado, Evander. E me desculpe.

— Tudo bem. É bom ter alguém para me acompanhar numa conversa sarcástica. Agora, se você não se importar, Aliz e eu gostaríamos de ouvi-lo tocar.

— Agora você se lembra que eu estou aqui? – ela rebate, revirando os olhos – Vá em frente, Tommy.

Conforme toca, Tommy fica mais e mais relaxado, voltando para a confiança calma de antes. Ele sabe a música de cor, já que é o esperado de todo cidadão, mas acima de tudo, ama o Hino Nacional de seu país, que fala sobre as glórias do passado e planos para um futuro ainda mais glorioso.

— Eu acho que isso é o suficiente. – Aliz declara e ele pode ouvir o sorriso em sua voz. Evander murmura algo ininteligível ao lado dela.

— Eu posso tocar outra coisa, se você não está convencida... Qualquer coisa que quiser.

— Isso não será... – Ela começa novamente, mas Evander a interrompe.

— Você pode tocar uma das minhas canções?

Tommy olha para o cantor, medindo forças com ele. Ele não esperava que o teste fosse fácil, Evander é um dos artistas mais bem-sucedidos dos últimos tempos, afinal de contas, mas alguma coisa parece errada. Tommy está com a impressão de que Evander quer que ele falhe. *Bem*, ele pensa, *desafio aceito, bonitão. Você vai ter que encontrar alguém muito melhor do que eu, se não me quiser por perto.*

— Qual delas? – pergunta, após um breve silêncio, com um esgar no rosto.

— Qualquer uma. Surpreenda-me! O cantor dá de ombros. Ao seu lado, Aliz olha para ele embasbacada.

— Como quiser.

Tommy começa com um dos primeiros sucessos de Evander, que é uma de suas músicas mais famosas e fala de uma terra cheia de Magia e paz, há muito tempo esquecida.

Sem perceber, Tommy se engaja em uma miscelânea de quase todas as canções de Evander.

Então sua concentração é quebrada pelo som de uma risada. Uma risada alta e satisfeita. Ele olha para cima para ver Evander de pé, aplaudindo e rindo. Aliz, ainda sentada, olha para ele com uma expressão muito satisfeita, quase como se ela soubesse o que ia acontecer.

— Isso com certeza é o suficiente! Evander diz, com um sorriso largo no rosto. – Você mais do que me surpreendeu! Ally, você acha que precisamos ver os outros?

— Precisar, não precisamos, mas nós devemos. – Ela responde, levantando-se.

Evander parece um pouco irritado, se o modo como sua boca se curva em uma careta for alguma indicação.

— O que isso quer dizer? – Tommy pergunta, esperançoso.

— Quer dizer que você conseguiu o emprego, querido. Aliz responde, sorrindo para ele.

— Se você decidir aceitar, é claro. Eu posso ser um saco de se trabalhar e sou muito exigente com meus músicos. – Evander acrescenta, seus braços fortes e tatuados se cruzando sobre o peito largo.

— Acho que consigo lidar com isso. – Tommy dispara de volta e se abaixa para desconectar seu baixo do amplificador. – Quando eu começo?

— Logo. Nós vamos começar uma turnê pelo Território Central em duas semanas e apesar de que, aparentemente, você não precisa aprender minhas músicas, precisa se acostumar com todo mundo. Isso torna mais fácil viajar por tanto tempo, sabe? – Tommy assente – E nós precisamos saber se você consegue tocar com o resto da banda.

— Eu sou bem tranquilo. Só não me faça muitas perguntas pela manhã e tudo vai ficar bem.

— Meu tipo de pessoa! – Aliz resmunga e então sorri. – Eu ligo com os detalhes, então. Provavelmente amanhã.

— Ótimo. Eu fico esperando. Tommy aperta a mão de Aliz e se volta para Evander. – Te vejo logo, chefe! – diz, piscando para o outro, antes de se virar e desaparecer pela porta.

— Esse aí é uma verdadeira peça... – Tommy ouve Evander dizendo e pensa que gostaria de saber o que ele quer dizer.

A viagem de volta para casa é longa e cansativa no velho ônibus intermunicipal. Sua cabeça dói com o cheiro de fumaça de cigarro dentro do veículo, o que faz o baixista se perguntar por que isso é permitido.

Olha pela janela, para a profusão de casas pobres e mal construídas ao longo da estrada. Havia tanta coisa errada em seu país!

Para onde quer que olhasse, ele via a implacável deterioração do que já havia sido uma grande nação; próspera e saudável. Claro, nem tudo estava perdido. Muita gente lutava para melhorar e mudar aquela realidade. Gente como seu novo patrão, que não era apenas um cantor famoso, mas um filantropo inveterado, segundo os jornais e revistas.

Tommy queria poder fazer alguma coisa também. Ele gostaria de poder fazer a diferença.

Ajude uma pessoa de cada vez e você fará a diferença na vida dessa pessoa. Ele quase podia ouvir a voz da mãe em sua mente e é por isso que, quando desce do ônibus na estação central de Holls, Tommy compra todo o balde de flores de seda que uma menina jovem e magra demais está vendendo. A gratidão nos olhos da menina faz um nó se formar em sua garganta.

Quando chega em casa, seu telefone está tocando e ele corre pelo pequeno apartamento para atender.

— Oi, querido! Eu estou ligando há horas!

— Oi, mamãe! Desculpe, eu acabei de chegar em casa.

— Eu imaginei, mas não consegui esperar. Como foi?

Tommy sente um sorriso idiota curvando seus lábios.

— Eu consegui o trabalho! - grita, jogando-se no sofá.

— Oh, Graças à Providência! Abençoado! Abençoado seja esse homem!

— Quem? Evander? Mãe, eu sei que a senhora é fã dele, mas...

— Eu sei. Eu sei. Você merece o emprego por seus próprios méritos, mas eu... Eu apenas estou feliz que você vai estar com ele e seus amigos! Você vai ficar seguro agora...

— Seguro? Mãe, do que a senhora está falando?

— Nada! Esqueça. - ela se apressa em dizer e Tommy não pode evitar pensar o quão estranha fora aquela conversa. – Não ligue *pra* mim, querido. Eu estou muito feliz por você! Diane ficará também.

— Ela ainda não está em casa? Tommy olha para o relógio na parede. Há uma diferença de fuso horário de duas horas entre Holls e a Velha Capital e sua irmã já deveria ter chegado em casa àquela hora. – Devem ser quase nove da noite aí.

— Não. As coisas estão um pouco complicadas aqui. Nós fomos roubadas semana passada, na padaria e...

— Espere! O quê? Vocês foram roubadas? Mamãe, a senhora está bem? Por que não me contaram? – Furioso, Tommy se levanta e começa a andar de um lado para o outro em sua pequena sala de estar.

— Eu não queria que você se preocupasse, querido. Nós estamos bem. Eles só levaram um pouco de dinheiro, nenhum mal foi feito.

— Só um pouco... Que merda, mãe!

— Olha a boca Thomas!

— Desculpe, mamãe... Mas...

— Viu? É por isso que eu não contei nada! Não tem por que você ficar chateado, meu amor... O que passou, passou.

— Eu não quero mais que vocês duas vivam sozinhas aí! Venham morar comigo em Holls, por favor!

— Viver aí é tão melhor do que aqui na Velha Capital, Tommy? - a mãe dele questiona e por um momento, Tommy não sabe o que dizer. É claro que não é melhor. É a mesma merda *em que o país inteiro está mergulhado. Crimes, violência, falta de esperança...*

— Pelo menos eu poderia cuidar de vocês... - ele diz, a voz fraca.

— Você é uma alma tão boa, meu menino! Mas não se preocupe conosco. Nós temos a padaria e nossos vizinhos. Tudo vai ficar bem. Além do mais, você logo vai viajar pelos cinco territórios e nós estaríamos sozinhas em uma cidade estranha.

Ele não pode discutir com isso, então não diz nada por um longo tempo.

— Não se preocupe com coisas que você não pode mudar, querido. Apenas se concentre em sua vida daqui para frente e quando a banda passar por aqui, venha nos fazer uma visita, está bem?

— Pode deixar, mãe! E vou conseguir um encontro particular com Evander para você e Diane.

— Acho bom você trazê-lo aqui para que eu possa cozinhar para ele!

— É claro! - Ele ri carinhosamente e passa uma mão pelos cabelos desarrumados – Eu preciso ir, mãe. Estou realmente cansado.

— Sim, sim! Vá dormir, querido. Me liga, *tá* bom? Eu te amo.

— Também te amo, mãe.

Tommy acabava de sair do chuveiro quando o telefone começa a tocar novamente. Enrolando uma toalha ao redor da cintura, ele corre de volta para a sala, franzindo a testa para o relógio. Quem poderia estar ligando àquela hora?

— Alô?

— Por que Profundezas você não tem um celular?

— Evander?

— Sim, sou eu...

O coração de Tommy pula uma batida, já antecipando a notícia de que Evander encontrara um baixista melhor.

— Está tudo bem? Ele se força a perguntar – É tarde e eu...

— Oh! Maldição! Desculpe se acordei você.

— Não, não. Eu estava no chuveiro... Eu... O que posso fazer por você, chefe? Ou está me ligando para dizer que encontrou outra pessoa?

— O quê? Não! Não, não, não, não! – Evander quase grita, fazendo Tommy rir – Nós acabamos as audições e não pude esperar até amanhã para contar que é oficial. Você trabalha para mim, agora.

— Oh! Isso é ótimo! Obrigado, Evander! Tenho certeza de que vai ser ótimo trabalhar com você.

— Eu não tenho dúvidas quanto a isso, mas temos um pequeno problema.

— O quê? Que problema?

— Nós vamos começar os ensaios amanhã e vão ser longas horas de trabalho por duas semanas e Holls simplesmente é longe demais para você ir e voltar todos os dias.

— Mas eu já faço isso. Vou para a Capital e volto para Holls todos os dias.

— Sim, mas aposto que seu trabalho burocrático na usina não exige muita energia de você. Não é o caso com a minha banda. Eu preciso de você 100%, Tommy.

— Precisa, é? – ele rebate, sarcástico.

— Você me entendeu...

— Entendi. Você quer que eu me mude para a Capital, então?

— Isso seria o ideal, sim.

— Sinto muito Evander, mas eu mal consigo pagar o aluguel do meu apartamento minúsculo aqui em Holls. Não poderia bancar nem mesmo uma caixa de sapatos na Capital...

— Isso não é problema! Você vai morar comigo.

— O quê? Não! Isso não é...

— Tommy, me escute! Eu quero você na minha banda e para isso, eu preciso de você por perto. Eu tenho uma casa enorme com mais espaço do que eu consigo usar, qual é o problema?

— Mas isso seria estranho... Quer dizer, nós mal nos conhecemos.

— O que não vai ser um problema por muito tempo, você se mudando ou não.

Após alguns minutos de silêncio, Tommy solta o ar que estava prendendo nos pulmões e diz:

— Acho que você está certo... Está bem, mas eu vou pagar aluguel. Você pode descontar do meu pagamento. – Evander tenta rebater, mas Tommy o interrompe: – Evander, por favor! Eu quero muito esse trabalho, mas o que é certo, é certo. Não aceito que seja de outra forma.

— Malditas Profundezas, você é muito teimoso, não é?

— Eu já ouvi isso, sim.

— Certo. A equipe de mudança estará aí amanhã cedo.

— Tudo bem. A gente se vê, então.

Tommy desliga o telefone com um sorriso meio bobo no rosto, mas esse sorriso logo se torna mais satisfeito, enquanto disca o número do departamento de funcionários da usina de energia. Ele esperou por esse momento por tanto tempo!

Capítulo III

Coisas Estranhas

Não são nem oito da manhã quando Tommy escuta uma batida em sua porta. Abrindo um olho para o relógio na mesinha de cabeceira, um resmungo contrariado escapa de sua garganta. Ele passou a noite toda empacotando suas roupas e tinha acabado de se deitar.

Ele se sente inclinado a ignorar as batidas, mas elas estão ficando mais insistentes e barulhentas e seus vizinhos não são do tipo pacífico.

Como um zumbi, ele se ergue do colchão, empurra as pernas para fora da cama e na direção da porta, completamente esquecido do fato de que está usando apenas uma cueca azul justa.

— O que que é, porra? – Tommy grita, abrindo a porta.

— Você disse que não era uma pessoa matutina, mas isso é um pouco exagerado, não acha?

— Evander? - Tommy pisca e esfrega os olhos com as mãos – Que merda! São oito da manhã!

— Eu disse a você que viria hoje com a equipe de mudança...

— Não a essa hora da manhã, droga! Eu passei a noite empacotando minhas coisas e ainda não terminei.

— Meu bem, você não sabe para que serve uma equipe de mudança?

Tommy abre a boca para dar uma resposta atravessada quando a sua estupidez fica clara em seu cérebro cansado.

— Ah vai tomar no cu! – ele resmunga, puxando os cabelos.

— Isso é um convite, querido? – Evander provoca, com um sorriso malicioso no rosto, os olhos correndo pelo corpo praticamente nu de Tommy.

— Sim... Não! Merda, eu preciso de café!

— Vá se vestir. Eu o levo para tomar café enquanto minha equipe faz sua mágica. – Evander oferece, com um sorriso divertido.

— Você? Andando por Holls? Nessa vizinhança? Obrigado, chefe, mas eu não estou com humor para ser sequestrado hoje.

— Não seja bobo! Nós temos que deixá-los trabalhar. Vá se trocar. Eu espero aqui, na soleira da sua porta... Onde você me deixou...

— Malditas Profundezas! Desculpa. Entre, por favor. Eu já volto.

Enquanto Tommy está no quarto, Evander chama o grupo de cinco homens que esperavam no final da escadaria.

Eles são membros da sua banda e equipe técnica, e seus amigos desde... Bem, desde sempre. Três deles foram seus colegas na Academia de Magos e os outros dois lutaram sob seu comando na Última Guerra.

Eram um ótimo grupo, sábios e com Magia forte dentro deles; ótimos técnicos e músicos também.

— Certo, podemos ir, mas eu ainda acho que é uma má ideia. – Tommy diz, voltando para a sala vestido em jeans pretos justos e uma camiseta folgada. Seus olhos estão perfeitamente delineados em preto.

— Qual é! Confie um pouco em mim! – Evander rebate com um sorriso, enquanto seus homens passam por ele e entram no apartamento.

— Por onde começamos, Evander? – um deles questiona.

— Tommy, há alguma coisa aqui que não queira levar com você?

— Uhm... Os móveis pertencem ao senhorio. - Tommy responde, um pouco preocupado, enquanto os cinco homens começam a empilhar coisas sobre a mesinha de centro. – Por favor, tenham cuido com meus discos e guitarras!

— Não se preocupe, amigo. Nós cuidamos disso. – O maior deles sorri para ele, caloroso, e por alguma razão, Tommy se sente mais calmo e sorri de volta.

— Está bem. Nós voltaremos logo para ajudá-los.

Um dos homens deixa escapar uma risada curta e ganha uma cotovelada nas costelas de seu amigo mais próximo.

Tommy dá de ombros e se vira para sair, com Evander logo atrás.

Parado na calçada, o rapaz loiro olha para os dois lados da rua, contemplando os prédios deteriorados e pichados, o lixo espalhado no chão e as pessoas de aparência sinistra que passam por eles. Com um suspiro, ele agarra Evander pelo cotovelo e começa a andar rápido, descendo a rua.

— Qual é a pressa? - o cantor pergunta, andando ao lado de Tommy sem esforço.

— Eu não quero que as pessoas tenham tempo de te reconhecer.

— Ah qual é! Não pode ser assim tão ruim...

Como que seguindo uma deixa, Evander esbarra em um homem baixinho com uma cicatriz ao longo do rosto todo. O homem lança um olhar zangado na direção deles.

— Desculpe, senhor! - Tommy se apressa em dizer – Desculpe!

Andando ainda mais rápido, puxa Evander consigo até uma esquina e para um velho restaurante do outro lado da rua.

— Tommy, querido! – Uma voz alegre o cumprimenta, assim que o sino na porta toca com a entrada deles. – Que bom te ver! Quem é seu... Oh... Evander Vikram!

— Psiu, Sally! - pressionando uma mão sobre os lábios da moça, o rapaz olha ao redor. Não há mais ninguém ali, então ele suspira aliviado. – Desculpe. É bom ver você também. Sim, este é Evander. Eu estou na banda dele, agora.

— É mesmo? Isso é incrível, querido! Fico muito feliz por você! E é um prazer conhecê-lo Evander! Sou uma grande fã.

— Obrigado! É Sally, certo? É um prazer conhecê-la também! – Evander cumprimenta a moça com um sorriso caloroso e de tirar o fôlego.

— O que eu posso trazer para vocês hoje? - ela pergunta, pegando seu pequeno bloco de notas.

— O de sempre para mim, por favor. Evander?

— Apenas um café preto, por favor. Sem açúcar. – Evander parece distraído, mas seus olhos não deixam o rosto da garçonete até que ela se vira para se afastar.

— É pra já! Vocês podem se sentar lá nos fundos. Eu já chego lá.

Uma vez acomodados, Evander de costas para a porta e Tommy do lado oposto da mesa, o cantor diz:

— Posso te perguntar uma coisa? - Tommy assente – É obvio que você não gosta daqui, então por que ainda vive nessa cidade?

— Nem todos podem bancar uma mansão na Capital, Sr. Superastro.

— Certo, mas deve haver lugares melhores para se viver que não sejam tão caros.

— A verdade é que eu mal consigo comprar comida. Eu sobrevivo de pagamento em pagamento, como a maioria das pessoas aqui. Foi por isso que fiz o teste para a sua banda. Eu quero sair daqui e ser um músico profissional.

— Foi por isso que você saiu da casa da sua mãe? Para se tornar um músico profissional?

Tommy assente outra vez e suspira.

— É um pouco mais difícil do que eu esperava. E descobri isso bem rápido. E então fiquei preso aqui e agora você vai me levar embora...

— Não há de quê.

Tommy dá um sorriso atravessado, mas Evander pode ver um sinal de verdadeira gratidão em seus olhos.

Pela janela, eles podem ver as ruínas de uma linha férrea elevada, que agora está tomada por plantas e lixo.

— Você tem razão numa coisa. Essa cidade é bem deprimente... Tem tanta sucata espalhada pelas ruas...

— Tudo o que a Capital rejeita com o rabo acaba vindo parar aqui. – Tommy dá de ombros. – Mas eu não me lembro de já ter visto um desses trens funcionando.

— Ah, eu me lembro. O monotrilho foi um avanço imenso para nossa sociedade. Ele corria com a força dos cristais verdes, sabia? – Tommy assente, prestando atenção no que Evander dizia – Eu mal pude acreditar quando o governo decidiu desativá-los aqui no território central.

— Por que fizeram isso?

— Não sei, honestamente. Eu fiz o que pude para impedir, mas não foi o suficiente.

Eles ouvem um tilintar e logo Sally se aproxima com uma bandeja cheia de pratos, que dispõe sobre a mesa junto com o café de Evander.

— Aqui está, querido. Bom apetite!

Ela joga um beijo para Tommy e pisca para Evander antes de desaparecer pelo corredor.

— Então... Qual é a história com Sally? Ela é sua namorada?

Tommy faz um som de desdém e espeta uma panqueca de um prato próximo.

— Não. Minha vizinha. Já carreguei as compras dela até seu apartamento algumas vezes. É uma garota legal e faz ótimas panquecas. Quer um pouco?

— Não, obrigado, mas vou aceitar uma fatia de bacon.

— Sirva-se.

Evander mastiga cuidadosamente enquanto observa Tommy comer. Ele parece um aspirador de pó.

— Mas ela se importa com você... Posso ver isso. Acho que ela gostaria que você a convidasse para sair.

— Ela é bonita, mas não faz muito meu tipo. Tommy responde, encarando Evander com um traço de sorriso nos lábios.

— E qual é o seu tipo? - o cantor pergunta, sem saber exatamente por que está insistindo naquele assunto.

— Esse é sua forma distorcida e nada discreta de me perguntar se eu sou heterofílico? - Tommy rebate, levantando-se; um sorriso malicioso no rosto.

Evander sente o sangue subindo para as bochechas.

— Você é?

— Até prova em contrário. – Com uma piscadela, ele se afasta, desaparecendo pelas portas vaivém do banheiro.

E Evander fica lá, paralisado, olhando as portas lentamente pararem de se mover.

— Posso falar com você por um instante, Evander?

Ele olha para sua direita e vê Sally se aproximando, seu cabelo colorido brilhando com um raio de sol que vem da janela.

Assim como quando entrara no restaurante, uma sensação vaga de reconhecimento o faz prestar mais atenção nas feições dela.

Sally se senta no lugar que Tommy ocupara.

— Não posso expressar o quão feliz eu estou por você tê-lo encontrado! Ele estará seguro agora e tudo ficará bem...

— Espere. O quê? Do que você está falando?

— Eu vim para Holls para ficar de olho em Tommy até que chegasse o momento em que seus caminhos se cruzassem e ele então, pudesse cumprir seu destino.

— Você é uma Maga? Eu deveria conhecer você?

— Eu não sou uma Maga. Mas conheço a Rainha Vermelha e meu objetivo é vê-la novamente no trono. Nós duas concordamos que eu deveria vir cuidar dele.

— Você falou com a Rainha? Quando? Onde? Onde ela está?

— Infelizmente, não sei. Ela me manda mensagens através de um pássaro vermelho, de vez em quando.

— Ela está viva! Graças à Providência! Eu sabia que ela não poderia ter morrido, mas depois de tantos anos, estava começando a perder as esperanças.

— A Rainha está viva e bem, e sabe que o momento de seu retorno está chegando, mas para isso, precisa que você e seus homens mantenham Tommy seguro, pois ele é de grande importância para a restauração do equilíbrio deste reino. Ele deve cumprir seu destino!

— Que destino? Quem é ele?

— Não posso lhe contar isso, sinto muito. Nem mesmo ele sabe quem é ou o que deve fazer. Você deve ajudá-lo com isso também.

— Então eu posso contar sobre a Magia, e a verdade sobre os últimos quatrocentos anos?

— Quando ele estiver pronto, sim.

— Isso vai tornar as coisas mais fáceis. Obrigado, Sally!

— É um prazer ajudar. – Ela sorri misteriosa, como se soubesse de algo que Evander desconhece.

— Eu estou com essa sensação absurda de que a conheço de algum lugar...

— Talvez você conheça, talvez não. Só você pode saber.

— Não vai mesmo me dizer onde nos encontramos antes?

Mais uma vez, Sally sorri enigmática e se levanta, afastando-se pelo corredor.

Ele estava mesmo flertando tão descaradamente com seu novo chefe? Tommy olha para seu reflexo no espelho quebrado e balança a cabeça com força.

— Que tipo de pessoa isso me faz? – ele se pergunta. Evander é lindo, é claro. E parece ser um cara legal e engraçado. Seu talento é inegável também...

Por toda sua vida adulta, a atração sexual foi algo raro de acontecer. *Merda!* Ele podia contar nos dedos de uma mão o número de pessoas que o fizeram sentir desejo de verdade. E por algum motivo, Evander era uma delas. O que é estranho por si só. Geralmente precisava conhecer a pessoa muito bem, o carinho vinha antes do tesão, sempre. Mas com Evander...

Era como se, de repente, sua mente concordasse com seu corpo logo de cara. Era como se já conhecesse o cantor há anos.

Tommy joga um pouco de água fria no rosto, tentando clarear seus pensamentos. Mesmo que nunca tenha pensado em estar com outro homem antes, ele não pode ignorar o fato de que Evander o afeta de formas inesperadas.

— Eu só não posso me machucar. Se não me apaixonar por ele, vou ficar bem. – murmura, olhando para seu reflexo uma última vez.

Quando finalmente sai do banheiro, vê Evander olhando para o teto, um celular moderno junto à orelha. Agora que percebeu certa tensão sexual se formando entre eles, não pode evitar notar como o pescoço dele é grosso e bronzeado.

— Sim, nós voltaremos logo. Obrigado pelas dicas, Ally. Tchau. – desligando, Evander sorri para Tommy e guarda o telefone. – Você está pronto? Nós precisamos ir.

— Sim, claro. Vou só pedir a conta à Sally.

— Já cuidei disso. Ela está esperando lá na frente.

Só então Tommy olha para a mesa, para encontrá-la vazia e limpa.

— Uau. Tá bom. Vamos embora.

Após um adeus choroso por parte de Sally, eles voltam para a rua e dessa vez, Evander pousa uma mão na base da coluna de Tommy, guiando-o rapidamente pela calçada.

O músico está se perguntando o que fez seu novo chefe perder a atitude despreocupada quando eles viram a esquina que leva ao seu prédio e se deparam com um grupo de aparência perigosa.

— Ah, merda! – murmura. – Evander, talvez a gente deva...

— Tommy, relaxe. Eu posso cuidar disso.

— Acho que você não está entendendo a gravidade da situação. Esses caras não são boa coisa...

— Shh. Apenas deixe que eu fale.

Movendo sua mão das costas de Tommy para sua cintura, Evander caminha na direção do grupo, sorrindo para eles. Quando fica claro que eles não os deixarão passar, Evander diz:

— Bom dia, senhores. Algum problema?

— Isso vai depender de você, moço. – O homem baixo com a cicatriz, em quem Evander esbarrara antes, diz – Se você e o menino bonito vierem com a gente sem reclamar...

— Receio que isso não será possível, meu bom homem. Por favor, nos dê licença...

— Eu acho que você não entendeu, moço. Ou vocês vêm com a gente, ou vão *pra* vala.

— Evander... – Tommy sussurra, sua mão agarrando o casaco do cantor com firmeza.

— Não se preocupe, meu bem. – ele diz e Tommy olha para o rosto dele que ostenta um sorriso brilhante nos lábios pontilhados de sardas. *Que momento estranho para reparar naquilo!* Ele pensa, enquanto Evander começa a falar novamente, um braço firme ao redor de sua cintura e a outra mão esticada a sua frente.

— Acho que vocês deveriam nos deixar passar, senhor. – Evander diz, sua voz um tanto mais forte e séria do que antes. – E acho também que vocês deveriam procurar ocupação em outro lugar... Digamos... No número 14 da Rua Boom.

Para grande surpresa de Tommy, todas as cabeças à sua frente assentem e o grupo começa a se afastar. Seu olhar leigo mal poderia notar, mas o ar tremulava ao redor da mão de Evander e os olhos dos criminosos estavam vagamente nublados.

Antes que perceba, Evander o está guiando novamente.

— O quê? Como isso aconteceu? – Tommy pergunta, olhando ao redor, embasbacado.

— Nunca menospreze o poder de uma boa conversa e uma atitude calma.

Tommy faz um som de deboche.

— De jeito nenhum uma boa conversa convenceria aqueles caras a irem embora! Sem mencionar que nós ainda estamos vivos depois que você os mandou direto para a estação da Tropa de Guarda. Você deve ser um feiticeiro, ou coisa assim...

A postura de Evander enrijece visivelmente, mas apenas por um segundo e ele consegue sorrir ao dizer:

— E se eu fosse? Isso seria um problema?

— Não! Isso seria incrível! É uma pena que não existe isso de Magia.

— Mas existe...

A voz de Evander soa tão séria, que Tommy olha para ele. Seus olhos estão sombrios e os cantos de sua boca, curvados para baixo.

— É quase como se você acreditasse nisso... – ele diz, enfiando as mãos nos bolsos da calça jeans.

— Eu acredito... Chegamos, vamos entrar e pegar suas coisas. Os rapazes devem estar prontos para ir também.

Tommy sobe a escada para seu andar dois degraus de cada vez, dizendo:

— Você é realmente maluco! De jeito nenhum eles já terminaram... Mas que merda é essa?

Ao abrir a porta, Tommy dá de cara com as paredes e prateleiras vazias de seu apartamento e cinco homens sorridentes, cada um segurando uma caixa de papelão com seu nome escrito.

— O quê... Como... Que porra...

— Eles são especialistas em embalar e desembalar, Tommy. – Evander diz, atrás dele, com um tom divertido na voz – Eles estão acostumados a desmontar e encaixotar equipamento de luz e estruturas de palco enormes no menor tempo possível. Seu apartamento minúsculo não é nada para eles.

Tommy arqueia uma sobrancelha e olha dos homens para seu novo chefe e então, para o cômodo vazio. Ele não está acreditando, mas não vai dizer nada. Por enquanto.

— Está bem. Obrigado, pessoal.

— Vamos indo. Nós fomos vistos e eles não vão nos deixar em paz por muito mais tempo.

Os cinco homens assentem ao mesmo tempo e Tommy pensa que eles parecem uma tropa bem treinada e que Evander é seu capitão.

Outra vez do lado de fora, o grupo atravessa a rua para colocar as caixas em um pequeno caminhão baú que, definitivamente, não estava lá três minutos atrás. Estacionado um pouco à frente do caminhão está um extremamente chamativo carro esportivo com faixas douradas e pretas pintadas do capô à traseira.

Enquanto o rapaz encara o carro com uma expressão perplexa, Evander pega as chaves em seu bolso e desarma o alarme, fazendo Tommy pular de susto com o barulho repentino.

Rindo, ele abre a porta e diz:

— Quer se juntar a mim, Tommy? Ou você prefere ir no caminhão com os rapazes?

Tommy reprime sua vontade de mandar seu chefe pastar, mas por pouco, e contorna o carro para se sentar no banco do carona.

— Que incrível! – ele sussurra, mais para si mesmo quando o rugido do motor ecoa nos prédios em volta. – O quão rápido ele corre?

— Muito rápido, então coloque o cinto de segurança.

— Ah qual é... – Evander lança um olhar de aviso em sua direção, e Tommy imediatamente para de falar – Tá bom, tá bom...

— Estaremos em casa em uma hora e meia, então, você pode dormir um pouco se quiser.

— De jeito nenhum eu vou dormir dentro dessa belezinha! Posso dirigir um dia desses?

— Eu não gosto de você tanto assim! – Evander dispara, fazendo o motor rugir mais uma vez antes de colocar o carro na estrada. Ele percebe o sorriso de Tommy desaparecer em uma testa franzida, então acrescenta: – Ainda... – trazendo o sorriso fofo e esperançoso de volta.

Fiel à sua palavra, Tommy não dá sinais de que vai pegar no sono tão cedo, crivando Evander de perguntas sobre o carro, a casa e as pessoas com quem vai trabalhar.

O cantor fica feliz em responder e a conversa preenche o longo tempo da viagem.

Algum tempo depois, quando havia somente grama e arbustos ao longo da estrada, uma grande sombra escura passa por eles, estranhamente baixa no céu sem nuvens.

— Mas que merda... – Tommy está dizendo quando o celular de Evander começa a tocar.

— Sirus? – ele atende, olhando pelo retrovisor.

— Que merda foi aquilo, cara?

— Não faço ideia. Você acha que é...

De repente, um barulho alto soa pelo telefone, fazendo Evander afastar o aparelho da orelha por um momento.

— É um golem, Evander! – A voz chocada de Sirus grita – É a porra de um golem de vento!

— Não! Não pode ser...

— Está tentando tirar a gente da estrada!

— Aguente firme, Sirus!

Jogando o telefone para o lado, Evander gira o volante abruptamente, manobrando o carro para que ele mude de direção.

— Que merda está acontecendo? – Tommy grita, agarrando seu assento com tanta força, que seus dedos ficam brancos.

— Merda! – Evander para o carro e olha para seu novo baixista. – Tommy, olhe pra mim! Não olhe lá pra fora, olhe pra mim!

É tarde demais, porém. Os olhos de Tommy estão grudados no enorme monstro feito de vento que está socando a cabine do caminhão.

— E... Evander, o que é aquela coisa?

— Merda! Que monte de merda! Eu não queria ter que fazer isso, Tommy e peço desculpas pela dor de cabeça que você vai ter depois...

— O quê...? – Tommy começa, mas para de falar quando percebe a boca de Evander chegando mais e mais perto de seu rosto.

O cantor pousa uma mão na têmpora de Tommy e a outra sobre seus olhos, sussurrando palavras antigas e poderosas em seu ouvido. Ele sente o peso de Tommy desabar sobre si imediatamente. Então, Evander sai do carro, parando apenas para lançar um feitiço de proteção ao redor do veículo para manter Tommy seguro.

O golem está quase abrindo um buraco na cabine, o que faz o cantor se apressar. Ele ergue suas mãos e lança uma onda de Magia na direção do caminhão, chamando a atenção do monstro para si.

A criatura imediatamente vira-se em sua direção, pronta para atacá-lo e Evander prepara-se para o golpe. A onda de choque é forte, mas consegue repeli-la.

Seus homens estão fora do caminhão e ao seu lado em segundos, tentando de tudo para deter a criatura, mas como se destrói um monstro feito de ar? Nunca haviam encontrado algo parecido.

— Kadmus! Coloque uma barreira ao redor dele! – Evander grita para o enorme homem de pele dourada a sua direita. Com um aceno de cabeça, ele ergue suas mãos, isolando o golem, que soca a barreira mágica furiosamente.

— Eu não vou durar muito tempo! O que nós fazemos? – Kadmus grita. Cada golpe do golem na barreira é como um soco no próprio corpo do soldado.

— Nós não podemos derrotá-lo. Não neste momento, pelo menos... – Sirus pondera, observando o monstro.

Eles pensam por alguns segundos até que Sirus solta um suspiro irritado e Bhanks, o segundo em comando e guitarrista extraordinário, grita:

— Vamos queimá-lo!

— O quê? Essa porra é feita de ar, Bhanks! – Darius rebate.

— Exatamente. O fogo consome o ar.

— Isso pode até funcionar! – Evander diz, dando um tapinha nas costas de Bhanks. – Guerreiros, alinhem-se! Ao meu comando criaremos uma fogueira dentro da barreira! Em segundos, os cinco homens estão posicionados a seu lado. – K, mantenha a barreira ao redor dele o máximo que puder.

— Sim, senhor, comandante!

— Agora!

Uma grande labareda aparece dentro da bolha e o golem começa a sufocar e diminuir de tamanho até que desaparece junto com a barreira de Kadmus.

— Merda! Essa foi por pouco! – Sirus diz, passando uma mão pelos grossos cabelos ruivos.

— Até demais. – Evander então se volta para seu especialista em defesa e baterista. – Kadmus, você está bem?

— Estou sim. Com algumas horas de sono, vou ficar novo em folha.

— Ótimo. Vamos seguir viagem.

Correndo de volta para o carro, Evander vê que Tommy ainda está dormindo e deixa um suspiro aliviado escapar de seus lábios.

— Tommy... – Uma voz macia e angelical penetra as camadas de sono e Tommy agita a mão no ar, tentando fazer a voz parar. – Tommy, nós já chegamos. Acorde ou eu vou carregá-lo para dentro!

— Não, mãe! Eu não tenho escola hoje... – ele resmunga.

Uma risada suave e mãos quentes acabam por acordá-lo bem a tempo de Tommy ver o rosto de Evander chegando cada vez mais perto. Ou talvez seja seu corpo que está se movendo...

— O que você está fazendo? – Tommy grita, remexendo-se nos braços de Evander.

— Eu avisei que ia carregá-lo para dentro.

— Eu estou bem acordado, agora, muito obrigado. Me põe no chão!

— Está bem, Gatinho. Não precisa ficar bravo!

— Eu não estou bravo! E não sou um gatinho!

Evander ri e bagunça a franja loira.

— Você é muito fofo! Venha, vamos entrar!

E só naquele momento, Tommy percebe onde estão: aos pés de uma enorme mansão antiga feita de pedra e madeira, com três andares, grandes janelas quadradas, um pórtico sobre a porta da frente, uma pequena torre com telhado pontudo e várias chaminés.

— É aqui que você vive? Impressionante!

— Estou feliz que tenha gostado.

Evander abre a porta da frente, deixando que Tommy entre primeiro e o baixista tem certeza de que seu chefe está se divertindo com sua expressão embasbacada, mas não se importa. Ele nunca vira um lugar como aquele em toda sua vida.

A porta da frente dá passagem para uma longa escadaria curva, que segue a parede oposta. As paredes são de um amarelo pálido e os arcos de passagem são adornados com a mesma madeira escura das escadas e dos caixilhos das janelas. No chão, um tapete colorido é a moldura perfeita para uma mesa redonda antiga, adornada por um grande vazo repleto de flores frescas, em frente a duas cadeiras imponentes.

— Você vive aqui sozinho? – Tommy pergunta, olhando em volta enquanto Evander o leva por um corredor no segundo andar com várias portas a intervalos regulares.

— É claro que não. Eu morreria de solidão. – Evander sorri para ele e abre uma porta a sua direita. – Este será seu quarto. É seu para modificar e redecorar como quiser.

Tommy dá dois passos para dentro e solta um assovio nada educado. O quarto é grande. Maior do que todo seu apartamento em Holls e todo decorado em tons escuros. A cama, de frente para uma janela coberta por cortinas pesadas, é enorme; a cabeceira entalhada quase chegando ao teto. O papel de parede preto, estampado com caxemiras prateadas, faz o cômodo parecer menor, mas não opressivo, já que as grandes janelas deixam a luz do sol entrar livremente.

— Caramba... – Tommy murmura. Há um conjunto de sofá e poltronas em frente a uma lareira de verdade.

— Você não gosta? Como eu disse, pode redecorar como quiser...

— Evander, cale a boca! Isso é incrível! Obrigado.

— Oh! Está bem, então. Não há de quê. – O sorriso no rosto de Evander faz Tommy se sentir aquecido por dentro. – Suas coisas estarão aqui logo, então vou deixar que você descanse um pouco mais e volto para buscá-lo quando o almoço estiver pronto, em mais ou menos meia hora. Tudo bem?

— Sim, está ótimo, obrigado. Vai levar um tempo até que eu aprenda a navegar pela casa.

— Não se preocupe. Você não vai se perder. A casa está sempre cheia de gente.

— Oh, é mesmo! Você ia me dizer quem mora aqui com você.

— Toda a banda e a equipe moram aqui. Os cinco homens que você conheceu esta manhã, mais Aliz e o marido dela, que acontece de ser nosso preparador físico.

— E quanto à sua família? – Tommy pergunta, testando seu novo sofá. Ele é macio e confortável.

Evander o segue, sentando-se ao seu lado.

— Minha equipe é minha família.

— Não, eu quero dizer seus pais... irmãos...

— Parentes, você quer dizer? Eu não tenho nenhum.

Tommy arregala os olhos e tenta engolir o nó que se formou em sua garganta.

— Eu sinto muito! Eles morreram ou...

— O quê? Não! – Evander ri – Não precisa ficar pisando em ovos por causa disso, Tommy. Eu nunca os conheci.

— Nunca? Por quê?

— Era assim que era feito naquela época. Eu cresci em um... Eu acho que você pode chamar de internato, com Aliz e alguns dos outros.

— Bem, sinto muito por isso... Quer dizer... Eu não consigo me imaginar crescendo sem minha mãe e irmã, com apenas professores e outras crianças por perto.

— Eu nunca me senti privado de nada, na verdade. Os funcionários na Academia eram muito carinhosos e atenciosos.

Tommy ainda se sente mal por ele, mas tenta não deixar isso transparecer.

— Fico feliz por você não ter tido uma infância ruim, mas eu simplesmente não entendo por que uma mãe entregaria seu bebê para estranhos criarem...

— Porque era isso o que deveria acontecer. Para mim e para eles e eu sou muito feliz com a minha sorte, para ser honesto.

— Você acredita na Providência, então?

— Sim, é claro. Você não?

— Eu não sei... Todas essas histórias de Destino, Altas Planícies e Profundezas me deixam meio confuso. Eu nunca tive ninguém para me ensinar.

— Posso fazer isso, se estiver interessado.

— Eu meio que estou, na verdade... Não sei bem por que, mas eu sempre achei que minha vida seria mais fácil se eu entendesse isso tudo.

— A vida de todo mundo seria mais fácil se eles entendessem como a Providência age.

— E você entende? – Tommy cruza os braços sobre o peito, olhando fixamente para Evander.

— Gosto de pensar que sim. – o cantor dá de ombros – Pelo menos eu nunca questionei por que certas coisas aconteceram de determinada maneira.

— Isso provavelmente é porque nada de ruim aconteceu com você. Evander faz um som debochado misturado à uma risada.

— Você acha?

Os olhos dele o encaram atentos, e Tommy se sente um tanto desconfortável, como se não estivesse sendo justo com Evander. Então decide ser honesto com seu chefe:

— Obviamente, não tenho como saber, nós não nos conhecemos há muito tempo, mas tem alguma coisa em você... Eu sei lá. Eu olho para você e para as coisas que você diz e faz, e isso me faz pensar naqueles raios de sol que escapam por entre nuvens escuras de tempestade...

Um momento de silêncio divertido/constrangedor se passa antes que Evander decida quebrá-lo:

— O que você está tentando me dizer, Tommy?

— Eu... ahn... Eu não sei... Acho que estou mais cansado do que pensava...

— Certo! Certo! E eu ia deixar você descansar, não é? – Evander se levanta do sofá e ajeita a camisa. – Vou ver se Ally precisa de ajuda na cozinha, então. Nos vemos na hora do almoço.

— Certo. Ah, espere! Onde está o painel do ar-condicionado?

— Não há nenhum, a casa ajusta sua temperatura automaticamente, apenas não abra as janelas, está bem?

— Hein? Por que eu não posso abrir as janelas?

— Porque isso afeta o equilíbrio da temperatura.

— Oh! – Evander sorri e se vira para ir embora.

Tommy o observa até que a porta se fecha e a única coisa em sua mente é: *esquisito*.

Pensando bem, toda aquela manhã fora bem esquisita. Primeiro, Evander aparece em pessoa à sua porta, então ele dispersa toda uma gangue sem levantar a voz, muito menos os punhos e eles também querem que ele acredite que cinco caras empacotaram todas os seus pertences em menos de meia hora? Tudo bem, seu apartamento não era grande e ele não tem muita coisa, mas mesmo assim... Meia hora?

— De jeito nenhum! – a exclamação sai como um resmungo enquanto o baixista anda de um lado para o outro em seu novo quarto.

E ainda tem o sonho estranho que teve.

A criatura monstruosa voando sobre eles, o choque na voz de Evander, e... E o rosto dele chegando cada vez mais perto, como se ele fosse beijá-lo nos lábios. Ele se lembra perfeitamente do calor das mãos de Evander em seu rosto e seu hálito resvalando sua pele, a sensação de cair no sono nos braços dele.

Ele se sentira bem, como se estivesse exatamente onde deveria estar... Estranho. Muito estranho!

Capítulo IV

Coabitando

Assim que Evander entra na cozinha, Aliz pergunta:
— Então, como vai nosso garoto de ouro?
— Estou bem, obrigado. – o cantor responde, mordendo uma maçã. Aliz revira os olhos e se volta para o fogão, mexendo o conteúdo de uma grande caçarola.
— Besta!
Evander ri, sentando-se no balcão.
— Tire seu traseiro do meu balcão, Evander! Há muitas cadeiras na porcaria dessa cozinha!
— Desculpe... – ele diz, erguendo as mãos em um gesto de rendição. - Tommy está bem. Surpreendentemente bem, na verdade.
— O que quer dizer? – a moça pergunta, os olhos verdes observando atentamente o ensopado à sua frente.
— Eu lancei um feitiço de dormir nele enquanto estávamos lidando com o golem e você sabe que esse feitiço deixa o sujeito com uma dor de cabeça horrorosa... Ela assente e ele continua: - Pois ele está bem. Tipo... Nenhum sinal de dor.

— Bem, nós sabemos que ele tem Magia. Ele não seria tão importante, se não tivesse.

— Certo, mas até você teve dor de cabeça quando testei esse feitiço em você...

— Verdade... – Ainda mexendo o ensopado, Aliz deixa sua mente vagar por um momento – Me parece que o corpo dele é compatível com a assinatura da sua Magia.

— Isso existe?

— Sim. – ela ri, antes de lamber a colher de pau – Hum... Experimente isso, por favor... Eu acho que está salgado demais.

Ao invés de pegar a colher da mão dela, Evander apanha um pedaço de pão fresco e o mergulha na panela, enfiando tudo na boca em seguida.

— Eu queria que os Magos tivessem ensinado boas maneiras na Academia também! – ela suspira com exagero – Você é um porco!

— Está delicioso! – Evander diz, com a boca ainda meio cheia.

— Está perdoado! Vá arrumar a mesa, por favor. Os rapazes estarão aqui em cinco minutos.

Beijando-a na bochecha, ele se vira para o armário de louças.

— Acho que quero os pratos de ouro, hoje. É uma festa de boas-vindas, afinal de contas.

— Ótima ideia! Só não mude as taças, por favor, deixa o vinho com um gosto estranho.

— Você é a única pessoa que repara nisso! – ele diz, por cima do ombro enquanto faz um gesto com as mãos que inicia a mudança nos pratos de porcelana branca dentro do armário.

— Eu sou a única que tem coragem de lhe dizer isso. Ande logo, os rapazes já chegaram e estão famintos.

— Você disse cinto minutos.

— Eu sou uma Vidente, não um cronômetro! – ela dispara, enquanto Evander deixa a cozinha com nove taças de vinho, pratos e conjuntos de talheres flutuando ao seu redor.

Enquanto Evander está arrumando a mesa, os soldados entram na sala de jantar.

— Vocês tiveram mais algum problema no caminho? – pergunta.

— Não. Foi tudo normal, na verdade. – Bhanks responde.

— Estranho. Eu me pergunto de onde aquela coisa veio. – Aliz comenta, a caçarola com o ensopado flutuando atrás dela.

— E eu me pergunto por que você não nos avisou sobre o monstro, Aliz. – Sirus rebate, cruzando os braços.

— Oh, eu sabia que vocês ficariam bem. – ela dispara seu mais brilhante sorriso na direção dele, enquanto coloca a panela na mesa. Os seis homens gemem com o cheiro delicioso. – Está tudo pronto? Posso ir buscar o garoto novo?

— Na verdade, há algo que eu preciso discutir com vocês, antes. Sentem-se, por favor.

Então, Evander conta aos outros sobre a garota no restaurante e o que ela dissera sobre a Rainha. Um silêncio chocado recai sobre eles até que todos começam a falar ao mesmo tempo.

— Onde ela está?

— Por que ela não nos contatou em todos esses anos?

— Nós deveríamos ir procurá-la novamente?

— Aliz, você sabia disso?

Com isso, todos param de falar, olhando de Evander para Aliz e para Darius, que vocalizou a pergunta.

— Não, eu não sabia. - ela diz, com falsa calma. – Eu sabia que nossa Rainha estava viva, sim, mas da mesma forma que todos vocês sabem. Em meu coração, ela jamais poderia estar morta.

— Você quer que nós acreditemos que a Vidente mais poderosa a nascer nos últimos 500 anos não sabia que a Rainha Vermelha estava viva e planejando seu retorno? - Darius insiste.

— Darius! Você está passando do limite! - Evander avisa.

— Tudo bem, Ev. - Aliz intervém, encarando o técnico de luz – Posso lembrá-lo de que eu tenho esse título, apenas por que nenhum outro Vidente nasceu depois de mim? – ela dispara – Eu nunca disse que sou uma Vidente toda poderosa. Eu vejo o que a Providência quer que eu veja.

— E essa não é a questão aqui! - Newton diz, agitando sua mão no ar como se quisesse dispersar a atmosfera pesada. – A questão é que a

Rainha voltará e que Tommy é a chave para que isso aconteça. Ally, você acha que podemos ter esperanças de que as coisas voltem a ser como eram antes, quando Sua Majestade voltar?

— Eu acho que ficará melhor, New, mas não exatamente como era. As pessoas são diferentes, agora. Nós somos diferentes... – Aliz suspira e empurra seu cabelo dourado para trás dos ombros. – Eu realmente queria saber o que vai acontecer, mas não sei. Eu só sei que nós devemos proteger Tommy e ensiná-lo sobre a Magia neste mundo.

— Bem, não há motivos para nos preocuparmos com isso agora. As coisas vão acontecer como devem acontecer. – Evander diz, encerrando a discussão. – Podemos comer agora, por favor?

Enquanto isso, dois andares acima, Tommy põe a cabeça para fora de seu quarto, espiando o corredor. Seu estômago está roncando e ele pode sentir o cheiro da comida lá embaixo, mas ninguém veio buscá-lo, então ele está preparado para encontrar o caminho sozinho ou morrer tentando.

Assim que fecha a porta atrás de si, passos ecoam pelo corredor.

— Você deve ser o Tommy, certo? – a pessoa diz. Ele é, de longe, o menor homem na equipe de Evander e o que parece mais normal, também. Baixo, mas musculoso, olhos castanhos, com um cabelo loiro escuro cortado curto, está usando uma camisa polo e shorts de jeans. – Eu sou Stephen, marido de Aliz.

— Sim. Prazer em conhecê-lo, Stephen!

— Você estava indo para a sala de jantar?

— Eu ia tentar, pelo menos. Evander disse que viria me buscar, mas eu estou sentindo o cheiro de comida há quase uma hora e ninguém apareceu.

— Ha! Eles devem ter se distraído com alguma coisa. Acontece com frequência.

— Casa estranha, pessoas estranhas. – Tommy resmunga, mais para si mesmo.

— Exatamente! Mas você se acostuma. Eles são legais. – Tommy dá de ombros, mas sorri. – Venha. Estou sentindo o cheiro do ensopado da Ally!

Quando chegam à sala de jantar, Tommy pode ver os cinco homens que ele encontrara naquela manhã e Aliz, conversando animadamente ao redor de uma enorme mesa de mogno, arrumada com pratos e talheres dourados e taças de cristal. Evander entra na sala também, por uma porta do outro lado, carregando uma bandeja de broas de milho recém assadas.

— Stephen! Você encontrou o garoto novo! Entre Tommy, deixe-me apresentá-lo à equipe! Do jeito certo, quer dizer.

O cantor coloca a bandeja sobre a mesa e dá um tapa em uma mão que tenta roubar uma das broas fumegantes, sorrindo brincalhão para o dono do membro.

— Onde estão suas maneiras, rapazes? Levantem-se e venham cumprimentar nosso novo amigo. – Cinco cadeiras rangem contra o chão e eles e aproximam, formando uma verdadeira parede na frente de Tommy.

Evander aponta para o maior deles, com cabelo longo e negro e braços tão grossos quanto o tronco de Tommy:

— Esse é Kadmus Khan, nosso baterista. A torre ao lado dele é Bhanks Tunner, ele toca guitarra. – Bhanks parece ligeiramente mais amigável e é mais alto do que os outros, ele não é tão musculoso, também. Seu cabelo castanho desgrenhado se parece com uma juba. – Então nós temos Newton no teclado.

Newton sorri calorosamente para ele, dizendo:

— Se você precisar de qualquer coisa, venha falar comigo. Ficarei feliz em ajudar.

Tommy sorri de volta, absorvendo os belos traços de seu rosto, olhos cinzentos gentis emoldurados pelas lentes redondas dos óculos e o longo cabelo loiro que ele mantém trançado sobre o ombro. Newton é magro como ele, mas mais alto. Tommy gosta dele instantaneamente.

— E por último, mas não menos importantes, nossos técnicos: Darius, para as luzes e Sirus toma conta do som.

— Vocês são gêmeos? – Tommy pergunta, olhando de um para o outro. A semelhança entre eles é impressionante: Eles têm o mesmo cabelo ruivo grosso, traços faciais fortes e estrutura corporal sólida.

— Quem poderia adivinhar? Ele não é só bonito, mas tem cérebro também! – Darius zomba. Tommy decide que não gosta muito dele.

— Darius, tenha modos! Sirus o repreende. – Sim, nós somos gêmeos. Seja bem-vindo à família, Tommy.

— Obrigado. Prazer em conhecer vocês todos.

— Agora é a minha vez! – Aliz comemora, aproximando-se para abraçar Tommy – Bem-vindo ao lar, querido! Você será muito feliz aqui!

Tommy sorri, escondendo o rosto no cabelo dela; ele quer acreditar em Aliz. Ele realmente quer.

— Vamos comer, então! Evander bate palmas uma vez e Aliz solta o baixista de seu aperto.

— Espero que você goste de ensopado de carne, Tommy. –ela diz.

— Eu gosto de comer. - ele declara, sentando-se ao lado dela – Tenho certeza de que está uma delícia.

— Ele é esperto mesmo! – Bhanks comenta, do outro lado da mesa e pisca para Tommy. – Se você a conquistar, estará a salvo.

— A salvo de quê?!

— De nós. – Darius responde, um sorriso sinistro em seu rosto, que faz Tommy estremecer.

— Não precisa ficar nervoso, Tommy. – Stephen diz, sobre o ombro de sua esposa – Eles gostam de pregar peças uns nos outros, é só isso.

Alguma coisa diz a Tommy que "peças" é um eufemismo, mas com isso ele pode lidar. Pregar peças é bem melhor do que hostilidade declarada, ou o que é ainda pior, hostilidade velada.

Tommy observa e escuta mais do que fala durante a hora seguinte, absorvendo a atmosfera da casa quando todos estão ali e a forma como eles interagem.

Eles zombam e brincam uns com os outros e até mesmo Stephen, que parece tão fora de lugar ali quanto Tommy, está totalmente confortável entre eles.

Evander é o pior de todos, contando piadas ruins e fazendo vozes e caretas engraçadas. Contudo, de alguma forma, esse comportamento descontraído não dissolve a sensação que Tommy tivera mais cedo, de que aquele é um grupo de soldados bem treinados e Evander é seu comandante, apenas a deixa mais forte.

Eles sabem o que estão fazendo ali, e sabem que Evander é o seu líder. Até mesmo Aliz, que emana sua própria aura de poder inquestionável, às vezes olha para o cantor com reverência no olhar.

— O quê? De onde isso veio? – Tommy sussurra, chacoalhando a cabeça.

— Você disse alguma coisa, querido? – Aliz vira para ele, sorrindo e Tommy não pode evitar sorrir de volta.

— Pode me passar o vinho, por favor? – A garrafa chega até suas mãos e ele serve um pouco em sua taça, usando um momento para admirar o rótulo. – Eu nunca ouvi falar dessa vinícola... É nova?

Todos eles começam a rir e olham para Evander, que diz:

— Não, pelo contrário. É muito antiga. Não existe mais.

— Infelizmente. – Darius diz, esvaziando a garrafa em sua taça.

— É realmente muito bom! A porcelana é linda também... – ele para e olha ao redor da mesa, para os rostos que o cercam, alguns parecem divertidos, outros condescendentes e Tommy muda o que ia dizer: – Você está tentando me impressionar, Evander?

— Depende. Está funcionando?

— Na verdade, não. Eu não ligo muito para ostentação, sabe?

— Tenho que tentar outra coisa, então. – o cantor rebate, piscando para ele.

Seus olhos permanecem grudados um no outro, até que os outros começam a rir e assoviar.

— Vão para o quarto, vocês dois! – Sirus grita, rindo alto e Tommy desvia o olhar, corando.

— Alguém quer sobremesa? – Aliz interrompe o momento constrangedor.

— Eu a ajudo com os pratos, Ally. – Tommy diz, agradecido.

Com uma pilha de pratos nos braços, ele segue a única mulher na casa de volta à cozinha. Atrás deles, um dos homens solta um sonoro arroto.

— Darius, você vai ficar sem chocolate essa semana. – Aliz dispara por sobre o ombro.

— O quê? – o técnico se engasga, incrédulo.

— Você me ouviu! Falta de modos revoga privilégios!

— O que você acha que eu sou? Uma criança? Eu sou a porra de um guer...

— Você é um idiota! É isso o que você é! – Kadmus interrompe – Cale a boca.

Aliz então, se volta para Tommy que acompanhava a conversa com olhos arregalados.

— Me desculpe por isso, meu bem. Darius pode ser muito desagradável, às vezes.

— Tudo bem. Deve ser difícil ser a única mulher no meio de um bando de homens barulhentos.

— De fato! Eu tenho que mantê-los na linha. Essa casa seria um chiqueiro se eu não estivesse aqui.

— Nós podemos ouvir você! – Evander grita da sala de jantar, fazendo ela e Tommy rirem. – Pode colocar esses na pia, querido e pegue os pratos de sobremesa no armário.

Quando Tommy volta para a sala de jantar, ele poderia jurar que vê uma nova garrafa de vinho flutuando da taça de Evander para a de Newton. Flutuando! Ele chacoalha a cabeça e olha novamente, para ver a garrafa sobre a mesa.

Eles comem a sobremesa calmamente, conversando entre eles, com Darius mastigando desanimadamente sua tigela de frutas sem chocolate.

É a vez de Kadmus de limpar a cozinha, então todos são enxotados dali. Tommy quer ajudar, mas ele precisa arrumar suas coisas e decidir o que fica no quarto e o que sobe para o sótão.

Então ele passa a próxima hora e meia sentado no chão de seu quarto, cercado por caixas de papelão, roupas e quinquilharias.

Mais tarde, eles saem para o estúdio, para sua primeira sessão de ensaio para a nova turnê. Tommy está animado e talvez um pouco nervoso. Sobretudo, ele está feliz que os gêmeos sinistros, como ele decidiu chamar os dois gigantes ruivos, não estão realmente na banda. Assim não vai precisar interagir tanto com eles.

Também é bom ver o ceticismo no rosto de todos, quando Tommy diz que não sabe ler partituras, transformar-se em admiração quando percebem que ele já sabe a maior parte das notas e riffs das músicas mais recentes de Evander. O baixista não tem a menor ideia de como ou porque ele sabe tocar as músicas, mas não vai contar isso aos outros.

Eles são legais, Tommy decide, no meio do ensaio. Kadmus é barulhento e insanamente talentoso com as baquetas. Newton é o mais quieto, mas quando fala, os outros escutam. Ele parece ter um brilho ao redor dele também... Quase como uma aura. Tommy quer saber mais sobre ele. E Evander é... *Bem, Evander é Evander.* Não muito diferente nos ensaios do que é enquanto se apresenta no palco, pelo que Tommy pode ver pela Tv. Exigente, atento, firme, porém sempre educado com os funcionários e tão extraordinariamente talentoso que é quase inumano.

Mas o que mais surpreende o baixista, é sua conexão com Bhanks, o guitarrista. Eles olham um para o outro e sabem o que fazer em seguida com a melodia da música. Em certo momento, até mesmo Evander para de cantar para olhar para eles. Isso é um pouco assustador. Bem, talvez mais do que um pouco.

No final das contas, foi um bom dia. A partir do momento em que Tommy decidiu aceitar que eles eram um grupo estranho de pessoas, tudo ficou bem.

— Foi um bom dia! – Evander exclama, quando já estão a caminho de casa – Um ótimo dia, na verdade!

— Você está aliviado que eu realmente possa tocar as suas músicas? - Tommy pergunta, afundando no assento ao lado de Evander na extravagante minivan preta.

— Não. Disso eu sabia. Estou aliviado porque vocês conseguem tocar juntos. Especialmente você e Bhanks.

Tommy abre um enorme sorriso e o guitarrista bagunça seu cabelo.

— O garoto é talentoso, sem dúvida.

— Obrigado, mas eu não sou um garoto! Eu tenho trinta anos...

— Como eu disse, um garoto. – Bhanks insiste, rindo alto.

Todos estão rindo até que a voz forte de Sirus interrompe do assento do motorista:

— Ev, eu vou parar naquela lanchonete. Não estou com vontade de cozinhar hoje.

— Contanto que você pague pelo jantar de todos, Sirus... – Evander avisa, olhando para ele pelo espelho retrovisor.

— Eu sei, eu sei. Anotem seus pedidos, por favor.

Mais tarde naquela noite, finalmente sozinho em seu quarto, Evander encara o céu escuro pelo teto de vidro, enquanto pensa.

Tantas revelações em um só dia! Ele nem consegue imaginar como é para Aliz, que enfrenta revelações importantes e irrelevantes a cada momento em que está acordada... E ainda assim, o detalhe mais importante, permanece em segredo. *Quem é Tommy? O que ele é? Um Mago? Depois de tanto tempo, isso seria possível?* Ele poderia ser um Metamorfo, se esse povo não tivesse desaparecido tantos séculos atrás; além do mais, ele deve ser muito poderoso, e Evander nunca ouviu falar de um Metamorfo excepcionalmente poderoso.

Ele gostaria que a Providência lhes mostrasse tudo de uma vez.

Uma batida leve na porta interrompe seus pensamentos.

— Entre!

— Olá, querido! – Aliz cumprimenta com suavidade. – Posso ouvir você pensando lá de baixo. Evander ri e abre espaço na cama, para que Aliz se deite ao seu lado. – Você tem que parar de se preocupar! Ou, melhor dizendo, pare de questionar. Não importa quem Tommy seja. Ele está exatamente onde deve estar, assim como nós. As coisas vão se encaixar logo.

— Você viu o que vai acontecer?

— Eu vi alguma coisa. Não tudo.

— Deve ser muito frustrante...

— Já foi. - ela dá de ombros – No começo. Agora eu aceito o que a Providência me dá e trabalho com isso.

— Como foi seu dia de folga? – Evander pergunta, mudando de assunto.

— Bom. Stephen e eu passamos o dia andando pelados pela casa...

Evander ri alto, apoiando o cotovelo no colchão e a cabeça, na mão.

— Vocês não fizeram sexo na mesa de jantar outra vez, não é?

— Não! Claro que não! – Alguns segundos depois, ela acrescenta: – Foram os balcões da cozinha dessa vez.

— Eca! Que nojo! – ele grita – Vou ter que lançar um feitiço de purificação na cozinha toda!

Aliz explode em gargalhadas até que lágrimas cor de jade escorrem por seu rosto. Evander estica uma mão para capturar duas lágrimas que, imediatamente, tornam-se contas de jade em contato com sua pele. Ele se vira para apanhar um frasco em sua mesinha de cabeceira, onde deposita as duas minúsculas pedras.

— Aqui tem outra. – ela passa outra lágrima para o amigo guardar. – Falando em... Bem, tudo isso... Como você está planejando contar a Tommy sobre nós?

— Não sei bem... Mas, nós temos que fazer isso logo. Os rapazes não vão aguentar viver como humanos por muito tempo. E a vida é muito mais fácil quando não se tem que fingir.

— E ele precisa saber. Ele precisa se preparar.

— Mas ele me disse que não acredita em Magia...

— Assim como todo mundo. Ele precisa ver coisas que o farão questionar isso, então você poderá contar.

Evander resmunga. Ele vê sabedoria nas palavras dela. É mais fácil para uma mente cheia de dúvidas aceitar novos conceitos, mas ele não quer esperar! Quer chamar Tommy ao seu quarto e contar e mostrar tudo a ele.

— Você pode fazer isso também, mas vai ser desnecessariamente traumático para ele.

— Desde quando você lê mentes? – pergunta, virando-se para ela outra vez.

— Eu não leio. Mas o conheço desde que éramos bebês, lembra? Você é o Mago que não tem sua licença de poções porque não conseguiu esperar que a maldita mistura cozinhasse propriamente e que por isso quase ateou fogo na Academia.

— E você tem que jogar isso na minha cara sempre que pode.

— É claro que sim. – ela aperta a bochecha dele e se levanta. – Vou informar aos rapazes sobre nosso plano. Eles estão lá embaixo jogando sinuca.

— E quanto a Tommy?

— Já foi dormir. O dia dele foi longo. – Aliz sorri e Evander pode ver que ela já gosta muito do novo baixista.

E então, os sete Magos começam a lenta e muito interessante tarefa de confundir a mente do pobre Tommy. Eles mudam as cores das paredes e cortinas, fazem objetos flutuarem em sua visão periférica e até mesmo transformam o vinho em sua taça, em água. E até quando as brincadeiras não são com ele, Tommy se pega questionando o que acontecera com Kadmus para ele aparecer para o café da manhã com o cabelo descolorido em um loiro perfeito cheio de bolinhas roxas e então, cinco minutos antes de eles saírem para o estúdio, tudo estava normal.

No decorrer de duas semanas, Tommy passa a olhar por sobre os ombros o tempo todo, esperando a próxima esquisitice. Era tudo muito cansativo.

Capítulo V

Revelações

Tommy sente um arrepio subir por sua coluna e ergue os olhos para ver uma bola de bilhar flutuar ao redor de sua cabeça e ir pousar na mesa, diligentemente rolando até a caçapa.

— Já chega dessa merda! – grita. – Que porra está acontecendo aqui?

— Eu acho que ele está pronto. – Bhanks diz, apoiando seu taco de bilhar no sapato e o queixo na ponta do taco – O que vocês acham?

Um coral de "Com certeza!" e "Já não era sem tempo!" ecoa nas paredes da sala de lazer.

— Pronto para o quê? Eu só quero saber se vim parar num hospício ou se sou eu que estou pirando!

— Ele definitivamente está pronto. – Aliz comenta, na entrada da sala. – Tommy querido, vá lá para cima e fale com Evander. Ele tem algo para lhe contar.

— Eu aposto que tem. Lá em cima onde, exatamente? A porra dessa casa é gigantesca.

Aliz ri e diz:

— Siga o corredor oposto ao do seu quarto até o fim, quando chegar ao final, bata e Evander vai abrir a porta para você.

— Bater na parede?

— É uma passagem secreta, loirinho. – Darius zomba, revirando os olhos.

— Eu vou te mostrar quem é o loirinho, seu grande monte de...

— Ei, ei! Já chega! – Bhanks intervém. – Tommy, vá lá para cima. Darius, eu acho que está na hora de você parar de beber.

Com um último olhar raivoso para a montanha ruiva, Tommy sai, subindo a escadaria dois degraus de cada vez.

— Já era tempo de alguém me explicar o que acontece nessa casa! – resmunga, olhando em volta. Todo aquele andar é decorado com painéis de madeira branca nas paredes, arandelas ornamentadas e quadros.

Mas a parede no final do corredor é apenas isso: uma parede. Não há arandelas nem pinturas... nem mesmo uma maçaneta. Apenas uma parede branca lisa.

Tommy olha por cima do ombro, esperando que os outros apareçam de lugar nenhum, rindo da sua cara por acreditar que deveria bater em uma parede, mas não há nem sinal deles. Nos últimos dias, Tommy aprendera a sentir a presença dos cinco homens. Com um suspiro aliviado, encara a parede mais uma vez e ergue o punho para bater, mas no mesmo instante, o revestimento começa a se mexer e abrir sozinho, revelando uma escada de ferro fundido em espiral.

— Suba aqui, Tommy! – ele ouve a voz de Evander.

Tommy sobe a escada devagar, prestando atenção onde pisa nos degraus estreitos. Quando finalmente chega ao topo, sua boca se escancara de maneira nada educada.

O cômodo é enorme, mas muito acolhedor. As paredes octogonais são cobertas por estantes cheias de livros e luz natural vem do domo de vidro que ocupa todo o teto. A mobília é feita de madeira clara e cada superfície parece coberta de livros e folhas de papel.

— Olá! – Evander cumprimenta, chamando a atenção de Tommy de volta ao chão.

— Que lugar! – exclama, dando dois passos para dentro do quarto. – Eu não tinha reparado que essa torre era tão grande...

— Ela não é...

— Como é?

— Deixa pra lá. Entre, por favor. Fique à vontade.

Por um segundo, ou talvez mais, Tommy se distrai com Evander. Isso vem acontecendo há alguns dias, já. Ele se vê olhando para o cantor, admirando-o, com mais frequência do que deveria. Ele está usando um conjunto todo branco; uma corrente de ouro com um relicário pende de seu pescoço e seus pés estão descalços. O cabelo está limpo e solto sobre a testa e seus olhos parecem mais azuis do que nunca.

— Ahn... Aliz disse que você tem algo para me contar?

— Sim! E ainda bem que você está pronto para ouvir! Sente-se, por favor.

Tommy senta-se em um enorme pufe azul marinho, cruzando as pernas, seus olhos nunca deixando o rosto de Evander. – Então... No dia em que você se mudou, me disse que não acredita em Magia... Você ainda pensa assim?

O baixista fica calado por um tempo, tentando arranjar seus pensamentos em uma frase coerente. *Que pergunta estranha!* Ele pensa.

— Honestamente não sei... Eu vi coisas nesses últimos dias... Ou acho que vi coisas. Vocês são um grupo bem estranho, sabe? E eu... Eu quero gostar de vocês e eu me sinto em casa aqui, eu me sinto seguro, mas não posso evitar sentir que vocês estão tentando me assustar, me fazer sair correndo daqui...

— Não! Não, não, não! Não é isso. Não é nada disso! – Evander afunda mais um pouco em seu próprio pufe e corre uma mão pelo cabelo – Vamos tentar outra vez... Você cresceu na Velha Capital, certo? – Tommy assente – Então, aprendeu na escola sobre a Última Guerra e a Magia que costumava governar o reino.

— Bem, sim. Eu costumava ir para a cama pensando por que as coisas não são mais assim. Hoje sei que tudo não passa de contos de fadas.

— Não! Não são contos, Tommy. É História.

— O que você está tentando me dizer?

— Que é tudo real. Magia existe e houve um tempo em que ela guiava nosso país e a vida era simples e boa para todos.

— Você é maluco! Todos vocês são...

— Que merda! Você é muito teimoso! – Evander resmunga – Pensei que deixando você ver algumas coisas, faria com que acreditasse mais facilmente, mas você é do tipo incrédulo.

— Bem, me desculpe se não acredito mais em contos de fada!

Evander suspira. É triste ver alguém que prefere acreditar que outros são loucos a aceitar que o extraordinário é possível.

— Você quer provas, então?

— Seria legal, sim. – Tommy diz e o sarcasmo em sua voz faz Evander suspirar outra vez.

— O que você quer ver, então? Peça e eu farei.

— Você é um feiticeiro?

— Eu sou um Mago Guerreiro, mas essa é outra história. Vamos lá, teste-me!

Alguns momentos se passam e Evander quase pode ver as engrenagens funcionando no cérebro do baixista.

— Fogo. – Tommy diz, finalmente, cruzando os braços, desafiador.

— Como é?

— Eu quero ver fogo. Faça alguma coisa queimar espontaneamente *pra* mim.

— Eu não vou atear fogo às minhas coisas para entreter você, Tommy! – Evander rebate, franzindo o cenho – Mas, se é fogo o que você quer, fogo você terá.

O cantor, então, abre uma das mãos para revelar uma pequena chama pairando sobre sua palma. A chama rapidamente cresce em uma bola de fogo.

— Mas que porra é essa? – Tommy diz sob o fôlego, provocando um sorriso no rosto de Evander.

— Você precisa de mais provas? – o cantor pergunta, brincando com a bola de fogo, jogando-a de uma mão para a outra e fazendo-a dar voltas ao redor de seus dedos.

— Eu... Não... Você pode me contar a história toda, por favor? Estou confuso.

— É claro que está. – Evander sorri e apaga a chama, fechando a mão. – Vamos ver... Até 400 anos atrás, a Magia era uma força poderosa em nossas vidas. As pessoas que nasciam com ela eram os governantes do reino por direito e sob o comando da Rainha Vermelha, nós vivíamos felizes e em paz. Ela...

— Espere um momento! Nós? Você quer dizer que você e os outros estavam vivos naquela época?

— Sim, nós estávamos.

— Você só pode estar brincando!

— Não estou brincando, Tommy. Eu tenho mesmo 529 anos. Os outros têm mais ou menos a mesma idade.

— Quem são vocês?

— Nós somos exatamente o que você vê: músicos e técnicos e uma brilhante diretora de turnê. A questão que você quer respondida é: quem nós éramos.

— E isso seria...?

— Guerreiros. Ally, os rapazes na banda e eu, crescemos juntos na Academia de Magos, o internato de que lhe falei. Nós crescemos lá para aprender a controlar e usar nossa Magia e para nos tornarmos o que devíamos ser. Mais tarde, quando estávamos com mais ou menos 130 anos, assumimos nossos lugares no Castelo Vermelho, para servir à Rainha Vermelha, junto com os gêmeos. Quando a Última Guerra chegou, nós fizemos o que a Rainha precisava que fizéssemos e nos tornamos soldados. – Ao ouvir isso, Tommy deixa escapar uma pequena risada – Você não está acreditando em mim...

— O engraçado é que eu estou! A primeira impressão que eu tive de vocês, foi que os caras pareciam uma tropa de soldados bem treinados e que você era o comandante.

— Você teve a impressão certa. – Evander diz, contente – Fui treinado na Academia para ser um Guerreiro, por isso sou o líder. Aliz é uma poderosa Curandeira e Vidente e os rapazes têm habilidades diferentes. Bhanks é meu segundo em comando e sabe tudo o que eu sei. Nós também temos um elo mental.

— Isso significa que vocês podem ver dentro da mente um do outro?

— Sim, exatamente. Kadmus e Sirus são especialistas em feitiços de defesa e ataque, respectivamente, Darius pode projetar ilusões nas mentes das pessoas e Newton é um Alquimista.

— E quanto a Stephen?

— Stephen é Humano; nós não conseguimos encontrar nenhum traço de Magia nele.

— Ele é como eu, então.

— Eu acho que não...

— O que você quer dizer?

— Essa é a parte mais difícil de explicar, porque eu também não sei. – Tommy arqueia uma sobrancelha, mas deixa Evander continuar: - Ally teve uma visão com você. Ela viu que você se juntaria a nós na banda, porque nós temos que protegê-lo.

— Me proteger de quê? – Tommy imediatamente se lembra do que sua mãe disse ao telefone quando lhe contou que conseguira o emprego na banda de Evander.

— Eu não sei. Tudo o que sabemos é que você é importante para o nosso futuro e que a Rainha Vermelha vai voltar ao seu lugar de direito.

— Ela ainda está viva?

— Nós estamos, por que ela não estaria?

— Justo... Então, você acha que há Magia em mim?

— Nós temos quase certeza disso. E sabemos que você vai ter um papel chave em eventos importantes.

— Que vocês não sabem realmente quais vão ser...

— Mais ou menos isso. Sabemos que tem algo a ver com o retorno da Rainha, mas é só.

— Se eu tenho Magia em mim, por que não sei disso? Ela não se manifesta em algum ponto da infância ou algo assim?

— Na verdade, eu não sei. Naquela época, as crianças que nasciam com Magia eram mandadas para a Academia. Nunca soube de alguém com Magia que não tenha ido para lá.

— Como os seus pais souberam que vocês tinham Magia? Pelo que entendi, vocês foram separados deles ainda bebês.

— Isso mesmo. Havia alguns sinais específicos. O trabalho de parto é indolor e ocasionalmente, quando a Magia na alma por nascer é muito forte, no momento do parto, o dia se transforma em noite e vice-versa.

— Isso é bem específico! – Tommy exclama.

— De fato. – o cantor ri e o som faz o coração de Tommy pular uma batida.

— Com que frequência essa coisa de virar noite em dia acontece?

— Não com muita frequência... Aconteceu para mim, Ally e nossa Rainha.

— Então... Eu deveria me curvar para você, ou coisa parecida?

— Não! É claro que não! Como eu disse, sou apenas um cantor agora. Nada mais.

— Como planeja fazer a Magia, que você acha que existe em mim, se manifestar?

— Não sei bem, ainda. Mas agora que sabe sobre ela, podemos tentar colocá-lo em contato direto com nossas habilidades, e ver se sua Magia fica interessada.

— Do jeito que fala, parece que há outra pessoa vivendo dentro de mim...

— Me desculpe! Não há por que ficar assustado! Sua Magia é uma parte de você que, por enquanto, não está conectada com sua mente consciente. Uma vez que esteja, nem vai se lembrar do tempo que viveu sem ela.

— Bem, me desculpe se isso me deixa meio ansioso...

— Não precisa ficar na defensiva, Tommy. – Evander tem um sorriso gentil no rosto, o que acalma Tommy um pouco. – A vida é muito mais fácil quando se tem Magia. Pode-se criar qualquer coisa que precisar ou quiser.

— Qualquer coisa? Tipo *qualquer* coisa?

— Bem, para ser totalmente honesto, depende do tipo de Magia que se tem. No meu caso, não posso criar coisas que estão vivas, como plantas ou animais. Posso manipular elementos, por exemplo, mas não posso criar uma borboleta.

Naquele momento, pancadas insistentes soam no vidro da abóbada. Tommy olha para cima, para o domo, e vê uma linda ave colorida bicando a janela.

Com um sorriso, Evander acena dois dedos em círculos e a janela se abre, deixando o pássaro entrar. Ele voa até um poleiro que Tommy não havia notado antes.

O pássaro é grande, quase do tamanho de uma cacatua, e colorido como um faisão dourado.

— Olá, amigo! – Evander diz, levantando-se para pegar biscoitos de um prato sobre uma mesa próxima – Faz tempo que não o vejo!

O pássaro faz um som alegre, mas ignora o biscoito para olhar para Tommy atentamente, com seus enormes olhos dourados. De repente, alça voo novamente, para pousar na coxa de Tommy.

— Acho que ele gosta de você! – Evander exclama, mesmerizado.

— Ele é lindo! Qual o nome dele?

— Eu não sei, nunca perguntei. – o cantor brinca.

— Que falta de educação, Evander! Tommy diz, zombeteiro. – Então, belo pássaro, qual é o seu nome?

O pássaro olha para ele por um momento e então faz aquele som contente outra vez.

— Harold? – Novamente o som, e o pássaro dá dois passos para mais perto de Tommy – O nome dele é Harold.

— Você não poderia ter inventado um nome melhor? – Evander zomba.

— Eu não inventei. Ele me disse. – o baixista olha novamente para o pássaro e então de volta para Evander. – E ele ficou ofendido porque você zombou do nome dele.

Como que reforçando o que Tommy dissera, o pássaro grasna irritadamente para Evander.

— Sinto muito! Harold é um ótimo nome. – o cantor se aproxima e se senta novamente de frente para Tommy, oferecendo o biscoito ao animal. – Você está realmente falando com ele?

— Para quem você está perguntando isso? Eu ou Harry? – Tommy brinca, acariciando a cabeça de Harold enquanto ele come o biscoito.

— Ambos... Estou sinceramente estarrecido. – Tommy pode ver que Evander está confuso, mas também muito satisfeito. – Como isso funciona? Você ouve a voz dele na sua cabeça? É fácil falar com ele?

— Não exatamente... Posso ver palavras borradas em minha mente. É como estática e eu me sinto um pouco tonto.

— Interessante... Talvez fique mais fácil com um pouco de prática. Harry pode te ajudar com muitas outras coisas também.

— Ele diz que não lhe deu permissão para chamá-lo de Harry. – Tommy diz, com uma risada mal reprimida.

— Ora, mil perdões Sr. Harold! – Evander zomba – Vossa Excelência vai permanecer nesta casa de agora em diante?

Tommy concentra-se por um momento e diz:

— Não. Ele deve partir logo, mas voltará ocasionalmente.

— Para onde ele vai?

— De volta para sua Rainha.

— O quê? Harold, você é um emissário da Rainha Vermelha?

— Ele diz que foi mandando aqui para esperar a minha chegada, e assegurar à Rainha que eu estou a salvo sob seus cuidados. Agora deve voltar e dar a ela as boas novas.

Com isso, o pássaro colorido alça voo mais uma vez, voando em círculos sobre as cabeças dos dois homens, antes de rumar para a janela, que Evander abre para ele novamente.

— Isso foi... Interessante. – Tommy murmura enquanto o pássaro desaparece de vista. – Há quanto tempo você o conhece?

— Ele vai e vem esporadicamente desde que nos mudamos para cá, há cinco anos. Nunca pensei que ele poderia ser mais do que uma Ave das Altas Planícies.

— Eu me pergunto por que ele nunca falou com nenhum de vocês.

— Nenhum de nós tem habilidades com a Natureza. Esse é um tipo de Magia muito específico, e não é muito comum também.

— Claro que não é. Nada a meu respeito é comum, não é?

— Aparentemente, não. Então, você tem mais alguma pergunta?

— Depois do pássaro telepata que acabou de voar do meu colo? Acho que não consigo lidar com mais nada hoje. Na verdade, estou esperando o momento em que vou acordar na minha velha cama lá em Holls e descobrir que as duas últimas semanas não passaram de um sonho.

— Você gostaria que tudo não passasse de um sonho?

— Posso responder isso amanhã?

— É claro. Nós não vamos ensaiar amanhã, então durma o quanto quiser.

— Obrigado. Acho que vou precisar. Tommy se levanta e tenta sorrir para seu chefe.

— Não fique com vergonha de perguntar o que quer que seja a nenhum de nós, está bem, Tommy?

O baixista assente e se vira para as escadas.

— Boa noite, Evander.

— Boa noite, Tommy.

Enquanto Tommy se revira na cama, tentando assimilar a verdade que acabara de descobrir, Evander e sua tropa estão na biblioteca, discutindo a notícia sobre a Ave das Altas Planícies chamada Harold.

— Quem é esse pássaro? – Sirus pergunta. – Ele é realmente apenas um pássaro?

— Você está dizendo que ele pode ser um Metamorfo? – Newton questiona, o cenho franzido quase juntando as sobrancelhas perfeitas.

— Eu acho que é o mais provável. Evander nos disse que Tommy vê palavras em sua mente. Animais se comunicam com imagens, não palavras.

— Mas não ouvimos falar deles desde a Última Guerra... – Bhanks diz, os dedos brincando com um pequeno saquinho que pende de seu pescoço por um cordão de couro.

— O que não significa nada. - Aliz rebate. – A verdade é que não temos ideia do que aconteceu a eles; até onde sabemos, eles ainda podem estar por aí sem que saibamos. Além do mais, o nome dele me parece familiar...

— O mais importante aqui é: ele é confiável? Por que nunca tentou se comunicar conosco? – Darius comenta.

— Nenhum de nós tem a habilidade para falar com ele; não havia como saber. - Evander responde – Mas ele foi mandado pela Rainha, então deve ser confiável.

— Foi mesmo? Que prova nós temos? – o técnico rebate – Além da tradução fornecida pelo garoto novo.

— Quem mais poderia tê-lo mandado?

— Quem quer que seja que conjurou o golem...

Um silêncio pesado cai sobre o cômodo; cada guerreiro olhando de um para o outro e para seu comandante.

— Ally, você vê algum perigo chegando? - Evander questiona, algum tempo depois.

— Não. Não vejo nada, para ser honesta. Depois que Tommy chegou, só vejo coisas relacionadas à turnê.

— Isso é estranho... – Newton exclama.

— De fato. - O Alquimista olha para a Vidente e vê que ela tem as sobrancelhas franzidas enquanto fala: – Isso já aconteceu antes... No dia em que libertamos os Metamorfos das masmorras, não os vi desaparecer na mata. Vi o momento em que Evander perdeu a perna e nossa vitória, mas não a fuga deles.

— Nós temos que ter cuidado, é claro. - o pianista diz – Mas mesmo que Harold seja um espião ou qualquer coisa do tipo, ele tem escutado nossas conversas e planos pelos últimos anos e nada aconteceu, então... – ele dá de ombros – Talvez tenha sido mesmo enviado pela nossa Rainha e talvez possa ajudar Tommy a alcançar sua Magia.

— Não há motivos para desconfiarmos do que Harold disse... – o cantor atesta.

— Nem para confiarmos nele. – Darius o interrompe, recebendo um olhar severo de Evander.

— Nem para confiarmos nele. – o cantor repete antes de continuar: – Ele já foi embora, de qualquer forma, então teremos que esperar para ver.

— Mudando para questões mais agradáveis – Aliz começa, agarrando Evander pelo braço musculoso – Quem vai começar com as lições de Tommy?

— Não acho que importe quem começa... Alguém quer ser o primeiro?

— Eu fico com ele. – Bhanks diz – Posso mostrar a ele um pouco de tudo e podemos discutir nosso mapeamento do palco também.

— Perfeito.

— Já que vamos partir logo, acho que seria uma boa ideia ele passar um tempo comigo, já que não terei acesso ao meu equipamento enquanto estivermos na estrada. – Newton acrescenta.

— Eu não vou brincar de babá com o moleque. – Darius atesta, cruzando os braços sobre o peito.

Todos na sala ficam em silêncio, olhando do Ilusionista para Evander, que tem um olhar sinistro nos olhos claros.

— Sua ideia é perfeita, Newton. – ele diz, sem mover os olhos. – Agora, Darius e eu temos algo a discutir. O resto de vocês pode ir.

Silenciosamente, os guerreiros saem da biblioteca; Sirus lançando um olhar preocupado para o irmão.

Assim que a porta se fecha atrás deles, Evander começa:

— Nós temos um problema, Darius?

— Não. – o outro resmunga, desviando o olhar.

— Vou perguntar mais uma vez: – Nós temos um problema, soldado?

Darius finalmente olha para o rosto de Evander. Ele conhece aquele tom de voz. Não é mais seu amigo que está ali, mas seu comandante.

— Eu não gosto dele. – declara por fim.

— Isso eu sei. Por quê?

— Acho que está escondendo alguma coisa de nós. Quer dizer, como alguém chega à idade dele sem saber sobre Magia?

— Ele nunca soube que isso existia, não poderia saber que deveria procurar.

— Eu nunca procurei também, nem Sirus. A Magia simplesmente estava lá.

— Mas vocês viviam em um ambiente saturado com Magia, vocês sabiam que era uma possibilidade! Tommy não. Nós temos de ajudá-lo a se atualizar.

— Por quê? Meu irmão e eu nunca tivemos ajuda. Ninguém nos ajudou a descobrir nossas habilidades...

Um longo momento de silêncio se passou, enquanto Evander tentava absorver o que Darius acabara de dizer.

— Eu nunca soube disso...

— Ninguém sabe. As pessoas presumiram que nós tínhamos frequentado a Academia de Magos em outra província do reino e nós não os corrigimos. Era mais fácil assim.

— Vocês tiveram pais, então? – Evander faz sinal para Darius se sentar e o segue, seus joelhos se tocando no sofá pequeno demais para os dois homens enormes.

— Não. Nós fomos abandonados nas florestas do Sul. Você sabe como as pessoas lá eram naquela época, especialmente com gêmeos...

— Como... Como vocês sobreviveram?

— Não sei bem. Tenho memórias de uma voz profunda e doce falando conosco, mas nunca um rosto. A voz nos trazia comida e mantinha sempre uma fogueira acesa... Sirus não se lembra de muito mais do que isso, também.

— Eu devo agradecimentos a quem quer que tenha cuidado de vocês, porque você e Sirus são indispensáveis para mim. – Evander sorri e aperta o braço de Darius de leve. – Sinto muito por vocês não terem recebido a ajuda de que necessitavam naquela época, mas isso não é razão para duvidar da história de Tommy. Nem para invejá-lo.

— Eu não... – Darius começa, mas Evander levanta uma mão.

— Eu o conheço melhor do que pensa, Darius. Por favor, nos ajude com ele. Você vai ver o bem que isso vai lhe fazer!

— Está bem, eu ensino o loirinho. Mas vou fazer isso por você, pelas vezes que você salvou minha vida, pelo abrigo e pela família que você deu ao meu irmão e a mim.

— É um começo. Você vai começar a gostar dele.

— É disso que eu tenho medo... – Com um suspiro, Darius levanta-se, alisando vincos imaginários em suas roupas caras. – Há algo mais de que precise, Meu Lorde Guerreiro?

Evander suspira também e coloca sua mão direita no ombro esquerdo de Darius, em um gesto antigo de cumprimento e respeito.

— Não, soldado. Você pode ir.

Enquanto Darius sai, Evander senta-se novamente, passando uma mão por seu cabelo escuro. Ele o chamou de Lorde Guerreiro...

Antigamente, seu coração se enchia de orgulho e alegria ao ouvir aquelas palavras sendo dirigidas a ele. Elas significavam que ele cumpria suas obrigações e era respeitado. Mas agora...

Ele puxa a perna da calça de paina para massagear o toco da perna, seus olhos distraídos pelo brilho do ouro e das joias decorando a perna falsa que o ourives fizera para ele.

Agora, espera nunca mais ouvir aquelas palavras dirigidas a ele novamente, mas tem a sensação de que ouvirá, e logo.

Com um longo suspiro, Evander olha para o relógio sobre a lareira e vê que já é tarde. Deveria ir para a cama.

Ele se levanta, deixando o tecido da calça voltar ao lugar e ruma para as escadas.

Por alguma razão, ao invés de virar à esquerda para seu corredor, ele pega o da direita, parando na porta do quarto de Tommy. Sua batida na porta fica sem resposta.

— O que estou fazendo? – cantor sussurra. – Ele precisa descansar!

Evander gira nos calcanhares para seguir seu caminho, mas ouve um gemido, seguido de choramingos. Sua mão voa para a maçaneta. A porta não está trancada, então ele entra.

A lua está brilhando sobre a cama de Tommy, pela janela aberta e o baixista está se revirando na cama, resmungando e choramingando.

Evander sabe que a luz da lua pode ser incômoda para algumas pessoas com Magia, então ele fecha as cortinas com um gesto de mão e na outra, cria uma pequena chama para iluminar seu caminho até a cama.

Tommy parece mais calmo agora, seu peito nu movendo-se serenamente para cima e para baixo.

Ele é tão bonito! E é mais do que seu rosto e corpo. Sua alma transparece em suas feições. *Como Darius pode não ver?* Tommy é uma alma pura, um espírito gentil destinado a grandes coisas. E grande dor.

A revelação atinge Evander com tanta força, que ele arfa alto demais, acordando Tommy.

— Evander? Está tudo bem?

Recuperando-se rapidamente do choque, o cantor sorri para Tommy, que agora está sentado no meio do colchão enorme.

— Sim... sim! Eu... Eu estava indo para o meu quarto quando o ouvir resmungar e fiquei preocupado. Mas era apenas a lua. Você está bem.

— A lua?

— Sim. Sua luz pode afetar as pessoas com Magia de formas negativas. Especialmente durante a fase cheia.

— Oh! Isso explica muita coisa. Eu nunca gostei da lua cheia.

— Aí está... – Com um sorriso desajeitado, Evander clareia a voz e diz: Eu vou deixá-lo voltar a dormir. Desculpe por ter acordado você.

Ele se vira e dá dois passos na direção da porta antes que Tommy o chame. Quando Evander volta a olhar para ele, o baixista tem um olhar estranho nas íris castanhas. Um pouco de vergonha misturado a medo e cautela.

— Você poderia... Ah... Você poderia ficar aqui até que eu caia no sono de novo? Estou me sentindo um pouco inquieto.

Evander usa um segundo para absorver o conceito de que Tommy acha sua presença reconfortante, antes de sorrir e voltar para perto da cama.

— Eu vou pegar uma cadeira...

— Você pode se sentar no colchão. Eu só mordo se você me pedir.

O cantor engasga com uma risada inoportuna e senta na beirada da cama, as costas apoiadas na cabeceira.

— Obrigado. – Tommy diz, liberando o ar que estava preso em seus pulmões, o fluxo de ar resvalando a coxa de Evander. Com um sorriso sonolento, ele puxa a mão de Evander mais próximo de seu rosto e sopra a pequena chama, deixando o quarto no escuro.

Alguns minutos depois, Evander ouve sua respiração ficar compassada, os longos dedos ainda segurando os seus.

Capítulo VI

Mais Algumas Novidades

Tommy acorda no dia seguinte com uma sensação há muito esquecida de paz em sua mente e uma ereção matinal extremamente incômoda.

Abrindo os olhos, vê um tecido branco pressionado contra seu rosto e inspira o cheiro forte de um corpo masculino que está perto demais para ser confortável. Ele conhece aquele cheiro. Ele não deveria, mas conhece.

Ele se lembra muito bem do momento embaraçoso em que pedira ao cantor que ficasse com ele, como uma criança com medo do escuro, mas isso não explica por que sua cabeça está no colo dele!

— Merda!

— Você está acordado, Gatinho? – a voz doce de Evander soa áspera de sono.

— Eu não sou um gatinho! – Tommy resmunga, rolando para fora do colo de Evander e sobre seu estômago, para que o outro não perceba sua ereção.

— Não, mas você com certeza soa como um quando dorme. É muito fofo, na verdade.

— Cala a boca! – rebate, a voz abafada pelos lençóis.

Evander ri, saindo da cama e Tommy sabe que ele está se espreguiçando e não pode evitar a imagem que sua mente cria.

— Eu preciso de um banho... – Evander diz, mais para si mesmo.

— Seu cheiro é bom. – O baixista se ouve dizendo, antes que consiga parar. – Desculpe, isso foi inapropriado.

— Tudo bem. Eu estava pensando a mesma coisa.

Tommy sente suas bochechas esquentando, mas vira a cabeça no colchão para encarar seu chefe.

— Bom... acho que eu deveria ir... Você vai passar algum tempo com Bhanks hoje e temos uma sessão de exercícios com Stephen mais tarde, então eu te vejo depois.

— Está bem... Ah, Evander?

— Sim, Tommy?

— Obrigado... Por ficar comigo.

— Sem problema! – ele diz, jovial, olhando por cima do ombro – Só não se toque no banho pensando em mim, está bem? Isso seria estranho.

E então ele se vai, desaparecendo pela porta e deixando Tommy para trás com seu rosto tão vermelho, que ele pode sentir a pele formigando.

— De onde nas Profundezas isso saiu? – ele diz às paredes do quarto vazio.

Tommy levanta-se e vai para o banheiro; seu reflexo no enorme espelho de moldura dourada chama sua atenção. Seu cabelo está uma bagunça e o rosto continua vermelho.

— Eu preciso de um banho frio! A última coisa de que eu preciso agora é tensão sexual com meu chefe!

Mas ele é mais do que seu chefe, não é? Evander supostamente é seu protetor e vai ensiná-lo a usar Magia. Não há tempo, nem espaço para um relacionamento!

— Eu não tenho tempo para isso! – diz ao seu reflexo, mas toma um banho frio, só por precaução.

Evander parece não estar em lugar nenhum na hora do almoço, o que provavelmente é bom, mas Tommy sente sua falta imediatamente. Viver com ele tem seus efeitos.

O tempo que passa com Bhanks é interessante, para dizer o mínimo. O guitarrista lhe mostra uma gama de truques e feitiços simples, que vão desde mover coisas a distância, até mudar a cor de objetos inanimados.

Para sua imensa surpresa, Tommy consegue reproduzir alguns dos truques.

— Eu não acredito! – ele diz, olhando para a xícara vermelha em sua mão, que era branca até alguns segundos atrás.

— Eu acreditaria se fosse você. – Bhanks diz com um sorriso satisfeito – Você tem potencial, mesmo que esta não seja sua área de expertise.

— E qual é a minha área de expertise, então?

— Não faço ideia, teremos que descobrir juntos. Vai ser divertido! Eu não acompanho esse processo desde os meus dias na Academia.

— Você pode me contar mais sobre esse lugar? Evander disse que vocês cresceram lá.

— É verdade. Nós éramos um grupo muito unido. Passávamos as todas as horas do dia juntos; estudando, praticando ou nos divertindo.

— Nenhum de vocês conheceu suas famílias?

— Não. Os professores e os funcionários da Academia eram nossa família e tínhamos uns aos outros, também. Era uma boa vida, a que tínhamos lá.

— Isso é algo que não consigo entender: Por que seus pais tiveram que entregar vocês? Por que não podiam, pelo menos, conhecê-los enquanto cresciam?

— O Grande Conselho achou que era melhor assim. Sabe, naquela época, as pessoas com Magia eram os governantes da nossa terra, como reis e rainhas, membros do Conselho, ou como Evander, liderando as tropas que mantinham a ordem. Queriam ter certeza de que não haveria influências externas sobre nós ou que nós não exercêssemos nossa influência indevidamente.

— Não tenho certeza se eu entendi...

— Você sabe o que é nepotismo, não? Ou favorecimento ilícito?

— Sim... Acho que entendi seu ponto agora. Mas todas as outras pessoas cresceram com suas famílias ou as conhecem; algumas são pessoas melhores por causa disso... Não acho que ter o amor e cuidado da sua mãe seria algo ruim, se você for uma boa pessoa, e se você não for, não faria diferença de qualquer maneira.

— Você está certo, mas os membros do Conselho não queriam arriscar e, também existe o outro lado disso. – Bhanks diz, esperando para ver se Tommy chega à conclusão certa por si mesmo. – Queriam evitar ameaças a nossas famílias.

— Isso eu meio que entendo, mas ainda acho um exagero...

— Talvez você esteja certo. Nós nunca saberemos. Os Magos na Academia fizeram tudo em seu poder para que todos nós nos tornássemos líderes bons e justos para o povo.

— A Academia aceitava qualquer um nascido com Magia? – Bhanks faz que sim com a cabeça – E nunca houve uma pessoa ruim entre essas pessoas?

— Houve uma, certa vez. Os Mestres Magos nunca descobriram o que houve para que ela se tornasse má.

— O que aconteceu com ela?

— Ela se rebelou contra os Mestres e se tornou a usurpadora. Foi por causa dela que o equilíbrio foi quebrado e tudo ruiu. Ela foi o início da derrocada da nossa civilização.

— A Rainha Sombria. – Tommy murmura, apertando uma almofada contra o peito enquanto Bhanks senta-se ao lado, em um sofá da sala de estar.

— Sim, exatamente. Evander lhe falou sobre ela?

— Não... Eu ainda me lembro de algumas coisas que aprendi na escola.

— Uhm... Você tem mais alguma pergunta?

— Como você e os outros ainda estão vivos? Vocês são imortais?

— Não, mas nós vivemos mais do que as pessoas comuns. Mas não tanto assim, e não sem envelhecer.

— Então como...

— Essa é uma pergunta que você tem que fazer ao Newton, amanhã. Ele vai adorar te explicar isso.

— E quanto à Rainha Vermelha?

— Até você chegar em nossas vidas, não tínhamos certeza se ela estava viva ou não. Agora sabemos que está.

— Vocês vão procurar por ela?

— Acredito que sim. Tudo depende de Evander, na verdade. Temos que esperar para ver.

— Posso fazer mais uma pergunta?

— Quantas quiser.

— Quando morava na Velha Capital, costumava explorar as ruínas ao redor do Castelo Vermelho. Era meu passatempo favorito. Gostaria de ter continuado a fazer isso aqui, mas não há ruínas na Nova Capital. Por quê?

— A Nova Capital foi fundada muito depois da queda da Rainha Vermelha e os governantes escolheram uma parte do território que não era habitada antes. Queriam se distanciar do passado e dos erros que seus antepassados cometeram.

— Erros? Tipo o quê?

— Renegar a Magia e nossa Rainha, para começar. Mas essa é uma história longa demais. Venha, vamos continuar praticando.

Tommy não está animado com a sessão de exercícios. Não mesmo! *Ele nem mesmo tem roupas de ginástica!*

— Eu preciso mesmo? – pergunta a Aliz, tentando seu melhor olhar de gatinho desamparado.

— Bem, não, se você realmente não quiser... – Ela responde, entregando um short e uma camiseta regata a ele – Mas uma turnê é exaustiva e uma boa condição física ajuda bastante; além do mais, usar sua Magia pode ser bem cansativo. Quando eu estava na Academia, eu dormia por três dias seguidos depois de ter uma visão, mesmo que curta. Era muito frustrante, mas conforme fiquei mais velha e mais forte, ficou mais fácil.

— Foi por isso que você se casou com Stephen, então? – Tommy brinca, quando eles entram na academia particular, nos fundos da casa.

Evander e a equipe já estão se alongando perto dos enormes aparelhos de musculação, espalhados cuidadosamente pela sala. O marido de Aliz está por perto, observando; seu corpo forte faz dele uma figura imponente.

— Sim. Foi por isso. – ela rebate, com um sorriso malicioso.

— Pelas Planícies, Gatinho, você parece aterrorizado! – Evander diz, puxando seu braço tatuado por cima da cabeça com o outro – É só um pouco de exercício!

— Pare de me chamar assim! – Tommy dispara, quase gritando, antes que consiga se conter. – Evander ri e os outros o imitam, então ele sabe que o apelido vai pegar. – E não estou com medo, eu sou sedentário. Não quero acordar todo dolorido amanhã, por causa disso.

— É, eu posso pensar em motivos melhores para se acordar todo dolorido. – Evander rebate, piscando para ele.

Tommy pode ouvir Aliz abafando uma risada e ele sabe que seu rosto está vermelho.

— Já chega. – Stephen diz, parando ao lado de Tommy, as mãos apoiadas na cintura estreita – Vocês ogros, podem começar sua rotina normal. Tommy, vá se vestir e nós podemos começar com um pouco de treino cardiovascular.

Tommy assente e desaparece dentro do vestiário. Quando sai, faz o possível para que a franja cubra seu rosto escarlate. O shorts preto está muito justo e curto para o seu gosto e a regata verde escura mostra mais de sua figura franzina do que ele gostaria.

— Vem aqui, Tommy! Nós vamos começar com algo leve e ver como você se sente. Vinte minutos na esteira como aquecimento, certo?

O baixista anda entre os aparelhos o mais rápido possível, tentando não olhar em volta e evitando contato visual, mas é claro que os outros o notam, assoviando e gritando cantadas.

Ele mostra o dedo do meio na direção deles, sem olhar em volta, e pula na esteira.

— Não ligue *pra* eles. – Stephen diz enquanto configura a velocidade e o tempo – E não se compare a eles. Como eu disse, eles são ogros. Você nunca vai ter músculos como os de Kadmus ou Evander, por exemplo, mas você tem um corpo firme e magro. Aposto que você é ágil e rápido.

— Sim e eu sou muito flexível também.

— Aposto que sim, Gatinho! - Darius grita de seus halteres. - Tommy deseja saber fazer o truque que Bhanks lhe mostrou naquela tarde, só para fazer os pesos rolarem sobre os dedos do técnico.

— Ótimo! Você será melhor do que eles em vários aspectos. Agora, respire pelo nariz. Respirações longas e profundas. Isso mesmo. Eu volto em vinte minutos.

Enquanto caminha na esteira, Tommy deixa seus olhos vagarem, contemplando os enormes espelhos que cobrem duas das paredes da sala e, ocasionalmente, o reflexo de Evander neles. Ele está usando calças de moletom e uma regata, ambas pretas. Seus músculos se esticam e relaxam, as tatuagens ondulam a cada vez que ele flexiona os braços... É hipnotizante, de verdade. Ele está sorrindo como se estivesse se divertindo. Quando o cantor começa a fazer abdominais em uma prancha inclinada, Tommy quase perde o pé e tropeça na esteira. Para sua sorte, o tempo acabou e o aparelho desliga.

— Como você está se sentindo, Tommy? - Stephen pergunta.

— Bem. Isso foi bom.

Enquanto desce da esteira, nota uma corda grossa que pende do teto, do outro lado da academia, onde Aliz está treinando alguma coisa que se parece muito com Kickboxing, em um saco de areia.

— Posso subir naquilo? - pergunta, olhos fixos na corda.

— Você já fez isso antes? - Stephen questiona e Tommy balança a cabeça. - Não é fácil, especialmente para alguém destreinado. Você tem certeza?

— Sim... Quero tentar. Eu gosto de alturas.

Com isso, todos param seus exercícios e olham para o baixista.

— Tommy, não faça isso! - Evander pede, aproximando-se - Não posso deixar que se machuque...

— Não vou me machucar. Eu consigo! Quero subir até em cima!

— Mas...

— Deixe-o. - É Aliz falando e a voz dela está baixa e rouca, como quando tem uma de suas visões. - Deixe-o subir.

— Está bem, mas não vá muito alto. E tome, coloque isso. — Stephen entrega um par de luvas sem dedos para Tommy, que as veste e logo agarra a corda, com um sorriso enorme no rosto.

Ele sabe que todos na sala estão prendendo a respiração e seu sorriso fica ainda maior.

Respirando fundo, olha para cima, onde a corda está presa no teto por um gancho grosso e a agarra com as duas mãos. Tomando impulso e puxando seu corpo para cima, começa a subir com agilidade surpreendente, a corda balançando de leve.

Sussurros de "Mas que merda está acontecendo?" e "Malditas Profundezas!" ecoam pela sala de ginástica.

— Está bem, exibido, estamos impressionados. Agora desça daí antes que você caia e quebre a porra do seu pescoço! – Evander grita, rindo, mas um pouco preocupado. Bom, talvez mais do que um pouco.

Tommy ri alto e começa a descer.

E é com grande horror que os músicos assistem enquanto o baixista perde o aperto na corda e despenca em direção ao nada macio tatame sob seus pés.

Acontece tão rápido, que ninguém tem tempo de fazer qualquer coisa, enquanto Tommy retorce seu corpo magro em queda livre e... cai de pé!

— Mas que merda... – Darius grita. – O que você é? A porra de um gato?

Tommy parece tão surpreso quanto o resto deles e não responde ao técnico de luz.

— Você está bem, Tommy? – Evander chega mais perto e agarra os ombros do baixista. Tommy assente e é puxado contra uma parede sólida de músculos suados.

— Evander, me solte! Eu estou bem! – diz, empurrando o cantor gentilmente.

— Desculpe, mas você quase me matou!

— Ele quase *se* matou! – Sirus resmunga ao lado deles.

— Nem vem. Eu caí de pé, lembra?

— É... Eu só gostaria de saber como... – o outro diz, arqueando uma sobrancelha.

— Isso não importa. Ele fez algo incrível aqui. – Stephen interrompe. – Agora voltem para os seus pesos! Tommy, acho que deveria treinar um pouco com Aliz. Pan, você pode cuidar dele, por favor?

— É claro, querido! Venha Tommy, vamos socar alguma coisa!

— Por que ele a chamou de Pan? – Tommy pergunta enquanto troca as luvas de musculação por luvas de boxe.

— É da palavra panaceia. Stephen me chama assim desde que Newton lhe contou a respeito.

— E o que é isso?

— Um remédio para tudo o que está doente. – a Maga explica com um sorriso doce e os olhos fixos no marido.

— Ah! Isso realmente é muito doce e romântico!

— E preciso, já que eu sou uma Curandeira.

— Você pode curar qualquer coisa? Tipo, doenças e ferimentos? E trazer os mortos de volta a vida?

— Quase todas as feridas e doenças e posso trazer os mortos de volta, sob certas circunstâncias.

— Isso é tão legal! Eu queria poder fazer isso!

— Talvez você possa, nós não sabemos ainda.

— Você pode me ensinar?

— Mas é claro! Quando for a minha vez de ter você só para mim. – ela diz, piscando para ele e Tommy não pode deixar de pensar por que essas pessoas gostam tanto de insinuações sexuais. – Agora, vamos treinar! Coloque seus punhos para cima assim. Dê um soco para frente, um braço de cada vez... Isso mesmo. Dobre seus joelhos um pouco mais...

Do outro lado da sala, Evander para sua série para observar Tommy e Aliz. Ele parece relaxado com ela, e feliz, o que faz um nó de ciúmes se apertar no estômago do cantor.

— Um centavo por seus pensamentos. – Newton murmura, colocando um par de pesos em um suporte.

— Nada demais. – o outro responde, sorrindo para o belo loiro ao seu lado. – Fui visitar o Peter, hoje.

— Como ele está?

— Melhor. Sua perna estará como nova em seis meses. Ele mandou um alô e diz que você ainda lhe deve uma partida de xadrez.

Com isso, Newton abre um sorriso doce e nostálgico. Evander sabe que seu antigo baixista tinha mais do que uma queda por seu amigo e gostaria que os dois pudessem estar juntos naquele momento.

— É bom saber! Então, amanhã é minha vez com nosso pequeno gatinho?

— É, mas não o chame assim se você quiser terminar o dia com todos os seus membros intactos.

Newton ri e enxuga a testa com uma toalha.

— Tenho um bom pressentimento sobre amanhã. Algo grande vai acontecer.

— Você andou bebendo daquele maldito Elixir da Clarividência outra vez, New?

— Não! É claro que não! Uma vez foi mais do que o suficiente, muito obrigado. Eu apenas tenho um pressentimento. Minhas plantas estão animadas.

— Plantas animadas... Isso é novidade!

— Se você tivesse a menor conexão com nossa Mãe Natureza, querido Evander, saberia do que estou falando. – Newton rebate com falso desdém.

— É, eu bombei nessa matéria também. Era o mesmo professor de Poções.

Newton ri outra vez, jogando sua trança, impossivelmente longa, sobre o ombro.

— Acho que para mim já chega. Vejo vocês amanhã. Gatinho, vou esperar por você na mesa do café. – O Alquimista grita por sobre o ombro enquanto marcha para fora da sala de ginástica, distraindo Tommy, que acaba levando um chute certeiro de Aliz na parte de trás do joelho e caindo sentado no chão.

Tommy acorda na manhã seguinte com um raio de sol aquecendo o rosto e usa alguns segundos para identificar o estrago em seu corpo castigado. Porque é claro que Aliz o massacrara na noite passada. Não que fosse essa a intenção da moça, mas como Tommy deixara muito claro antes que sua tortura começasse, ele era um sujeito sedentário sem qualquer traço de resistência física.

Como previra, seu corpo todo dói, dos dedos dos pés ao escalpo. Até mesmo piscar parece demandar um esforço imenso.

— Malditas Profundezas! – Tommy resmunga contra o travesseiro. Ele se sente muito inclinado a ignorar o resto do mundo e ficar na cama, mas então se lembra de que Newton o está esperando, e ele realmente gosta do Mago loiro.

Reunindo o que resta de suas forças e empurrando um pé depois do outro até o banheiro, o baixista consegue lavar o rosto, se trocar, e descer a escada, rumo a sala de jantar.

E tão certo quanto o sol brilhando lá fora, lá está Newton, sentado à mesa, lendo o jornal; uma xícara fumegante a sua direita e um pãozinho de massa folhada em seu prato.

Pelo curto tempo de convivência, Tommy sabe que a xícara contém chá vermelho forte e que o pão está recheado com um creme leve e saboroso que o próprio Alquimista prepara com frequência.

Newton é um ótimo cozinheiro e nos dias em que está encarregado da cozinha, ninguém come fora de casa.

— Bom dia, Tommy! - exclama com um sorriso jovial, seus olhos cinzentos brilhando através das lentes redondas dos óculos.

— Oi, New. - Tommy responde, sem entusiasmo.

— Você está com uma cara horrível, querido! Ally machucou você ontem?

— Cada centímetro do meu pobre corpo. – o baixista diz, com um suspiro exagerado e sentando-se pesadamente na cadeira mais próxima.

— Vamos consertar isso, mas você precisa comer primeiro.

— Acho que não tenho energia nem para mastigar...

— Coma um pouco de mingau, então, mas tem que colocar alguma coisa no estômago. – Newton insiste. – Aqui, me deixe servir um pouco para você.

Com um gesto da mão magra, uma tigela branca flutua de seu lugar na frente de Tommy, até um recipiente maior, cheio de mingau fumegante. Então, uma concha se ergue no ar e despeja um pouco da pasta perfumada na tigela.

— Está adoçado com mel de abelhas reais. Eu mesmo fiz. – o outro loiro diz enquanto a tigela flutua de volta ao seu lugar.

O baixista sorri desanimado e a cor da tigela muda de branco para verde.

— Bravo! Posso ver que você aprendeu alguns truques com Bhanks, ontem.

— Sim, foi muito legal. Obrigado pelo mingau, está uma delícia.

— Aproveite. Eu disse a Evander que tenho um bom pressentimento sobre hoje.

— Como assim? – Tommy questiona, entre colheradas de mingau.

— Eu acho que algo grande vai acontecer... Talvez a gente descubra que tipo de Magia você tem.

— Você acha?

— Acho. Para mim é óbvio que você tem inclinação para a Natureza, visto que conseguiu se comunicar com aquele pássaro...

— Harry. – Tommy o corrige.

— Desculpe. Harry. Eu posso me gabar e dizer que tenho uma forte ligação com a Natureza, embora minha Magia seja mais voltada para poções e elixires.

— Isso é porque você usa plantas e partes de animais em suas poções, não é?

— Sim, é isso mesmo! Bem, eu sinto algo em você que grita Magia Natural para mim. – Newton coloca sua xícara de volta na mesa e olha para Tommy, que está franzindo o cenho. – Algo errado?

— Não... Eu só... Eu estava torcendo para que meus poderes fossem de cura, como os de Ally.

— Talvez sejam. O dom da cura se manifesta de maneiras diferentes, sabe? Curar o galho quebrado de uma árvore milenar é tão importante quanto curar um braço quebrado.

Assim que Tommy termina seu café, Newton faz um gesto para que ele o siga. Atravessando a casa toda, saem no jardim dos fundos, onde Tommy ainda não tinha tido tempo de ir.

O jardim é grande, como tudo naquela casa, e opulento, com estátuas e canteiros de flores luxuriantes cercados por um gramado viçoso de gramíneas multicoloridas. Quando Tommy comenta que nunca tinha visto grama vermelha, Newton conta, orgulhoso, que coletara espécimes de todo o reino para fazer aquele gramado colorido.

Uma pérgola grande com roseiras enroscadas em toda a volta leva a uma pequena casa estilo chalé, com telhado de palha e janelas de trissê. É lindo e Tommy diz isso a Newton.

O Alquimista sorri amplamente para ele e abre a porta da frente, revelando uma grande sala de estar decorada com móveis em tons de terra, que parecem extremamente confortáveis. O cômodo é bem iluminado, com alguns traços de cor produzidos pelos pedaços de vidro colorido nas janelas.

Atrás de uma porta trancada, fica o laboratório de Newton. Também é grande, mas por estar tão abarrotado de coisas, não parece tão espaçoso.

Para onde quer que Tommy olhe, há livros, papéis espalhados e frascos com líquidos coloridos. O caos organizado parece ser um traço que Evander divide com o Alquimista.

— Então, primeiro de tudo, vamos livrar você dessa ressaca de exercícios. – Newton diz, pegando um livro de uma das prateleiras. Ele vira algumas páginas e olha para uma delas atentamente por alguns instantes, antes de passar o livro a Tommy. "Leia a receita para mim, por favor."

Tommy olha para o livro, mas ele não reconhece as palavras escritas ali.

— Desculpe, mas eu não entendo o que está escrito.

— Tem certeza? Tente outra vez, a primeira palavra é ruibarbo.

O baixista olha novamente para a página amarelada, concentrando-se nas palavras e, de repente, elas se tornam claras, como se estivessem escritas em sua língua.

— Uau! Como eu consigo fazer isso?

— Você tem Magia em você. Não é possível aprender essa língua; ela está dentro de você, é parte da sua Magia.

— Isso é muito estranho! Mas tão legal! – Newton sorri, contente e faz sinal para que Tommy volte a prestar atenção no livro – Certo, então é ruibarbo, gengibre negro... O que é gengibre negro?

Newton olha para ele por sobre o ombro, enquanto vasculha uma prateleira.

— É gengibre comum, que foi torrado no calor de um vulcão. –explica, segurando um frasco contendo um pó preto.

— Oh! É claro, como sou tonto. – Tommy brinca – Os próximos ingredientes são uma pena branca, água da meia noite e... um sussurro?

— Os mistérios da alquimia. – Newton confirma, mexendo as sobrancelhas loiras. Coloca os vários frascos sobre uma mesa de trabalho e curva um dedo, chamando Tommy para perto dele. – Vamos trabalhar. Fazer uma poção ou elixir não é muito diferente de cozinhar. Misturamos os ingredientes e os deixamos cozinhando pelo tempo necessário.

— Como você sabe quanto usar dos ingredientes? Ou por quanto tempo deixar no fogo? – Tommy pergunta, olhando com curiosidade sobre o ombro de Newton – Não está escrito aqui.

— É exatamente aí que separamos os Alquimistas dos meninos. – O baixista ri, então, fechando o livro.

Newton se afasta e posiciona o rapaz diante da mesa.

— Olhe para os ingredientes, quanto de cada você acha que vamos precisar?

Tommy fica um tempo olhando para os vários frascos e potes sobre a mesa, esperando que algo lhe venha à mente, mas nada acontece.

— Desculpe, eu sinceramente não sei.

Newton solta um suspiro triste.

— Droga, você não é um Alquimista... Mas não se preocupe, nós ainda temos opções. Agora, me deixe terminar isso.

O baixista dá um passo para o lado, para observar o outro trabalhando e fica maravilhado com sua habilidade e confiança. Ele coloca os ingredientes em um caldeirão de chumbo e usa a pena branca para mexer a mistura.

— Sabe, qualquer pessoa pode fazer poções. Não precisa nem mesmo ter Magia, apenas um livro de receitas. Mas um verdadeiro

Alquimista, sabe intuitivamente como preparar poções para qualquer finalidade. – Newton explica, sem parar de mexer a poção, que, se Tommy estivesse prestando atenção, teria visto que mudava de cor a cada volta da pena.

Alguns minutos depois, Newton derrama o líquido, que agora está transparente, em uma caneca. Cobrindo um dos lados do seu rosto com a mão, encosta os lábios na borda da caneca e sussurra algo que Tommy não consegue ouvir. Quando, finalmente, passa o recipiente para o baixista, o líquido assumiu uma tonalidade lilás.

— Isso cheira gostoso! Como torta de ruibarbo recém-assada. – Newton sorri e o observa beber a poção. – O gosto é bom também! Eu sempre achei que poções tivessem que ter gosto e cheiro ruins.

— Isso é porque a maioria das pessoas não quer perder tempo procurando por ingredientes que deixem a poção mais palatável.

— Estou feliz que você pense diferente. – Tommy diz, devolvendo a caneca vazia. – E agora, o que acontece? Eu ainda me sinto cansado e dolorido...

— Paciência, Gatinho. Dê tempo à poção para se assentar em seu estômago. E... Oh! Segure isso. – O Alquimista pega um balde vazio no chão e o coloca contra o peito de Tommy, dando um passo para trás.

— O que... – ele começa, mas de repente, seu estômago se agita, fazendo barulho e se retorcendo.

Logo, o mingau que Tommy comera está no fundo do balde.

— Malditas Profundezas! O que foi isso?

— O efeito da poção. Como se sente?

— Eu... Eu me sinto bem! O cansaço se foi e a dor também! É como se eu tivesse colocado tudo para fora, com meu café da manhã.

— Foi exatamente isso o que você fez. É muito mais fácil curar alguma coisa quando se pode simplesmente colocar isso para fora do corpo.

— Faz sentido, eu acho...

— Agora que está se sentindo melhor, é hora de você conhecer as minhas plantas.

Tommy o segue para fora, pelos fundos do chalé, onde fica uma estufa rodeada de árvores e canteiros de flores. Conforme Newton abre a porta, Tommy sente um nó na garganta, como se estivesse a ponto de encontrar alguém muito querido, mas que não vê há muito tempo.

É quente dentro da estufa e bem iluminado. O cheiro das flores e de terra úmida penetra em suas narinas e parece que ele está...

— Em casa. – Tommy diz, baixinho.

— O que você disse, querido?

— Eu... ahn... Estou me sentindo um pouco tonto... Posso me sentar por um momento?

Preocupado, Newton pega um banquinho e se ajoelha na frente de Tommy.

— Você está tão pálido! Está tudo bem? A poção deve ter...

— Não, não é a poção... Eu apenas estou sobrecarregado.

— Com o quê?

— Esse lugar... As plantas... – Ele olha em volta, para a folhagem e os raios de sol que fazem arco-íris nos vidros e, por um momento, se esquece do que estava falando. – Eu sinto como se estivesse em casa. Como se finalmente estivesse onde deveria estar, sabe? Eu... Eu nunca me senti assim, nem na casa da minha mãe.

Quando Tommy finalmente abaixa o olhar, Newton está sorrindo como um idiota.

— Bem-vindo ao lar, então.

Capítulo VII

Agridoce

Newton não consegue parar de sorrir enquanto corre de volta ao laboratório para pegar um copo de Água Calmante para Tommy.

— Eu sabia! – exclama para as paredes de seu laboratório, derramando quase metade da água na jarra que apanhara.

O pequeno baixista tinha que ser conectado com a Natureza! E se alguém lhe perguntasse, Newton juraria por seu livro de poções mais antigo, que Tommy é um Metamorfo.

Ele não se importa que a raça tenha sido considerada extinta. Não se importa que Evander não goste deles. Tommy é um Metamorfo e um muito poderoso também! Ele tem certeza!

Quando volta para a estufa, Tommy não está mais sentado no banquinho perto da porta. Está de pé em frente a uma das mesas de trabalho, onde Newton deixara um tabuleiro de mudas de rosas, e parece estar cantando uma canção de ninar. O sorriso do Alquimista fica ainda maior.

— Tommy? – o baixista vira-se para ele, parecendo culpado e constrangido – Você ainda quer a água?

— Sim, obrigado. – ele pega o copo cheio de água azul clara e toma um gole – Eu não queria invadir seu espaço, mas... Eu... as rosas...

— Elas pediram que você cantasse para elas? – Tommy faz que sim com a cabeça – Os botões gostam quando canto para eles também. Faz com que cresçam duas vezes mais rápido.

— Isso é tão insano! Há apenas dois dias eu era um cara normal, tentando ganhar a vida fazendo música e agora estou cantando para plantas e falando com pássaros!

— Eu gostaria de poder dizer que te entendo, mas cresci falando com pássaros e cantando para plantas... Por outro lado, nunca consegui me conectar com elas da forma como você aparentemente consegue. – Newton diz, brincando com a ponta de sua trança, que ele usa enrolada sobre os ombros, como um cachecol. – Você quer encerrar por hoje e voltar outro dia?

— Não. Estou animado para descobrir mais sobre a minha Magia, mas vai levar um tempo até eu absorver tudo isso.

— É claro. Então, vamos ver se você consegue fazer um broto crescer?

O baixista assente vigorosamente e segue o outro loiro até os fundos da estufa.

— Normalmente, deixo que as plantas cresçam por si mesmas, porque é melhor para elas, mas se você perguntar, tenho certeza de que alguma delas vai aceitar o desafio.

— O que eu faço? – Tommy pergunta, incerto, olhando para Newton com olhos arregalados.

— Coloque sua mão sobre o tabuleiro e pergunte qual delas está pronta para crescer.

Tommy obedece e fecha os olhos, formulando a pergunta em sua mente, porque, de alguma maneira, sabe que não precisa vocalizá-la.

É fraca, no início, mas ele sente uma resposta vinda de um dos cantos da mesa.

— Essa aqui. Ela tem uma energia forte, para um broto tão pequeno.

— Tem mesmo. Pegue-a.

Newton vai para outra bancada, onde há um vaso de cerâmica cheio de terra.

— Tire a embalagem em volta das raízes e coloque o torrão com o broto no meio do vaso... Isso mesmo. Agora cubra o torrão com a terra. Parabéns, você acabou de envasar seu primeiro broto de rosa.

Tommy sorri de volta para ele como se Newton tivesse lhe dado um grande prêmio.

— Muito bem, rosas são delicadas e essa aqui é um broto muito corajoso por se oferecer para nos ajudar, então temos de ser extra-cuidadosos.

— Certo. O que eu faço agora?

— Coloque suas mãos em ambos os lados do broto e se concentre nelas. Imagine a Magia fluindo pelos seus dedos e em volta deles, deixe a energia penetrar no broto bem devagar. E preste atenção. Sempre preste atenção no que a planta está sentindo. Se ela estiver sofrendo, pare imediatamente.

— Entendi.

Tommy se concentra, fechando os olhos e percebe que pode sentir a Magia em seus dedos, uma energia quente e confortável que faz sua pele formigar.

A pequena planta está feliz, ele pode sentir isso também. E pode ouvir Newton falando mansamente em seu ouvido:

— Relaxe, não se esforce demais. Você está indo bem! No momento seguinte, o baixista sente as folhas roçando seus dedos.

— Abra os olhos, Tommy. Você conseguiu! – a voz de Newton transborda orgulho e surpresa.

Encorajado pela voz do Alquimista e a energia de sua rosa, Tommy abre os olhos e vê um caule com um único botão pronto para desabrochar.

— Uau... Eu não acredito!

— Parabéns, Gatinho!

— Eu estou tão feliz que nem vou me incomodar em te xingar por usar esse nome ridículo...

Newton ri e dá tapinha no ombro de Tommy.

— Como você está se sentindo?

— Ainda um pouco tonto, mas de modo geral, estou bem.

— Ótimo! Você é resistente para um novato. Eu fiquei bastante cansado depois de crescer um broto pela primeira vez.

— Talvez a Magia venha se acumulando dentro de mim por todos esses anos e agora eu tenha um estoque pra gastar.

— Ha, ha! É, talvez. Está quase na hora do almoço, nós deveríamos voltar para a casa principal.

— Posso levá-la comigo?

— Sim, é claro. Ela deve ficar com você por toda a vida dela.

— Então... Eu sou um Mago, agora?

— Não! Ha, ha, ha, ha! Você é um feiticeiro em treinamento. Leva séculos de estudo e prática para alguém se tornar um verdadeiro Mago.

— Séculos... – Tommy pega o vaso de flor e segue Newton para fora da estufa. – Por falar nisso, perguntei ao Bhanks sobre como vocês ainda estão vivos e jovens e ele me disse para perguntar a você.

— Oh! – Newton tranca a porta da estufa e se junta a ele no jardim – Um dos principais objetivos da Alquimia é criar o Elixir da Vida Eterna. Isso é o que todo Alquimista almeja.

— E você conseguiu.

— Sim, é claro. Mas...

Ele para e se ajoelha ao lado de um arbusto de azaleias para arrancar algumas ervas daninhas que começaram a crescer ali. Tommy espera, braços firmes ao redor do vaso e as folhas de sua rosa roçando seu rosto.

— Mas? – ele insiste, já que Newton parece ter se esquecido de que estavam conversando.

— Mas nós não precisamos disso, já que temos Aliz. Newton finalmente se levanta, limpando as mãos nas calças.

— Ela mantém todos vocês jovens?

— Não é ela, exatamente... – Newton segura Tommy pelo cotovelo e o traz para mais perto. Com os lábios quase tocando a orelha do baixista, ele continua: – Preste muita atenção, porque eu estou a ponto de lhe contar um dos segredos mais bem guardados de todos os tempos, e é crucial que ele permaneça assim.

Tommy assente, olhos arregalados e sobrancelhas arqueadas.

— As lágrimas de Aliz têm poderes que nem mesmo nossa Rainha pode entender. Eu já as vi ressuscitar os mortos e curar membros dilacerados, em segundos.

— Isso é incrível! Ela é realmente uma panaceia!

— Ally é *A* Panaceia, meu caro. É por isso que temos que manter esse detalhe em segredo. Pode imaginar o que as pessoas fariam com ela se todos soubessem?

Tommy assente lentamente, apertando ainda mais os braços ao redor do vaso de flor.

— Antigamente, quando tudo era do jeito que devia ser, ela seria honrada e prestigiada, mas hoje...

— Eu entendo completamente. Então, se são as lágrimas dela que tem Magia, onde você entra?

— Assim que alguém as toca, as lágrimas se transformam em contas de jade e nesse estado, elas são poderosas demais, então eu as reúno e faço um elixir que usamos para cozinhar.

— Então, agora eu também sou imortal?

— Não somos imortais, Gatinho, temos longevidade mágica. E sim. Enquanto você comer da nossa comida, terá uma vida longa e saudável.

— E o que acontece se eu parar de comer?

— Você morre! – é a voz alta de Evander, vindo de uma janela acima deles. Tommy e Newton erguem o rosto para olhar para ele, que tem uma expressão desagradável no rosto bonito. – Venham para dentro de uma vez! O almoço está servido.

— Que bicho mordeu ele? – Tommy pergunta, assim que Evander sai da janela.

Newton abre um sorriso torto, mas dá de ombros.

— Vai saber. Venha, mal posso esperar para ver a cara deles!

Quando o par chega à sala de jantar, a equipe já está sentada ao redor da mesa onde um enorme assado fora servido em uma travessa de prata com batatas coradas e molho.

O Alquimista clareia a voz para chamar a atenção dos outros e diz:

— Meus amigos, permitam-me apresentar a vocês nosso amigo Tommy, o feiticeiro da Natureza.

Seis pares de olhos caem sobre Tommy e todos começam a falar ao mesmo tempo. Aliz vai para perto deles e joga seus braços ao redor dos ombros de Tommy, um grande sorriso em seu rosto. Stephen está logo atrás dela.

Depois vêm Bhanks e Sirus, que apertam a mão de Tommy e batem em suas costas; Darius acena para ele com a cabeça, sem se levantar.

O cantor é o último a se aproximar e Tommy pode sentir que a energia dele está diferente. Ele se afasta para colocar o vaso com sua rosa em um aparador antigo e Evander o segue.

— Parabéns, Tommy. – ele diz, e sua voz soa seca. – Estou feliz que tenha encontrado sua Magia.

— Está mesmo, Evander?

— Como disse?

— Você não parece feliz por mim. Há alguma coisa errada?

— Mas é claro que não! Apenas estou estressado com os preparativos finais da turnê...

— *Tá* bom... – Tommy rebate.

— Como é que é?

— Nada, não. Podemos comer? Fazer um broto crescer em segundos me deixou faminto!

Deixando Evander para trás, Tommy senta-se ao lado de Aliz e tenta ao máximo sorrir e aproveitar a refeição e os elogios de seus colegas de banda, mas ele pode sentir, mesmo sem ver, Evander olhando para ele de seu lugar na cabeceira da mesa. É bastante perturbador.

Quando todos terminaram e começam a se levantar para sair, Aliz diz:

— Evander, nós temos que definir o figurino de Tommy para a turnê.

— Sirus está responsável por isso. Pergunte a ele.

— Mas...

— Eu tenho que limpar a cozinha. – ele diz, desaparecendo pela porta.

— Mas que merda é essa? – Tommy escuta Aliz resmungar.

— Ally... Eu fiz alguma coisa errada?

— O quê? Não, meu querido, é claro que não! Eu não sei o que está acontecendo com nosso destemido líder, mas vou descobrir. Bhanks, posso conversar com você em particular, por favor? – o guitarrista assente e segue para a biblioteca, do outro lado da casa. – Enquanto isso... Sirus, querido, você pode cuidar do figurino de Tommy?

— É claro, Ally. Venha, Gatinho.

— Eu adoraria que vocês parassem de me chamar assim! – o baixista resmunga, enquanto pega seu vaso de flor e segue Sirus até o andar de cima.

— Pode esquecer, Gatinho. – o técnico rebate, rindo. – Então, o que você planeja usar no palco? Escolha com cuidado, porque vai usar a mesma coisa praticamente todas as noites nos próximos seis meses.

— Seis meses? Não tinha ideia de que seria uma turnê tão longa!

— É um país grande. Sirus alcança uma maçaneta e abre a porta de um cômodo cheio de espelhos e araras de roupas.

— Tem razão... Não pensei muito a respeito do meu figurino, para ser honesto. Achei que Evander decidiria isso.

— Ele poderia, mas onde fica a diversão? – o sorriso de Tommy se alarga e Sirus bagunça seu cabelo com a mão enorme. – Dê uma olhada em volta e veja se você gosta de alguma coisa.

— Uhm... Deixe-me ver.

Enquanto anda pelo quarto, Tommy puxa uma peça ou outra para olhar mais de perto.

— E se eu não gostar de nada?

— Posso fazer alguma coisa especialmente para você.

— Até amanhã?

— Em cinco nanossegundos.

— Você só pode estar brincando!

— Evander não lhe disse que nós podemos criar qualquer coisa?

— Ele disse *quase* qualquer coisa.

— Qualquer coisa que não esteja viva, então. Criar novas peças de roupa é muito fácil. Então, diga o que você quer.

— Que tal um sobretudo com lapelas e punhos grandes para eu usar com isso? – ele puxa um cabide com uma túnica branca e um par de calças de paina simples.

— Uhm... Bom... Vista essas e vamos ver.

Tommy se esconde atrás do biombo e troca de roupa.

— Está um pouco grande demais... – Ele ouve Sirus estalar os dedos e de repente, suas roupas lhe servem perfeitamente. – Legal!

— Venha aqui e me deixe olhar para você. – Ele obedece e Sirus assente, aprovando. – O que você acha de um par de botas de cano alto? Vão fazer você parecer mais alto.

— Como se isso fosse possível enquanto eu estiver cercado de gigantes. – Tommy diz, enquanto ajusta o par de botas que Sirus fez aparecer em suas pernas. – Mas eu gosto delas.

Sirus estala os dedos novamente e um longo casaco púrpura aparece sobre os ombros de Tommy.

— Roxo? Não pode ser preto?

— Nós nunca usamos preto no palco.

— Por que não?

— Ally baniu essa cor do palco porque Evander já usa preto demais no dia a dia. – Sirus explica, dando de ombros – Que tal azul marinho?

— Pode ser. Você pode fazer as lapelas e punhos maiores e em vermelho?

— Aí está.

— É! É isso mesmo! O que acha? – Tommy pergunta, girando o corpo de um lado para o outro, para ver as costas do casaco no espelho e a forma como ele se ajusta perfeitamente à sua figura.

— Eu gosto! Combina com o resto de nós, mas é muito a sua cara.

— Eu gosto dos botões dourados. Você acha que eu preciso de um cinto?

— Um cinto... – Sirus coça a barba por um momento – Não exatamente um cinto...

Ele estala os dedos mais uma vez e uma faixa de tecido dourado escuro se enrola na cintura de Tommy.

— Isso!

— Perfeito! Naria gosta também!

— Quem é Naria?

— Minha rosa.

Sirus vai dizer alguma coisa quando ouvem uma buzina lá fora.

— Que bom, Paul trouxe nossa carona! Venha.

Eles descem as escadas correndo e passam pela porta da frente, onde os outros já estão reunidos ao redor do enorme ônibus e da casa móvel.

— Uau! – Tommy exclama, seus olhos arregalados de surpresa, enquanto um dos veículos expande lentamente algumas de suas seções. – Nós vamos viajar neles?

— Sim! Apenas o melhor para a melhor banda do país! – Uma voz grossa diz atrás de Tommy. – Olá, eu sou Paul. Você é o novo baixista, não? Gostei da roupa!

— Obrigado! Eu sou Tommy, prazer em conhecê-lo, Paul.

— A mesma coisa do ano passado, Paulie? – Darius questiona.

— Não, Darius. Este aqui tem quatro tvs e o chuveiro é duas vezes maior.

— Eu amo tanto você! – Bhanks e Kadmus dizem ao mesmo tempo, fazendo os outros rirem.

— Aliz e Stephen vão ter mais espaço na casa móvel, também. Vão explorar, eu tenho que falar com Evander.

E, de repente, é como se seis adultos virassem crianças, correndo para o enorme ônibus de dois andares.

Tommy nunca vira nada como aquilo antes. Há uma cozinha completa, sala de estar e um pequeno banheiro. A escada no meio do ônibus leva à área de dormir, no segundo andar, com oito beliches, um banheiro surpreendentemente grande, uma cama de casal na frente e um enorme futon na parte de trás, completo com uma tv gigante e minibar.

Tudo é decorado com muito bom gosto.

— Isso é muito legal! – O baixista exclama, jogando-se na grande cama de casal. – Quem eu tenho que comer pra ficar com essa cama?

— Eu. – Tommy olha para cima e vê Evander parado na beirada da cama.

— Deixa pra lá. – diz, levantando-se. – Eu fico com um beliche. Ei, New! Você fica em cima ou embaixo?

— O quê? Eu... ah... Eu não... – O tecladista se engasga, olhando assustado de Evander para Tommy.

— O beliche, Newton. – Tommy revira os olhos – Você quer o de cima ou o de baixo?

— Oh... Não faz diferença, na verdade.

— Vou ficar com o de cima, então.

Quando Paul interrompeu o que estava rapidamente se tornando uma conversa muito desagradável com Aliz, Evander estava prestes a negar algo veementemente, mas agora ele se vê obrigado a admitir: está com ciúmes por Tommy estar passando tanto tempo com Newton. O mero fato de que ele escolhera o Alquimista para ficar mais próximo dele faz o cantor tremer de raiva.

Mas por quê? Tommy não é nada para ele além de um colega de trabalho e, tecnicamente, seu empregado... Claro, é um sujeito bacana e agora é um deles de todas as maneiras que importam, mas...

— Você está com ciúmes porque esperava que ele se apegasse a você, não a Newton. Ou a ninguém mais, por falar nisso. – Bhanks diz assim que os outros seguiram para explorar a casa móvel.

— Você está abusando da nossa conexão mental... – Evander o repreende, mas se senta na cama e esfrega o rosto com as mãos.

— Desculpe. Às vezes eu não consigo evitar.

Inclinando-se contra o batente da porta, o guitarrista olha para seu amigo com as sobrancelhas franzidas.

— Mas você sabe que eu estou certo.

— É, eu sei. Não deveria estar com ciúmes, não tenho esse direito.

— Pelo menos por enquanto.

— O que você quer dizer?

— Ah, qual é! Quer mesmo que eu acredite que ele não vai estar na sua cama antes da semana que vem?

— Não vou seduzi-lo, Bhanks. Além do mais, ele gosta do Newton.

— Todo mundo gosta do Newton, Evander. Até você.

— Isso foi há muito tempo...

— E eu te conheço. Você não consegue guardar suas mãos, ou seu pinto, por falar nisso, para você mesmo quando um garoto bonito entra em cena.

— Você me faz sentir um cafajeste. – Evander resmunga, cruzando os braços.

— Eu não iria tão longe, mas você não é nenhum modelo de castidade...

— Ah, me dá um tempo! Eu tenho 529 anos! Jamais poderia passar todo esse tempo sem transar!

— Eu passei.

Evander para de falar, lembrando que Bhanks fizera um voto de castidade desde que sua amada esposa desaparecera na Última Guerra.

— Sinto muito Bhanks! Eu...

— Tudo bem. Eu não deveria ter tocado no assunto. Não tenho o direito de esperar que outra pessoa aja do mesmo modo que eu.

Bhanks endireita a postura outra vez e estende a mão para Evander, puxando-o de pé.

— Mas eu estou feliz que você não esteja planejando seduzir nosso pequeno Gatinho. Temos que mantê-lo conosco.

— Eu sei. Nada vai acontecer, prometo.

— Você não precisa me prometer que nada vai acontecer. Apenas prometa que se algo acontecer, será porque você tem intensões sérias com ele, e não porque você quer meter seu pau onde ele não é chamado.

Evander não pode evitar a risada que escapa de seus lábios.

— Eu sempre posso contar com você para ser dolorosamente direto, não é? Está bem, prometo.

— Esse é o meu trabalho, sim. Agora venha! Temos que celebrar nossa última noite em casa!

Capítulo VIII

O Primeiro Show

Com a longa jornada pelo Território Central à frente, Evander e sua trupe passam seu último dia em casa abastecendo o ônibus e a casa móvel com comida e outros suprimentos. O primeiro show seria naquela mesma noite, na maior arena de shows da Capital e todos estavam vibrando de expectativa, exceto Tommy, que está com medo de ter pânico de palco.

— Você vai se sair bem, querido! – Aliz o conforta, enquanto espana poeira imaginaria do novo casaco do baixista. – Você é um músico excelente e está um gato nessa roupa! Os fãs vão te amar!

— Mas e se eu cometer um erro? E se eu tropeçar nos meus próprios pés? E se...

— Ei! Olhe para mim! – ele obedece e fica preso na imensidão verde dos olhos de Aliz, relaxando imediatamente – Está tudo bem Gatinho. Relaxe. Tudo vai ser perfeito essa noite. Se precisar de alguma coisa, olhe para a sua esquerda, eu estarei bem aqui.

— Está bem. Eu posso fazer isso! Eu sei que posso!

Com um sorriso quase confiante, ele assente e abraça Aliz.

— Obrigado, Ally, você é incrível!

— *Você* é incrível! Agora vai e arrasa.

Tommy acena para ela uma última vez, segurando com força o braço de seu velho baixo e entra no palco.

Os outros já estão em seus lugares e o barulho ensurdecedor da plateia o deixa tonto por um momento. Por sorte, as luzes ainda estão baixas, então eles não podem vê-lo.

Ele acena com a cabeça para os outros na penumbra e assume seu lugar em frente à plataforma com o teclado de Newton.

Assim que a música ambiente termina, uma compilação dos sucessos antigos de Evander e algumas músicas de outros artistas de que ele gosta, a banda começa a tocar as primeiras notas da música de abertura e exatamente no momento certo para a entrada de Evander, uma bola de fogo e fumaça explode no centro do palco, fazendo Tommy pular de susto.

E então, lá está Evander. Alto, musculoso, pernas ligeiramente separadas e braços abertos.

Como um anjo vestido de branco, ele fica ali, como se recebendo a energia que a plateia lança em sua direção.

Sua voz é poderosa desde a primeira nota da canção animada até o final na primeira metade do show.

A atmosfera é magica por si só, com as luzes e a própria música, mas Tommy nota algumas coisas acontecendo, coisas que poderiam passar como efeitos especiais, mas ele sabe que não são.

Eles estão fazendo truques com a Magia: pequenas explosões de luz em momentos precisos ou uma cortina de bolhas de sabão em um momento particularmente doce do show.

Seria muito legal se as bolhas se espalhassem sobre as pessoas na plateia, ele pensa e para sua imensa surpresa, uma leve brisa sopra sobre a banda, fazendo exatamente isso.

As pessoas gritam ainda mais alto e pulam, tentando alcançar as bolhas, parecendo tão surpresas quanto os músicos no palco. Evander vira-se para ele e murmura:

— Legal! – Tommy sorri de volta.

Com canções rápidas e alegres, a segunda metade do show se transforma em uma festa em cima do palco e fora dele, com as pessoas pulando e dançando com as músicas cuidadosamente compostas e executadas por Evander e sua banda.

Ele fala muito durante o show, provocando e brincando com os fãs nas primeiras filas, e perto do final, começa a apresentar a banda:

— Teria sido um show muito chato, se eu não tivesse minha incrível banda comigo essa noite, e quero que vocês os conheçam. Posso apresentá-los a vocês?

A multidão ruge e grita, concordando.

— Primeiro de tudo, na guitarra, meu melhor amigo, Bhanks Tunner! Depois, ditando o ritmo da noite, o rei das baquetas, Kadmus Khan!

O baterista se levanta de seu banquinho e joga as baquetas para a plateia, um grande sorriso em seu rosto.

— O favorito das garotas: Newton Arany no teclado! – As mulheres na plateia gritam ainda mais alto quando Newton se curva e joga um beijo para elas. – Agora, eu quero que vocês deem calorosas boas-vindas ao nosso novo baixista: Tommy Sabberton!

Tommy dá um passo à frente, se encaixando sob o braço de Evander, que bagunça seu cabelo enquanto ele toca seu pequeno solo.

— Ele não é lindo? – Evander provoca.

— Beija ele! – alguém grita.

— Sim! É tradição! – outro diz.

E então, todos na plateia começam a entoar um coro de "Beija! Beija! Beija!"

— Você se importa? – Evander pergunta, os lábios roçando a orelha de Tommy, para que o baixista consiga ouvi-lo. – É apenas para agradar os fãs, mas você não precisa fazer isso, se não quiser.

— Eu... Eu não sei... – Tommy murmura, exasperado.

Então, o cantor se vira para seus fãs e diz:

— Senhoras, senhores! Tommy é hétero, ele não quer nada comigo!

Um som de desapontamento coletivo vem da plateia, e Tommy pode ver que Evander está desapontado também.

— Eu vou dobrá-lo, não se preocupem! – diz e dá uma piscadela que Tommy não sabe se foi para ele ou para os fãs.

O show termina após a próxima música e eles saem do palco sob o som ensurdecedor dos gritos e assovios.

Os outros conversam animados e se congratulam, Aliz vem correndo e abraça cada um, mas Tommy fica quieto num canto. A cabeça muito cheia e o corpo, muito cansado para celebrar.

— Gatinho, por que você está tão quieto? – Evander pergunta, reparando que ele estava sentado longe do grupo.

— Para de me chamar assim, porra!

— Alguém está de mau humor... – Darius provoca. – Por que o Gatinho está de mal humor? É porque Evander quase o beijou? Ou é porque ele não beijou?

Todos riem e está tudo bem. É uma piada inofensiva, mas Tommy não está com humor para rir; talvez porque Darius tenha chegado perto demais da verdade...

Kadmus e Bhanks querem sair para farrear antes de pegarem a estrada, então a equipe toma um banho rápido nos vestiários da arena.

Quando estão prontos para ir, Newton percebe que Tommy ainda está usando o figurino do show, sentado no sofá com as pernas sob o corpo, uma garrafa d'água esquecida em sua mão e um olhar perdido nos olhos.

— Tommy, você não vem com a gente?

— Não, obrigado. Estou cansado demais.

— Ah, qual é! – Sirus junta-se a eles e tira a garrafa da mão de Tommy. – Foi nosso primeiro show juntos, temos que comemorar!

— Não estou com humor pra isso, desculpe. E preciso cuidar da Naria, ela ficou sozinha o dia todo.

— Isso não é... – Sirus começa, mas Newton o interrompe.

— Está bem, então. Se mudar de ideia, nós estaremos nesse clube. – o Alquimista escreve o endereço em um guardanapo e o dá a Tommy. – Venha nos encontrar, se mudar de ideia.

Tommy aceita o endereço e acena com a cabeça para os outros, conforme eles vão saindo.

Quando finalmente se vê sozinho, o silêncio é opressivo, e ele decide voltar para o ônibus.

Surpreendentemente, ainda há alguns fãs esperando na porta dos fundos da arena. Eles o reconhecem imediatamente e chamam seu nome.

— Podemos tirar uma foto com você, por favor? – uma garota morena pergunta. Ela é muito bonita e Tommy se pergunta qual seria a política de Evander sobre sair com fãs.

— Sim, é claro! – ele diz, sorrindo o mais largo possível. Há cinco garotas e três rapazes no grupo e Tommy fica feliz em tirar fotos com cada um deles, sentindo-se melhor ao perceber a afeição que aquelas pessoas já dedicam a ele.

— Por que você não foi junto com a banda? – uma das garotas pergunta.

— Eu não sou o tipo festeiro, para ser honesto. Então, vocês gostaram do show?

— Sim, muito! – uma morena bonita responde – Você é muito bom!

— Mas você deveria ter beijado ele! É tradição, sabe? – outra garota diz.

— Ah, é?

— É! Evander sempre beija o baixista. É pra dar sorte.

— A não ser que você não se sinta confortável com isso, é claro! – Um dos rapazes interrompe.

Os outros se apressam em concordar com ele, as bochechas ficando vermelhas pelo embaraço de não terem pensado nessa possibilidade.

— Eu vou pensar a respeito. Agora tenho que ir. Boa noite!

— Tchau, Tommy!

Tommy entra no ônibus o mais rápido que pode, acenando para os dois motoristas que estão jogando cartas em uma das mesas e sobe a escada para o segundo andar, para tomar um banho e se deitar.

Em seu caminho para o banheiro, passa por Naria, que já está começando a desabrochar, o branco puro do botão revelando lentamente o vermelho vivo da parte interna.

Ele para e sorri para ela, acariciando as pétalas delicadas. De repente, tudo em que consegue pensar é se os lábios de Evander seriam tão macios e quentes como as pétalas de Naria.

Qual seria o gosto deles? Ele se sentiria excitado ou envergonhado depois?

Seus olhos ficam fixos na rosa por um longo momento, enquanto tenta desembaraçar seus pensamentos.

— Boa noite, meu amor! – a voz doce de sua rosa ecoa na mente de Tommy.
— Oi, linda!
— Como foi o show?
— Ótimo! Muito bom...
— Qual o problema, então? Posso sentir que está perturbado.
— Você pode sentir minhas emoções também? Assim como pode me ouvir?
— Sim, posso sentir o que vai em seu coração. Você sente algo pelo cantor.

Tommy percebe que ela não disse aquilo como uma pergunta.
— Aparentemente, sim... Mas eu não tenho ideia de que sentimentos são esses.
— Bem... você gosta dele.
— Claro, quer dizer, o que há para não gostar?

Tommy passa os dedos pelo cabelo e se senta na cadeira ao lado da mesa onde o vaso está.
— Ele é inteligente e engraçado, mas também é gentil e atencioso...
— Você me disse ontem que ele foi grosseiro com você...
— Sim, ele foi. Eu não sei o que aconteceu, mas parece que estamos bem de novo.

Em silêncio, Tommy revive o show em sua mente. O modo como Evander estava sempre sorrindo, como parecia tão radiante, a voz dele ecoando lindamente nas paredes ao redor deles, mas principalmente, Tommy relembra de novo e de novo a sensação dos lábios dele contra a pele de sua orelha, o calor da mão de Evander em sua cintura, sob o casaco.

Ele deveria beijar Evander? Ele deveria querer beijá-lo?

A voz de Naria sussurra em sua mente:
— Por que não?

Rapidamente, Tommy tira o figurino do show e veste roupas normais, correndo escada abaixo outra vez enquanto chama um taxi pelo celular que Evander lhe dera quando se mudou para a mansão.

Quando o carro para do lado de fora do clube noturno, joga algum dinheiro para o motorista e corre para a porta.

O enorme segurança bloqueia seu caminho com um braço musculoso: — Identidade, garoto.

— Ah, qual é! Eu tenho trinta anos, cara!

— Tá bom. Última chance, me mostre sua identidade ou eu vou chamar a Tropa.

Resmungando, Tommy pega sua carteira no bolso e tira o cartão com sua foto e informações pessoais.

O homem examina o documento sob uma lanterna de luz especial, com certeza procurando por indícios de falsificação e, depois de alguns segundos, devolve a carteira para Tommy e abrindo a porta.

— Vai em frente.

O clube está cheio, a música alta e as luzes piscando mexem com os sentidos de Tommy. Ele olha em volta, procurando pela banda, mas é difícil ver qualquer coisa ali dentro.

Tommy imagina que eles estejam na área VIP, mas esta fica do outro lado do salão lotado.

Com um suspiro irritado, abre caminho entre a massa compacta de corpos humanos usando os cotovelos, mas não sem ganhar alguns apertões no traseiro de vez em quando.

Finalmente, vê as cabeças ruivas de Sirus e Darius e continua abrindo caminho na direção deles.

Há outro segurança enorme ao pé da pequena escada que leva à área VIP, mas Tommy não presta atenção nele, passando direto.

— Ei! Onde você pensa que vai? – o sujeito grita, agarrando Tommy pela camiseta. - Como você entrou aqui, moleque?

— De novo não! - resmunga, enfiando sua identidade na mão do segurança. - Eu estou com a banda de Evander Vikram, então me deixa passar!

— Ha, ha! Boa tentativa! Vai andando.

— Você não vai nem perguntar a eles?

O segurança apenas ergue uma sobrancelha, correndo os olhos por ele de cima a baixo.

— Merda!

Tommy olha em volta quase desesperado e é então que ele vê Kadmus no bar.

Dando as costas ao segurança, abre caminho pela multidão novamente.

— Tommy! Que bom te ver aqui, cara!

— Oi Kadmus. Estou procurando Evander.

— Da última vez que eu o vi, ele estava na nossa mesa. Por que você não...

— O segurança não me deixou passar.

— Ah, é mesmo! Você quer beber alguma coisa? – Tommy balança a cabeça em negativa – Certo, vem comigo.

O baixista reprime seu impulso de mandar o segurança se foder enquanto sobe a escada ao lado de Kadmus, mas só porque está muito ocupado procurando por Evander nas mesas.

Ele não está lá.

— Olha só quem resolveu nos dar o ar de sua graça! – Darius comenta, o sarcasmo em sua voz perceptível até sob a música alta.

— Vai se foder, Ferrugem. Cadê o Evander?

Com um sorriso sardônico, Darius aponta para a pista de dança. Não demora muito até que Tommy o encontre entre as pessoas dançando.

Cabelo bagunçado caindo sobre a testa, um sorriso lascivo curvando um dos cantos de seus lábios e uma mão pousada no quadril de... Newton?

— Ah merda! – Tommy resmunga e ele sabe que deveria desviar o olhar, mas não consegue.

É como um acidente de carro na beira da estrada, ou uma TV ligada no consultório do dentista: é horrível e angustiante de se assistir, mas simplesmente não se pode evitar.

Eles estão rindo e roçando seus quadris um no outro ao ritmo da música. Newton tem os dedos ao redor da nuca e ombro de Evander e olha para os lábios do cantor como se eles contivessem todos os segredos da vida.

Quando seus lábios se tocam, Tommy gira nos calcanhares abruptamente, incomodado e confuso.

Olha em volta para ver se os outros perceberam sua pequena crise interna, mas eles permanecem abençoadamente alheios.

Então, Tommy decide que aquele é um bom momento para beber até desmaiar.

Capítulo IX

O Gatinho Morre

Evander não sabe exatamente como acabou nos braços de Newton, ou por que estão se beijando.

Ele está um pouco embriagado e isso é gostoso, então, decide que tudo bem. O perfume de Newton sempre o atraiu. Ele cheira a lar, a bons tempos e aconchego. E Evander precisa disso, nesse momento. Está chateado por ter deixado Tommy para trás, por ter sido rude com ele no dia anterior e por não ter as respostas de que o rapaz precisa.

É claro que ele sabe que tem que voltar e pedir desculpas, mas os braços de Newton são quentes e pesados em seus ombros e o corpo esguio se ajusta ao dele tão confortavelmente... Ele se aconchega mais no pescoço do tecladista, enchendo os pulmões com o perfume que se desprende do longo cabelo loiro.

Evander sente Newton afastando-o gentilmente e erguendo seu queixo com um dedo. Seus olhos se encontram sob as luzes coloridas do clube e Newton sorri, caloroso.

— Está se sentindo melhor?

— Sim, obrigado... Mas acho que deveríamos voltar. Tommy está sozinho e...

— Tommy... É, nós deveríamos voltar.

Mesmo com suas funções cerebrais um tanto prejudicadas pelo álcool, Evander percebe o tom triste na voz do outro.

— O que há de errado, New?

— Nada. Venha, vamos voltar para os outros.

De mãos dadas, cruzam a pista de dança e sobem os poucos degraus para a área VIP. Quando alcançam a mesa do grupo, Tommy está terminando uma caneca de cerveja que decididamente parece grande demais para ele.

— Gatinho, você veio! – Newton se admira, sorrindo o máximo que consegue.

— Obviamente. – Tommy rebate, pegando uma dose de bebida na mesa e virando o pequeno copo de uma vez.

Evander olha de Tommy para Aliz e Bhanks, mas ninguém oferece respostas para a pergunta que ele não fez.

— Há quanto tempo você está aqui?

Tommy também não responde àquilo, então Bhanks diz:

— Ele chegou alguns minutos depois que você e Newton foram dançar. Está bebendo como um maníaco desde então.

— Certo... Acho que está na hora de irmos. – Evander diz, tirando o terceiro copo da mão de Tommy antes que ele o bebesse também.

— Ei! Me devolva isso, seu desgraçado!

— Você é do tipo nervoso, hein? Vamos lá, Gatinho, você já está bêbado demais.

— Vai se foder!

— Não. Hoje não. Vamos, levante-se!

Tommy cruza os braços sobre o peito e vira o rosto para o outro lado.

— Tommy, se você não ficar de pé nesse instante, juro pela Providência que vou jogar você sobre meu ombro e carregá-lo para fora!

— Sai daqui, me deixa em paz!

— Evander... – Aliz tenta interferir, mas Evander a encara, raivoso.

— Nós estamos de saída! – Ele diz aos outros, enquanto estica os longos braços na direção de Tommy, agarrando-o pela cintura e jogando o corpo magro sobre seu ombro, como havia prometido.

— Me solta, seu filho da puta!

— Fique quieto. Você está fazendo uma cena!

A equipe entra nas duas SUVs enormes que estavam esperando por eles em um silêncio mortificado.

Tommy tenta ficar o mais longe possível de Evander, quase se sentando no colo de Aliz. Ela olha para Stephen, que dá de ombros e a beija na testa.

Quando chegam ao pátio de estacionamento onde o ônibus e a casa móvel estão esperando, os quatro motoristas estão reunidos do lado de fora, fumando e bebendo.

— Merda! Por favor me digam que algum de vocês está em condições de dirigir! – Evander esbraveja.

— Sim! É claro, Sr. Vikram. O senhor quer partir agora? Disseram que sairíamos só ao amanhecer...

— Mudei de ideia. Quero chegar à próxima cidade o mais rápido possível.

Prontamente, eles apagam seus cigarros e jogam fora as garrafas de cerveja.

— Todos pra dentro! – Evander grita. – Estamos de partida.

A essa altura, Kadmus levara Tommy para dentro do ônibus e estava vasculhando a geladeira em busca de uma garrafa d'água.

— Pode deixar, Kadmus, eu cuido dele. Vá descansar.

— Eu não quero olhar *pra* sua cara! – Tommy grita.

Kadmus olha de um para o outro com uma sobrancelha erguida, o que faz Evander colocar as mãos nos ombros dele e dizer:

— Tudo bem. Eu consigo lidar com um gatinho bêbado.

— Vai se foder, Sr. Superstar!

— *Tá* bom... Só não se matem, por favor.

Assim que o som dos passos de Kadmus desaparece no andar de cima, Evander vira-se para seu baixista:

— Você está sóbrio o suficiente para me dizer o que está acontecendo?

— Sai daqui!

— Está ficando repetitivo, Thomas.

— Foda-se. Eu vou pra cama. – O músico se levanta sobre pés incertos, rumando para a escada. Evander vai logo atrás, para evitar que Tommy role escada abaixo, o que quase acontece duas vezes.

A área dos beliches está vazia; da sala fechada nos fundos do ônibus, vem o barulho abafado de vozes e da televisão. Os rapazes estão lhe dando a privacidade que Evander precisa naquele momento.

— Você precisa se hidratar, Gatinho, ou vai passar mal.

— Pare de me chamar assim! – Tommy grita, virando-se para o cantor. – Você não tem esse direito! Não enquanto está enfiando a língua na garganta de outro cara!

Ah! Então esse é o problema! Evander pensa, um sorriso carinhoso curvando seus lábios.

— Tommy, eu... – Ele começa, mas o baixista lhe dá as costas de repente e corre para o banheiro. Logo, Evander pode ouvir os sons característicos de alguém vomitando.

O cantor segue Tommy e o encontra debruçado sobre o vaso sanitário, respirando pesadamente.

Sem dizer nada, Evander ajoelha-se ao lado dele e segura a franja loira longe do rosto suado, bem a tempo da próxima onda de espasmos, um braço amparando os ombros trêmulos.

Alguns minutos de respiração pesada e pequenos gemidos se passam, até que Evander diz, em voz baixa e tranquila:

— Você acha que acabou?

Tommy assente fracamente, então o cantor o ajuda a ficar de pé, puxando-o gentilmente pelos ombros e o ajuda a escovar os dentes e a lavar o rosto.

— Precisa se hidratar. Eu pego água pra você... – Evander abre uma mini geladeira que Tommy não tinha notado antes e pega uma garrafa.

— Eu preciso comer alguma coisa, minha boca está com um gosto horrível.

— Não vai te fazer bem nenhum. Aqui, beba pelo menos meia garrafa.

Tommy obedece, sentando-se na beirada da cama de Evander. Alguns minutos de um silêncio constrangido depois ele devolve a garrafa vazia ao cantor.

— Como está se sentindo?

— Como se tivesse vomitado tudo o que existe dentro de mim.

— Fique aí por um momento. Eu vou buscar mais água lá embaixo. – Ele ouve Tommy resmungar alguma coisa ininteligível e sorri.

Então o pequeno Gatinho estava com ciúmes dele com Newton! Isso é interessante... E promissor. Ele sabe que prometeu a Bhanks que não seduziria o baixista, mas se o baixista em questão já estivesse disposto, não estaria exatamente quebrando sua promessa...

Quando volta ao segundo andar, com os braços cheios de garrafas e pacotes de biscoito água e sal, Tommy está esparramado em sua cama, roncando baixinho.

Guardando a água e os biscoitos em um armário, Evander tira a roupa e depois faz o mesmo com Tommy.

A pele branca e perfeita distrai o cantor, os lábios cheios o tentam.

— Ah, Gatinho, – ele sussurra, tirando as cobertas de sob o corpo desacordado de Tommy e puxando o baixista mais para cima na cama, para que ele apoie a cabeça num travesseiro – Isso seria tão mais fácil se nós fossemos pessoas normais, vivendo vidas normais...

Tommy vira-se de lado, o rosto na direção do cantor e resmunga algo que soa muito com "Não quero normal."

— É, Gatinho – sorrindo, puxa o outro para que descanse a cabeça em seu ombro – Eu também não quero normal.

Evander beija o baixista na testa e fecha os olhos, o som dos pneus no asfalto embalando seu sono.

A primeira coisa que Tommy nota quanto acorda, horas depois, é que seu estômago está doendo; a segunda é que sua bexiga está a ponto de explodir e a terceira e mais perturbadora: ele está deitado nos braços de alguém! Apoiando a cabeça em um ombro largo e macio!

Abrindo um olho de cada vez, se depara com a coluna forte de um pescoço. Aquele perfume... Evander!

Alarmado, ele se joga para longe do cantor, do outro lado da cama. Sua cabeça e costas atingem a parede com um baque surdo.

O que aconteceu? – Ele pensa, olhando Evander dormir tranquilo – e seminu! – *A gente transou? Não... Isso é impossível! Ou não?*

Tommy faz uma rápida averiguação de seu corpo: Nenhuma dor estranha ou desconforto. Sua cueca está onde deveria estar.

— Certo... sem sexo, então... Bom... Isso é bom! – ele sussurra para si mesmo.

Saindo da cama rapidamente, corre para o banheiro para se aliviar.

Seu reflexo no espelho sobre a pia está um desastre: bolsas sob os olhos, olheiras, sua bochecha está vermelha onde ficara apoiada contra o ombro de Evander. A cabeça lateja e sua boca tem gosto de lixo.

— O que foi que eu fiz? – resmunga, esfregando o rosto com as mãos molhadas.

Saindo do banheiro, arrisca um olhar para o cantor, ainda adormecido. Ele é lindo. Magnífico, mesmo e... Inacessível.

Apesar de todas as piadas e insinuações, Tommy sabe que é verdade. Mais ainda agora que ele viu Evander e Newton juntos. Eles combinam e fariam um ótimo casal.

Tommy suspira e vai se deitar em seu beliche, acariciando Naria de leve enquanto passa por ela.

— Tommy, amor... – ela diz suavemente.

— Agora não, querida. Sinto muito.

Ele se deita no colchão estreito, as cortinas firmemente fechadas, e tenta voltar a dormir, mas está desperto demais agora, a mente viajando a quilômetros por hora.

Eventualmente escuta os outros se levantando, conversando em voz baixa e se movendo pelo ônibus.

Ele presta atenção a cada pequeno ruído. O chuveiro correndo e parando, a descarga do banheiro sendo acionada, cortinas sendo abertas. O ônibus ainda estão rodando, então de vez em quando, alguém perde o equilíbrio com algum movimento mais brusco e se choca contra uma parede.

Então, os sons se mudam para o andar de baixo e o tilintar de talheres e o som de pratos de porcelana e panelas chega aos seus ouvidos. Logo, o cheiro de bacon e do delicioso mingau de Newton o alcançam também, fazendo seu estômago roncar raivosamente.

— Vá tomar café da manhã! – Naria diz, de seu vaso.

— Eu não quero lidar com pessoas...

— Está bem...

Seu estomago parar de doer na hora.

— O que aconteceu?

— Eu lhe dei um pouco da minha energia vital, para que não sinta dor.

— Oh! Obrigado, minha querida, mas você não precisa fazer isso. Vou ficar bem.

— Muito bem, então. Mas quando decidir sair do seu isolamento, um pouco de água me faria bem.

— Malditas Profundezas! Eu sinto muito, querida! – Tommy pula para fora da cama e pega uma garrafa de água no armário, derramando metade na terra do vaso e sobre as pétalas e folhas da rosa. – Melhor?

— Sim. Obrigada.

Tommy está pronto para subir de volta em sua cama quando Newton aparece no topo da escada.

— Você está acordado! Ótimo! Eu fiz bacon e mingau. Venha comer.

— Não estou com fome, obrigado. – o baixista resmunga, sem olhar para o outro.

Volta para a cama e fecha as cortinas de privacidade com força.

Quando o ônibus finalmente para, acordando Tommy de um sono superficial, o baixista escuta passos apressados saindo e alguns bocejos muito barulhentos alcançam sua janela. Alguns segundos depois, Newton abre a cortina da cama, seu rosto mais sério do que Tommy jamais vira.

— Nós precisamos conversar. Venha! – Sem dar a Tommy a oportunidade de dizer qualquer coisa, o Alquimista se vira, agarra o vaso de Naria e desaparece pela escada.

Piscando como um idiota, Tommy leva alguns segundos para levantar e vestir alguma coisa apresentável.

Quando chega do lado de fora, vê que a arena do próximo show fica próxima a um bosque denso. Um sorriso de puro contentamento curva seus lábios e ele enche os pulmões com o cheiro das árvores e ar fresco.

— Por aqui. – Ele ouve e vira a cabeça para o lado de trás do ônibus.

Newton está lá, com Naria em um braço e uma cesta de piquenique pendendo do outro.

— O que está acontecendo? – o baixista pergunta. Newton não responde, apenas continua andando, e Tommy o segue.

A caminhada silenciosa dura quase meia hora, o que dá ao baixista novato tempo mais do que suficiente para criar teorias absurdas sobre o comportamento de Newton.

Ele não tem o conforto da amnésia alcoólica, portanto, lembra-se exatamente do que viu e, o mais importante, do que disse a Evander na noite anterior.

Tommy não demora a chegar à conclusão de que os dois conversaram enquanto ele dormia e que Newton agora quer uma satisfação sobre seu interesse em Evander.

Finalmente Newton para em uma clareira. Coloca Naria sob a sombra de uma árvore, e a cesta ao lado dela.

— Evander me disse que você nos viu ontem à noite, – o Alquimista começa, virando-se para ele. – E que esse é o motivo por você estar tão chateado.

— New, eu... Eu sinto muito! Sei que não tenho o direito de me sentir assim. Eu só estava...

— Você gosta dele, se sentir chateado é natural.

Por um segundo, Tommy considera negar. Mas que bem isso faria?

— Eu gosto dele, sim, mas se vocês dois se amam, eu não tenho o direito de...

— Evander não me ama. – Newton o interrompe, se aproximando. – O que você viu ontem foi algo fortuito. Evander estava se sentindo chateado e ele sempre diz que meu cheiro o acalma.

Newton dá de ombros.

— Eu o levei para a pista de dança para que ele pudesse baixar a guarda, longe dos outros.

— Mas vocês estavam se beijando...

— Sim. – o rosto de Newton fica corado – Isso foi minha culpa. Ter ele assim tão perto de mim... Eu não consegui resistir. Não vai acontecer novamente, não se preocupe e se você gosta dele, vocês deveriam ficar juntos.

— Mas você o ama...

A expressão de Newton se suaviza e um sorriso triste curva seus belos lábios.

— Eu amo e o tenho amado por muito tempo, mas não sou eu o homem no destino dele.

— Como pode saber disso?

— Porque eu vi. Agora, chega dessa conversa deprimente. Você quer aprender a se comunicar com os animais?

As horas passam rapidamente com Tommy totalmente absorvido por sua nova habilidade.

É fascinante conversar com os animais, assim como com as árvores antigas no bosque ao redor deles. Elas já conhecem o mundo, a Magia e a vida em si há tanto tempo, que Tommy se sente mergulhando num poço infindável de conhecimento.

Newton parece fascinado com ele também, sempre sorrindo como um orgulhoso irmão mais velho.

— É incrível! – o Alquimista diz, quando Tommy cria uma pequena nuvem de tempestade na palma de sua mão. – Você pode fazer coisas que eu nunca sonhei serem possíveis!

— Sério?

— Sim! Eu realmente espero que nós encontremos nossa Rainha algum dia, ela vai adorar você!

— Você pode me contar mais sobre ela?

Newton sorri, nostálgico e se senta ao lado de Tommy na grama cor de cobalto.

— Ela é forte e sábia e muito gentil. E a mulher mais linda que você vai ver em sua vida.

— Qual é o nome dela?

— Seu nome já foi Layung, mas ela abriu mão dele quando se tornou a Rainha Vermelha. Apenas os amigos que são realmente próximos a ela têm permissão para chamá-la por seu nome de nascimento.

— É um lindo nome... Evander era uma dessas pessoas? Ele fala dela com muito carinho.

— Sim, ele era. E Aliz e eu mesmo, mas Evander era o favorito dela. Houve rumores de que ela o escolheria como seu consorte.

— E ela não escolheu?
— Não. Ela sabia que Evander é andrófilo; apesar de que não usávamos esse termo naquela época.

Então, o celular de Newton começa a vibrar em seu bolso. Ele o pega e olha para a tela.

— Falando no Mago... Oi Ev... Sim, ele está comigo. Ally sabia. Ele fez muito progresso, sim... Está bem, está bem, nós estaremos de volta num minuto.

Ele encerra a ligação e olha para Tommy

— Hora de voltar. O chefe está chamando.
— O que ele quer? – Tommy pergunta, se levantando e limpando a calça com as mãos.
— Nada demais. Ele nos registrou em um hotel na cidade para essa noite.
— Eu achei que era para evitar hotéis que nós tivéssemos um ônibus tão confortável.
— E é, mas Evander odeia dormir no ônibus, então nós teremos hotéis sempre que possível.
— Oh! - é só o que Tommy pode dizer.

Não vai morder a mão que o está ninando, mas ele realmente prefere uma cama de hotel ao seu pequeno beliche.

Com o vaso de Naria nos braços, diz:
— Vamos indo, então. Temos um longo caminho de volta.

Ele ouve Newton rir e quando olha para trás, o Alquimista gira a mão no ar. Uma nuvem de poeira verde cerca os dois. Quando se dissipa, eles estão no estacionamento, ao lado do ônibus.

— Legal! - Tommy sussurra, olhando em volta, então ergue as sobrancelhas e olha para Newton. – Se você podia fazer isso, por que andamos todo o caminho até a clareira?
— Você precisava pensar e eu, criar coragem. - Newton dá de ombros e pega o vaso de flor dos braços dele, caminhando na direção do ônibus. - Vem Gatinho. Você precisa comer alguma coisa...
— Eu só estou dizendo que tudo isso é muito estranho! - Tommy ouve uma voz dizendo, dentro do ônibus.

Pela janela, ele pode ver o grupo reunido na área de estar.

— Não faz muito tempo que ele nem sabia que Magia é real e agora ele já está dominando seus poderes? Qual é!

— Darius... Nós concordamos que suas suspeitas sobre Tommy eram infundadas.

— Não, Evander. Eu só concordei em ensiná-lo a fazer feitiços, mas, obviamente, ele não precisa disso. Além do mais, acho que todos concordamos que Peter era um baixista bem melhor...

Chocado, Tommy corre os olhos pelo grupo, esperando que alguém o defenda, mas todos permanecem calados.

Aliz olhando pela janela do lado oposto enquanto os outros Magos apenas encaram Darius com expressões entediadas. Evander respira fundo e então, seus olhos se encontram através da janela.

— *Diga alguma coisa!* – ele murmura, incapaz de desviar os olhos dos de Evander, que parecem decepcionados. *Diga alguma coisa, merda!* As palavras são gritos presos em sua garganta e quando lágrimas queimam seus olhos, ele finalmente volta à realidade.

Magoado e com as lágrimas correndo pelo rosto, ele gira nos calcanhares e foge. Do ônibus, da decepção com as pessoas lá dentro, de seus próprios pensamentos.

— Tommy! – Ele ouve a voz de Evander logo atrás, mas não olha na direção dele. Tudo o que quer é estar em outro lugar, longe dali. Longe dele.

Tommy fecha os olhos e continua correndo, sem perceber que uma nuvem dourada o envolvera. Quando abre os olhos novamente, está sozinho em um beco escuro. Prédios altos projetam suas sombras sobre ele.

Um arrepio corre por seu corpo e uma sensação ruim abala seu cerne. Ele se vira para sair daquele lugar sinistro, mas um redemoinho repentino o faz cair contra uma parede próxima. Tommy engole em seco, olhando em volta. Prevendo que algo vai acontecer, tenta se preparar.

E tão real quanto a lua brilhado acima dele, lá está, um enorme mostro feito de poeira, muito parecido com a criatura no sonho que tivera no dia em que se mudara para a casa de Evander.

O monstro não tem rosto, mas com certeza tem braços fortes e dedos longos que se esticam na direção do baixista.

Ele cobre o rosto com braços trêmulos e espera pelo ataque, mas quando finalmente é atingido, ele não sente nada além do vento e do chão sumindo de sob seus pés.

Abrindo os olhos, percebe que o monstro de vento o está carregando para fora do beco.

Desesperado, Tommy se debate e tenta se soltar antes que a altura da queda seja fatal. Surpreendida, a criatura o deixa cair.

Ele não morre, mas a dor o consome, ameaçando sua consciência.

Tommy tem certeza de que vai morrer naquele beco, sozinho e rejeitado pelos únicos amigos que já tivera, mas por algum motivo, a única coisa em que ele consegue pensar é que nunca sentirá os lábios de Evander nos seus.

Ele está no chão agora e não há sequer um centímetro de seu corpo que não doa horrivelmente. Há sangue em sua boca e pontadas agudas nas costelas o impedem de respirar direito.

Quando ouve a voz, seu coração erra uma batida. É muito conveniente que o Arauto da Morte tenha a voz dele.

Tommy seguiria aquela voz até as Profundezas e de volta. Ele se força a abrir os olhos, pois não poderia nunca perder a chegada do Arauto da Morte, mas não é a silhueta cheia de luz o que vê entrando no beco.

É Evander! E ele está lutando com a besta! E ele a enfrenta com todo o seu poder, e Tommy fica fascinado com a cena.

Evander luta bravamente, mas não é páreo para o monstro feito de ar. Seus golpes passam direto através da criatura, mas ela o atinge quase todas as vezes.

Logo, ele está no chão também, a apenas alguns passos de Tommy.

E é com imenso horror que o baixista assiste enquanto o monstro agarra uma pedra do calçamento e a ergue sobre a cabeça de Evander.

Algo se rompe dentro dele, algo poderoso e inexplicável toma conta de seu corpo e a última coisa que Tommy ouve é sua própria voz gritando:

— NÃO!

Capítulo X

O Leão Desperta

Assim que percebe que Tommy está fugindo, Evander vai atrás dele, mas para, surpreso, quando a nuvem dourada cerca o corpo do baixista, levando-o para longe.

Expandindo sua Magia à procura da energia vital de Tommy, Evander o localiza no centro da cidade.

Finalmente alcança o beco sujo e a cena diante de seus olhos faz o sangue do cantor congelar.

— Tommy! – ele grita, assistindo ao corpo de Tommy atingir o chão.

Ele ataca, lançando ondas de Magia e chamando a atenção do monstro para si. É o mesmo tipo de criatura que havia enfrentado com seus homens algumas semanas antes e ele sabe que sozinho não tem a menor chance de destruí-lo.

Ataques físicos e mágicos não afetam a criatura, e o poderoso Mago Guerreiro rapidamente perde as esperanças.

Quando um golpe poderoso do golem o atira no chão e seu corpo todo parece quebrado, ele sabe que acabou.

Ele falhou em proteger Tommy e seu país.

O golem está a ponto de derrubar uma pedra pesada em sua cabeça quando Evander ouve Tommy gritar.

Ao mover a cabeça para olhar para ele uma última vez, uma intensa luz branca o cega, enchendo o espaço estreito entre os prédios e distraindo o golem por tempo o suficiente para que Evander saia de seu alcance.

Um rugido se faz ouvir, muito baixo no início, mas quando a luz enfraquece, o som aumenta de intensidade e volume, tornando-se ensurdecedor.

E então, Evander o vê: um enorme leão de juba dourada.

Outro rugido estrondoso sai da boca do animal e as ondas sonoras que ele provoca atingem o golem com força, destruindo a criatura.

O leão pisca, parecendo confuso e seus olhos grandes e inteligentes se voltam para Evander, ainda caído no pavimento sujo. O animal cheira o ar e se aproxima.

Algumas partes do cérebro de Evander lhe dizem para ter medo, para atacar ou fugir, mas o cantor ignora esses pensamentos. De alguma forma, sabe que não há razão para ter medo.

Ele acompanha os movimentos do imenso felino até que este alcança sua perna, onde está sangrando profusamente.

O leão emite um som agudo, quase como um lamento, tocando a perna do cantor com o focinho gelado e passa a língua áspera sobre o ferimento.

Evander sente a pele queimar por um segundo e então, o ferimento se fecha e a dor desaparece.

— Obrigado. – diz, sentando-se. A grande cabeça se volta para ele e os olhos dourados se fixam no azul dos de Evander, que estica a mão no ar.

A fera pisca mais uma vez e se aproxima alguns passos, pousando a testa na mão estendida de Evander.

Assim que o pelo dourado toca a pele do cantor, os olhos do leão se fecham e seu corpo tomba pesadamente. No momento seguinte, Evander se vê com o corpo nu do baixista sobre o seu.

— Malditas Profundezas! – Sua voz ecoa nas paredes ao redor – Tommy? Você está bem? Tommy, fale comigo!

O baixista não emite sequer um som e Evander está quase a entrando em pânico, quando percebe que Tommy está tremendo de frio.

Aliviado, joga seu casaco sobre o corpo magro e coloca os braços ao redor dele antes de cercá-los com uma nuvem de Magia que os leva para longe daquele beco imundo.

Quando Evander abre os olhos, está num quarto de hotel com Tommy ainda em seus braços. Os outros se agrupam ao redor deles num instante.

— O que aconteceu? – Kadmus pergunta, pegando o baixista inconsciente nos braços, para que Evander possa se levantar.

— Eu não sei se consigo responder essa pergunta, K... – o cantor exclama, aceitando a mão que Bhanks estende para ajudá-lo a se levantar. – Um golem de vento o atacou e eu interferi, mas sem ajuda só o que eu pude fazer foi desviar sua atenção, para que ele não matasse Tommy.

— Mas vocês dois voltaram com vida. O que aconteceu? – Sirus questiona, olhando de lado para seu irmão, que causara toda aquela confusão.

— Tommy se transformou em um leão.

— O quê?! – Kadmus, Sirus e Darius gritam ao mesmo tempo, de olhos arregalados.

Aliz, Bhanks e Newton trocam olhares entre si, em silêncio, enquanto a Curandeira faz algumas roupas aparecerem sobre o corpo de Tommy, agora deitado na cama.

— Vocês me ouviram. O golem estava a ponto de me mandar para o Outro Lado, quando uma luz brilhante encheu o beco e então lá estava! Esse leão enorme, e eu quero dizer *enorme*! Ele devia ter pelo menos dois metros e meio de comprimento. O leão rugiu e o golem desapareceu.

— Assim, do nada? – Darius questiona, arqueando uma sobrancelha.

— Se você chama isso de "nada," então sim, do nada. – Evander rebate, virando-se para Aliz, que tem uma mão sobre a testa de Tommy e a outra sobre seu peito. – Ele está bem?

— Sim. Ele vai acordar quando estiver pronto.

— Então, com o que estamos lidando aqui? – Sirus pergunta.

— Como eu já suspeitava, – Newton diz, muito satisfeito consigo mesmo – Tommy é um Metamorfo.

Evander solta um grunhido, cruzando os braços sobre o peito.

— Isso é impossível. Eles desapareceram há muito tempo.

— Bem, qual outra explicação você tem, meu Lorde Guerreiro? – o Alquimista rebate, seco.

— Como nas Profundezas eu poderia saber? – o cantor exclama, de má vontade – Ally, o que você acha?

— Eu acho que está na hora de você deixar esse ranço com os Metamorfos para trás, Ev. Nós vencemos a Última Guerra a despeito da ausência deles e eles nunca prometeram nos ajudar. Fizeram o que acharam melhor para eles.

— Mas...

— Tommy é um Metamorfo, Evander. – a Curandeira o interrompe – E tem um grande, um magnífico propósito.

— Que é...?

— Não posso contar. Não agora, pelo menos.

— Mas que merda! Por que tudo tem que ser não difícil e misterioso?

— Porquê de outra forma, a vida seria muito sem graça. – ela diz com um sorriso benevolente. – Ele está pronto para acordar, mas não acho uma boa ideia que nos veja aglomerados ao redor dele. Você deve ficar, Evander, e explicar o que aconteceu, mas por favor, não seja rancoroso; Tommy não tem nada a ver com o que seu povo fez.

— Está bem, eu sei! Eu sei!

A equipe sai do quarto e Evander se volta para a cama onde Tommy está deitado, ainda imóvel.

Seguindo sua intuição, ele começa a cantar a música favorita do baixista.

Tommy pode ouvir vozes ao seu redor, mas não consegue entender o que estão dizendo. No entanto, pode perceber que elas soam perturbadas. Minutos se passam e apenas uma voz permanece... Evander está cantando para ele e o som de sua voz faz o baixista querer abrir os olhos e olhar nas belas íris azul-acinzentadas.

Suas pálpebras tremem por um segundo e então, ele está encarando Evander, cujo enorme sorriso quase faz seus olhos desaparecerem.

— Bem-vindo de volta, Gatinho!

Os olhos castanhos se enchem de lágrimas e ele salta para frente, para jogar os braços ao redor dos ombros de Evander.

— O que houve, Tommy? Você está bem?

Ele assente contra o pescoço do Mago e tenta falar, mas sua voz não sai audível. Em segundos, Evander tem um copo d'água flutuando na direção deles.

Depois de um gole, ele clareia a voz e tenta novamente:

— Obrigado. – diz, sorrindo para Evander, completamente ignorante do fato que seu rosto está manchado de lágrimas. – Eu não posso acreditar que nós dois estamos vivos! Você está bem?

— Sim, estou. E você? – Evander estende a mão e seca a bochecha de Tommy com o polegar.

— Acho que sim. Sinto como se minha pele tivesse se expandido como um balão, mas não é uma sensação ruim, para ser honesto.

— Você se lembra do que aconteceu no beco?

— Um pouco. – Tommy senta-se ereto no colchão, apoiando as costas na cabeceira da cama. – O monstro feito de poeira me atacou e então atacou você... Eu... Eu pensei que fosse perder você...

— Você quase perdeu.

Aproximando-se, Evander faz Tommy erguer o rosto, para que possa olhar nos olhos dele – Você salvou minha vida, Gatinho. Obrigado.

— Eu salvei...? Como?

Tommy balança a cabeça e fecha os olhos bem apertado por um momento, tentado juntar suas memórias.

— Eu me lembro de ver o monstro levantando uma pedra sobre a sua cabeça e que eu gritei... O resto é um borrão.

— Bem, acontece que você é ainda mais especial do que nós pensávamos. – Tommy pisca várias vezes sem dizer nada. – Você é um Metamorfo, Tommy.

— O que isso significa?

— Significa que você não é Humano, nem Mago. Você pertence à um povo totalmente diferente. Os Metamorfos têm fortes habilidades mágicas com a Natureza e podem transformar seus corpos em um animal.

— Eu me transformei num animal?

— Sim. O leão mais magnífico que eu já vi.

— Um leão? Por que um leão?

— Eu não sei, mas é engraçado, não é?

— O que é engraçado?

— Ora, não te chamamos de Gatinho todo esse tempo?

Alguns segundos de silêncio exasperado se seguem, até que Tommy diz com fingida amargura:

— Acho que não posso mais brigar com vocês, então...

Eles riem alto, a tensão da última hora se dissipando.

— Droga, eu tenho tanta coisa para lhe dizer! Para ensinar a você!

Tommy não diz nada por um momento, os olhos vagando pelo rosto perfeito de Evander, onde a sombra de uma barba começa a aparecer, a mente voltando para seu último pensamento consciente no beco.

— Podemos deixar para depois? Não quero falar disso agora.

— Do que você quer falar, então? Ou você prefere dormir?

— Não, eu não estou cansado, mas... – Tommy respira fundo e olha para o cantor por sob os cílios – Quando aquela coisa...

— Era um golem de vento.

— Certo, golem de vento. Quando o golem estava prestes a atingir você com aquela pedra, a única coisa em que eu conseguia pensar era que eu nunca beijei você...

— Tommy, você não deve se sentir obrigado a fazer isso só por causa dos fãs. Eu sei que você gosta do Newton e... – o baixista pousa um dedo sobre os lábios cheios, fazendo-o se calar.

— O New é ótimo e muito bonito, mas não era nele que eu estava pensando naquele momento. Era em você, Evander. Eu não conseguia suportar a ideia de morrer sem conhecer a sensação de ser beijado por você... De estar com você.

— Tommy...

— Me beije! Por favor!

— Você acha que é uma boa ideia?

— Eu não sei, mas por que isso importa?

Evander não diz nada por muito tempo, apenas olhando nos olhos de Tommy. Ele se cala por tanto tempo, que dúvida e vergonha ameaçam ocupar a mente do baixista.

Arrependido de suas palavras imprudentes, Tommy solta o ar e se recosta na cabeceira outra vez, olhos baixos evitam o olhar intenso do cantor.

— É claro que você não precisa me beijar, se não quiser... Quer dizer, não é nada importante, eu só achei que...

Então, ele sente mãos grande abarcando seu rosto e o puxando para frente.

— Nunca diga que algo que você quer "não é nada importante," Tommy. Nunca! - Evander diz – Eu quero te beijar desde o primeiro momento em que pus meus olhos em você.

Quando seus lábios finalmente se tocam, a sensação é diferente de tudo o que Tommy já experimentou.

Se entrar na estufa de Newton lhe dera a sensação de estar voltando para casa, beijar Evander eleva aquela sensação a um novo nível.

Mais do que certo ou bom, é como se seu destino fosse estar exatamente ali, naquele momento, nos braços daquele homem.

Tommy aprofunda o beijo, porque ele pode e porque ele sente que nunca terá o suficiente do toque de Evander. Corre a língua pelo lábio inferior do outro, provocando um sobressalto no cantor, o que lhe dá acesso livre a sua boca.

As mãos de Evander acariciam suas costas e seus dedos se entremeiam no cabelo escuro do cantor. Tommy gostaria que eles nunca tivessem que respirar...

Ele gostaria que pudessem ficar exatamente naquela posição para sempre.

Mas eles precisam respirar e eles não podem ficar grudados um no outro para sempre, então, eventualmente, ele solta as mechas escuras e se reclina contra a cabeceira para admirar o rosto afogueado e os lábios inchados de Evander.

Ao que parece, seus lábios não estão em melhor estado, pois o cantor estica a mão para traçar o contorno deles com o dedo.

— Você é tão sexy! Eu queria poder... — Evander começa, mas morde o próprio lábio para se fazer parar de falar.

— O quê? O que você queria poder fazer?

— Eu queria poder tomar você pra mim. — o cantor exclama, brincando com uma mecha de cabelo loiro que caiu sobre os olhos de Tommy. — Fazer com que seja meu para sempre.

Tommy então, enlaça o pulso de Evander com seus dedos longos e o vira, para depositar um beijo na pele sensível.

— Quem disse que você não pode?

— Eu prometi ao Bhanks que não seduziria você.

— O que o Bhanks tem a ver com a gente?

A gente. Uma expressão simples, mas que vindo da boca de Tommy e naquele contexto, provoca arrepios na pele do cantor. No entanto, se ele quiser ter a mínima chance de ficar ao lado de Tommy, ele sabe que precisa dizer a verdade.

O cantor respira fundo e encara os grandes olhos castanhos à sua frente.

— Não posso mentir para você, Tommy... Eu sou meio que um galinha. Eu tendo a procurar atenção e amor nos lugares errados e com frequência, confundo luxúria com amor e por causa disso, já parti o coração de muitos homens... Bhanks não quer que eu faça isso com você, porque precisamos mantê-lo conosco. Não posso correr o risco de te magoar ao ponto de você nos deixar, entende?

Tommy usa alguns minutos para pensar e então, sorri de leve.

— Bem, do modo como eu vejo, você tem duas opções. — Evander assente para ele continuar — Você pode dizer que não quer ficar comigo e partir meu coração aqui e agora...

— Eu acho que não gosto dessa opção...

— Ou! – Tommy o interrompe, erguendo uma sobrancelha – Você pode me prometer que vai se comportar o melhor possível e eu posso prometer que sempre vou tentar entender as suas atitudes... de qualquer forma, eu não vou partir. Eu já amo vocês todos demais e sei que a Rainha precisa de mim.

— Você é de verdade? – Evander murmura, se inclinando para roçar os lábios nos de Tommy.

— Não estou muito certo disso, nesse momento. Talvez amanhã. – ele brinca.

— Eu vou te deixar descansar, então.

— Não, fique aqui comigo! – Tommy diz, agarrando a mão de Evander outra vez. – A não ser que você tenha algo importante a fazer...

— Eu tenho que ter uma conversa com Darius, mas isso pode esperar até amanhã. Além do mais, ele precisa se desculpar com você. Foi por causa do que ele disse que você fugiu, não foi?

— Não. – Tommy replica, taciturno, pensando pela primeira vez no que o fizera sair correndo. – Estou acostumado com as desconfianças dele. Eu fugi porque ninguém me defendeu.

Evander volta a se sentar no colchão.

— Que merda, Tommy! Eu sinto muito! Você entendeu tudo errado!

— Como eu posso ter entendido errado o silêncio de vocês?

— Ninguém disse nada porque eu congelei o tempo ao meu redor, para que eu tivesse tempo de me acalmar e não pular no pescoço do Darius.

— Você fez o quê?

— Congelei o tempo. É uma habilidade muito útil.

— Caramba! Isso é muito legal! Você pode me ensinar?

— É claro, Gatinho. Agora, deite-se. É hora de dormir. O dia será corrido amanhã.

Evander tira a camisa e os sapatos e se deita ao lado de Tommy sob as cobertas.

Tommy acorda cedo na manhã seguinte, o peito de Evander firmemente colado às suas costas, as pernas entrelaçadas e a mão dele em seu quadril.

Ele se sente contente e em paz pela primeira vez desde que toda aquela coisa de Magia começou. De algum jeito, sabe que tudo ficará bem, porque Evander estará lá para protegê-lo. E se as coisas continuassem a progredir, o dia em que seria capaz de proteger Evander não estava muito longe. Esse pensamento o faz rir.

— Alguém acordou de bom humor. – Evander diz e seu hálito quente faz cócegas no pescoço de Tommy.

— É claro! Eu acabei de acordar nos braços do homem mais bonito e poderoso que já existiu!

— E você disse que não gostava de acordar cedo...

— As pessoas mudam. – Tommy responde, virando-se no colchão para enterrar o rosto no pescoço de Evander. – Eu nunca pensei que um dia ia querer me aconchegar com um sujeito alto e tatuado que sabe cantar e congelar o tempo.

— Essa é uma combinação especial. Ninguém resiste. – Evander rebate, convencido.

— Ah, é mesmo?

Com um sorriso travesso, Tommy monta sobre os quadris de Evander, apoiando as mãos em ambos os lados da cabeça dele, no colchão.

— Quantos garotos inocentes você atraiu para sua cama com essa voz doce?

— Oh, eu perdi a conta eras atrás. – o cantor replica, revirando os olhos.

— Seu bastardo pretensioso! – Tommy ri, roçando seus quadris contra os do cantor.

Evander resmunga e imita o movimento.

— Como eu posso ser um bastardo? Eu nem tenho mãe!

Com isso, Tommy endireita sua postura, aumentando a pressão sobre a virilha de Evander.

— Oh, minha mãe vai adorar essa história entre a gente! Ela é uma grande fã sua, sabe? Eu aposto que ela...

— Tommy, não vamos começar a falar da sua mãe agora, por favor. – Evander protesta, esgueirando uma mão sob a camiseta folgada que Aliz criara para Tommy na noite anterior. – Eu estava sonhando em colocar minhas mãos em você.

— Só as mãos?

— É um bom começo... Depois vemos o que acontece.

— Acho que gosto disso.

Em segundos, Evander tem Tommy preso entre seu corpo e o colchão, e seus lábios nos do baixista.

Eles estão tão envolvidos um com o outro que quase não percebem as batidas insistentes na janela.

— Mas que porra de barulho é esse? – Evander finalmente grita, desistindo da marca de mordida que estava cultivando no pescoço de Tommy.

O casal olha em volta, até notar o grande pássaro bicando a janela.

— Harry? – Tommy exclama, arregalando os olhos – Evander, abra a janela! É o Harry!

O pássaro voa para dentro do quarto assim que o Mago abre a janela, grasnando freneticamente, e pousa em uma poltrona.

— Olá, Sr. Harold! A que devemos o prazer de sua visita? – o cantor diz, sentando-se na beirada da cama.

— Ele diz olá e que é um prazer ver você novamente. – Tommy traduz – E está aqui para conversar comigo.

— Oh! Vocês querem privacidade?

— Não há necessidade, mas vai ser meio chato para você.

— Sem problemas. Vou tomar um banho enquanto vocês conversam.

Tommy segue Evander com o olhar até ele fechar a porta do banheiro.

— Então... Eu posso ouvir você agora... O que mudou? – Tommy diz, em sua mente, votando-se para a ave das Altas Planícies.

— Sua alma está totalmente acordada, agora. Você só precisa praticar e conhecer a sua Magia e logo, será tão poderoso quanto qualquer um na banda de Evander. – Harold diz, piscando seus olhos espertos para Tommy.

— Newton me ensinou como me comunicar com animais ontem, mas todos com que eu falei me mostravam imagens. Como é possível que eu esteja ouvindo você?

— Isso é porque eu não sou um animal comum. Eu sou um Metamorfo, como você.

— Por que você não se apresentou a Evander na sua forma humana, então? Ele teria acolhido você, tenho certeza...

Harold leva um momento a mais para responder, e Tommy nota isso.

— Como outros do meu... perdão, do nosso povo, estou preso em minha forma animal desde os dias da Última Guerra.

— Você está preso dentro de si mesmo? Isso é horrível!

— Sim, de fato. – O pássaro não mostra emoções, e mesmo assim, Tommy pode jurar que vê tristeza nas feições de Harold. – Mas é por isso que estou aqui. Eu acho, e nossa Rainha concorda comigo, que é possível que você seja o único capaz de nos libertar.

— Mas como? Não sei nem como transformar a mim mesmo!

— Essa é a parte mais fácil. Eu posso te ensinar.

— Certo. O que eu faço?

— Você deve libertar sua mente e seu espírito. Encontre o leão dentro de você e se torne um com ele.

Enquanto Harold fala, Tommy fecha os olhos e respira fundo de novo e de novo, tentando se lembrar das técnicas de meditação que sua irmã lhe ensinara há muito tempo.

Ele olha para dentro de sua própria mente, procurando por algo diferente, algo novo. Sua mãe e irmã estão ali e até mesmo uma fotografia de seu pai, a única lembrança que tem do homem que deveria tê-lo criado.

Cercando aquelas memórias, há uma cálida névoa cor de ouro.

Ele segue essa névoa mais e mais fundo para dentro de sua mente, até que ela se torna tão densa que fica difícil respirar. E da névoa, caminhando majestosamente em sua direção, ele vem: uma fera magnífica com pelo dourado e uma juba que parece feita de fios de ouro.

Tommy vê a si mesmo naqueles olhos e sente um sorriso em seu rosto enquanto se ajoelha para cumprimentar sua outra metade.

O leão dá outro passo à frente e toca sua testa na de Tommy e o baixista sente um calor agradável tomar seu corpo, enquanto o leão desaparece no ar. Mas sabe que a fera não se foi. Ele a sente dentro de si, como a peça de um quebra-cabeça há muito perdida, que finalmente encontra seu lugar.

Conforme Tommy abre os olhos, nota que o mundo parece mais vívido e muito mais barulhento. Ele olha ao redor do quarto por um momento e se distrai com as partículas de poeira flutuando no ar sob um raio de sol que vem da janela. Quando um grunhido baixo sai de seus lábios, ao invés de uma risada, Tommy olha para Harold, ainda empoleirado no braço da poltrona.

— Como eu estou? – pergunta, brincalhão, finalmente encontrando seu reflexo no grande espelho ao lado da janela mais próxima.

— Magnífico. Realmente majestoso.

— Eu mal posso esperar para que os outros vejam isso! Agora, como eu posso ajudar você a voltar a ser humano?

— Eu honestamente não sei...

Frustrado, Tommy grunhe novamente, suas garras enganchando no tapete conforme contrai as enormes patas. Mais uma vez, se volta para dentro de sua mente, deixando que a Magia do leão fale com ele.

Quando abre os olhos outra vez, Tommy sabe o que fazer. Ele se aproxima do pássaro e ruge baixinho, apenas um sopro de ar na direção do outro.

No momento seguinte, há um homem alto e magro sentado na cadeira, com uma cabeleira colorida muito parecida com a crista do pássaro que antes ocupava aquele lugar.

Harold abaixa os olhos mesmerizados para as próprias mãos, como se simplesmente dobrar os dedos fosse um espetáculo inigualável.

Não demora e a ex-Ave das Altas Planícies começa a chorar.

Tommy rapidamente muda de volta para humano e puxa o homem para seus braços, apertando forte enquanto o outro chora.

Capítulo XI

Mudança de Perspectiva

Saindo do banheiro com uma toalha enrolada na cintura, e outra secando o cabelo, Evander está curioso para saber o que Harold tinha para dizer a Tommy. No entanto, não está preparado para a cena diante dele.

— Mas que merda é essa?

Os dois homens – nus – que se abraçavam no meio do quarto, se afastam imediatamente para olhar para ele. Tommy puxa o lençol da cama e o joga sobre os ombros de Harold.

— Evander, Harry é um Metamorfo também!

— Eu percebi. E isso quer dizer que ele veio à minha casa por anos e nunca teve a cortesia de se apresentar.

— Evander, eu entendo o que essa cena possa parecer, mas não há motivo para você ser tão grosseiro! Harry...

— Tudo bem, Tommy. Evander não gosta muito da nossa gente e ele tem todo direito de pensar assim.

— Eu tenho? Bom, muito obrigado, Mestre Harold! – Evander o interrompe. – Me sinto completamente validade agora.

Parado ao lado de Harry, segurando o edredom da cama ao redor da cintura, Tommy encara o cantor, a amargura em sua voz deixando-o desconfortável.

— Evander, por que está agindo assim? Harry nunca lhe fez nada!

— Esse é exatamente o problema, Tommy. Ele não fez nada. Todo o seu povo, cada um deles. Ninguém fez nada. Eles deixaram meus homens morrerem defendendo o Reino quando poderiam, muito facilmente, ter acabado com a luta em minutos! Você ousa negar isso, Harold?

— Não vou negar, mas gostaria de explicar o que aconteceu naquele dia.

— *Pras* Profundezas com as suas explicações, Metamorfo! Homens morreram naquela batalha, bons homens. Meus amigos! – Uma lágrima pesada escapa do olho de Evander e corre por seu rosto antes que ele se dê conta.

— Evander... – Tommy sussurra, pegando a mão dele na sua, ao mesmo tempo em que uma batida soa na porta anunciando o resto da banda.

— O que está acontecendo? – Kadmus pergunta, olhando de um homem para os outros dois.

— Harold. Bom te ver outra vez... – O guitarrista diz, com cautela.

— Saudações, Mestre Bhanks. Quero crer que esteja bem?

— Vocês já se conhecem? – Tommy pergunta, confuso.

— Sim, eu tive o prazer de frequentar a corte da Rainha Vermelha como assistente do embaixador das Terras ao Sul. Fico feliz que estejam todos aqui... Eu tenho muito a lhes contar.

— Eu não vou escutar! Eu me recuso! – Evander esbraveja.

— Evander, deixe de ser teimoso! – Aliz o repreende – E infantil!

Evander encolhe-se e Aliz sabe que atingiu o ponto certo. O cantor sempre detestou ser repreendido por seu comportamento imaturo.

— Vá vestir umas roupas, você está nos distraindo com todos esses músculos à mostra. – Ela brinca, para aliviar a tensão.

Enquanto o cantor vasculha sua mala, ela se vira para Harold e Tommy, ainda cobertos com a roupa de cama.

Aliz produz um par de jeans e camiseta para Tommy e um terno de três peças para Harold.

— Muito obrigado, Lady Vidente! – ele se curva para ela e sorri para o resto da banda. – Eu nunca imaginei que estaria na presença de vocês novamente...

— Fale de uma vez, pássaro. Eu não estou com paciência para suas lisonjas. – Evander resmunga, sentando-se ao lado de Tommy na beirada da cama.

— Muito bem. Primeiro de tudo, trago saudações de sua majestade, a Rainha. Ela pediu-me que lhes assegurasse que pensa constantemente em todos vocês.

Um soluço ecoa pelo quarto e Aliz se joga nos braços de Bhanks.

— Por que Ally parece tão afetada pelo que Harry disse? – Tommy pergunta a Evander, num sussurro.

— Ela tinha uma conexão muito forte com nossa Rainha. A coitadinha ficou absolutamente devastada por meses depois que ela desapareceu.

— Oh...

— O que aconteceu com os Metamorfos? – Bhanks pergunta, ainda embalando Aliz em seus braços.

— Nós fomos vítimas de uma armadilha. Todos nós. – Harold começa, encarando Evander diretamente. – Quando vocês invadiram as masmorras sob o castelo tomado, estávamos determinados a ajudá-los na batalha contra a usurpadora. Nosso líder estava disposto a dar sua própria vida, se necessário, mas... Algo aconteceu. Nós alcançamos um lugar seguro na mata, com a dama – ele aponta para Aliz – e então nos transformamos, para que pudéssemos recuperar nossas forças mais rapidamente, mas aí... Não conseguimos mais voltar à forma humana.

— Como isso é possível? – Kadmus questiona, uma sobrancelha arqueada.

— Eu não sei, Mestre Kadmus, mas essa é a verdade. Não voltamos para ajudar porque estávamos presos em nossos corpos de animais. Incapazes de ajudar até a nós mesmos. Muitos entraram em pânico e se perderam na Floresta Sem Fim.

— Pela Providência! – Evander grita, levantando-se – Fomos enganados!

Todas as cabeças se voltam para ele, que marcha furiosamente pelo quarto.

— A usurpadora sabia que seus capangas não teriam a menor chance contra nosso exército se os Metamorfos estivessem ao nosso lado. Com seus poderes sobre a Natureza, os soldados de pedra e gravetos dela não seriam uma ameaça! Então ela os capturou e aprisionou e esperou que nós fôssemos resgatá-los. Se o exército dela nos matasse no processo, ótimo, se não; ela tinha um plano B.

— Um plano B muito pérfido. – Bhanks exclama.

— O que aconteceu com vocês, então?

— Não posso falar por todos nós, mestre Tommy, mas o grupo com quem eu estava passou anos procurando em todos os cinco territórios, por alguém que pudesse nos ouvir, mas nunca encontramos ninguém. Magia da Natureza é tão rara fora de nosso povo... e depois a Magia simplesmente desapareceu. Não havia mais crianças nascendo com ela e nós perdemos a esperança. Até agora.

Tommy sorri de volta para Harold e está a ponto de dizer algo quando Bhanks chama a atenção do Metamorfo. O baixista, então, olha em volta, procurando por Evander.

O cantor está inclinado contra o batente da janela, olhando atentamente para o céu claro. Tommy vai para perto dele e abraça sua cintura, pressionando o rosto contra o ombro de Evander.

— Você está bem, Ev?

— Sim. Eu me sinto horrível, mas estou bem. Não posso acreditar que tenha odiado e julgado mal os Metamorfos por tanto tempo... Fui tão injusto!

— Você não tinha como saber a verdade, Ev... Harry sabe disso.

— Eu sei, mas ainda assim... Sempre me orgulhei de ser um líder bom e justo para os meus homens e veja como eu agi com aqueles inocentes! Eu tinha tanta raiva... Eu...

Evander está tremendo, então Tommy o puxa pela cintura, para que se sente na cama, prontamente se sentando em seu colo e abraçando o pescoço grosso e mantendo o cantor perto de si.

— Está tudo bem. Pode chorar, se quiser.

Notando que o cantor ainda está tenso em seus braços, Tommy ergue os olhos para seu rosto e vê que ele está olhando para seus colegas da banda, reunidos ao redor de Harold e conversando animadamente.

Lembrando-se do que Newton lhe dissera sobre a noite no clube noturno, percebe que Evander não vai baixar a guarda na frente deles.

Ele tem que tirá-lo dali!

— Ev, o quarto de Ally é próximo a este?

— É a próxima porta, por quê?

Tommy fecha os olhos e se concentra para transportá-los para o outro quarto. Quando a nuvem dourada se dissipa, eles estão em um cômodo vazio.

Evander olha em volta outra vez e, vendo-se sozinho com Tommy, finalmente se deixa desabar, lágrimas pesadas e soluços doloridos saindo de seu corpo enquanto o baixista o segura em seus braços.

Ele chora por seus amigos caídos, pelos anos perdidos alimentando sua raiva e pela crueldade infligida aos Metamorfos.

Quando as lágrimas finalmente secam, Evander respira fundo e tira os braços de Tommy de seu pescoço.

— Obrigado. – ele diz, beijando os nós dos dedos do baixista.

— Não há de quê. Você está melhor?

Evander assente.

— Eu preciso pedir desculpas a Harold.

— Você vai ter muito tempo para isso, mais tarde. – Tommy diz, secando as últimas lágrimas com seus polegares. – Agora você precisa relaxar um pouco, *tá* bom?

— Acho que posso fazer isso.

Tommy sorri e deposita um beijo rápido nos lábios do cantor.

— Eu vou pegar um pouco d'água para você e uma toalha úmida, para limpar seu rosto.

Enquanto Tommy está no banheiro, Evander respira fundo. Sua perna está doendo outra vez, então, puxa a perna da calça para cima e remove a prótese, deixando a peça sobre a cama.

Ele está massageando o que restou de sua perna quando ouve um barulho seco. Erguendo os olhos, vê que Tommy deixou uma garrafa d'água cair e está olhando para ele com choque em seus belos olhos.

O baixista fica calado por tanto tempo, que Evander começa a se sentir desconfortável. Ele nunca sentira insegurança por conta de sua perna, mas de alguma forma, o olhar intenso de Tommy o deixa incomodado.

— Tommy... Há algo errado? – pergunta afinal, puxando o edredom para que cubra suas pernas.

Tommy pisca e balança a cabeça, como se o tivessem puxado para fora de um sonho.

— Não, eu... Me desculpe. Eu não sabia que você tinha uma perna mecânica.

— Isso incomoda você? – Evander questiona, devagar.

— É claro que não! Apenas estou envergonhado por nunca ter notado.

— E nem deveria. Sempre lanço um feitiço de disfarce nela, para que ninguém saiba.

— Então, nem mesmo seus fãs sabem sobre isso?

— Não. Eu teria de inventar uma história para explicar e não gosto de mentir.

— Eu sei. - Tommy sorri e senta-se entre as pernas de Evander na cama, lhe entregando a garrafa. – Como aconteceu?

Evander bebe um grande gole e passa um braço pela cintura de Tommy, recostando-se na cabeceira da cama.

— Foi no dia em que nós invadimos as masmorras do castelo tomado para libertar os Metamorfos. Um dos golens de pedra me atacou e cortou minha perna fora.

— E Ally não conseguiu fazê-la crescer de novo?

— Não. A lâmina tinha um feitiço de bloqueio. Felizmente para mim, nós tínhamos um ourives muito habilidoso na corte naquela época, e ele fez essa belezinha para mim.

Tommy se inclina e pega a perna feita de ouro e joias nas mãos. A prótese é grande, pois serve como meia coxa, joelho, canela e pé e é tão lindamente trabalhada que deixa Tommy sem fôlego.

A lâmina de ouro decorada com filigranas delicadas tem joias azuis e verdes encrustadas nela. Pelas juntas do joelho e tornozelo, é possível ver as engrenagens e pinos de ouro que dão mobilidade à peça.

— É incrível! Essa é a mesma perna que o ourives fez há quatrocentos anos?

— Sim. As coisas eram feitas para durar, naquela época. Só preciso lubrificá-la de vez em quando.

— É confortável?

— Não mesmo. Mas eu me acostumei com o tempo.

— Eu sinto muito. – Tommy diz, alguns minutos depois.

— Pelo que, Gatinho?

— Por você ter que sentir dor por todos esses anos...

De repente, uma faísca ilumina os olhos de Tommy e ele levanta a cabeça, virando-se para encarar Evander.

— E se eu puder remover o feitiço na sua perna? Você acha que Ally poderia fazê-la crescer novamente?

— Por que você acha que conseguiria remover o feitiço? Não quero ser rude, Gatinho, mas nossa Rainha tentou e não conseguiu.

— Eu não sei, mas aparentemente sou capaz de um monte de coisas que ninguém achou que fossem possíveis, talvez eu possa fazer isso também...

— Talvez. Mas vamos falar com Ally primeiro, certo?

Tommy assente e sorri, olhando atentamente para o rosto de Evander por alguns segundos.

— Que foi? – o cantor pergunta, ruborizando sob a análise intensa.

— Estou apenas olhando para você. Posso ver muito melhor agora que o leão é parte de mim... – Com um dedo longo, ele traça a forma da mandíbula de Evander, seu nariz e finalmente os lábios, onde se demora. – Ele gosta de você. Do seu cheiro e gosto.

— O seu leão quer me comer? – o cantor brinca, sugando o dedo sobre sua boca, para dentro dela.

— Talvez não do jeito que você está pensando.

Um sorriso ligeiramente travesso curva os cantos da boca de Tommy enquanto ele se inclina para beijar o pescoço de Evander, e o cantor poderia jurar que viu uma faísca dourada nos olhos cor de chocolate.

— Que tal terminarmos o que Harry interrompeu? – ele sussurra, lábios roçando a orelha de Evander.

— Ótima ideia! Venha aqui, Gatinho, me deixe beijar você.

Tommy obedece, separando os lábios para garantir a Evander, acesso a sua boca.

Mãos grandes deslizam sob sua camiseta enquanto a língua quente acaricia seu lábio inferior e Tommy se equilibra agarrando os ombros do cantor. Ele é tão firme e grande sob suas mãos e Tommy pensa como é estranho que ele já se sinta tão à vontade nos braços de outro homem.

Não que isso importe muito, ele pensa, mordiscando a língua de Evander; sexualidade é um conceito tão antigo!

Ele só estivera com garotas até então, mas nunca fora o tipo que ignora um belo traseiro, não importando se este fosse feminino ou masculino. Esse pensamento o faz rir, o que chama a atenção de Evander.

— O que é tão engraçado?

— Nada. – responde, mordendo seu lábio inferior.

Tommy tira a camiseta branca e posiciona os joelhos em ambos os lados dos quadris de Evander.

— Confortável? – o cantor pergunta, empurrando sua pélvis contra a de Tommy.

— Não muito. – Tommy responde, mexendo no zíper nas calças de Evander – Mas estou trabalhando nisso.

— Tem certeza de que você está pronto para isso, Gatinho?

Tommy faz um som de desprezo e revira os olhos.

— Eu já vi um pau antes, Evander.

— É, mas você já segurou e acariciou um que não fosse o seu próprio?

— Não, mas há uma primeira vez pra tudo na vida!

Evander deixa uma risada áspera escapar e segura os quadris de Tommy, puxando-o contra sua ereção.

Seus olhos estão fixos um no outro até o momento em que Tommy dobra os dedos ao redor do membro de Evander e o cantor cede à vontade de fechar os olhos.

Tommy delicia-se com a visão diante dele. Aquele homem lindo e poderoso tão entregue ao prazer e antecipação, por causa dele.

Seu leão ruge alto em sua mente e de repente, Tommy sente uma necessidade urgente de marcar aquele homem como seu. Ele se inclina para frente, mordendo o pescoço de Evander de leve, o gemido baixo que escapa do cantor o encorajando a aumentar a pressão.

Movendo a mão devagar, mas firmemente para cima e para baixo no pênis de Evander, Tommy mordisca seu pescoço até que a respiração do cantor se torna rápida e superficial.

Satisfeito com seu trabalho no pescoço do homem de cabelos escuros, Tommy vira a cabeça e sussurra em seu ouvido:

— Me deixe chupar você...

Evander prende a respiração e segura mais firmemente na cintura de Tommy.

— Porra, Gatinho!

— Isso é um sim?

— É o que você quiser que seja.

— Legal! - Com um sorriso enviesado e um brilho travesso nos olhos, o baixista engatinha para trás na cama, puxando as calças e cueca de Evander junto com ele – Por onde começar? - murmura – Há tanto a se explorar... – Enquanto fala, Tommy corre os dedos de leve por toda a extensão do pênis de Evander.

— Eu nunca pensei que você fosse do tipo falador, Gatinho... Muito menos um provocador.

Tommy ri. O fluxo de ar roçando na pele quente, então ele põe a língua para fora e dá uma pequena lambida na ponta do membro, antes de abarcar a cabeça arredondada com a boca.

Evander está perdido em um segundo. Tommy está obviamente improvisando, mas as mudanças de pressão e velocidade empurram o cantor cada vez mais para perto do clímax. Quem diria que inexperiência podia ser tão excitante?!

Por um momento, é como se toda sua existência tivesse origem naquela parte de seu corpo, mas é quando Evander sente a língua áspera circundando seu pênis que ele se entrega e goza na boca de Tommy com um grunhido estrangulado.

O baixista engasga e ergue a cabeça, tossindo.

— Merda! Me desculpe, Tommy! – Evander diz, entregando a ele a garrafa d'água.

— Tudo bem, foi minha culpa. – O baixista toma um grande gole e sorri para seu amante – Eu me empolguei um pouco.

— Eu deveria ter mais controle sobre o meu corpo, mas essa sua língua... Caramba! – O cantor então, agarra Tommy pelos ombros e o puxa para perto, para que possa beijá-lo.

— Sua língua é um pouco áspera... – ele diz, quando os dois finalmente se separam para respirar.

— Sério? Eu não notei.

Tommy põe a língua para fora e tenta olhar para ela, o que o deixa vesgo.

Evander desata a rir, abraçando-o apertado.

— Tommy, você não existe!

— Eu já ouvi isso antes... Eu não sei por que isso aconteceu... – ele aponta para a própria boca – É desagradável?

— De jeito nenhum! Seu leão pode me lamber quando e onde quiser!

— Seu pervertido! – Tommy brinca, dando um tapa de leve no ombro de Evander.

— Isso eu sou. Falando nisso... – E entre risadas dignas de uma menininha, beijos e mordiscadas, Evander inverte suas posições para que Tommy fique nu e preso contra o colchão.

— Agora que você me tem a sua mercê, Lorde Guerreiro, o que pretende fazer comigo?

Evander abre seu próprio sorriso maldoso.

— Eu pretendo esgotar você, meu pequeno Gatinho.

O cantor mordisca e beija seu caminho através do corpo de Tommy, prestando especial atenção aos mamilos sensíveis. Corre a língua pelo tronco e até o umbigo, seguindo para o quadril esquerdo, onde deixa uma marca avermelhada com os dentes.

Enquanto isso, seus dedos traçam e acariciam cada curva do corpo magro, afogando seus sentidos ainda mais.

O raspar de uma barba por fazer em sua virilha provoca arrepios no corpo do baixista e um gemido escapa de seus lábios. Tateando às cegas, procura algo em que se agarrar, para não perder o foco e acaba com ambas as mãos nos cabelos escuros de Evander.

A língua é a primeira coisa que ele sente se movendo contra seu pênis, deixando trilhas longas e largas da base à ponta e então, vem o calor da boca.

Uma mão do cantor se move para cima e para baixo em sua coxa e o sopro de ar do nariz dele adiciona a quantia certa de frio à piscina de sensações em que Tommy está se afogando naquele momento.

— Evander, você está aí? – A voz zangada de Aliz chega até eles pela sala de estar.

Tommy pula, assustado, fazendo Evander se engasgar. O cantor começa a tossir como se não conseguisse respirar enquanto a curandeira grita com eles.

— Que merda é essa? Vocês estão transando na minha cama? É melhor que eu não encontre nem um traço de porra nos meus lençóis, ou eu...

Uma cortina espessa de fumaça azul escura surge, dividindo o quarto e abafando a voz de Aliz.

Tommy olha mesmerizado para o cantor, que está rindo incontrolavelmente ao seu lado na cama. Logo, o baixista está rindo também, tentando abafar o som com um travesseiro.

— Vocês dois estão rindo de mim? – ela grita do outro lado da barreira – É melhor vocês estarem vestidos quando eu conseguir dissipar essa fumaça, porque eu vou encher vocês dois de porrada, seus pervertidos!

Ainda rindo, Tommy ajuda Evander a recolocar a perna mecânica e pega suas roupas, vestindo-as o mais rápido possível.

Quando a fumaça se dissipa por completo, a cama está perfeitamente arrumada e os dois vestidos e em silêncio.

— Vocês são nojentos! Esse quarto está fedendo, cacete! – Ela os repreende, abrindo todas as janelas do cômodo com um gesto de mão.

— Desculpe, Ally... Meio que aconteceu... – Tommy diz, corando.

— Como vocês vieram parar aqui, *pra* começar? Nenhum de nós viu vocês saindo.

— Evander precisava de um pouco de privacidade, então eu nos transportei para cá.

— Impressionante, Gatinho! – A Curandeira diz, quase sorrindo. – Não tinha ideia de que você já sabia como fazer isso.

— Eu também não, mas fiz isso ontem sem querer.

— Interessante. Agora, pombinhos, nós precisamos comer e seguir para o estádio, para a checagem de som, então mexam esses traseiros lindos e vão se aprontar.

Os dois amantes caminham até ela e a beijam no rosto ao mesmo tempo, se desculpando mais uma vez.

— E Evander, você tem um encontro com fãs hoje, então, nada de beber.

— Sim senhora! – O cantor brinca, já na porta – Isso quer dizer que eu posso ficar bêbado depois do encontro?

— Não! Você prometeu, Evander!

— Valeu a tentativa... – ele brinca, dando de ombros para Tommy, que ri e fecha a porta atrás deles.

— Por que Ally disse aquilo? – o baixista pergunta, entrelaçando seus dedos com os de Evander.

— Eu tive ahn... Uma fase difícil alguns anos atrás... Cometi muitos erros e tomei decisões ruins, incluindo subir no palco mais do que um pouco bêbado. Desnecessário dizer, isso não foi bom para a minha carreira. Então, após um episódio muito desagradável, eu prometi à Ally, e a mim mesmo, que nunca mais beberia antes de um show.

— Boa decisão!

Quando abrem a porta do quarto de Evander, apenas Harold está lá, o resto da banda e equipe já em seus quartos para preparar a bagagem antes de partir.

— Oi Harry! – Tommy o cumprimenta, rumando para a mini geladeira em busca de uma cerveja, já que não faz ideia de onde sua mala está.

— Mestre Tommy. – Ele olha para Evander com um sorriso esperançoso no rosto.

— Harold, eu sinceramente não sei por onde começar a me desculpar! – Evander diz, correndo a mão pelos cabelos. – Fui muito grosseiro com você e incrivelmente injusto com seu povo...

— Fico mais do que feliz em aceitar suas desculpas, meu senhor, e assim que a maldição que aprisiona meus irmãos e irmãs for quebrada, tenho certeza de que eles estarão mais do que dispostos a se unir a vocês.

— Posso lhe garantir que meus homens e eu faremos o possível para ajudá-los. – Evander assegura, indicando um par de poltronas perto da janela. – Agora, por favor, me fale sobre nossa Rainha! Onde ela está?

— Sua Majestade está em um dos Castelos Esquecidos. Ela está saudável e muito feliz porque as engrenagens da Providência estão se movendo novamente.

— Algo vai acontecer, então? Algo importante?

— Sim, mas tudo a seu tempo, meu senhor. A Rainha pede por sua paciência e confiança.

— A Rainha Vermelha já as tem, e nossa incansável lealdade também!

— A Rainha sabe disso, não se preocupe. Ela espera ansiosamente pelo dia em que se encontrarão novamente.

— Nós também...

— Evander, querido, você não acha que é uma boa ideia arrumar suas coisas antes de sairmos?

O cantor se vira e vê Tommy sem camisa e de cabelos molhados, parado na porta do banheiro.

— Caramba! – Evander sussurra, sentindo seu membro pular dentro dos jeans. – Sim! – ele quase grita. – Eu devia fazer isso... Com licença, Harold. – O Metamorfo assente e Evander se levanta, beijando Tommy de leve nos lábios a caminho do banheiro.

— Então... – Tommy começa, um tanto envergonhado – Como você está se sentindo?

— Bastante bem, na verdade. – Harold diz, com um sorriso sábio. – Mas estou com um pouco de medo de tentar me transformar e ficar preso no pássaro novamente...

— Você acha que não vai ser capaz de voltar à forma humana?

O outro homem assente e Tommy se sente mal por ele. Ninguém deveria ter de suportar algo assim.

— Se você quiser tentar, eu prometo que o trago de volta, se ficar preso outra vez.

— Obrigado, Mestre Tommy! – Harold sorri como se aquilo fosse exatamente o que ele esperava ouvir.

No segundo seguinte, o pássaro das Altas Planícies está novamente empoleirado no braço da poltrona.

Ele grasna e agita as asas longas e coloridas algumas vezes antes de mudar de volta para o homem alto e magro, de gloriosos cabelos multicoloridos, vestido no terno que Aliz fizera para ele.

— Minha nossa! Não posso descrever quão feliz estou nesse momento! – diz, com lágrimas nos olhos novamente.

Tommy o toma nos braços, seu leão grunhindo feliz dentro dele.

— Pelo menos dessa vez estão os dois vestidos! – a voz exasperada de Evander diz, atrás deles, fazendo os dois homens rirem, ainda nos braços um do outro.

— Então, Harold, nós temos que almoçar antes de ir para o estádio. Gostaria de se juntar a nós?

— Eu devo retornar para junto de Sua Majestade, mas vou aceitar o convite para o almoço. Não posso expressar em palavras o quão farto estou de nozes e frutas silvestres!

Capítulo XII

Tudo Muda

Depois de comerem juntos, Harold se vai, e a banda segue para o estádio a fim de se preparar para o show.

Alguns fãs já formam uma fila do lado de fora dos portões. Eles gritam os nomes de seus artistas favoritos e acenam freneticamente; alguns inclusive, têm o rosto banhado em lágrimas.

Evander e a banda sorriem e gritam de volta para eles, acenando também, enquanto saem dos carros e rumam para o prédio. Tommy ainda está um pouco tímido, sem saber ao certo se deve acenar também, sendo o novato

Então, ele vê o grupo de adolescentes que estavam do lado de fora do local do primeiro show e acena para eles, provocando uma onda de gritos de todos os fãs.

O cantor percebe que ele é pego de surpresa pela reação das pessoas e se aproxima para sussurrar no ouvido do baixista:

— Eles são incríveis, não são? A energia que me dão a cada noite me manteve motivado em momentos onde tudo o que queria era desistir.

— É, eu entendo o que você quer dizer. – ele diz, olhando sonhador para as pessoas na fila. – Evander, enquanto você está no encontro com os fãs, eu posso vir aqui fora dar atenção a eles?

— É claro, só traga um segurança com você, está bem?

— Certo.

Algumas horas depois, os instrumentos estão perfeitamente afinados e o equipamento está pronto para o show.

O encontro com os fãs está quase acabando e Tommy assinou coisas e tirou fotos com mais adolescentes frenéticos e suas mamães chorosas, do que ele pode contar. Ele se sente feliz, energizado e tão pronto para subir no palco, que não consegue ficar parado dentro do camarim.

O estádio está lentamente se enchendo. Os fãs saindo do encontro com Evander tomam seus lugares junto ao palco e uma compilação de algumas músicas da banda está tocando para manter todos animados.

Nos bastidores, a banda está zumbindo de energia enquanto Evander acalma Tommy com um amasso caprichado no camarim do cantor.

— Você vai me deixar te beijar no palco, hoje? – Evander pergunta, correndo um dedo pelos lábios inchados de Tommy.

O baixista abre um sorriso torto e arruma uma mecha de cabelo que caiu sobre o rosto de Evander. Nesta noite, seu cabelo está prateado, porque o cantor estava "com vontade de mudar". Outro feitiço a aprender na lista de Tommy.

— Talvez. – responde por fim – Se você me fizer querer beijar você...

— Eu dou um jeito.

Eles ouvem uma batida seca na porta e uma voz grita:

— Cinco minutos, Sr. Vikram! E se o senhor souber onde o Sr. Sabberton está, por favor, diga que ele já está atrasado.

— Merda! – Tommy pula do sofá e para fora dos braços de Evander, e se olha no enorme espelho. – Você bagunçou meu cabelo, Sr. Vikram! E o batom também se foi! Droga!

— Calma, Gatinho. Seu cabelo está ótimo. Fique quieto que eu ajeito sua maquiagem. – Evander pega um tubo de batom vermelho escuro e começa a aplicar uma camada generosa nos lábios de seu amante. – Prontinho.

Tommy olha no espelho novamente e sorri, o vermelho escuro contrasta com a maquiagem branca em seu rosto.

— Esse batom vai manchar todo o seu rosto, se você me beijar durante o show...

— Eu sinceramente espero que sim. – Evander sorri, travesso e agarra Tommy pelos ombros, girando-o. – Vai logo. Você está atrasado!

— E quem é o culpado disso?

Tommy abre a porta do camarim, mas se vira novamente.

— Esqueceu alguma coisa?

— Esqueci. – rebate, puxando Evander pela gola da blusa e deixando uma marca de batom no pescoço do cantor.

Evander ri alto e dá um tapinha em seu traseiro magro.

— Vai com tudo, Gatinho!

— Você também, Sr. Vikram.

O show corre perfeitamente bem. Eles fazem o truque com as bolhas de sabão e Tommy até mesmo consegue que elas durem mais tempo do que o normal nas palmas esticadas dos fãs.

Todos estão dançando e cantando juntos, mas quando Evander está a ponto de apresentar a banda, uma explosão soa na entrada da arena.

As portas duplas são escancaradas e três golens de vento aparecem seguidos de uma horda de pequenos monstrinhos verdes com dentes afiados e olhos selvagens que correm entre as pernas das pessoas, mordendo e arranhando quem quer que consigam alcançar.

Gritos enchem o ar e a multidão entra em pânico rapidamente.

— Malditas Profundezas! – Tommy sussurra, de olhos arregalados. Quando olha em volta, os caras da banda já estão abandonando seus instrumentos e partindo para a luta.

— K, faça uma barreira para proteger os fãs! Nós temos que tirá-los daqui! – Evander grita.

— Evander, o que eu faço? – O baixista grita para ele.

Evander olha para trás e Tommy pode ver a preocupação em seus olhos.

— Ajude Aliz a tirar as pessoas daqui!

— Mas... Os Golens... Eu posso...

— Agora, Tommy! Vai!

Evander vira-se de volta para o caos a seus pés e conjura um arco e um alforje cheio de flechas.

Com incrível precisão, ele acerta diabrete atrás de diabrete, livrando um par de adolescentes de suas garras afiadas.

Arrancado de seu espanto pelos gritos de Aliz por ajuda, Tommy finalmente pula para o chão e corre até ela, já que a Maga está tendo problemas em conter os diabretes enquanto direciona as pessoas para fora do prédio.

Ele respira fundo e ouve o que seu leão está dizendo, agindo quase que automaticamente.

Um vento forte varre os diabretes para longe e Aliz pode levar os fãs para fora. Do outro lado do salão, Newton está fazendo o mesmo e, quando todos estão a salvo do lado de fora, Evander grita:

— Ally, Newton e Tommy, vocês ficam lá fora com os fãs, mantenham-nos a salvo!

O chão está abarrotado de diabretes agora, e Evander está bem no meio, esfaqueando os monstrinhos ao seu alcance com uma adaga em cada mão.

— Eu não vou deixar você para trás! – Tommy grita de volta, tentando chegar mais perto dele.

— Tommy, vá! Isso é uma ordem!

— Que pena que eu não sou um dos seus soldados, não é?

Evander está a ponto de rebater quando um grito agudo se faz ouvir no fundo do salão. Um dos golens capturou uma menina e a está usando como escudo contra os ataques de Bhanks.

— Merda! – Os dois dizem, ao mesmo tempo.

Tommy sussurra:

— Diga a Bhanks que fique pronto par acertar aquela coisa.

— Tommy, o que...

O baixista faz sinal para que ele fique quieto e, chutando os diabretes em seu caminho, se aproxima do golem pelo lado esquerdo.

Ele se agacha, pronto para atacar e com um movimento poderoso, pula para a frente e para cima, tirando a menina das garras do golem e aterrissando em segurança do outro lado, enquanto Bhanks ataca a criatura com um golpe de Magia.

Tommy olha para a garota aterrorizada, e sorri para ela.

— Você está a salvo agora. Vá, Newton está lá fora! – Espantada, a garota se levanta e corre para a porta mais próxima.

— Tommy, vá com ela! – Evander grita.

— Porra nenhuma! – o baixista grita de volta.

Ele está a ponto de correr para Evander, quando os diabretes o cercam, subindo por suas pernas e pulando em suas costas e cabeça. Em pouco tempo, ele está coberto com os pequenos monstros.

— Ah, não! Tommy! – Evander grita, tentando mover suas pernas que também estão cobertas de diabretes.

De repente, uma luz forte começa a brilhar dentro da pilha de monstros e eles são atirados para longe, desintegrando-se ao atingir paredes e uns aos outros.

Da luz, o leão de Tommy emerge; grande, poderoso e radiante.

Ele ataca os diabretes que cercam Evander, mordendo e pisoteando as pequenas criaturas em seu caminho, enquanto Evander as mata com suas adagas. Mas quando eles pensam que estão vencendo, uma nova horda aparece atrás dos golens.

— Evander, nós precisamos nos livrar dos golens, ou os diabretes vão continuar aparecendo! – Kadmus grita, chutando um monstrinho que tenta subir por sua perna.

— Eu posso fazer isso! – Tommy diz, mas tudo o que sai de sua boca é um grunhido.

Frustrado, o leão sacode a juba e vai na direção dos enormes monstros.

Preciso que saiam do caminho! Ele pensa. É muito irritante não ser capaz de se comunicar com alguém. Então corre na direção dos três guerreiros, derrubando-os no chão deixando o caminho livre para atacar os golens.

Entre gritos de ira e protesto, Tommy se concentra nos golens e ruge com toda a sua força.

Embasbacado, Evander assiste enquanto a onda de som que o rugido de Tommy produziu faz os golens desaparecerem. Logo, apenas partículas de pó permanecem, flutuando no ar.

A partir dali a luta termina rapidamente, quando os últimos diabretes são destruídos.

— Tommy, você está bem? – Evander pergunta, depois que o último monstrinho desaparece.

O leão olha para ele e pisca, retomando a forma humana. Sirus rapidamente coloca algumas roupas sobre seu corpo nu.

— Eu realmente preciso aprender esse feitiço... – Ele diz, sorrindo agradecido.

— Tommy!

— Eu estou perfeitamente bem, Ev. Se acalme!

O cantor passa os braços ao redor dele e esmaga Tommy contra seu peito, depois dá um passo atrás, ainda segurando o baixista pelos ombros.

— Nunca mais desobedeça a uma ordem minha!

— Não enche! Eu não sou um dos seus homens! – Tommy rebate, se afastando deles e saindo da arena.

— O que foi que eu disse? – Evander pergunta, a ninguém em particular.

— Não vá pensando que você pode mandar nesse aí como faz com a gente, Ev. – Kadmus diz, rindo alto.

— Você está dizendo que eu sou mandão?

— Você sabe que é. – Bhanks interfere – Mas nós crescemos com você e estamos acostumados com isso. Tommy não está. E ele nem deveria mesmo. Ele é seu amante, não seu soldado.

Evander está a ponto de rebater, mas Aliz vem correndo na direção deles.

— Evander, você tem que ir lá fora. A Tropa de Guarda está aqui.

Do lado de fora, há carros da Tropa por toda parte e pelo menos doze guardas uniformizados, mais três ambulâncias.

Um sujeito grandalhão se aproxima, vestindo um uniforme de alta patente.

— Sr. Vikram, eu sou o Capitão Cox. Posso falar com o senhor? – Evander assente e se afasta alguns passos com o capitão – Pode me explicar o que aconteceu aqui esta noite?

Evander faz uma pausa antes de responder, analisando o rosto do oficial e então diz:

— O senhor quer ouvir a verdade ou algo em que vai acreditar?

— Eu quero a verdade, é claro! O que o senhor está insinuando?

— Nada. Eu apenas sei que os guardas da Tropa nem sempre tem mentes abertas o suficiente para admitir que algumas coisas inexplicáveis acontecem nesse mundo.

O Capitão Cox assente uma vez, parecendo não saber se deveria aceitar aquilo como um elogio, ou uma crítica.

— O que aconteceu foi que meu show foi invadido por três golens de vento e uma horda infinita de diabretes do mal.

— O que diabos é um golem de vento?

— Um monstro Elemental feito de ar.

— Eu nunca pensei que fosse o tipo de sujeito que usa drogas, Sr. Vikram. – Cox diz, parecendo desapontado.

— Merda! Eu sabia que isso ia acontecer. – Evander resmunga e então, erguendo a voz, diz – Homens, estou iniciando o Protocolo de Memória.

— Sim, senhor, comandante! – Ele escuta em resposta.

Duas horas depois, estão de volta ao ônibus e na estrada novamente, para a próxima cidade. Tommy ainda está zangado com Evander, mas quando o grupo se reúne na sala de lazer no segundo andar do ônibus, para discutir os eventos da noite, ele se senta ao lado do cantor.

— Certo, relatórios. – Evander pede, quando todos já estão acomodados.

— O Protocolo de Memória funcionou muito bem. – Newton começa, limpando as lentes redondas de seus óculos. – A ameaça de bomba foi uma boa ideia. E bom trabalho na contenção dos monstros, pessoal! Especialmente você, Tommy!

O baixista vai dizer algo, quando Darius interrompe:

— Aquilo foi sorte de principiante! Todos nós tivemos sorte hoje. Inocentes podiam ter se machucado porque não estávamos preparados!

— E como você queria que estivéssemos preparados para uma coisa dessas, Darius? – Bhanks dispara, cruzando os braços poderosos sobre o peito.

— É para isso que nós temos uma Vidente, não é?

— Não vi nada e não entendo o porquê. – Aliz responde, claramente frustrada. – É como se algo estivesse interferindo nas minhas visões!

— Que conveniente! – o Ilusionista exclama, encarando a Curandeira.

— Darius... – Evander interfere.

— Eu posso lidar com ele, Evander! Que merda!

— Eu sei! Mas ele não deveria falar assim com você e como seu comandante, tenho que ter certeza de que você é tratada com respeito...

— Por quê? Por que eu sou mulher? Por que eu sou frágil?

— Você é a nossa garota, Ally e eu tenho que proteger você...

— Não se atreva a ser condescendente comigo, Evander! Eu sou tão capaz quanto qualquer um dos seus trogloditas! – Ela o interrompe e então, se vira para Darius: – E quanto a você; eu tenho sido muito indulgente e paciente com as suas desconfianças durante esses anos todos, a Providência sabe por que, mas estou farta disso! Você não tem razão nenhuma para desconfiar das minhas habilidades ou da minha lealdade à Rainha Vermelha!

Todos ficam quietos por alguns segundos, até que começam a falar ao mesmo tempo.

Tommy apenas observa, chocado. Sempre pensava naquela banda como um grupo coeso e harmônico, mas isso não poderia estar mais longe da verdade naquela noite.

— Pessoal! – Ele chama. Algo o está incomodando nisso tudo. – Gente!

Ninguém lhe dá atenção, então ele deixa seu leão falar.

O rugido faz as janelas ao redor deles tremerem e finalmente, chama a atenção de todos.

— O que está acontecendo? Nunca vi vocês brigando desse jeito!

— Você está com a gente há dias, Gatinho. – Darius rebate, cheio de desdém – Nós estamos juntos há séculos. Não presuma que você nos conhece!

— Em primeiro lugar, você não tem permissão para me chamar assim. Ninguém além de Evander tem.

Ele encara furiosamente os vários pares de olhos ao redor dele

— Segundo! Eu posso não conhecer vocês tão bem quanto vocês se conhecem, mas sei de uma coisa: a energia nessa sala está podre, realmente desagradável e anormal. *Há* algo interferindo aqui e nós temos que descobrir o que é!

— E por que deveríamos confiar tão cegamente no julgamento de alguém que até ontem nem sabia que Magia era real? – Darius volta a atacar e Tommy pode ver que o irmão dele está há uma palavra de conter o irmão fisicamente.

— Bem, vocês não têm que confiar em mim, apenas prestem atenção. Vocês são os poderosos Magos Guerreiros, não eu.

— Ele está certo. – Newton concorda, um momento depois – Há algo azedo no ar. Eu não gosto disso...

— Além de todos esses... desentendimentos entre nós ultimamente, há algo mais que não entendo. – Sirus diz, mais para si mesmo. – O que mudou? Quer dizer, até duas, três semanas atrás, tudo estava normal e chato como nos últimos quatrocentos anos e agora, estamos combatendo Elementais outra vez, e diabretes!

— Os diabretes são novidade... – Kadmus resmunga, assentindo distraidamente.

— Se me perguntarem, eu diria que é por causa dele. – Darius exclama, apontando para o baixista.

— Não se atreva a culpar Tommy por isso! – Evander interfere.

— Mas Darius está certo, Ev. – Tommy o interrompe, tocando o braço de Evander. – Pense bem! Todos esses distúrbios aconteceram depois que entrei para a banda. E eu fui atacado por um golem quando estava sozinho. Isso tudo tem que ter a ver comigo descobrindo a minha Magia.

Evander franze o cenho, obviamente incomodado com a direção que aquela conversa está tomando.

— Sem mencionar que essa noite nós sofremos um ataque direto. Logo depois de descobrirmos que nossa Rainha está a nossa espera. Não foi coincidência. – Sirus acrescenta.

— Seria possível que... – Newton diz, retorcendo a ponta de sua longa trança entre os dedos – Seria possível que ela esteja de volta?

— NÃO! – Todos gritam, assustando o Alquimista.

— Não. Eu cortei a cabeça dela! Eu vi o sangue escorrendo do corpo... Ela está morta. – O cantor termina, uma sombra cobrindo seus olhos claros.

— Poderia ser um discípulo? – Tommy sugere.

— Sim... Eu acredito que sim. – Aliz concorda. – Evander, talvez seja melhor cancelar a turnê. Se eles estão nos atacando tão diretamente, isso pode colocar os fãs em perigo outra vez.

— Você pode estar certa, Ally, mas não quero fazer isso... Cancelar a turnê vai mostrar que estamos com medo.

— Mas nós estamos! – Sirus o interrompe – Ou deveríamos estar. Me desculpe por jogar água na sua fervura, Ev, mas eu estou aterrorizado com o fato de que talvez estejamos caminhando direto para outra guerra!

Um silêncio pesado cai sobre eles.

Não é como se aquele pensamento não estivesse na mente de todos, mas agora alguém disse as palavras e não podem mais ignorar a verdade nelas.

— Se uma guerra estiver se aproximando, nós lutaremos, como lutamos antes. – Evander diz, com o cenho franzido, mas a voz calma.

— Nós lutaremos e nós venceremos! – Kadmus acrescenta, com confiança.

Os outros olham para ele e assentem com firmeza e sem hesitação. Evander sorri e os lidera em seu grito de guerra.

Tommy observa e dessa vez, murmura em aprovação.

— Assim é melhor!

Quando finalmente dão o dia por encerrado, Tommy está mental e fisicamente exausto. Ele rega Naria, dá um beijo de boa noite em suas pétalas e cai de cara na cama que vai passar a dividir com Evander. Segundos depois, sente mãos quentes massageando suas costas cansadas.

— Não caia no sono todo vestido, Gatinho. – o cantor sussurra em seu ouvido.

— Eu não tenho forças o suficiente...

Evander ri.

— Deixa eu te ajudar, então.

— Seu pervertido! Estou praticamente morto!

O cantor ri novamente e o vira de frente, a fim de desabotoar o jeans apertado e puxar a camiseta por sobre a cabeça do baixista.

— Não é saudável dormir em calças tão apertadas! Por que você as usa, para começar?

— Para provocar você. – Tommy responde, quase dormindo.

Balançando a cabeça, divertido, Evander tira suas próprias roupas e se deita ao lado de Tommy, puxando as cobertas até o pescoço, e o baixista para que deite a cabeça em seu ombro.

Eles alcançam a próxima cidade nas primeiras horas da manhã. Tudo está quieto e não há uma única alma ou lâmpada acesa na rua, até onde a visão alcança.

Os motoristas estacionam no pátio atrás da arena e vão para a cama, para algumas horas de merecido descanso.

Evander acorda assustado, alguns minutos depois. Olha para o peso em seu peito e sorri para o corpo adormecido de Tommy, aconchegado junto ao seu. Ele beija a testa do baixista e por um momento, esquece o que o acordou.

Silêncio. Silêncio demais.

Está quase amanhecendo, mas não há pássaros cantando lá fora, nenhum grilo ou mesmo vento; nenhum som vem da cidade que deveria estar acordando para um novo dia.

Ele escuta uma batida leve na porta do ônibus e desce a escada apressado.

Aliz está lá, olhando a silhueta da cidade.

— Está quieto. – Ela diz, sem olhar para ele.

— Está...

— Você acha que nós deveríamos...

— É, eu acho sim.

— Certo. Eu espero Kadmus aqui.

Evander assente e volta para dentro. O baterista já está de pé, lavando o rosto na pia, calças de couro preto e um casaco pesado cobrindo seu corpo.

— Ally está te esperando lá fora.

— Está bem. Nós voltaremos logo.

— Se cuide, irmão. – Evander pousa sua mão direita no ombro esquerdo de Kadmus. O baterista faz o mesmo antes de caminhar para a porta.

Aos poucos, os outros também acordam, juntando-se na área da cozinha enquanto Newton prepara seu famoso mingau. A atmosfera é tensa e quieta, pois ninguém quer dar voz aos seus pensamentos. É apenas quando Tommy desce a escada, que uma voz é ouvida dentro do ônibus.

— O que está acontecendo? Por que as caras preocupadas?

Sentado em um banquinho alto, Evander estende os braços para ele e Tommy se aconchega contra seu corpo, ainda quente e relaxado da cama. O cantor para um momento para sentir seu cheiro e o calor do corpo dele.

— Não está ouvindo? – ele diz, calmamente.

— Eu não ouço na... – Tommy começa e então para de falar, entendendo imediatamente – Por que está tudo tão quieto? Isso não é normal...

— Nós ainda não sabemos. Ally e Kadmus estão vasculhando a cidade.

Newton aproxima-se com várias tigelas de mingau flutuando ao seu redor. Ele pega uma e a passa para Tommy, enquanto os outros se servem.

— Como você está se sentindo hoje, Tommy? – pergunta.

— Bem, mas ainda me sinto um pouco cansado.

— Isso é natural. Você usou muita energia ontem.

Quando o tecladista se afasta, Evander abraça a cintura de Tommy e o puxa para que fique entre suas pernas.

— Sinto muito por ter gritado com você ontem, Gatinho, mas eu estava com tanto medo de que você se machucasse!

— Eu sei, sinto muito também.

O cantor está a ponto de dizer mais alguma coisa, quando a porta se abre e Kadmus entra, seguido de Aliz, que traz em seus braços algo peludo e vermelho.

— Que bom! Estão todos aqui. Bom dia, rapazes. – A Curandeira os cumprimenta, sentando-se pesadamente em um banco.

— Então, o que vocês acharam? – Sirus quer saber.

— Absolutamente nada. – Kadmus diz, sentando-se ao lado de Aliz. Não há uma única alma viva na cidade. Humana ou animal. É uma cidade fantasma.

— A única criatura viva que encontramos, foi essa. – A Curandeira diz, abrindo os braços para revelar uma raposa vermelha.

A pequena bola de pelos ergue suas grandes orelhas e olha em volta, cheirando o ar.

— Estava escondida dentro das ruínas de uma pequena casa. Sua perna está quebrada e está muito magra também. Eu pensei que nós podíamos cuidar...

— Ally, eu não... – Evander começa, mas sua amiga está olhando para ele com os grandes olhos verdes cheios de súplica, e a raposa choraminga baixinho, como se soubesse que estavam discutindo seu destino.

— Nós não tempos tempo para cuidar de um animal, Aliz. – Darius começa, irritado como sempre.

— Não é um animal! – Tommy os interrompe. – É uma Metamorfa!

— O quê? – Todos gritam ao mesmo tempo.

— Ela é uma Metamorfa e está com dor. Temos que cuidar dela!

— Rápido! Vamos levá-la para a minha cama, lá em cima! – Evander se apressa, fazendo sinal para que Aliz o siga com a raposa.

— Você ficou maluco? Isso pode ser uma armadilha! – Darius argumenta.

— Soldado, cuidado com o que fala! Ainda sou seu comandante! Evander o repreende. – Pode ser uma armadilha, sim, mas isso não importa agora. Se ela está com dor, nós ajudaremos!

Ninguém diz mais nada, então Tommy, Evander e Aliz sobem a escada para o segundo andar.

— Vou transformá-la de volta em humana, para que você possa curá-la. - Tommy diz a Aliz. Ela assente e coloca o pequeno animal no centro da cama de casal. A raposa olha em volta, tremendo de medo.

— Está tudo bem, minha querida. – o baixista diz, se ajoelhando aos pés da cama – Vamos ajudá-la e você vai se sentir bem logo.

Ele se concentra e deixa seu leão tomar conta. Quando se transforma no pequeno espaço, a raposa ergue suas orelhas e olha diretamente nos olhos dele.

— Você é como eu! – Ela diz para a mente dele, com voz chorosa. – Eu nunca vi ninguém como eu antes.

— É novidade para mim também. Qual seu nome?

— Darcy. Você pode me ajudar? Minha perna está doendo e eu não consigo voltar.

— Eu vou transformá-la de volta, e minha amiga, que achou você, é uma curandeira poderosa.

— Quem é o homem alto atrás de você?

— Seu nome é Evander, ele é nosso líder. Eu me chamo Tommy, por falar nisso, e aquela é Aliz.

Darcy olha de um para o outro e parece decidir que pode confiar neles.

— Por favor, faça essa dor parar!

Tommy assente e ruge baixinho, emanando uma onda de som na direção da raposa vermelha que, em segundos, se transforma em... um rapaz ruivo? O baixista pisca, confuso, para a pessoa de corpo magro e liso sobre a cama. Antes que ele possa perguntar qualquer coisa, Aliz o empurra e se senta na cama, ao lado de Darcy.

— Olá, lindeza. Eu sou Ally. Posso dar uma olhada na sua perna?

Enquanto Aliz está cuidando do Metamorfo, Tommy volta a ser humano e rapidamente agarra uma toalha do banheiro, para se cobrir.

— Pensei que você tinha dito que a raposa era ela... – Evander sussurra e Tommy fica feliz por não ser o único confuso ali.

— E disse. Ela soava como uma menina... Seu nome é Darcy.

— É um nome bem ambíguo... Bem, o mais importante é: Ela é uma inimiga?

— Acho que não. – Tommy responde, procurando em sua bolsa por algo para vestir. – Ela é muito tímida e parece assustada, também. Não percebi nada estranho na mente dela.

Segundos depois, uma luz violeta pulsa dentro do ônibus e eles podem ouvir o suspiro de alívio de Darcy.

Aliz levanta-se e com um movimento de pulso, cobre o corpo de Darcy com um delicado vestido rosa e sapatilhas macias.

— Eu nunca poderei agradecer-lhes o suficiente! – Darcy diz, ficando de pé e curvando-se para eles.

— Não há necessidade. Você está com fome? – Evander pergunta.

Darcy baixa o olhar para seus sapatos novos e assente.

— Vamos lá para baixo, então. Tenho certeza de que Newton ainda tem um pouco de mingau para você. – Aliz sugere, oferecendo uma mão para Darcy, que sorri e a segura.

Quando seguem para a escada outra vez, Tommy escuta a voz de Naria em sua mente:

— Ela é adorável, mas tome cuidado, meu amor. Senti uma perturbação ainda há pouco.

— O que quer dizer, Naria?

— Não tenho certeza... Mas algo está errado. Ou vai ficar.

— Manterei os olhos abertos, então.

Capítulo XIII

Darcy

Quando Tommy chega ao andar de baixo, ele vê Darcy sentada placidamente em um dos bancos com uma tigela quase vazia de mingau na sua frente e cinco sujeitos babões ao seu redor. Em outra mesa, Aliz está sentada no colo de Stephen, conversando aos sussurros com o marido.

O baixista esconde o riso com uma tosse e se senta em frente à Metamorfa.

— Está se sentindo melhor, meu bem?

Darcy assente e sorri para ele.

— Sim, obrigada. E o mingau está uma delícia, Newton. – ela diz, devolvendo a tigela vazia.

— Quer mais? Ou alguma outra coisa, talvez?

— Não, obrigada.

— Você pode nos contar o que aconteceu nessa cidade, Darcy? – Evander pergunta, gentil.

Eles podem ver que seus grandes olhos cinzentos enchem-se de lágrimas.

— Foi horrível! Aconteceu logo antes do amanhecer... Eram tantos deles! Eu... Eu nunca tinha visto criaturas como aquelas! Eles capturaram as pessoas, mataram os que resistiram e então, desapareceram. Do mesmo jeito que apareceram... dentro de uma névoa negra.

— Que tipo de criaturas você viu?

— Eles eram grandes e fortes... alguns feitos de vento, outros de pedra ou galhos. E havia os pequenos monstros com dentes afiados...

— Golens e diabretes. – Kadmus resume.

— Os animais fugiram também. Foi por isso que machuquei minha perna: Eu me transformei para que eles não me achassem, mas depois não consegui mudar de volta e um grande cervo pisou em mim.

— Coitadinha! – Aliz abraça-a. – Mas não se preocupe. Você está a salvo agora! Você tem família?

— Não tenho mais. Eles me expulsaram quando descobriram minha condição. Vivo sozinha há dez anos.

— Quantos anos você tem, Darcy, se você não se importa que eu pergunte.

— Você é o Evander, não é? – o cantor assente – Tenho trinta anos, por quê?

— Isso não é possível! – Sirus exclama – Faz quase quatro séculos que ninguém nasce com Magia...

— Eu nasci no último dia do último ciclo da segunda lua. – Darcy afirma.

— A segunda lua desapareceu do nosso céu há 30 anos. – Aliz relembra, com um sorriso.

— E eu tenho 30 anos, não se esqueça disso, Sirus. – Tommy acrescenta, olhando de Darcy para seu companheiro de banda.

— Isso tudo é tão estranho! – Evander comenta, andando de um lado para o outro no pequeno espaço. – Ally, é possível que pessoas estejam nascendo com Magia novamente e não notamos isso?

— Talvez. – A Curandeira cruza os braços sobre o peito – Harold disse algo sobre as engrenagens da Providência estarem se movendo outra vez, talvez seja isso! A Providência está dando Magia aos Humanos novamente, para que possamos consertar o que há de errado em nosso Reino.

— Desculpem, mas não entendo nada disso. Podem me explicar do que estão falando? – Darcy interrompe olhando de um para o outro.

— Eu gostaria de ouvir essa também. – Tommy pede.

— Bem, essa é uma longa história que eu não preciso ouvir novamente. Darius reclama, levantando-se. Sirus o segue.

— Nós vamos checar se o caminhão com os instrumentos já chegou. – Kadmus completa, puxando Bhanks pelo cotovelo. – New, você vem?

— Não. Meu teclado está aqui no ônibus.

Aliz sorri para o tecladista que ainda não desviou o olhar de Darcy um momento sequer, e diz:

— É uma história muito longa, de fato...

A Curandeira começa a contar a Darcy as mesmas coisas que Evander contara a Tommy quando eles conversaram sobre Magia pela primeira vez: Como as pessoas nascidas com ela eram os governantes do reino sob o comando da Rainha Vermelha e como a vida era boa e fácil para todos até que a usurpadora começou a Última Guerra.

— Apesar de termos vencido a guerra, a destruição foi tanta que as pessoas ficaram com medo da Magia. Disseram que, se a Magia era capaz de trazer mais daquela destruição e desespero, não a queriam mais entre elas.

— As pessoas naquela época eram idiotas! – Tommy comenta em voz baixa, mas Aliz o escuta.

— Eram pessoas simples. Eu entendo seu ponto de vista, para ser honesta. O que nunca consegui entender é por que naquele momento? Houve guerras em Taah-Ren antes, para unificar o território, mas apenas naquele momento elas questionaram seus governantes.

— E essa única vez foi o suficiente... O que aconteceu então? O que vocês fizeram? – Darcy pergunta, colocando os cotovelos na mesa e apoiando o queixo nas mãos.

— Nós obedecemos ao desejo das pessoas. Apesar de formarmos o governo, essencialmente, nós éramos seus servos, a vontade deles era nosso comando. Então nós nos retiramos, o Conselho foi desfeito e deixamos que a população escolhesse seus governantes.

— Foi quando os cinco territórios foram criados. Evander explica. – Com Magia, nós éramos capazes de cuidar de todos no reino, mas sem ela, foi preciso dividir o território em áreas menores com governos semiautônomos.

— O que aconteceu com a Magia, então? – Tommy e Darcy perguntam ao mesmo tempo.

— Ela desapareceu aos poucos. Não havia mais crianças nascendo com Magia, então, conforme os Magos morreram, a Magia morreu com eles. – Evander explica, um brilho triste em seus lindos olhos.

— E como vocês conseguiram viver por tanto tempo? – Foi a vez de Darcy fazer uma pergunta.

— Bem, normalmente os Magos vivem mais do que os humanos por estarem cercados de Magia. Quanto mais a usamos, mais longa nossas vidas ficam. Isso mudou quando a Rainha se foi e a Magia desapareceu...

— Mas vocês ainda estão aqui. – Tommy comenta.

— Sim, ainda estamos aqui.

— Nós só continuamos... – Aliz começa e pensa por um momento – Nós sabíamos que a nossa Rainha estava viva e não pareceu certo desistir de tudo. Nossas vidas são dela e ela nunca nos livrou de nosso juramento, então continuamos a viver com o elixir que Newton prepara, esperando e desejando que chegasse o dia em que ela voltaria.

— E agora ela voltará, graças a você. – o cantor diz, sorrindo para Tommy.

O baixista sente suas bochechas e orelhas ficando quentes, mas tenta sorrir de volta, mesmo que ele esteja mais do que um pouco assustado com tudo aquilo.

— Agora é sua vez, minha querida. Conte-nos sobre você. – Aliz pede, encarando Darcy com firmeza.

— Bem, eu... Eu nasci na Velha Capital. Tenho três irmãos e meus pais tinham uma loja de tecidos perto da Rua Principal. Eu descobri que podia me transformar em uma raposa quando era adolescente. Uns meninos maldosos da escola estavam me perseguindo porque eu estava usando o colar de pérolas da minha mãe. Eles queriam me bater e gritavam coisas para mim, então me abaixei perto de um arbusto e desejei ser algo diferente. Os meninos passaram bem perto de mim, mas pareciam não me ver. Depois que foram embora, olhei em volta e vi minha cauda. Acho que gritei por uma hora sem parar quando percebi o que tinha acontecido.

— Posso imaginar o que você sentiu! – Tommy diz, apertando as mãos dela nas suas.

— Como você conseguiu voltar à forma humana? Os Metamorfos que nós conhecemos estão todos presos em seus animais. – Evander pergunta.

— Eu nunca tive problemas em me transformar... Não até a noite passada.

— Intrigante... – ele diz – O que aconteceu com você depois da sua primeira transformação?

— Bem, consegui esconder isso da minha família, porque sabia que não entenderiam, como não entenderam o fato de que meu gênero é fluido.

— Me perdoe, mas o que isso significa? – Tommy pergunta.

— Significa que, apesar de eu ter um corpo masculino, não me identifico exclusivamente como homem. Às vezes eu me visto como uma garota e quero que as pessoas me tratem como uma, outras vezes, prefiro roupas de menino em outras, ambos, ou nenhum...

— Isso é muito confuso... – o baixista diz para si mesmo, franzindo o cenho.

Só percebe que dissera aquilo em voz alta, quando ouve Darcy rindo.

— Sim, muito confuso.

— Como devemos chamar você, então? No masculino ou no feminino?

— Infelizmente, nossa língua não tem muitas palavras neutras, como seria o ideal, então, vocês podem se basear no que eu estiver vestindo. Eu realmente não me importo. – Darcy explica, com um sorriso.

Um momento depois, Evander pergunta:

— Agora que sua perna está bem e você está de volta ao seu normal, o que planeja fazer?

— Eu... Eu não sei... Eu tinha um emprego e um pequeno apartamento aqui, mas obviamente, não posso ficar sozinha numa cidade vazia... Será que... Será que posso ir com vocês, Evander? Por favor! Eu cozinho muito bem, posso fazer isso para vocês...

— Nós já temos... – Evander começa, mas Newton o interrompe quase gritando:

— Eu não me importo! Um par extra de mãos viria a calhar.

Esperançosa, Darcy olha para Evander, seus olhos cinzentos brilhando com súplica e algumas lágrimas não derramadas.

— Onde ela vai dormir? No nosso ônibus cheio de homens das cavernas?

— Stephen e eu temos muito espaço na casa móvel. Darcy é bem-vinda para ficar conosco.

— Oh, está bem! – Evander cede, revirando os olhos. – Mas vamos ficar de olho em você, até termos certeza de que não está escondendo nada de nós.

Aliz fuzila Evander com o olhar, como se não estivesse acreditando que ele dissera tal coisa na frente de Darcy.

— Sem problemas. Entendo perfeitamente.

— Bem, então seja bem-vinda ao show, Darcy.

Capítulo XIV

Altos e Baixos

Mais tarde, enquanto todos estão cuidando de outros assuntos, ou paparicando Darcy, Tommy aproveita o tempo para se sentar ao sol, próximo ao ônibus.

— Tommy, você tem um minuto?

O baixista vira a cabeça e sorri para Bhanks.

— Sim, claro.

— Só queria saber se você e Evander já fizeram as pazes.

— Já sim, obrigado por perguntar! – ele diz, e volta a observar o horizonte da cidade morta. – Não dá pra ficar zangado com ele por muito tempo.

— Verdade, mas, mesmo assim, tem alguma coisa te incomodando... – Bhanks comenta, e Tommy percebe que não fora uma pergunta.

— Bom, é que eu não consigo falar com ele quando meu leão sai, e isso me enlouquece!

— Já suspeitava que era esse o problema... É a pior parte de ser um Metamorfo e amar um Estático.

Tommy olha para o guitarrista, obviamente perdido.

— Estáticos são as pessoas que não são Metamorfas...

— Essa parte eu entendi. Como você sabia que isso estava me incomodando?

— Minha esposa, Madras, era a loba branca mais linda que eu já vi. A Rainha celebrou nossa União no Castelo Vermelho no dia em que fui nomeado Mago Guerreiro.

— O que aconteceu com ela?

Bhanks fecha os olhos e Tommy percebe que sua voz ficara embargada.

— Não sei. Ela desapareceu durante a Última Guerra, com os outros Metamorfos. Passei séculos procurando por ela, mas nunca mais soube de nada...

— Sinto muito, Bhanks! De verdade.

— Obrigado, Tommy. – O guitarrista enxuga os olhos e força um sorriso – O motivo de estar te contando isso é que existe um jeito de você e Evander se comunicarem, mesmo quando você estiver transformado.

— Existe?! Você pode me ensinar?

— Não é algo que possa ser ensinado... – Bhanks diz, puxando um cordão de couro do pescoço. Pendurado nele, está a bolsinha na qual ele sempre mexe quando está nervoso. – Aqui dentro há um amuleto que permitirá que Evander o ouça e compreenda. É só colocar uma mecha do pelo do seu leão dentro e dar a bolsinha a ele.

Tommy fica olhando para o cordão por alguns segundos, processando o que Bhanks está fazendo por ele e Evander.

— Mas e se você encontrar sua esposa? Ela não vai poder falar com você!

— Eu perdi as esperanças de encontrá-la há muito tempo... – Após uma pausa e com uma risada curta, ele continua – Se relacionar com Evander não é fácil, mesmo quando conseguem se comunicar. Quero que vocês dois tenham todas as chances possíveis de ficarem juntos.

— Obrigado, Bhanks! De verdade! Isso vai ajudar muito, especialmente se tivermos que lutar juntos.

Bhanks solta uma risada sem humor e se levanta do chão.

— Você acha mesmo que ele vai te deixar lutar?

— Ele é meu namorado, não meu dono, ou meu comandante. Se eu quiser lutar, eu vou lutar! E se ele tentar me impedir, arranco a outra perna dele!

O guitarrista joga a cabeça para trás, gargalhando.

— É assim que se fala, Gatinho! Até mais tarde.

— Obrigado de novo, Bhanks!

O outro músico afasta-se, acenando sem olhar para trás.

Algum tempo depois, ele encontra Evander sentado na cama, falando ao telefone. Não querendo incomodá-lo, o baixista vai para a área de estar do outro lado do ônibus e liga a TV.

O que aparece na tela está além da imaginação dele: imagens de golens e diabretes devastando cidades, pessoas correndo ao som de um narrador alarmado. É como um filme de terror, mas é o jornal vespertino.

— Malditas Profundezas! Que porra está acontecendo?!

— As Trevas estão sobre nós. – ele ouve a voz monótona de Darius atrás dele.

— Como assim?

— Os tempos de paz acabaram. A Rainha Sombria voltará para terminar o que começou há 400 anos.

— Não pode ser! – Tommy protesta, levantando-se e encarando o enorme guerreiro. – Evander a matou!

— Um mal grande assim não pode ser morto. Acreditar no contrário foi tolice. Fico surpreso que Evander tenha conseguido manter a si mesmo e a tantas pessoas vivas.

— Por que está dizendo essas coisas? – Tommy grita.

— É a verdade. – Darius afirma com frieza e desde a escada.

Chocado, Tommy vai atrás dele, mas o Ilusionista já desaparecera por completo.

— Tommy, meu amor... – O baixista vira a cabeça e sorri para sua rosa. – Pode me dar um pouco d'água, por favor?

— Claro, preciosa. Como você está?

— Estava bem até aquele homem aparecer. Não gosto dele, Tommy. Sempre que está por perto, até minhas raízes ficam geladas!

— Também não gosto dele, mas Evander confia em Darius, por alguma razão.

— Eu sei... só... Tome cuidado, está bem? Fique de olhos abertos.

— Claro, claro... Nada vai acontecer com você, minha querida.

— Não estou preocupada comigo. Eu sou uma planta, minha vida é curta de qualquer jeito...

— Não diga isso, Naria! Eu...

— Não, me escute! Você precisa cuidar de Evander. Tem algo sombrio chegando, e ele vai sofrer com isso.

Tommy fecha os olhos. Ele sempre teve uma visão clara do lindo rosto de Naria em sua mente, e agora, seu semblante está retorcido de tristeza e preocupação.

— Eu daria minha vida por ele. E por você também, Naria!

— Eu sei, querido! Por isso me ofereci para você naquele dia. Mas você precisa estar preparado para o pior. Pois, se algo ruim realmente acontecer, não vai ser tão doloroso. Entende?

Após um momento de silêncio, Tommy assente.

— O pior é que até entendo...

— Gatinho? Você está aí? – a voz suave de Evander chama do quarto minúsculo.

— Estou, Ev! Mais tarde conversamos, Naria. – Tommy se vira para ir até o outro lado do ônibus, tentando sorrir para seu namorado. – Você está com cara de preocupado. O que aconteceu?

— Cancelaram a turnê por causa do que aconteceu.

— Eu vi na TV... Darius disse que as Trevas voltaram. – Abraçando Evander, Tommy apoia a cabeça em seu peito largo.

— Ele disse isso? – Tommy confirma com a cabeça. – Ele pode estar certo... As coisas não serão mais como antes.

— Vai haver outra guerra?

Evander coloca os braços ao redor de Tommy e o aperta contra o peito.

— Provavelmente.

— Então, precisamos encontrar a Rainha. Ela nos guiará.

— Como consegue ter tanta fé nela, se nunca a viu? – o cantor pergunta, dando um passo para trás para olhar nos olhos de Tommy.

— Você confia nela. Isso é o bastante para mim.

Ao ouvir isso, Evander sente a respiração prender no peito, seu coração se inchando de amor e afeição. Como é possível que ele já ame esse homem tanto assim?

— Tommy, eu...

Naquele instante, um barulho ressoa no andar inferior, e eles ouvem a voz de Aliz chamando:

— Ev, pode vir aqui, por favor?

Os dois descem ao primeiro andar de mãos dadas, e encontram Aliz e os outros reunidos ao redor de uma janela aberta. Quando a Curandeira se vira para olhar para eles, Evander vê um pequeno pássaro vermelho empoleirado na janela.

— Tommy, você consegue ouvi-lo? É um Metamorfo? – Aliz pergunta. – Ele está sendo bem insistente.

— Não, é um animal... mas tem uma mensagem para nós.

— Uma mensagem? – Kadmus repete, correndo o olhar várias vezes entre o pássaro e o baixista.

— Isso. Estou vendo o rosto de uma linda mulher com um turbante vermelho cheio de joias.

— A Rainha! – Aliz exclama e todos começam a falar ao mesmo tempo.

Tommy aproxima-se do pássaro e estende a mão com a palma para cima. O animal gorjeia docemente e pula nela. Os olhos do baixista parecem ficar enevoados e distantes.

— Meus amados guerreiros. – A boca de Tommy se mexe, mas a voz que sai é feminina, e sua familiaridade rapidamente captura a atenção de todos. – Chegou a hora de vocês servirem seu reino outra vez.

— Minha Senhora, eu... – Aliz começa, mas o baixista continua como se não tivesse ouvido.

— Sigam o caminho pelo que já foi, sem temer as trevas crescentes. Abram seus olhos ao cruzar o círculo de vidro, mas protejam-nos em seguida, ou a luz os cegará. Em meio ao brilho, cruzem o Limiar dos Escolhidos e estarão novamente em meus braços.

— Precisamos partir imediatamente! – Sirus exclama assim que Tommy para de falar. O pássaro volta para o caixilho da janela e voa para longe e o rapaz loiro recosta-se contra o banco, praticamente inconsciente.

— Tommy, você está bem? – Evander senta-se do lado dele e puxa o corpo delgado para o colo. – Gatinho, abre os olhos pra mim, por favor!

Com muito esforço, o Metamorfo consegue atender ao pedido, piscando algumas vezes antes de focar no rosto querido.

— Aí está você. Como se sente?

— Exausto. Cacete, parece que eu nunca mais vou conseguir ficar de pé!

— Leve-o para fora. – Newton sussurra no ouvido do vocalista. – O sol e a terra vão restaurar sua energia.

De imediato, Evander passa um braço sob os joelhos de Tommy e, apoiando as costas com o outro, leva seu Gatinho para fora e se senta com ele na grama. Tira os sapatos do baixista, para que seus pés toquem o solo fértil.

— Que sensação boa! – Tommy exclama depois de alguns minutos, esticando os músculos como um enorme felino. Evander o observa por alguns instantes, admirando os filetes de pele branca que escapam sob a camiseta quando ele se move, e um sorriso contente molda seus lábios cheios.

— Melhor?

— Bastante. - Tommy dá um sorriso amplo para Evander, e deita a cabeça em seu colo. – A Rainha é linda, e eu gostei da voz dela. É muito serena.

— É sim. Mal posso esperar para vocês se conhecerem.

— As instruções que ela nos deu são meio... complicadas, não?

— Em código, provavelmente. Mas Aliz e Bhanks conseguem decifrar.

— Falando no Bhanks, ele me deu isso. – Tommy senta-se e mostra a bolsinha para Evander. – Ele disse que se você usar isso com pelo do meu leão dentro, vamos poder conversar enquanto estou transformado.

— É o amuleto do Bhanks? – O baixista faz que sim com a cabeça, e Evander aperta a bolsinha entre os dedos. – Então ele perdeu mesmo as esperanças de encontrar Madras... Que triste...

— Você acha que ela pode estar viva?

— Sendo bem sincero... – Evander interrompe-se por um momento, esfregando os olhos com os dedos. – Não, não acho, mas ele nunca deixou de acreditar e... É tão triste! E errado! Errado demais!

— É mesmo. – Tommy inclina-se para a frente e beija docemente os lábios do vocalista. – Mas ele parece em paz com sua perda, e preferiu que nós fôssemos felizes com o amuleto.

— Quer tentar e ver se funciona?

O baixista sorri, dá uma piscadela e se transforma em leão.

Evander gasta alguns minutos admirando o lindo animal diante dele. Realmente não há outra palavra para descrever o leão de Tommy além de "magnífico".

De pé, fica mais alto que um leão normal, e sua juba parece feita do mais puro ouro.

Ele ouve um rosnar baixo e pisca, focando-se nos do leão.

— Desculpe, você me distrai...

Tommy levanta a cabeça e revira os olhos, a longa cauda balançando trás dele.

— Vem cá. – pede o vocalista e, quando o leão se aproxima, Evander afunda uma das mãos no pelo macio, enquanto a outra faz uma pequena tesoura aparecer. Corta uma mecha de pelos dourados e, após tirar a mecha branca de dentro da bolsinha, os coloca lá dentro.

— Você pode me ouvir? – ele pensa, depois de amarrar o cordão de couro no pescoço.

— Sim. E você?

— Sim!

— Finalmente! Não poder interagir com você é muito irritante.

— Concordo. Se bem que... sua mente é meio confusa, Gatinho...

— Cala a boca! – Tommy diz em sua mente, e o leão rosna.

— Evander, Tommy! – Aliz chama de uma janela no andar de cima. – Podem voltar para dentro, por favor? Já fizemos os planos da viagem.

Tommy se transforma de volta e Aliz rapidamente restaura as roupas dele.

— Preciso muito aprender esse feitiço!

— É só visualizar as roupas cobrindo seu corpo quando voltar à forma humana. – Evander explica enquanto eles se dirigem de volta ao ônibus.

— Só isso?

— Só! – ele ri. – Criar roupas novas, já é mais difícil. Isso é melhor você perguntar para ao Sirus.

— O que você vai fazer com o pelo da Madras? – Tommy pergunta, ao ver que seu namorado ainda está segurando a mecha branca.

— Colocar em outra bolsinha e devolver ao Bhanks.

De volta dentro do ônibus, a banda toda está reunida ao redor das várias mesas. Até Darcy está lá, mas Darius não.

— E aí, quais são os planos? – Evander pergunta, abraçando o namorado por trás.

— Vamos para a Velha Capital. – Aliz exclama. – Bhanks e eu temos certeza de que a trilha começa lá.

— Mais três dias na estrada, então. – o vocalista murmura.

— Não podemos fazer, tipo... puff e aparecer onde precisamos? – Tommy pergunta, erguendo os olhos para Evander.

Todos riem e Tommy recebe um beijo na testa.

— Claro que poderíamos, mas não quero abandonar o ônibus e a casa móvel. Eles custam caro, sabia?

— Tem um armazém velho no centro que vocês podem usar – Darcy diz, timidamente. – As portas são resistentes e tem bastante espaço lá dentro.

— Perfeito! Mostre o caminho, querida.

Ela sorri para Evander e se senta ao lado de Sirus, que já estava ao volante.

— E os motoristas? – Tommy pergunta ao sentir os dois grandes veículos começarem a andar.

— Mandei-os para casa no meu carro. Eles não sabem sobre nós, e prefiro manter assim.

— Seu carro? Que carro?!

— O que fica no compartimento para carros desse ônibus. – Evander responde casualmente, e começa a rir.

— O ônibus tem um compartimento para carros?

— Você acha mesmo que eu passaria seis meses na estrada sem o meu bebê?!

— Achei que eu fosse seu bebê... – Tommy responde, fazendo beicinho.

— Você é meu bebê extra especial, para aquelas horas em que eu quero mais do que uma volta rápida. – provoca mordiscando o pescoço de Tommy, enquanto sua mão serpenteia em direção a virilha do baixista. – Muito mais...

— Seu pervertido!

— Isso eu sou mesmo! E estou louquinho pra colocar minhas mãos em você de novo, sentir seu gosto na minha língua...

— Evander, para... – Tommy geme baixinho, deixando sua cabeça encostar no ombro do outro. – Estou ficando numa situação embaraçosa aqui.

— A ideia é essa...

— Ô! – alguém grita – Dá licença?!

Tommy pula de susto e sai dos braços de Evander, virandose para o resto da equipe, que ainda estava na área de jantar do ônibus.

Seu rosto está tão quente, que, sem dúvidas está vermelho como carvão em brasa. Atrás dele, o vocalista se acaba de rir, junto com os outros.

Envergonhado muito além do que podia tolerar, Tommy sai correndo para o andar de cima, batendo e trancando a porta do quarto.

Não mais que alguns segundos depois, ouve uma batida na porta.

— Tommy...

— Sai daqui! Eu não quero saber de você!

— Gatinho, não precisa ficar com vergonha do pessoal! Eles já se acostumaram...

E com isso, a porta deslizante se abre de supetão, e olhando Evander nos olhos está um homem bem felino e bem furioso.

Eu disse algo errado? – Evander pensa.

— Já se acostumaram?! – Tommy meio sussurra, meio grita – Quantos homens como eu você já atraiu pro seu quarto, Evander? Pior ainda, quantos deles você expôs desse jeito, para divertir seus amigos?

— Com certeza eu disse algo errado... – Evander resmunga, passando os dedos pelo cabelo, que estão escuros novamente. – Gatinho, você pode me escutar, por favor?

— *Pras* Profundezas que eu vou ouvir sua explicação meia-boca! Me deixa em paz!

E novamente Evander se vê olhando para a porta fechada.

— Merda!

Dentro do quarto, Tommy está chorando. Ele não sabe exatamente por que, mas se sente traído e tão completamente envergonhado que chorar parece ser uma conclusão válida.

Meia hora depois, uma batida na porta o acorda de um sono leve e inquieto.

— Tommy, querido! – é a voz de Aliz, então ele se levanta e abre a porta. – Ah, meu doce, você estava chorando!

Ele rapidamente enxuga os olhos no punho da camiseta preta e funga alto.

— Eu sinto muito pelo que aconteceu lá embaixo... Evander...

— Não quero saber. – Tommy interrompe. – Não até ele pedir desculpas.

— É justo. – ela sorri e estende a mão para pegar a dele. – Venha, estamos prontos para partir.

— Para onde vamos, exatamente? – o baixista pergunta enquanto lava o rosto.

— Sob o velho Castelo Vermelho, há uma porta para uma parte esquecida do Bosque Perdido. Nosso caminho até a Rainha começa lá.

— Nossa, que místico...

— Não é?! – ela sorri. – Vamos, temos que ir.

Tommy segue Aliz, parando só para pegar o vaso de Naria.

Do lado de fora, os outros já estão reunidos diante das enormes portas do galpão, e os dois guerreiros mais fortes carregam algumas malas em seus ombros.

Evander lança um olhar de carência, mas não se aproxima, e Tommy fica grato pelo espaço.

— Tudo bem, pessoal, todos sabem para onde ir. Nos encontramos no pátio do Velho Castelo.

— Pera aí! – Tommy exclama, olhando em volta. – Cadê o Darius?

— Meu irmão disse que nos alcança mais tarde. – Sirius diz, tentando sorrir. – Ele sabe onde nos encontrar.

— Certo. Prontos, guerreiros? – Um grito de concordância soa ao redor deles. – Darcy, querida, você vai com Ally e Stephen, está bem? – A Metamorfa sorri e pega a mão de Aliz. – Tommy, você vem comigo.

— Que nada. Sei chegar ao Velho Castelo. Vejo vocês lá. – Ao dizer isso, desaparece em uma nuvem dourada.

Capítulo XV

Ponto de Partida

Tommy bate na velha porta descascada e espera, olhando em volta para a decoração de jardim familiar e as plantas vistosas. Quando a porta se abre, o guincho que se segue quase o deixa surdo.

— Boa Providência! MÃE! É o Tommy! – Sua irmã, Diane, grita, pulando nele e abraçando o baixista tão apertado que ele mal consegue respirar.

— Oi, mana. – ele a cumprimenta, colocando os braços ao redor dela também.

— Nós estávamos tão preocupadas com você, querido! – ela diz, puxando-o para dentro e fechando a porta. – Nós vimos o que está acontecendo no Território Sul, pela TV. Você está bem? A banda...

— Estamos todos bem, Diane. Fique calma. Onde está a mamãe?

— Ela deve estar no banho... Mas você não parece bem. O que aconteceu?

Tommy encara a irmã, que tem olhos tão parecidos com os dele, e sabe que não pode mentir para ela. Nunca conseguiu, na verdade. – Acho que cometi o maior erro que eu poderia cometer...

— O quê? O que você fez, irmãozinho?

Ele cai sentado pesadamente no sofá cor-de-rosa da sala de estar e cobre os olhos com o braço.

— Eu me apaixonei pelo meu chefe.

— Você dormiu com Evander Vikram? Seu espertalhão! Eu não acredito...

— Diane, por favor! – ele resmunga – Não dormi com ele. Não exatamente, mas eu me apaixonei por ele. Eu o amo, mas nós brigamos *pra* caramba e ambos somos teimosos e ele é mandão e é meu chefe e...

— Tommy, pare. – Diane o interrompe, gentilmente. – Eu sei para onde você está indo com essa linha de pensamento e, acredite em mim, você não quer ir até lá.

Ela se senta ao lado do irmão no sofá e começa a mexer no cabelo dele

— Eu não o conheço pessoalmente, então não posso dizer se ele merece você ou não. De minha parte, eu adoraria tê-lo como cunhado, mas! – ela se apressa em acrescentar quando percebe que ele vai retrucar – Se você o ama de verdade, ou acha que pode vir a amá-lo de verdade, acho que vocês devem tentar.

— É claro que eu o amo! Eu não deixaria que ele me tocasse, se não o amasse. Ele é o homem mais amável e carinhoso que já conheci! Eu amo a forma como ele me trata e como a presença dele me faz sentir mais forte e confiante. Ele me ensinou tanta coisa em tão pouco tempo, mana!

— Bom, parece que vocês só precisam ter um pouco mais de paciência um com o outro...

— Meus velhos ouvidos ouviram direito? É a voz do meu garotinho que estou ouvindo? – Os irmãos viram a cabeça para olhar a mulher entrando pela porta.

Ela é pequena como Tommy, e o luxuriante cabelo loiro, que uma vez adornou sua cabeça e emoldurou o rosto bonito, agora está branco como as nuvens. E, apesar de os anos terem deixado sua marca no rosto dela, os olhos verdes de Marie Sabberton brilhavam sempre com inteligência e amor por seus filhos, e seu sorriso fácil exibia dentes brancos e perfeitos.

Os olhos de Tommy se enchem de lágrimas e ele corre para a mãe.

— Oi, mamãe! – Ele a abraça como Diane o abraçou na porta – Que saudade!

— Eu também estava com saudades de você, meu menino!

Após alguns minutos abraçados firmemente um ao outro, Marie dá um passo atrás para olhar para ele

— Você parece perturbado... O que está acontecendo, querido?

— Ele se apaixonou por Evander e está arrependido. – Diane interfere, cruzando os braços sobre o peito.

— Diane! – Tommy grita, mortificado e sua mãe ri.

— Isso é verdade, meu querido? Você se apaixonou por ele? – Tommy assente em silêncio, seus olhos fechados finalmente dando vazão às lágrimas. – Oh, meu bebê! Não precisa chorar por isso! O amor é uma coisa tão linda...

— Mas mãe... Eu não sei se nós vamos ficar juntos. Se nós deveríamos... Eu sou... E ele é tão...

Confusa, Marie olha para a filha, pedindo respostas.

— Ele diz que eles brigam muito e que Evander é mandão.

— Bem, é claro que ele é mandão, querido. Ele é o comandante de um exército! – ela ri, abraçando Tommy mais uma vez. – Escute, brigar faz parte de um relacionamento e fazer as pazes também!

— Espere! – Agora é Tommy que dá um passo atrás para olhar para a mãe. – O que você acabou de dizer, mãe?

— Que brigar é normal e...

— Não, não. Antes disso... Como você sabe que ele é um comandante...

— Eu sei de tudo sobre ele e a banda, meu amor. Sobre a Rainha Vermelha e esse mal que nos espreita.

— Você sabe sobre... mim? Sobre o que eu sou?

Marie e Diane trocam olhares por um momento e então a mulher mais nova diz:

— Você tem que contar pra ele, mãe.

Marie assente e puxa Tommy de volta para o sofá cor-de-rosa.

— Eu sei que você tem Magia, meu querido, desde o dia em que você me foi confiado pela Rainha Vermelha.

— Eu fui... Isso quer dizer que... Não sou seu filho?

— É claro que você é meu filho, Thomas! Eu alimentei você e o criei, eu ensinei você a andar, falar e a ler! Eu amei você como apenas uma mãe poderia. Você apenas não cresceu dentro de mim.

Após um momento de silêncio atordoado, Tommy inclina-se e abraça a mãe novamente.

— É claro! É claro, me desculpe, mãe! Eu amo você também!

De repente, muitas coisas que Tommy nunca tinha entendido sobre sua infância, passam a fazer sentido na mente dele. A partida de seu pai, suas vidas reclusas naquela pequena casa...

— Por que... – Sua voz falha, então Tommy limpa a garganta e tenta novamente – Por que a Rainha Vermelha me deu para você? Eu sou filho dela?

— Isso eu não sei, meu menino. Você terá que perguntar a ela, mas a Rainha o deu a mim porque sabia o quão especial você é, e queria que você crescesse feliz e amado, e longe da Magia até que chegasse o dia em que você deveria tomar parte nos planos da Providência.

— E Evander foi designado para cuidar de você e te treinar. – Diane continua.

— Ele sabe disso?

— Ele sabe que você é importante, mas a Rainha pensou que seria melhor que ele e seus homens soubessem o mínimo possível.

— Eu não entendo por que tudo tem que ser tão difícil! – reclama.

— Como a mamãe disse, você vai ter que perguntar à Rainha. – Diane diz, rindo. – Agora, onde estão aqueles homens lindos que você chama de amigos? E Aliz também, é claro. Mal posso esperar para conhecê-la!

Com isso, os olhos de Tommy se arregalam e ele cobre a boca com a mão.

— Eu me esqueci completamente! - devem estar procurando por mim.

Ele pega seu celular no bolso e o liga. Segundos depois, o aparelho começa a apitar e zumbir com as ligações e mensagens perdidas.

— Merda! Ele vai me matar!

— Olha a boca, Thomas!

— Desculpe, mãe.

Levantando-se, Tommy sobe correndo as escadas até o segundo andar e depois, para o sótão, onde fica seu antigo quarto.

Enquanto a porta se fecha, ele disca o número de Aliz.

— Onde você está, merda? – A Curandeira grita assim que atende.

— Na casa da minha mãe. Eu tinha que vir vê-la...

Aliz não responde de imediato.

— Bem... Eu entendo isso, querido, mas você deveria ter nos avisado! Evander está louco de preocupação!

— Sinto muito, mas eu estava muito zangado com ele.

— Eu entendo isso também. Nós estamos acampados nas ruínas; você consegue chegar aqui em dez minutos?

— Sim, é claro. E eu realmente preciso falar com você e Evander.

Colocando o telefone de volta no bolso, Tommy corre escada abaixo.

— Mãe, Di, eu tenho que ir encontrar os outros e vocês duas vão com a gente procurar a Rainha.

— Tem certeza? – Marie responde, olhando para a filha. – Evander não vai ficar zangado?

— Se ficar, pior *pra* ele. Não vou deixar vocês duas para trás. Agora, por favor, peguem tudo o que quiserem levar com vocês e vamos indo.

Dez minutos depois, Tommy transporta os três para as ruínas do Castelo Vermelho. O sol está quase se pondo e os soldados haviam acendido uma fogueira a alguns metros de distância de um enorme monumento feito de mármore vermelho.

— Aí está você! – Aliz cumprimenta, aproximando-se – Você quase nos matou de preocupação, Gatinho!

— *Gatinho*? – Diane zomba e Tommy revira os olhos.

— Ally, esta é minha mãe, Marie e minha irmã mais *velha*, Diane.

— É um prazer conhecê-las! Venham se sentar perto do fogo. O ar está ficando frio.

Feliz em ver sua família se enturmando, Tommy vaga pelo velho pátio, atraído pelo monólito.

O monumento parece muito antigo, mas está em perfeitas condições. Aproximando-se, Tommy pode ver uma lista de nomes gravados na pedra.

— Estes são os nomes dos que caíram em batalha. – A voz de Evander soa atrás dele, sombria.

— Seus amigos. – ele diz, sem olhar para trás.

— Minha família.

Alguns minutos se passam em um silêncio pesado até que Evander continua:

— Eu sei que está zangado comigo, Tommy, mas não pode desaparecer assim! Eu estava doente de preocupação!

— Eu sei. - Tommy finalmente olha para trás e a expressão triste no belo rosto o faz dar um passo à frente. – Sinto muito, mas eu odeio quando você me trata como um dos seus homens! Eu não sou seu soldado, Evander!

— Não, você não é, mas você é o único homem que tem meu coração, Tommy...

O peso daquelas palavras atinge o jovem Metamorfo imediatamente e ele sente um nó no estômago que sobe rapidamente para sua garganta.

— Evander eu...

Ele engole em seco, pisca e se joga nos braços de Evander. O cantor o segura, trazendo Tommy para mais perto

— Eu também amo você!

Minutos se passam sem que nenhum dos dois se mexa ou fale. Apenas ficam nos braços um do outro, respirando devagar.

— Vem comigo? Quero ver as ruínas de novo! – o baixista diz, afastando-se um passo.

Ele pega o cantor pela mão e o puxa para dentro das ruínas.

— Eu costumava vir aqui quando era criança... – Ele diz, quando chegam a um salão enorme. O teto já não existia há muito tempo e os ladrilhos no chão haviam sido reclamados pela natureza, assim como as paredes que restavam, cobertas de vinhas.

— Eu passava dias inteiros explorando essas paredes e salas, me perguntando que tipo de pessoa viveu aqui... Você era uma dessas pessoas, não era?

— Sim. Esta foi minha casa por muito tempo... –A tristeza na voz de Evander soa alta e clara, fazendo Tommy voltar com passos rápidos para onde ele está parado, no meio do salão em ruínas.

— Sinto muito por fazer você ficar triste! Eu sou tão estúpido! Vamos voltar.

— Não, tudo bem. Não são as ruinas que me entristecem. É pensar como tudo isso terminou... Não deveria ter acontecido daquele jeito.

— Não deveria ter acontecido. - Ficando na ponta dos pés, Tommy beija Evander nos lábios com gentileza – Mas nós vamos consertar as coisas. A Rainha vai voltar e as pessoas serão felizes novamente. E seguras. E prósperas!

— Você sempre foi assim tão otimista? - Evander questiona, com um meio sorriso no rosto.

— Não. Na verdade, é o oposto.

— O que aconteceu?

— Você. Você me fez perceber que as coisas podem ficar melhores. Que eu posso fazer isso acontecer.

Evander sorri amplamente agora, e beija seu adorável Gatinho até que ambos ficam sem fôlego.

— Se eu morrer amanhã, morrerei feliz sabendo que mudei a perspectiva de alguém sobre a vida.

— Não fala besteira! Você não vai morrer amanhã! Amanhã nós vamos jantar com a Rainha Vermelha!

— Você está certo! Venha, vamos voltar. Quero conhecer sua mãe e sua irmã!

De mãos dadas, caminham através das ruinas até o pátio onde os outros estão reunidos ao redor da fogueira, armando tendas no espaço aberto.

Tommy apresenta o cantor à sua família e conta a todos os novos fatos que descobrira sobre sua vida.

— Então, nós temos mais um mistério em nossas mãos... - Kadmus comenta. – De onde veio nosso Gatinho?

— Eu me pergunto se sou parente da Rainha... Quer dizer... Deve haver uma razão para eu ser tão importante para ela.

— Nós descobriremos isso logo. – Evander diz, pegando a tigela com ensopado que Aliz lhe oferece.

Tommy olha em volta para as tendas e as pessoas ao seu redor. Darius está de volta e conversa em sussurros com seu gêmeo em um canto afastado.

Darcy e Newton estão perto do caldeirão com ensopado fumegante, rindo um para o outro e enchendo tigelas.

Kadmus e Bhanks fazem a vigília, cada um de um lado do pátio enquanto Aliz conversa animadamente com a mãe e a irmã dele. Evander está ao seu lado, encarando sua tigela vazia com atenção.

— Gostaria que pudéssemos ficar sozinhos hoje. - o baixista diz, após alguns minutos de indecisão. – O que dissemos um ao outro agora há pouco foi importante...

— Venha comigo. Evander levanta-se e puxa Tommy pela mão.

Os dois caminham pela escuridão das ruínas, com apenas uma pequena chama que Evander cria iluminando seu caminho.

Na parte de trás do castelo, há uma torre feita da mesma pedra avermelhada que o resto da construção.

Com a pequena chama dançando ao vento, Evander abre uma pesada porta de madeira que leva a uma escadaria em espiral dentro da torre. No topo, há um cômodo grande com janelas em toda a volta e teto abobadado.

— Estes eram meus aposentos. – o Mago explica, fechando a porta atrás deles.

— Está um pouco estragado, não? – Tommy brinca.

Há folhas mortas e gravetos pelo chão e alguns galhos de árvores invadiram o quarto pelas janelas sem proteção.

— Espere só *pra* ver, espertinho.

Uma nuvem de poeira azul escura sobe das mãos de Evander e se espalha pelo quarto, enchendo todo o espaço, do chão ao teto.

Quando a poeira desaparece, o quarto brilha com a luz de um grande lustre de cristal que pende do teto, agora pintado com afrescos coloridos.

As pedras claras que formam as paredes estão inteiras e limpas novamente.

No meio do cômodo, está uma grande cama coberta com lençóis luxuosos e almofadas em tons de joias.

Há alguns sofás e pufes forrados de brocado e em um dos cantos, fogo arde em um aquecedor ornamentado.

— Nossa! Que lindo! Era assim quando você morava aqui?

— Sim. Eu já tinha gostos extravagantes naquela época. Venha ver a vista!

Evander agarra a mão de seu amante mais uma vez e o puxa para uma das janelas, de onde podem ver as ruinas de uma construção antiga, do outro lado da cidade que cerca o Castelo Vermelho.

— Aquela era a Academia de Magos. Vê a torre? – diz, segurando Tommy contra seu peito e apontando para a estrutura central do velho castelo. – Havia um grande relógio lunar ali. Foi lá em cima que eu conjurei meu primeiro feitiço... E explodi o relógio em pedacinhos!

— Você não fez isso! – Tommy exclama, rindo alto.

— Eu fiz! Claro, foi um acidente. Tinha só sete anos de idade.

— Tão novo e com tanto poder! Acho incrível que nenhum de vocês tenha surtado...

— Os Magos eram bons mestres, cuidadosos e amorosos.

— Fizeram um bom trabalho com vocês. E... caso nunca tenha dito isso antes, eu estou feliz de estar aqui com você.

— Eu também estou feliz que esteja aqui, Tommy.

Notando a mudança no tom de Evander, Tommy se vira dentro dos braços dele e olha para o cantor, cujos olhos brilham de desejo.

Ele fica na ponta dos pés e o beija na boca, enterrando os dedos nos cabelos escuros.

Tommy sente um par de mãos fortes em sua pele sob a camiseta preta e suspira.

— Eu quero sentir sua pele contra a minha. – Evander sussurra contra a boca dele, os lábios grossos traçando uma linha pela mandíbula de Tommy, até sua orelha e então, pelo pescoço. – Eu quero sentir seu gosto na minha língua e ouvir meu nome nos seus lábios. Eu quero estar dentro de você e ao seu redor.

Sem fôlego, Tommy escuta aquelas palavras e sente as mãos dele em seu corpo e não há nada que queira mais do que dar a Evander tudo o que ele está pedindo.

— Eu quero... Eu quero isso... Eu... Por favor, Evander!

— Calma, Gatinho. Venha para a cama comigo.

Puxando Tommy com ele, Evander se senta na beirada da cama com o baixista de pé entre suas pernas.

Ele puxa a camiseta preta pela barra até tirá-la e não perde tempo para abrir o zíper dos jeans justos que Tommy está usando.

— Você é tão lindo, Gatinho! Tão perfeito! Eu poderia olhar para você o resto da minha vida!

— Eu espero que você não esteja planejando apenas olhar para mim esta noite... – Tommy diz, com um sorriso torto.

— Fique tranquilo, amor, meu plano para você esta noite inclui deixá-lo sem fôlego e trêmulo; e para isso, vou precisar de bem mais do que meus olhos.

Com isso, Evander inclina-se para frente e beija o estômago de Tommy, seus dedos penetrando sob a cintura da calça e da cueca e puxando-as lentamente para baixo, enquanto seus lábios as seguem.

Os dedos de Tommy voam para os cabelos do cantor mais uma vez, procurando equilíbrio em meio ao prazer que está experimentando.

Quando lábios alcançam sua ereção, o baixista respira fundo e um gemido escapa de seus lábios.

O calor é quase insuportável e a maneira como Evander provoca o topo de seu pênis com a língua habilidosa, faz seus joelhos vergarem.

Ele intensifica o aperto nos cabelos de Evander, projetando seus quadris para frente, o que faz seu membro atingir o fundo da garganta do cantor.

— Malditas Profundezas! Evander, eu não posso... Pare, por favor! – Evander se afasta imediatamente, encarando Tommy com preocupação – Eu vou gozar muito rápido...

O Mago sorri, convencido e se levanta, beijando o pescoço de Tommy no processo.

— Você quer me despir, então?

Tommy assente e puxa os dois lados da camisa que Evander está usando, fazendo os botões voarem para todo lado.

O cantor ri, tirando a camisa, enquanto Tommy se ocupa de suas calças.

— Cacete, você é lindo! – diz, quando Evander está finalmente nu a sua frente. – Eu amo seu corpo... Sua pele... Suas tatuagens...

As mãos dele viajam pela pele bronzeada sem pressa, provocando arrepios que levantam os pelos dos braços de Evander, o que faz o baixista sorrir.

— Sou todo seu. – ele olha para o cantor por sob os cílios impossivelmente longos.

Com mãos gentis, Evander o deita na cama, abraçando-o quando ele estremece contra os lençóis frios.

Beijos doces e cheios de luxúria traçam o caminho do cantor para entre as pernas de Tommy, que ele separa para que possa relaxar o tenso anel de músculos.

Quando um dedo penetra seu corpo, o baixista se contorce e ofega. Ele nem mesmo questiona de onde veio o lubrificante que umedece o dígito de Evander.

— Relaxe, Gatinho. Você está bem, e vai se sentir ainda melhor logo, logo... – Evander o acalma, beijando a parte interna de uma coxa macia.

Seguindo o que Evander disse, o desconforto logo dá lugar ao prazer quando está relaxado o suficiente para sentir o toque ao invés da dor.

— Está gostando? – Evander pergunta quando ele geme. Tommy assente e morde o lábio inferior. – Eu vou colocar outro dedo, está bem, Gatinho? Relaxe e respire.

Tommy choraminga e se contorce outra vez, mas relaxa muito mais rápido dessa vez, aprendendo a apreciar a sensação de ser tocado daquela forma. Quando Evander encontra seu ponto sensível, seus olhos se arregalam e um gemido alto escapa de seus lábios.

— Puta merda! Faz isso de novo!

Evander obedece, sorrindo maldosamente quando seu Gatinho grita de prazer.

— Evander, eu vou gozar... Eu tenho que...

— Não, não, não! Espere por mim!

Devagar, o cantor remove seus dedos e se posiciona sobre o corpo de Tommy, beijando-o com paixão.

A sensação do membro de Evander pressionando sua entrada é um tanto assustadora, então Tommy fecha os olhos com força e morde o lábio outra vez.

— Gatinho, você quer que eu pare? Preocupado, Evander afasta uma mecha de cabelo loiro que caíra no rosto do outro, para ver seus olhos.

— Não! Por favor, não pare! Eu quero sentir você, só... só me abrace apertado e me beije.

— Está bem, claro! Coloque suas pernas ao redor da minha cintura, vai ficar mais confortável.

Tommy faz o que ele diz e Evander o beija com doçura enquanto o penetra lentamente.

Ele sopra rapidamente pequenos sopros de ar e crava as unhas nas costas de Evander e então, como mágica, o desconforto desaparece totalmente. A sensação é de estar preenchido e teso, mas não é uma sensação ruim.

— Estou completamente dentro de você, Gatinho. Como se sente?

— Bem. Mas poderia estar melhor se você fosse gentil o suficiente para começar a se mexer!

Com isso, Evander sabe que ele está realmente bem e ri, começando a mover seus quadris contra os de Tommy.

— Não posso acreditar como você é apertado, Gatinho! Malditas Profundezas!

— Isso é porque você é enorme, porra! – Tommy rebate, arranhando as costas de Evander e mordendo seu ombro.

O Mago diminui seus movimentos até quase parar.

— Eu estou machucando você, Tommy?

— Não! Não para! Cacete! – Tommy quase grita em frustração. – Você não está me machucando, de jeito nenhum! Mais rápido, por favor!

Evander então, agarra as pernas dele e as coloca sobre seus ombros, para melhorar o ângulo e acelera seus movimentos novamente.

— Assim está melhor, amor? – o cantor grunhe entre ofegos.

— É! Porra! Muito bom! Muito, muito, muito bom! Eu vou...

Evander sabe o exato instante em que Tommy atinge o clímax, não só pelos fios de líquido branco que pintam seu estômago, mas também por causa da pressão que o corpo dele exerce em seu membro, o que também o leva ao orgasmo.

Tommy assiste enquanto o Mago curva seu corpo para trás, boca entreaberta em êxtase e a respiração pesada. Seu cabelo cai sobre o rosto corado, o que destaca suas sardas.

— Tão lindo! – Ele sussurra para si mesmo.

Evander tomba sobre seu corpo e rola para o lado, para se deitarem juntos e Tommy sente um vazio que nada tem a ver com a ausência do membro de Evander dentro dele.

São suas mãos que parecem vazias, ele nota, porque até um segundo atrás, ele tinha os dedos de Evander entrelaçados aos seus.

Ele ergue ambas as mãos no ar e olha para elas por um longo tempo, como se contemplando seus próprios dedos.

— Tommy? Alguma coisa errada? – Evander pergunta, apoiando a cabeça na mão.

— O quê? Não, nada está errado. Eu só estou pensando...

— Está com dúvidas sobre nós dois?

— Não, é claro que não... Eu só estou... você sabe, pensando.

— Uma moeda por seus pensamentos, então.

Um momento de silêncio se passa, enquanto Evander contorna a cintura de Tommy com o braço e o puxa contra seu corpo, e então o baixista diz:

— Você sabe como algumas pessoas dizem que homens que se deitam com homens vão passar a eternidade nas Profundezas?

— Tommy, você não pode acreditar nessas besteiras!

— Eu não acredito! Quer dizer... Eu não sei nada sobre essa coisa de vida a pós a morte, mas o que estava pensando é: por que eu, ou qualquer outra pessoa na verdade, deveria sofrer pela eternidade porque eu amo alguém do meu próprio sexo? Quer dizer... como o amor pode me condenar?

— Eu sei, querido. Tudo isso é besteira!

Evander senta-se no colchão e puxa Tommy para que faça o mesmo, antes de continuar:

— Essas pessoas não sabem do que estão falando. Primeiro, amar nunca é errado. Segundo: as Profundezas não são uma punição para quem faz o mal.

— O que elas são, então?

— Um lugar de esquecimento e silêncio.

— E quanto às Altas Planícies?

— Paz e felicidade entre as pessoas que você ama e que amam você. E tudo o que você tem que fazer para subir até lá quando morrer, é viver a vida de uma forma que sua alma não acumule peso, para que ela possa ascender até as Planícies. Do contrário, sua alma afundará até as Profundezas e será esquecida.

— Oh... Isso é... surpreendentemente simples.

— É sim.

— Então, a única pergunta que resta é: O que eu tenho que fazer para que minha alma seja leve?

— Viva sua vida. – Evander dá de ombros - Ao máximo, sem arrependimentos. Não faça mal aos outros e se possível, ajude quem precisa. É muito simples, como você mesmo disse.

Tommy sorri, mas um bocejo monumental o interrompe, fazendo Evander rir.

— Você está cansado. Eu vou limpar a gente e então poderemos dormir um pouco, até que seja hora de partir.

O baixista assente e se deita outra vez, para dar a Evander livre acesso ao seu corpo. Alguns minutos depois, aconchegado contra o peito do cantor mais uma vez, ele entrelaça suas mãos e beija os nós de seus dedos.

— Obrigada por esta noite, Ev.

— Foi um prazer, Gatinho.

— Eu amo você.

— Também te amo.

Capítulo XVI

Para a Rainha

O sol ainda não surgira quando Tommy acorda, o canto doce de alguns pássaros tirando-o de seus sonhos.
    Evander tem um braço sobre sua cintura e uma perna entre as suas.
    O baixista suspira, aconchegando-se mais ao seu amante. Ele se sente aquecido e... um pouco dolorido, para ser honesto. Um leve grunhido escapa de seus lábios.
    — Você está bem, Gatinho? – Evander pergunta, sua voz áspera por causa do sono.
    — Estou, mas minhas costas doem em pouco aqui embaixo. - ele responde, franzindo o cenho.
    O cantor solta uma risada.
    — Isso significa que eu fiz bem meu trabalho, na noite passada.
    Ele faz Tommy deitar-se de bruços e coloca uma palma sobre a área dolorida.
    O baixista sente a pele esquentar e então, a dor se foi.
    — Ei, obrigado! - Ele se vira novamente e beija Evander.

— Não é nada comparado com o que Ally pode fazer, mas é uma habilidade útil. – o cantor dá de ombros.

— Acho que deveríamos voltar. O pessoal está esperando a gente e... e a minha irmã... e a minha mãe! Malditas Profundezas! Elas vão saber o que nós fizemos a noite toda!

Evander ri enquanto o rosto de Tommy fica mais e mais vermelho e então, beija seu nariz.

— Gatinho, você é adulto. Sua mãe e irmã devem saber que você não é mais intocado.

— Bom, o caso é que eu sou... era... até ontem.

— Como é? Tommy, por que você não me disse?

— Você sabia que era a minha primeira vez com um homem, então me pareceu irrelevante. Tipo chover no molhado, sabe?

Evander dá uma risadinha e o puxa para si.

— Sei... O que não sei é como um sujeito bonito e sexy como você conseguiu chegar aos trinta sem nunca ter transado.

— Eu me perguntei isso por muito tempo, também. As pessoas dizem que o desejo vem do cérebro, não? – Evander assente – Meu cérebro sempre foi um pouco lento, então acho que é por isso. Posso contar nos dedos de meia mão, quantas pessoas já me provocaram desejo. – ele dá de ombros.

— Em primeiro lugar, você não é lento! E em segundo, eu me sinto extremamente honrado por ter sido a primeira pessoa a tocar você, Gatinho.

Tommy sorri e o puxa para um beijo apaixonado. Pouco depois, solta um gemido amargurado e se afasta.

— Ainda pensando na sua mãe?

— É claro! Com que cara vou aparecer na frente dela, sabendo que ela sabe o que eu estava fazendo com você? É muito constrangedor...

— Você deve estar certo, eu não poderia saber. Mas não se preocupe, direi à sua mãe que tenho apenas as melhores intenções com você.

— O que isso quer dizer? Você vai me pedir em casamento?

— Seria ótimo se eu fizesse isso, não acha? – Evander sorri e se levanta. – Mas ainda é um pouco cedo.

Por um longo momento, Tommy permanece deitado, assistindo enquanto ele se move pelo quarto, nu, procurando por suas roupas. Suas coxas são poderosas, seus braços, grossos e fortes e seu rosto, absolutamente lindo.

Evander pega sua camisa do chão e olha para ela.

— Bem, você fez um belo trabalho arruinando uma ótima camisa!

— Eu prefiro você nu, de qualquer jeito. – Tommy dá de ombros, puxando suas calças impossivelmente justas pelas pernas.

— Ótimo, como se não bastasse minhas fãs me objetificando, agora meu namorado também! – Evander balança a cabeça, fingindo desapontamento, o que faz Tommy rir alto.

Os botões já apareceram em seus devidos lugares na camisa.

— Venha, os outros devem estar acordando.

No acampamento, Sirus é o único acordado, remexendo as cinzas da fogueira, enquanto contempla o horizonte. Vendo Evander chegar, ele se levanta.

— Bom dia, Comandante. Tommy.

— Bom dia, soldado. Está tudo bem por aqui?

— Sim, senhor. A noite foi pacífica.

— Ótimo! Agora, esquece esse negócio de senhor, está bem? – Sirus sorri e volta para o círculo de pedras onde o fogo havia sido aceso na noite anterior, empilhando mais madeira no centro e reacendendo a chama.

Devagar, os outros começam a sair de suas tendas, incentivados pelo cheiro de café e pãezinhos de mel que Sirus está assando nas pedras quentes ao redor do fogo.

— Você teve uma boa noite, Gatinho? – Diane sussurra na orelha do irmão, abraçando-o por trás.

— Você também, não! – ele grunhe, fazendo-a rir.

— Mas esse apelido serve como uma luva em você. Ainda mais agora!

Tommy suspira e se senta ao lado da mãe, que está comendo seu desjejum em um prato de porcelana.

— Bom dia, mamãe. – diz, já sentindo suas bochechas esquentando enquanto pega o prato que Darcy lhe estende.

— Bom dia, meu menino. Você dormiu bem?

Tommy se engasga com seu pão de mel e tosse desesperadamente.

— Boa Providência, você está bem, querido?

Ela dá pancadinhas leves nas costas dele enquanto Tommy tenta respirar fundo.

— Parece até que você está com vergonha da sua mãe saber que você passou a noite com seu namorado... – Ele vira a cabeça para ela, olhos arregalados de espanto e Marie pisca para o filho.

— Não... É claro que não... – ele resmunga.

Quinze minutos depois, Evander bate suas palmas uma na outra e se levanta.

— Certo pessoal. Está na hora de partir.

Com um girar do pulso de Sirus, as tendas desaparecem, assim como os utensílios e apenas o círculo de pedra que protegia o fogo, indica a presença deles ali.

Então, Aliz os guia até o subsolo das ruínas do Castelo Vermelho, através de túneis e câmaras que ela ilumina com uma massa de energia contida pela Magia de Kadmus.

A lâmpada improvisada lança uma forte luz azulada sobre eles e seu caminho.

Finalmente, no final de um corredor que parecia infinito, alcançam uma pesada porta de madeira.

A Curandeira puxa a luz para mais perto, mas não há uma maçaneta ou um puxador na peça, apenas...

— A impressão de uma pata? - ela diz, confusa – Isso não estava aqui antes...

— Uma pata de cachorro? – Bhanks pergunta, chegando mais perto.

— Não. É muito grande...

— É uma pata de leão. – Darcy diz, baixinho, ao lado de Tommy.

— Pelas Planícies! Darcy está certa! – o guitarrista exclama – Venha cá, Tommy... Coloque sua mão sobre o desenho.

O Metamorfo obedece e coloca a palma da mão esquerda sobre a madeira. Ela é morna e cheira a cera de abelha recém aplicada. No segundo em que sua pele toca a porta, uma luz brilhante aparece por baixo dela e a pesada peça de madeira se move sem fazer barulho. Na frente deles surge uma grande sala com três túneis.

— Ótimo! Darius exclama. – Mais túneis! Para onde vamos agora, oh, poderosa Vidente?

O comentário azedo paira sobre eles por um longo minuto, enquanto Aliz olha de uma entrada para a outra.

Notando que a Curandeira está começando a entrar em pânico, Darcy vai para junto dela e segura sua mão.

— Você consegue! – a Metamorfa sussurra e deita a cabeça no ombro de Aliz.

A Curandeira fecha os olhos, sentindo o calor da mão de Darcy e suspira. De repente, é como se amarras se soltassem de sua mente e sua consciência corre pelas três passagens, identificando qual delas eles devem seguir.

— Eu posso ver! – ela diz, e com a mão de Darcy ainda na sua, Aliz guia o grupo para o túnel à esquerda. – É essa aqui!

após andar pelo que parece uma eternidade dentro das paredes de pedra, o grupo finalmente vê luz natural e árvores. Todos ficam calmos, sentindo o cheiro de terra e folhas da floresta ao seu redor.

— Aquilo não é o sol, é? – Diane pergunta, olhando para a fonte de luz difusa e fria que paira sobre eles.

— Não. – Kadmus responde, desacelerando o passo para caminhar ao lado dela. – Nós não estamos mais no Território Central.

— Onde estamos, então?

— Não sou muito bom nisso, mas vou tentar explicar... Os antigos chamavam esse lugar de Bosque Perdido. Antigamente, muito antigamente mesmo, tipo antes mesmo da Rainha Vermelha subir ao trono, eles usavam esse lugar para testar as habilidades dos Magos que ocupariam os cargos mais vitais do Governo. Alguns dizem que a própria Providência vive aqui, por isso a Magia é tão forte nesse lugar.

Enquanto conversam, Kadmus segura Diane pela mão, para ajudá-la a atravessar os trechos mais instáveis da trilha coberta de pedregulhos.

— Mas a Providência não vive nas Altas Planícies?

— Ninguém sabe ao certo. Bom, talvez Aliz saiba, mas ela não pode contar a ninguém...

— Por que estamos aqui?

— Aliz e Bhanks acreditam que a Rainha Vermelha buscou refúgio em um dos Castelos Esquecidos. São vinte, no total, e a única forma de chegar até ela, se você não souber em qual deles a Rainha está, é por aqui.
— Então, qualquer um que encontrar esse lugar pode encontrar a Rainha...
— Não. O Bosque Perdido esconde perigos e enigmas para testar os viajantes.
— Pe...perigos?
— Não se preocupe, bela dama, eu protejo você.
Diane olha para cima, para o rosto do guerreiro, e sorri, assentindo.
Conforme caminham em pares pela trilha entre as árvores, o céu vai ficando cada vez mais escuro e uma sensação sinistra deixa o grupo inquieto.
— Por que está ficando escuro? Não pode ser o pôr do sol ainda, nós não estamos andando há tanto tempo assim... – Darcy exclama, agarrando a mão de Aliz mais firmemente.
— Não tenha medo, meu bem. Você está a salvo. O Bosque vai colocar alguns desafios em nosso caminho. K, vamos fazer o bulbo novamente...
— Não. – Tommy diz, em voz baixa. – Não podemos acender uma luz tão forte aqui.
Os outros olham-no como se ele fosse louco, mas o baixista perambula pelo espaço, com sua mão esticada, quase tocando as árvores, olhos buscando algo atentamente.
— Eu ouço algo... Algo como... respiração... É muito fraco, mas é real. Newton, você pode ouvir também?
O Alquimista chega mais perto do outro homem loiro e olha em volta.
— Sim. Definitivamente há vida aqui. E essa vida precisa de escuridão para viver. Não podemos acender uma luz forte aqui.
— O que sugere então? – Darius reclama. – Está escuro feito a morte ali na frente.
— Nos dê um segundo, Ferrugem, e vamos descobrir. – Tommy rebate. Risadas mal contidas podem ser ouvidas aqui e ali.

O baixista e o Alquimista começam a olhar em volta, das pontas das árvores escuras até o solo úmido coberto de folhas e... cogumelos? Pequenos cogumelos brancos como fantasmas.

— New, você já viu cogumelos assim?

Newton ajoelha-se ao lado de Tommy e olha os pequenos fungos de perto, a testa franzida.

— Acho que já... Essa espécie é nativa das cavernas de cristais de energia. Com certeza nunca são vistos ao ar livre. Será que...

O Alquimista rapidamente tira sua bolsa do ombro e a apoia no chão, enfiando a mão, o braço e, para a surpresa de Tommy, quase o tronco inteiro dentro dela.

Depois de alguns minutos de procura, ele emerge do abismo de pano com dois cristais verdes na mão, grudados firmemente em um ângulo estranho e emitindo um brilho suave.

Cuidadosamente, o Alquimista aproxima os cristais brilhantes dos pequenos cogumelos e, para sua surpresa, eles se acendem um depois do outro, formando uma trilha que ilumina suavemente o caminho.

— Uau! Isso é lindo! – Darcy exclama.

— Venham, vamos continuar! – o baixista chama, pegando a outra mão da Metamorfa.

Enquanto andam de mãos dadas, Tommy tenta perceber se existe algo de mal na alma da ruiva, ainda preocupado com o que Naria dissera, mas não encontra nada.

A alma de Darcy parece boa e leve, como deveria ser.

Ele olha para trás e vê Newton com o vaso nos braços, sorrindo para a rosa e Tommy pode sentir a energia feliz dela de onde está.

Tudo está bem.

Logo à frente, o caminho faz uma curva e as árvores densas começam a rarear, até que eles podem ver o céu novamente.

Adiante há um lago calmo de águas transparentes, que reflete o céu e as árvores ao redor como um espelho.

— Eu não entendo... – Aliz exclama – O círculo de vidro deveria estar aqui...

— Aquelas parecem ruínas de uma ponte. – Bhanks comenta, apontando para uma elevação no solo mais à frente. – Vou dar uma olhada e ver se acho alguma pista sobre esse círculo de vidro. Vocês, fiquem aqui.

O Mago transporta-se para a pilha de rochas. Os outros podem vê-lo olhando em volta e para o chão, então, voltar para o outro lado do lago.

Antes que ele possa pensar em fazer qualquer coisa, um estrondo balança as árvores ao redor e uma tromba d'água ergue-se do lago plácido, revelando uma serpente azul-real.

Todos gritam surpresos enquanto Bhanks conjura uma espada de duas mãos. A serpente não parece abalada, no entanto, e o engole de uma vez, cuspindo o guerreiro do outro lado da ponte.

Ele se recupera rapidamente, embora encharcado da cabeça aos pés e saca sua espada novamente, mas quando se afasta da beirada, a serpente mergulha de volta no lago e é como se nada tivesse acontecido. Nem mesmo ondulações perturbam o reflexo na floresta no lago.

— Que merda foi essa? – Sirus murmura, para ninguém em particular.

Na ponte, Bhanks, parecendo confuso, transporta-se para a margem oposta novamente e, na mesma hora, a serpente aparece.

Ele brande sua espada e mais uma vez, a criatura sibila na direção dele e abre a bocarra, pronta para engolir o guerreiro.

— Tommy, você não consegue falar com aquele monstro? – Evander pergunta, espada em punho, pronto para ajudar o companheiro.

— Eu não ouço nada. É como se não tivesse nada lá...

— Merda!

Nos poucos segundos que Evander leva para reagir e se transportar para junto de Bhanks, a criatura azul engole o guitarrista e começa a se virar para a margem oposta.

Assim que o Comandante sai de sua nuvem de Magia, a serpente para abruptamente e volta para engoli-lo também.

Agora, com dois dos Magos em sua garganta, ela se vira para o grupo na margem do lago, avançando rapidamente.

Kadmus pula à frente do grupo e abre os braços, criando uma barreira entre eles e a criatura.

O monstro ergue-se no ar, dezenas de metros acima das cabeças dos espectadores e se joga sobre eles, como uma cascata.

Diane e Marie gritam, mas nada as atinge, e o grupo ouve um barulho semelhante ao de chuva em um teto fino, seguido de dois impactos secos. Olhando para cima, só veem uma massa d'água escorrendo pela redoma, e Bhanks e Evander esparramados contra a barreira, ensopados e atordoados.

Depois de um instante de confusão geral, os gêmeos posicionam-se sob os dois para segurá-los quando Kadmus desfizer a barreira.

— Bhanks, você está bem, irmão? – Sirus pergunta, colocando o companheiro no chão gentilmente. – E você, Comandante?

— Por um momento achei que fosse morrer dentro daquela coisa...

— Nota 10 pela barreira, Kadmus. – Evander comenta, ácido, estalando o pescoço em desconforto.

Passado o susto, Darius afasta-se do grupo em direção à ponte. No instante em que seus pés tocam a borda da ruína, o monstro aparece novamente.

Sem entrar em pânico, o Ilusionista dá dois passos para trás, o que faz o monstro desaparecer.

Os outros o observam olhar para o chão e respirar profundamente; no instante seguinte, ele está à frente do grupo outra vez.

— Parece que há algo gravado nas pedras do outro lado, mas não consegui ver o que é. – diz.

— É uma marca de pata. – Bhanks complementa, e todos olham para Tommy. – Você vai ter que ir até lá, Tommy.

— Para quê? Aquele monstro não vai deixar ninguém passar...

— Calma, Gatinho, não precisa chorar. A serpente não existe. É só uma ilusão polissensorial manifestada ao redor de um construto de água e ligada a um feitiço detector de presença. – o ruivo explica, condescendente, com um sorriso maldoso diante do olhar confuso do baixista.

— O que o Mestre Ilusionista quer dizer, - Evander intervém, fuzilando Darius com o olhar. – É que a serpente é só um espantalho, e que ele pode detê-la para você abrir caminho.

Tommy encara Evander por alguns instantes e então assente.

— Esperem um pouco. – Darcy se manifesta. – Por que enfrentar aquela ilusão, se podemos simplesmente nos transportar para a outra margem, longe da ponte?

Os Magos se olham por alguns instantes, em um silêncio constrangido.

— Vale a pena tentar. – Newton diz, por fim.

Assim, cada um cria sua nuvem de Magia, Kadmus levando Diane, e Tommy, sua mãe.

A ideia de Darcy parece ter funcionado; não há sinal da serpente guardiã, no entanto, ao a avançar para o caminho aberto no final da ponte, o grupo se vê preso atrás de uma barreira invisível.

— Mas que merda!

— Olha a boca, Thomas! – Marie protesta.

Em meio ao riso dos companheiros, Tommy ergue os olhos para a outra margem, onde vê Aliz parada, de braços cruzado e um sorriso debochado no rosto.

Retornando ao ponto de partida, eles a encaram.

— Que foi?

— Por que não nos avisou que não daria certo? – Darius esbraveja, em seu costumeiro mal humor.

— E vocês me deram a chance, por acaso? – ela rebate. – Temos que cumprir todas as etapas. Este caminho é como um teste de valor ou algo assim. Não há atalhos.

— Bem, lá vou eu, então...

Tommy transporta-se para o outro lado da ponte em sua nuvem de poeira dourada, imediatamente fazendo a serpente se manifestar.

Logo em seguida, Darius aparece entre a ilusão e o baixista e estende a mão. O monstro azul dá o bote, mas para, congelado no ar, como um filme pausado.

A seguir, o resto do grupo vê Tommy olhando para baixo e colocando as mãos no chão. Nada acontece.

O baixista coça a cabeça e, com uma explosão de luz, se transforma.

Assim que as patas do leão tocam o solo, uma ponte curva, feita de pedras marrons, aparece sobre o lago, que a reflete, formando a imagem de um círculo perfeito.

— O círculo de vidro! – Diane exclama. – Que coisa linda!

O grupo se move para a base da ponte e, encorajados por Bhanks que já está do outro lado, atravessam-na.

Com todos já em segurança do outro lado, Tommy volta a forma humana e a ponte desaparece, assim como o monstro de água.

Darius bate uma palma na outra como se estivesse limpando as mãos e lança um esgar na direção de Tommy, ao passar por ele.

Revirando os olhos, o Metamorfo faz a água que encharca seus amigos, evaporar.

Bhanks agradece dando um tapinha no ombro do rapaz.

— Eu percebi que você conseguiu manter suas roupas dessa vez, ao mudar de volta. – Sirus comenta, andando ao lado de Tommy.

— Sim, Evander me ensinou um pequeno truque, mas disse que eu deveria perguntar a você sobre criar roupas novas.

— Oh, claro. É simples, mas requer um pouco de prática. Darcy, querida, você não gostaria de aprender esse feitiço, também?

Darcy olha para eles e sorri, os cabelos ruivos voando ao redor do rosto. Soltando a mão de Aliz, ela alcança os dois homens.

— Certo. – Sirus continua – A primeira coisa é pensar nas peças que você quer criar e então, dizer as palavras.

O Mago pronuncia palavras complicadas e sem sentido e suas calças cáqui e camiseta de gola alta preta são substituídas pelas roupas que ele usa no palco.

— Tente você, Tommy.

O baixista concentra-se, diz as palavras e uma jaqueta de couro preto aparece sobre seus ombros.

— Bacana! – exclama – Sua vez, Darcy!

A Metaforma pisca e engole em seco.

— Eu não sei se posso fazer isso... Nunca usei Magia antes!

— É claro que pode! Tente!

Darcy fecha os olhos e, um segundo depois, o vestido rosa que Aliz lhe dera desaparece para dar lugar a coturnos pretos, calças largas cor-de-rosa, uma camiseta branca e uma jaqueta camuflada também rosa.

— Legal! – Tommy celebra.

— Não, droga! Eu queria verde, não rosa! – Darcy exclama, frustrado.

— Como eu disse, é preciso praticar um pouco. – Sirus ri. – Tente outra vez.

O Metamorfo fecha os olhos cinzentos e repete as palavras antigas novamente. Dessa vez as calças e a jaqueta ficam verdes.

— Agora sim! Estou me sentindo um pouco mais másculo hoje.

— Fica bem em você. – o baixista chega mais perto e sussurra no ouvido do outro: - Aposto que Newton vai gostar também.

— Você acha? – Assim que termina de falar, Darcy fica vermelho – Quer dizer... Eu não sei do que você está falando.

— É claro que não. Vá falar com ele!

Com um sorriso tímido, Darcy apressa o passo para caminhar ao lado do Alquimista. Newton sorri para ele.

— Ei, New! – o baixista chama – Mande Naria pra cá. Você já a carregou por muito tempo.

Newton sorri por sobre o ombro e manda o vaso de flor flutuando pelo ar até Tommy.

— Oi, amor. Como você está? Gostando da caminhada?

— Oi, Tommy. Estou bem, mas senti sua falta.

— Também senti sua falta... Então, você sentiu mais alguma coisa estranha em Darcy?

— Sim... Tive a mesma sensação estranha na câmara dos túneis, quando Darcy segurou a mão de Aliz.

— Vamos conversar com ela sobre isso...

— Tommy. – o baixista se vira para olhar a irmã, que tem o cenho franzido. – Mamãe está cansada. Você acha que nós poderíamos parar um pouco?

— Não há tempo para descansar! – Darius interrompe, empurrando Tommy para fora de seu caminho. – Precisamos chegar ao Castelo Esquecido o mais rápido possível!

— Que sujeito desagradável... – Diane comenta, franzindo a testa.

— Ele é mesmo. Aqui, pegue Naria pra mim, eu carrego nossa mãe.

Dizendo isso, Tommy vai para o final da fila formada por causa do caminho estreito e beija a mão de sua mãe.

— Vou carregar você, mãe, para que descanse as pernas.

— Não precisa, meu menino. Estou bem!

— É claro que está, mas para que serve meu enorme leão, se não posso dar um pouco de conforto à minha mãe?

Marie sorri para ele e assente, grata. Tommy dá alguns passos para trás e se transforma no leão e se agacha, para que Mari possa se sentar em suas costas.

— Você é tão lindo, meu menino, como leão e como humano.

Tommy grunhe e apressa o passo, para que fiquem ao lado de Evander. Ele se sente confiante com o peso da mãe em suas costas e as mãos dela em sua juba.

— Ilusão polissensorial? Que merda é essa?! – Tommy pensa na mente de Evander.

— Apenas jargão técnico. Faz muito tempo que Darius não coloca suas habilidades em uso para mais do que uns truques de palco. E eu tenho que admitir, aquela serpente era bem impressionante.

— Impressionante? Eu quase morri de medo! Achei que fosse perder você dentro daquela coisa!

— Não acho que chegamos perto da morte... A serpente era um guardião da Rainha e ela jamais colocaria nossas vidas em risco!

— Por que ela estava lá, então?

— Bem, tudo o que passamos até agora e que ainda vamos passar até chegarmos ao final do caminho, foi planejado para que apenas quem deva passar por esse caminho, passe.

— Ou seja, nós.

— Exato.

— O que ainda temos pela frente?

— Acho que vamos descobrir logo.

Voltando os olhos para a frente do grupo, de onde Aliz faz sinal para ele, Evander percebe que o progresso do pequeno grupo estava impedido por um desfiladeiro banhado em lava incandescente.

— Bem, isso é novidade... – observa, limpando o suor da testa.

— Como vamos passar por isso? Mal consigo olhar lá para baixo, o calor vai nos matar! – Stephen exclama.

— Poderíamos nos transportar para o outro lado...

— Sem atalhos, Tommy. – Aliz o lembra.

Caminhando com cuidado até chegar à beira do penhasco debruçado sobre o rio de lava lá abaixo, Evander admira os paredões sólidos e altos, que tornavam o caminho a frente estreito, e impossível de ser transposto de outra maneira que não fosse através dele.

— Bem, a resposta é óbvia... Temos que seguir em frente. Kadmus, você acha que consegue criar um caminho para nós?

— Mas é claro, Comandante. Posso fazer uma bolha para nos proteger do calor, inclusive.

— Excelente. Faça isso, então. Atenção tropa! – o comandante diz, erguendo a voz – Agrupem-se o mais próximos possível. Vamos facilitar o trabalho de Kadmus.

De par em par, Marie e Diane, Aliz e Stephen, Newton e Darcy, com o vaso de Nária nos braços, Darius e Sirus, Evander e Tommy e Bhanks e Kadmus, juntam-se na beirada do desfiladeiro, para que o mago de longos cabelos negros conjure uma redoma que os levará até o outro lado.

Não haviam se afastado muito da borda, porém, quando uma rocha incandescente surge em alta velocidade, atingindo a redoma e nocauteando Kadmus.

Foi a sensação estranha no estômago que alertou Tommy de que estavam caindo e ele imediatamente grita por Evander, enquanto engolfa a mãe e a irmã em sua nuvem de magia e pousa com elas em terra firme. Olhando para trás, vê que todos estão a salvo, mas Kadmus continua desacordado.

Aliz corre até o amigo e coloca as mãos sobre sua cabeça, que brilham com uma luz púrpura.

Logo, o enorme guerreiro sentava-se, olhando para os lados.

— O que houve?

— Fomos alvejados por um meteoro ou coisa assim... – Bhanks responde, oferecendo a mão para ajudar o guerreiro a levantar.

— O que faremos? – questiona Diane, colocando uma mão no ombro de Kadmus, que sorri para ela, tranquilizador.

— Podemos tentar novamente. Só precisamos que alguém fique de olho nessas malditas pedras, para explodi-las antes que nos atinjam.

— Sendo assim, não poderemos nos proteger do calor... – Kadmus comenta.

— Acho que posso dar um jeito nisso, quer dizer... posso fazer uma corrente de ar frio. – Tommy oferece.

— Também precisaremos cruzar o desfiladeiro o mais rápido possível, então uma propulsão seria bom. – Foi a vez de Evander opinar.

— Certo. Kadmus, você providencia nosso chão, Tommy o ar-condicionado, Sirus, cuida das pedras voadoras. – Bhanks decide.

O mais simpático dos dois guerreiros ruivos assente e estrala os dedos.

— E eu cuido da velocidade.

Ao terminar, Bhanks olha para Evander, em busca de aprovação e recebe um sorriso de volta.

— Vamos lá então. Segunda tentativa. – grita.

Todos se agrupam novamente, mas desta vez, Kadmus e Bhanks estão de costas um para o outro, em ângulo com Evander e Sirus.

Os outros cercam Tommy para ajudá-lo com a magia natural, enquanto Marie, Diane e Stephen tentam ficar fora do caminho.

A plataforma desloca-se lentamente, afastando-se do chão e o calor abrasador da lava sob seus pés atinge o grupo imediatamente.

Logo, a primeira rocha aparece e Sirus lança um raio de Magia que a destrói.

Eles sentem um tranco conforme a velocidade aumenta e poeira e entulho chovem sobre suas cabeças à medida que Sirus e Evander destroem as rochas.

Sentado no centro da plataforma, Tommy emana ondas constantes de ar frio, que ajudam no desconforto, mas não afastam completamente o calor.

Percebendo que o entulho causa machucados em Kadmus e Bhanks, Aliz empenha-se em curá-los constantemente e revitalizar suas energias.

À medida que avançam, o calor parece ficar mais intenso, e as rochas, maiores e mais rápidas.

Até mesmo os três humanos sabem que aquela situação não vai se sustentar por muito mais tempo. Os Magos estão exaustos.

E então, quando a poeira da última rocha destroçada se dissipa, o grupo avista o outro lado do desfiladeiro, apenas alguns metros à frente.

Mais do que depressa, transportam-se para terra firme.

— O que você disse mesmo sobre a Rainha não colocar nossas vidas em risco? – Tommy resmunga, deitando a cabeça pesadamente no peito de Evander enquanto todos ainda estão esparramados pelo chão.

— O que quer que tenha sido, não vou repetir. Você está bem, Gatinho?

— Sim. E você?

— Vou me recuperar. – Evander, então, se senta e olha em volta. – Quem estiver vivo, diga eu. – Um coro fraco ecoa ao redor dele, fazendo-o sorrir. – Bom trabalho, tropa! Conseguimos!

Assim que aquelas palavras deixam a boca do Comandante, o desfiladeiro atrás deles range e começa a desmoronar sobre si mesmo.

— Mas o que...

Embasbacado, o grupo observa as pedras caindo e chiando ao atingirem a lava, lá embaixo, até que silencio toma conta novamente.

— Então! – Newton bate as palmas uma na outra. – Quem quer comer alguma coisa?

Enquanto o Mago loiro prepara uma mesa com quitutes e algumas cadeira, Aliz nota seu marido andando sozinho mais à frente no caminho de terra batida.

— O que houve, meu bem? – ela pergunta, segurando-o pela mão. – Está ferido?

— Não, Pan. Estou bem.

— Você pode não estar machucado, mas não está bem. Fale comigo, querido.

Stephen fecha os olhos por um momento e deixa um longo suspiro sair de seus lábios antes de olhar para a esposa novamente.

— Acontece que estou me sentindo um inútil e eu odeio isso.

— Stephen, você não é...

— Sim, eu sou. No seu mundo, no seu... contexto eu sou inútil, Aliz! Perto dos seus amigos, não sou nada! Se eu tivesse poderes como vocês, eu...

— Não diga isso. Você não é nada. Você é meu amor. É a pessoa mais importante do mundo para mim!

— Houve um tempo em que isso bastava para mim, mas que tipo de homem não consegue proteger a pessoa que ama?

— Stephen... – Uma risada interrompe os pensamentos de Aliz e ela olha para trás, para o grupo sentado à mesa, comendo e bebendo como se não tivessem acabado de vencer a morte certa.

Ela suspira e abraça o marido.

— Conversaremos sobre isso com calma quando chegarmos ao castelo Esquecido, está bem? Isso é importante.

O humano assente e beija a esposa.

— Ally, Stephen! — Eles ouvem e levantam o olhar para Evander, Se querem algo para comer, venham logo. Já estamos terminando.

Refeição feita e ânimo revigorado, o grupo de Magos, Metamorfos e humanos retoma sua caminhada pelo misterioso bosque, cada um deles se perguntando o que a próxima curva traria.

Vários metros adiante, quando o desfiladeiro já não era mais visível, um foco de luz brilhante à frente os faz parar outra vez.

De fato, a luz é tão forte, que não conseguem seguir em frente.

— Eu sei que a Rainha tem que se proteger, mas isso é um pouco ridículo, não acham? – Diane diz, cobrindo os olhos. – O que fazemos agora?

— Tommy, querido, eu acho que depende de você outra vez. – Marie sussurra no ouvido do filho.

Ele deixa o leão sair novamente e se senta, fechando os olhos para escutar as árvores e o pequeno regato sob um tronco coberto de musgo.

— A luz vem de cristais. Eles estão por toda parte nos próximos 20 metros... Não sei o que fazer! – ele diz a Evander, o único que pode ouvi-lo.

O cantor, então vai falar com Aliz, que tenta ver o que está por acontecer com sua Magia.

— Você deve convencer os cristais a diminuir sua luz, para que possamos passar. – ela explica pouco depois.

Com olhos arregalados, Tommy volta à forma humana e gritando:

— O quê? Como é que vou conversar com um mineral? Plantas, beleza. Animais são fáceis, mas cristais? Como isso pode ser possível?

— Eu não sei, mas aparentemente, você pode fazer isso.

Aliz parece tão incrédula quanto ele se sente, então Tommy procura confiança nos olhos de Evander e tão certo quanto o chão sob seus pés, ali está, brilhando nas íris azuis, a fé inabalável que nunca falha em fortalecer o espírito de Tommy.

— Tá bom... Vamos ver o que eu consigo fazer.

Ele se transforma novamente e mais uma vez senta-se na grama verde, a ponta de sua cauda brincando no regato para mantê-lo conectado ao ambiente externo.

Tommy fecha as pálpebras e olhando dentro de sua mente, vê a névoa dourada se espalhando. O som das plantas e animais conversando ao redor dele enchem seus ouvidos, mas nada que soe como um cristal.

— Não escute apenas com as orelhas. – Uma voz feminina soa em sua mente.

Ele conhece aquela voz. Já a ouviu antes.

— Ouça com suas patas, com seu corpo, com a ponta da sua cauda. Eles estão cantando, tudo o que você tem que fazer, é ouvir!

Aos poucos e muito baixo no início, ele ouve o canto.

É mais como um som de vibração, como quando se traça a borda de uma taça de cristal com um dedo molhado.

Em sua mente, Tommy faz um som calmante e move as mãos de cima para baixo lentamente, pedindo aos cristais que diminuam o volume de sua música.

Quando o som não passa de um sussurro, ele os agradece e abre os olhos.

O caminho a frente, demarcado por grandes cristais brancos, está visível agora e não mais do que vinte metros adiante, há outro portal de madeira pesada.

Este é belamente esculpido e um pequeno lampião pendurado no galho de uma árvore próxima, saúda o grupo com sua luz alegre.

Sobre o portal, uma mensagem: "Aos escolhidos pela Providência e abençoados com Magia: Bem-Vindos!"

Capítulo XVII

Layung

Com lágrimas correndo livremente de seus olhos verdes, Aliz exclama:
— Chegamos! — flores silvestres brotam onde suas lágrimas atingem o solo. — Não posso acreditar que realmente estamos aqui!

Evander e Newton a cercam e abraçam entre eles. Tommy os observa sorrindo.

— Bem, vamos lá! O que estamos esperando? — Kadmus diz, dando um tapa no ombro de Evander.

O Mago pousa ambas as mãos na madeira maciça e empurra, abrindo a passagem ancestral.

Do outro lado, podem ver o sol se pondo atrás de um pequeno, mas majestoso castelo no topo de um rochedo à beira mar.

— É claro que ela escolheu o Castelo Esquecido perto do mar... Aliz comenta, com carinho.

Segurando a mão do marido, puxa-o consigo.

— Venha, querido! Mal posso esperar para que você conheça a Rainha!

Ela corre através do portal, puxando Stephen, mas assim que seu corpo passa, sente um puxão na mão e olha para trás.

Ele ainda está do outro lado, com os outros.

— Stephen, pare de brincar! Nós temos que ir!

Ele olha tristemente para ela e balança a cabeça.

— Eu não consigo passar, Ally... A porta não me deixa. – Para demonstrar o que está dizendo, ele pressiona a palma da mão contra uma barreira invisível que o impede de entrar.

— Não! – Aliz choraminga – Não, Stephen! Você tem que vir! Eu... Evander, ajude-o!

— Não há nada que eu possa fazer, Ally. O portal diz "Aqueles abençoados com Magia" Stephen é Humano...

— Eu não posso deixar você para trás! – Ela está chorando agora, abraçada ao marido.

— Não se preocupe, meu amor. Eu vou voltar para a cidade e esperar por você lá.

— Ele pode ficar na nossa casa. - Marie sugere.

— Não, é perigoso! – Aliz responde, secando as lágrimas com o lenço dele. – Eu o levo de volta para a mansão na Capital, você ficará seguro lá.

— Por que a sua casa é mais segura para Stephen do que a casa da minha mãe? – Tommy pergunta.

O cantor sorri.

— Porque há um feitiço de proteção ao redor dela. Contanto que a estrutura esteja intacta, nenhum intruso pode entrar.

— Oh! Então é por isso que você me disse para não abrir as janelas!

— Sim... Tommy, você acha que sua mãe e irmã vão conseguir passar pelo portal?

— Você acha que elas não vão?

— Elas também não têm Magia...

— Só há um jeito de saber. Diane, mãe, venham comigo. Precisamos saber se vocês podem passar.

Diane engole em seco e acompanha o irmão e a mãe.

Tommy cruza o portal com sua mãe sem problemas, mas Diane não consegue segui-los.

— Eu não entendo! - Aliz exclama, olhando de Marie para sua filha e para Stephen. - Por que Marie pode ir, mas Stephen e Diane, não?

Evander olha para a inscrição sobre o portal e suspira.

— A Sra. Sabberton não tem Magia, é verdade, mas ela foi escolhida pela Providência.

— Bem, o que eu faço, então? - Diane diz, olhando triste para Kadmus.

— Ally e eu vamos levá-los de volta para a Capital. Nossa casa lá é impenetrável à Magia hostil. Vocês ficarão a salvo até que a Rainha lhes dê permissão para entrar.

— Ela pode fazer isso?

— Se há alguém que pode, esse alguém é ela, minha linda. – o enorme guerreiro sorri para a moça loira e aperta a mão dela gentilmente.

Marie caminha de volta através do portal e abraça a filha.

— Nos veremos em breve, minha menina. Eu prometo!

Diane assente e abraça a mãe de volta.

— Vou sentir saudade.

Ela passa o vaso de Naria para a mãe e se vira para Tommy.

— Tchau, irmãozinho. Tome conta da mamãe, está bem?

— É claro, sua tonta. Mamãe ficará bem e como ela mesma disse, nos veremos logo.

Beijando a irmã na testa, Tommy se vira para Stephen, que está esperando por Diane ao lado de Kadmus e Aliz.

— E você, seu paspalho, cuide bem da minha irmã! - brinca, abraçando o outro e batendo nas costas dele desnecessariamente alto, como os homens costumam fazer quando estão emotivos, mas não querem demonstrar.

— Não se preocupe, Tommy. Nada vai acontecer a ela.

No segundo seguinte, os quatro desaparecem em duas nuvens coloridas de Magia.

— Eles vão ter que caminhar todo o trajeto de volta desde o Castelo Vermelho, quando estiverem voltando? – Marie pergunta.

— Não. Agora que já sabemos onde a Rainha está, eles só precisam aparecer nos portões do Castelo Esquecido. – Evander responde, sorrindo para a mãe de Tommy. – Vamos indo, então. A Rainha deve estar nos esperando.

Eles sobem a trilha colina acima. Darius e Sirus na retaguarda, Darcy, Newton e Bhanks no meio e Marie, nas costas do leão, ao lado de Evander.

— Onde nós estamos agora? – Darcy pergunta, esticando o pescoço para olhar sobre os ombros de Bhanks. – Eu nunca estive nessa parte do país antes...

— Nunca? Então você nunca viu o oceano, também? – Newton pergunta e o ruivo balança a cabeça em negativa. – Nós estamos na área mais ao norte do Território Oeste. Este é Cabo Gracien e aquele é o Castelo Gracien, um dos esconderijos secretos de nossos monarcas, conhecidos como Castelos Esquecidos.

— É tão lindo! New, você acha que nós dois teremos tempo de ir à praia?

— Você quer que eu vá com você, na sua primeira vez no oceano? – o Alquimista exclama, de olhos arregalados.

— É claro que ele quer você na primeira vez! – Darius diz atrás deles, sarcástico. – Olha só a cara dele! Não tem nada que ele queria mais!

— Darius! – Evander grita da frente do grupo, apontando discretamente para a mãe de Tommy. – Tenha modos!

O guerreiro faz uma careta, mas para de falar.

— Eu quero muito que você venha comigo! – Darcy completa, olhando para Newton com os grandes olhos cinzentos brilhando de antecipação e as bochechas ligeiramente coradas.

— Eu ficaria encantado em acompanhar você, meu bem.

Darcy sorri ainda mais e pega a mão de Newton na sua.

Quando eles estão a apenas alguns metros de distância dos portões do castelo, Marie aperta seus dedos na juba de Tommy.

— Estou vestida apropriadamente para encontrar a Rainha? Quer dizer... Eu me esqueci totalmente desse detalhe.

Evander sorri para ela.

— Eu acho que todos gostariam de uma troca de roupas.

Ele então, conjura uma tigela e Tommy a enche com água limpa, para que todos possam lavar o rosto e as mãos.

Sirus cria um delicado vestido azul para Marie enquanto os outros se vestem com suas armaduras de guerreiros.

Darcy tenta sua mais nova habilidade novamente, criando um terno de três peças para si, completo com um colete de brocado e sapatos pretos brilhantes, seu longo cabelo vermelho com as pontas brancas preso em um rabo de cavalo perfeito.

Ainda como leão, Tommy observa os soldados e seu comandante.

Eles parecem perigosos e poderosos em suas armaduras.

A de Evander é dourada com gemas azuis e verdes encrustadas no peitoral, Newton usa uma verde brilhante com filigranas prateadas, seu longo cabelo loiro sempre preso na trança volumosa está novamente enrolado ao redor do pescoço, como um lenço.

Os gêmeos têm armaduras negras iguais e a de Bhanks parece ser de pura prata com detalhes dourados e azuis. Todos eles carregam o mesmo brasão, em alguma parte de suas armaduras: uma rosa vermelha dentro de um sol de doze raios. Tommy nota que o brasão também está na manga do vestido de sua mãe.

— Você está muito bonito. – Tommy diz na mente de Evander e o Mago sorri.

— Estas são as mesmas armaduras que usamos durante a guerra. Elas significam muito para nós... É bom usá-la novamente... Mas ao mesmo tempo...

— Não é. Eu entendo.

— Temos que ir agora. – Bhanks diz, apontando para o castelo. – Estamos sendo aguardados.

Todos se voltam para olhar na direção em que ele está apontando. O portão de ferro pesado está se abrindo lentamente, assim como as portas de madeira antiga.

Saindo do castelo, podem ver uma figura alta usando vermelho dos pés à cabeça.

Uma grande ave colorida sobrevoa o castelo, em círculos antes de desaparecer no horizonte.

O grupo avança apressado na direção da construção antiga, parando aos pés dos degraus que levam à porta principal, onde a mulher os espera.

Ela usa um vestido vermelho simples e um pequeno turbante, também vermelho, adornado por uma joia branca no centro.

Os Magos Guerreiros dobram um joelho e abaixam suas cabeças, então Marie e Darcy fazem o mesmo enquanto Tommy, ainda como leão, abaixa a cabeça e dobra uma pata.

— Meus bravos guerreiros e queridos amigos! Vê-los outra vez me traz tanta alegria! – a Rainha Vermelha diz e sua voz é como um cobertor em um dia de chuva, caindo quente e calmante sobre eles. – Levantem-se! Deixe-me olhar em seus olhos novamente!

Evander é o primeiro a se erguer, ele tem um sorriso e lágrimas no rosto.

— Minha Senhora, alegria não é uma palavra boa o bastante para descrever o que eu sinto neste momento! Estar em sua presença novamente é um bálsamo para nossas almas!

A Rainha desce os degraus e passa seus longos braços ao redor dos ombros de Evander.

Tommy os observa, absorvendo a emoção daquele momento.

A Rainha é ainda mais bonita em pessoa do que na visão que o pássaro lhe dera.

Sua pele cor de ébano brilha à luz do sol poente e seus lábios grossos estão abertos em um sorriso regozijado, mas são seus olhos que transmitem a beleza de sua alma.

Eles são de um azul tão pálido que as íris parecem transparentes, com dois círculos negros que delimitam as bordas interna e externa e dão profundidade ao seu olhar. E esse olhar penetrante está agora voltado para ele.

Ela se ajoelha na frente dele, esticando as mãos para tocar sua juba.

— Meu querido Tommy! Que belo leão você é! – a Rainha toca a testa de Tommy com a sua, os dedos se enroscando nos pelos dourados – Mas você me permitiria ver seu rosto humano, para que eu possa ver o homem que você se tornou?

Ele imediatamente se transforma, fazendo uma reverência antes de ajudá-la a ficar de pé.

— É uma honra finalmente conhecê-la, Majestade! – ele diz, sorrindo. – Eu acredito que já conhece minha mãe...

— Sim, de fato! Como você está, minha querida?

— Muito bem, Majestade, obrigada. – Marie responde, sorrindo – E obrigada por me deixar entrar em seus domínios.

— Você será sempre bem-vinda no Castelo Gracien, Marie.

A Rainha então caminha até Newton, Bhanks e os gêmeos, abraçando cada um deles e trocando algumas palavras de boas-vindas.

Quando alcança Darcy no final do grupo, passa um momento olhando para ele. Ela então pisca e olha ao redor, parecendo confusa.

— Minha Senhora? – Darcy arrisca, tímido. – Há algo errado?

— Meu querido, eu sinto muito... Eu... Eu não entendo... Onde está sua outra metade?

— Minha outra metade, Majestade?

— Sim. Eu fui informada de que Evander e seus homens encontrariam duas pessoas em sua jornada até aqui. Um homem e uma mulher...

— Bem, eu... eu não sei se essa informação se refere a mim, Majestade, mas pode-se dizer que eu sou ambos, um homem e uma mulher.

— Você tem ambas as almas dentro de você?

— É uma forma de colocar as coisas, sim.

A Rainha então faz algo totalmente inesperado: ela remove seu turbante e se ajoelha aos pés de Darcy.

— Estou profundamente honrada pela sua presença em minha casa, oh ser abençoado!

— Majestade! Por favor! Levante-se! – Darcy a segura pelos ombros e puxa a Rainha para que fique de pé – Não sou digno da sua reverência, eu sou apenas uma pessoa... Um Metamorfo...

— Oh, mas você não é! – a Rainha toca o rosto de Darcy com a mão cálida, e sorri. – Você é um Ser de Dois Espíritos! O primeiro nascido em tanto tempo que nem mesmo eu conheci o último. Como devo chamá-lo?

— Meu nome é Darcy, Senhora.

— Darcy. Que lindo nome! Seja bem-vindo, Darcy.

Ela se volta, então, para os outros, que assistiram aquela cena embasbacados.

— Nós temos que comemorar sua chegada! – a Rainha diz, voltando a esconder seu cabelo curto com o turbante.

— Minha Senhora! – Eles ouvem e olham para além do portão para ver Aliz e Kadmus se aproximando.

A Curandeira corre na direção deles e ofegante, começa a se curvar para a Rainha, mas a mulher mais alta interrompe o gesto ao jogar os braços ao redor dos ombros de Aliz.

— Minha amiga querida! É tão bom vê-la novamente!

— Layung! – Aliz sussurra, lágrimas de alegria molhando seu rosto, e passa seus braços ao redor da Rainha também, abraçando-a tão apertado que os nós de seus dedos ficam brancos. – Houve tempos em que eu pensei que jamais a veria novamente!

— Mas você nunca perdeu a fé e eu sou grata por isso, minha querida!

— Jamais!

As duas amigas finalmente se separam, rindo entre as lágrimas.

— Kadmus, querido! – a Rainha diz, virando-se para o enorme guerreiro enquanto Aliz dá uma porção de suas lágrimas de jade para Newton. – Você parece bem! Bem-vindo de volta!

— Obrigado, Majestade! Ah... Será que eu posso conversar com a senhora sobre algo...

— Tudo a seu tempo, meu querido. Agora, vamos entrar, há algumas pessoas aqui que estão tão ansiosas por vê-los quanto eu estava.

Ela abre a porta dupla com um movimento do pulso e guia o grupo para dentro.

O saguão principal é imenso, com um teto alto e duas grandes lareiras, uma de cada lado; as paredes são cobertas por tapeçarias coloridas e pequenos bulbos de energia nos enormes candelabros iluminam o espaço com uma luz gentil.

Algumas cadeiras e mesas estão espalhadas pelo cômodo. A simplicidade daquele ambiente surpreende Tommy e deixa um gosto ruim na boca de Evander.

— Minha Senhora tem vivido com tanta frugalidade... Essa situação não é digna da sua grandeza...

— Meu querido, se aprendi alguma coisa nesses últimos quatrocentos anos, foi que uma pessoa pode se acostumar com qualquer coisa. Eu não preciso de luxo para viver, sabe? Tive que viver sem vocês e sem meu amado povo por tantos séculos... Nenhum bem material tem mais valor do que vocês. Na verdade, a simplicidade foi muito calmante e boa para minha alma.

— A senhora tem vivido aqui sozinha por todos esses anos, Majestade? – Marie questiona.

— Oh não! Eu tenho meus queridos companheiros. Apesar de que a presença deles me deixa muito triste, às vezes... Pensar que não pude ajudá-los naquela época e que ainda não posso fazê-lo agora, parte meu coração.

Em um cômodo do lado esquerdo do salão o grupo é recebido por uma variedade de animais confortavelmente acomodados nos sofás, poltronas e tapetes.

Em um canto ao lado da lareira, um lobo branco ergue a cabeça, olhando para os recém-chegados. Todos os animais fazem o mesmo, mas o lobo deixa escapar um uivo sentido e se levanta, chegando mais perto.

— Bhanks... – Alguém diz em tom reverente, mas o Mago não parece ouvir. Seus olhos estão grudados nas íris escuras do lobo branco e ele está chorando.

Ele cai de joelhos produzindo um barulho seco, e passa os braços ao redor do pescoço do lobo.

Olhando em volta, Tommy nota que todos na sala estão chorando, até mesmo os animais. Eles são Metamorfos presos em seus animais, como Harry e Darcy estavam...

Rapidamente, ele se afasta do grupo alguns passos e muda para o leão.

Todos os animais olham para ele.

— Eu cuidarei de vocês em um minuto. – Ele diz e caminha para onde Bhanks ainda está abraçado ao lobo branco.

Sem chamar muita atenção para si, ele rosna baixinho na orelha do lobo e no segundo seguinte, Bhanks tem uma bela mulher de pele acobreada e longos cabelos brancos nos braços.

Ela está nua, então Sirus se apressa em colocar um vestido branco sobre seu corpo.

— Bhanks. – ela diz e sua voz soa áspera e falha, como um instrumento guardado por anos – Bhanks, meu amor, olhe para mim! Por favor!

— Madras... Eu não posso... E se isso for um sonho? Se eu olhar para seu rosto, você vai desaparecer como das outras vezes... – ele sussurra, apertando mais os braços ao redor dela e aspirando o perfume de seu cabelo.

— Isso não é um sonho, meu amor! Por favor, olhe para mim! – ela pousa ambas as mãos dos lados da cabeça dele, movendo-a para cima. – Eu esperei tanto tempo para olhar em seus olhos outras vez!

Bhanks continua com os olhos fechados ainda por alguns segundos e então, os abre devagar. Ele chora e ri e beija sua amada esposa nos lábios, misturando suas lágrimas com as dela.

— É você! É realmente você! Boa Providência, eu havia perdido toda a esperança de encontrá-la... Mas você está aqui! Segura e saudável e em meus braços outra vez! Ah, Madras!

De repente, uma nuvem de poeira vermelha os cerca e o casal desaparece.

— Eu os levei para um dos quartos lá em cima, para que possam ter um pouco de privacidade. – a Rainha diz, com alegria na voz.

— Todos esses animais são Metamorfos? Como Tommy e eu? Darcy pergunta, tocando a orelha de uma pequena raposa negra que está sentada em uma cadeira ao seu lado.

No mesmo instante, a raposa transforma-se em um homem de cabelos negros.

— Que porra é essa? – Darius e Sirus sussurram ao mesmo tempo, olhando de um Metamorfo para o outro.

— Boa Providência! – O homem exclama, olhando para as próprias mãos – Obrigado! Muito obrigado

Ele então, pega as mãos de Darcy e as beija repetidas vezes.

— Minha Senhora, o que nós acabamos de testemunhar? – Evander pergunta, com um sussurro.

A Rainha tem um sorriso radiante no rosto.

— Como eu disse, Seres de Dois Espíritos são criaturas abençoadas. Nosso Darcy aqui tem grandes feitos em seu futuro. Ele é o Quebrador de Feitiços e a Rastreadora.

— O Quebrador de Feitiços e a Rastreadora? Foi por isso que Vossa Majestade pensou que eu fosse duas pessoas? – a Rainha assente – Então... Isso significa que eu posso quebrar qualquer feitiço?

— Sim, e localizar os feitiços que precisam ser quebrados, também!

— Evander! Isso é incrível! - Tommy grita na mente do cantor. – Ally vai poder arrumar a sua perna!

— É, pode ser que sim...

— Por que está tão relutante? Você vai ser inteiro de novo e sua perna não vai mais doer...

— Tommy, cuide da sua própria vida, *tá* bom? E pela Providência, saia da minha cabeça por um segundo! - Evander dispara, tirando o amuleto do pescoço.

— Que merda é essa? – Tommy pensa, olhando para Evander, que já está do outro lado da sala, perto de Aliz, que o olha com estranheza.

— Tommy. – a Rainha o chama. – É hora de você cumprir a primeira parte do seu destino. - ela diz, indicando os Metamorfos na sala.

Tommy assente e se vira para os outros, que o olham ansiosamente.

Respirando fundo, ruge a plenos pulmões. O som parece vibrar o próprio tecido do espaço e, ao serem tocados pela onda de choque, os animais se tornam humanos novamente.

Gritos de alegria enchem a sala e lágrimas molham cada rosto ali, incluindo o dele mesmo.

Ele volta à forma humana para receber o abraço de um garotinho de cabelos cor de areia.

Enquanto isso, Aliz e Sirus apressam-se em vestir as pessoas ao redor deles.

— New, por que a Rainha disse que era o destino de Tommy mudar essas pessoas de volta? E... Por que aquele sujeito estava tão agradecido? Quer dizer... Metamorfos podem se transformar quando bem entendem, não é? – Darcy questiona, ansioso.

— Normalmente sim, mas essas pessoas ficaram presas em sua forma animal por mais de quatrocentos anos, desde antes mesmo da Rainha Vermelha perder seu trono.

— Por quê?!

— É uma longa história. Venha comigo até a sala ao lado, para que eu possa lhe contar.

Um grande banquete é marcado para aquela noite no grande hall do Castelo Gracien.

Newton, Darcy e Aliz providenciam a comida enquanto Evander e Sirus decoram o salão.

Tommy usa suas habilidades com a Natureza para construir mesas e bancos com galhos de árvores e Darius arruma os instrumentos da banda para um pequeno show.

Não há sinal de Bhanks e Madras e sempre que alguém se lembra disso, um sorriso bobo curva seus lábios.

O amor é uma coisa tão incrível! E é por isso que Kadmus insiste em falar com a Rainha enquanto os outros estão ocupados.

— Majestade, me desculpe por incomodá-la, mas há um assunto importante que pede sua atenção.

— Eu sei, meu querido. A irmã de Tommy e o marido de Aliz. Eles não podem entrar, pois seus destinos ainda não estão claros. Uma vez que isso esteja resolvido, você terá minha permissão para trazer sua amada ao castelo.

— Eu... ah... – O rosto do guerreiro fica vermelho e ele evita encarar a Rainha – Eu não diria que ela é minha... Ah amada, Majestade... mas ela é uma... moça muito bonita e agradável... muito inteligente e...

A Rainha ri com gentileza e dá um tapinha nas costas dele.

— Diane será bem-vinda aqui. Agora, vá ajudar seus amigos.

— Majestade? - ela ouve, e se vira para olhar para Tommy. – Posso conversar com a senhora, por favor?

— É claro, querido. O sorriso dela é tão caloroso, que Tommy não pode evitar de sorrir também.

— Se eu entendi bem, a senhora e Evander tem uma amizade muito longa e próxima... – ela assente, uma sobrancelha perfeita quase atingindo a bainha do turbante – Portanto, eu gostaria de lhe pedir que fale com ele sobre sua perna...

— O que quer dizer, Tommy?

— Há algum tempo eu disse a ele que poderia tentar quebrar o feitiço que impede que Ally faça a perna dele crescer novamente, já que, aparentemente, eu posso fazer umas porras bem inesperadas... Perdão, Majestade...

A Rainha limpa a garganta para esconder o riso.

— Então... ele disse algo sobre falarmos com Ally primeiro e nós nunca mais tocamos no assunto. Então, hoje, quando a senhora disse aquilo sobre Darcy, sugeri isso novamente e ele surtou comigo, sem motivo! Até tirou o amuleto do pescoço e não chega perto de mim...

— E você pensou que eu poderia convencê-lo a deixar Darcy e Aliz mexerem na perna dele.

— Basicamente. – o Metamorfo diz, deixando os ombros vergar.

— Você me dá crédito demais, meu querido, e não o suficiente a si mesmo. Mas principalmente, você deve dar tempo a Evander. Ele tem vivido com um membro faltando por centenas de anos. Está acostumado com isso e desistiu da ideia de ter seu corpo inteiro outra vez há muito tempo. Você entende o que estou dizendo?

— Sim, entendo. O que a senhora está dizendo é que meu poderoso namorado Mago Guerreiro tem medo de mudanças e é teimoso demais até para pensar a respeito.

A Rainha ri alto dessa vez e precisa limpar uma lágrima dos olhos antes de responder.

— Sim. É exatamente isso. Você deve ter paciência; converse com ele com toda a honestidade e amor. Mas se ele decidir que não quer isso, deve respeitar o desejo dele, mesmo que não concorde. O amor é isso.

— Eu entendo. Obrigado, Majestade. – Tommy faz uma reverência e volta para seus bancos e mesas.

Do outro lado do salão, Evander os observava, então a Rainha pisca para ele antes de desaparecer pelo corredor que leva à cozinha.

Os ânimos estão altos e o vinho flui à vontade no grande hall, a festa improvisada conseguindo colocar um sorriso até no taciturno Darius.

Quando é hora do show, os músicos sobem no palco montado num dos cantos do salão sob aplausos entusiasmados dos Metamorfos e sua Rainha. Evander está tão feliz que sente como se seu coração fosse explodir.

Bhanks está de volta e o show começa com um de seus lindos solos de guitarra, começando uma canção antiga, dos tempos dourados da Corte Vermelha e que também é um dos maiores sucessos da carreira moderna de Evander. Ela fala de paz e entendimento, de amor e prosperidade.

Progressivamente, as músicas vão ficando mais animadas, fazendo as pessoas dançarem e ao final da apresentação, não há ninguém sentado; até mesmo a Rainha está dançando com Darius, turbante vermelho esquecido sobre uma mesa e a saia longa do vestido erguida acima dos calcanhares.

A gritaria e as palmas são tão altas no final, que abafam o som dos acordes finais da última música. Evander está no centro do palco, sorrindo e agradecendo, cercado por sua banda. Quando os aplausos param, ele diz:

— Eu nunca pensei que me apresentaria para vocês novamente! Majestade, obrigada por dar esse momento a mim e a meus homens. Significa muito para nós!

— Ouvir a sua voz novamente é um presente para todos nós, querido Evander! E obrigada Newton, Bhanks, Tommy e Kadmus. Vocês são excelentes!

Enquanto os outros descem do palco para reaver suas canecas de vinho, Tommy segura a manga de Evander, fazendo o cantor ficar para trás com ele.

— Eu sinto muito se disse algo que o aborreceu... Por favor, seja meu outra vez? – ele diz, olhando para Evander por sob os cílios e pressionando seu corpo contra o do cantor. Ele sabe que é golpe baixo, mas Tommy não aguenta mais a distância entre eles.

Evander respira fundo e fecha os olhos.

— Ah, Gatinho! Eu jamais poderia não ser seu... Eu simplesmente não consigo! - Evander pousa as mãos de ambos os lados do rosto de Tommy e tomba sua cabeça para trás, beijando-o.

— Você acha que eles sentiriam a nossa falta se nós desaparecêssemos?

Evander olha em volta para os Metamorfos e seus homens. Eles parecem distraídos o suficiente, mas a Rainha olha diretamente para eles. Ela sorri com ares de quem sabe de tudo e pisca um olho.

— Eu acho que é seguro irmos lá para cima... – ele finalmente diz e envolve os dois em sua nuvem de Magia azul.

Do lado de fora do quarto que lhes havia sido reservado, dois andares acima do salão, onde a música e as risadas ainda ecoam, Evander comenta, enquanto abre a porta:

— Eu nunca pensei que fosse sentir falta de elevadores...

— Como é? Por quê?

Evander se vira para o namorado, antecipação nos olhos azul claros.

— Não há nada como ficar trancado dentro de uma caixa fechada e cheia de espelhos, para alimentar a luxúria e o desejo de alguém...

Tommy olha para ele com o canto dos olhos e se recosta na parede ao lado da porta.

— Se você quiser, podemos ficar aqui por alguns minutos, nos encarando através do corredor, como se houvesse pessoas ao nosso redor, e por isso, não podemos atacar o rosto um do outro.

Evander para com a porta meio aberta e olha para Tommy: seus lábios cheios, o corpo magro vestido em couro e naquele lindo casaco longo, o cabelo loiro caindo sobre a testa e os olhos...

— De jeito nenhum! – ele resmunga, agarrando o baixista pela nuca e fazendo seus lábios se chocarem ferozmente enquanto o puxa para dentro do quarto.

Acabam se beijando contra a porta por vários minutos.

Suas mãos são frenéticas enquanto eliminam as camadas de roupa, agarrando pele e carne, seus lábios devoram um ao outro e suas respirações pesadas e gemidos ecoam nas paredes nuas do quarto.

— Eu não sei se vou conseguir ser gentil hoje, Tommy... – Evander diz, contra o pescoço do baixista, mordiscando a carne macia.

— Então não seja. – o outro diz, simplesmente.

Evander para de cultivar um hematoma na pele branca e olha para seu amante. Os lábios inchados pelos beijos estão sorrindo travessos e a criatura endiabrada a sua frente empurra os quadris na sua direção, friccionando os volumes entre suas pernas. E esse é o momento exato em que o cantor desiste do bom senso.

Com gestos bruscos, ele vira Tommy para que o baixista fique de frente para a porta e morde o ombro do loiro enquanto seus dedos traçam os contornos do corpo esguio, até que alcançam o ponto sensível entre as nádegas.

Tommy geme alto e separa mais as pernas, para facilitar o acesso de Evander à sua entrada.

Ele empurra seus quadris contra os dedos do cantor e contrai os músculos.

— Você vai acabar me deixando maluco! – Evander resmunga contra o cabelo loiro.

— Maluco o bastante para me comer logo de uma vez?

— Você ainda não está pronto... Eu vou machucar você.

— Cadê o cara que disse que não podia ser gentil? – Tommy provoca, mais uma vez se movendo contra os dedos dentro dele.

— Malditas Profundezas! O cantor praticamente rosna, retirando os dedos de dentro de seu amante, ele usa uma mão para separar-lhe as nádegas e a outra para guiar seu membro até o calor e a pressão do corpo de Tommy, que resmunga por causa da breve falta de contato entre eles.

A pressão é tremenda e o pequeno baixista pensa por um momento que vai se rasgar ao meio, mas a sensação logo é substituída pelo prazer e suas mãos voam para trás, se entrelaçando aos cabelos escuros e puxando a pélvis de Evander para mais perto de si.

O cantor grunhe baixinho contra o pescoço de Tommy e move os quadris contra ele, prensando-o contra a porta.

A ânsia dentro dele não parece humana; é feral e descontrolada e, se Evander parasse para pensar, até um tanto assustadora.

Por que ele se sente assim? Por que ele sente essa necessidade primal de estar ao lado de Tommy, de estar dentro dele de outras formas além do sexo?

— Ev, baby! – ele ouve a voz de seu Gatinho, que o puxa de volta a realidade – Me deixe olhar para você...

O cantor o solta e o homem mais novo imediatamente se vira e coloca as pernas ao redor da cintura de Evander, que o segura pela parte de trás das coxas e sorri com a visão do rosto afogueado de Tommy.

— Você viajou um pouco, meu amor. Volte para mim.

Evander assente e o beija novamente, penetrando-o outra vez.

— Desculpe, eu vou te compensar.

— Você estava indo muito bem até alguns minutos atrás...

— Você gosta rápido e com força, então? – Evander pergunta com um brilho maldoso nos olhos, enquanto volta a mexer os quadris sugestivamente.

— E como gosto! – Tommy sussurra, mordiscando sua orelha – Me faça gritar!

As primeiras horas do novo dia encontram o casal em uma cama desfeita; os lençóis e colcha espalhados pelo chão, travesseiros por toda parte e o cheiro marcante de sexo no ar.

Nenhum dos dois falou na última hora, ambos à deriva no mar de sensações que seu último orgasmo proporcionara.

— Nós deveríamos dormir... – Evander diz, desenhando círculos nas costas de Tommy, enquanto o outro está deitado sobre seu estômago.

— Não quero. Prefiro ficar olhando para você.

— Você está tentando memorizar meu rosto? – o cantor pergunta, de brincadeira, mas Tommy senta-se reto na cama, preocupação evidente em seus olhos cor de chocolate. – Qual o problema, Gatinho?

— Não consigo evitar essa sensação de que nunca mais verei seu rosto novamente...

— Eu não vou a lugar nenhum, Tommy. – Evander o puxa para mais perto e o beija na testa. – Eu prometo!

— Não faça promessas que não pode cumprir, Evander... Se a Rainha ordenar, você partirá sem olhar para trás.

O Metamorfo se liberta dos braços de Evander e vira de costas para ele, segurando os joelhos contra o peito

— E isso é exatamente o que deve fazer, mas você não vai me levar junto e eu vou ficar para trás, me preocupando com você.

— Quem disse que não vou levar você comigo? – Tommy não responde, apenas olha para Evander com ares de quem sabe do que está falando. – Você está certo. – o cantor finalmente diz, soltando o ar dos pulmões – A Rainha pode, e provavelmente vai, me mandar em uma missão em breve e eu gostaria que você ficasse aqui onde sei que estará seguro, mas! – ele se apressa em acrescentar, quando percebe que Tommy vai replicar – Eu sei que isso seria uma tortura para você e também sei que a sua Magia é poderosa e pode ser útil para nós, então, eu não vou pedir que fique, mas também não vou convidá-lo para vir comigo.

— É justo.

Capítulo XVIII

Segredos

Evander e Tommy despertam já no meio da manhã, com o sol alto. Olhando pela janela, veem pessoas na praia abaixo do penhasco onde fica o castelo.

Trocando sorrisos, materializam trajes de banho e toalhas e saem em disparada pela porta do quarto, apostando quem chega mais rápido na água.

Na praia, sob o límpido céu de verão e sentado na areia quente, Newton acompanha Darcy com os olhos.

Nem com mais quinhentos anos de vida o Alquimista conseguiria esquecer a cara do Metamorfo quando viu a imensidão azul de perto pela primeira vez.

— É tão... tão... Caramba! Eu nem sei que palavra usar! – ele dissera, com o reflexo do oceano nos olhos cinzentos.

Darcy se virou para ele e o abraçou tão forte, mas tão forte, que foi como se Newton pudesse sentir as lascas que haviam se soltado de seu coração com o passar dos anos, voltando ao lugar.

— Vem, vamos nadar! – Newton dissera, perguntando em seguida, – Você... sabe nadar, né?

— Eu sou uma raposa, Newton. – Darcy revirara os olhos. – Claro que sei nadar! – e em seguida empurrara o Alquimista para a água, rindo e pulando logo em seguida.

Agora, enquanto Darcy brinca com as crianças Metamorfas, fugindo das pequenas ondas que avançam areia adentro, rindo em deleite, Newton se pergunta quando, exatamente, se apaixonara por aquela pessoa.

A história dos dois gêneros ainda está meio confusa em sua mente, mas está se esforçando para entender, e Darcy tem sido muito paciente sempre que ele comete uma gafe. Só o que Newton pode esperar é que um dia Darcy o ame de volta.

Evander e Tommy chegam pouco depois, pegando algumas frutas da cesta deixada sob uma formação rochosa.

Alguém trouxe Naria junto, então o baixista passa um tempo com sua rosa, que estava levemente mal-humorada por ter ficado tanto tempo longe de Tommy.

O vocalista olha ao redor, feliz por poderem desfrutar de alguns momentos de paz. Todo mundo está ali na praia, exceto, claro, Darius, que nunca foi dado a lazer em grupo.

A Rainha, vestindo um traje de banho vermelho, está aproveitando os raios do sol em seu rosto, sentada em uma toalha sobre uma das rochas na arrebentação.

Afastando-se do grupo, Darius caminha sozinho pela areia, olhando, distraído, as piscinas naturais que se formam na beira da praia.

Ele não gosta do barulho de conversas animadas, nem tem paciência para crianças que, por algum motivo, parecem gravitar para perto dele, preferindo andar sozinho com seus pensamentos. Dito isso, alguns deles têm sido um tanto estranhos ultimamente, parecendo nem mesmo vir dele próprio.

Soltando o ar, desvia o olhar de um caranguejo ermitão que rasteja de um lado a outro em uma poça, procurando comida e vê uma gruta no penhasco, onde a água do mar entra quando a maré está alta.

Sentindo-se atraído pelo hipnotizante som da água, caminha na direção dela, curioso quanto à profundidade da abertura.

— Darius, meu menino! – a voz familiar na escuridão soa familiar.

Era a voz que ele ouvia naquele velho chalé no Território Sul, quando ele e seu irmão eram crianças. A voz da pessoa que impediu que morressem de frio e fome.

— Quem é você? – pergunta, olhando atentamente para as trevas adiante, tentando identificar uma forma ou mesmo a presença de alguém, mas não vê, nem sente nada.

— Quem sou eu? Sou sua mãe, Darius.

— Não. Minha mãe abandonou a mim e a meu irmão na floresta. Não temos mãe.

— Mãe é quem te mantém aquecido e alimentado. Não foi exatamente isso o que fiz por você e Sirus?

— Talvez tenha razão... Não soubemos mais nada de você desde que nos mandou para o norte, para o Castelo Vermelho. O que quer agora?

— Ela quer que traiamos a Rainha Vermelha e nos aliemos a ela. – levando um susto, Darius olha por cima do ombro e vê seu irmão na entrada da gruta.

— Sirus...?

— Eu falei para ficar longe dele! – diz o Mago, parando ao lado do irmão.

— Darius é um homem adulto, meu querido. Ele pode tomar as próprias decisões

Um arrepio sinistro corre pelo corpo de Sirus.

A Rainha Vermelha os chama daquela mesma forma, mas vinda da voz nas trevas, a sensação é totalmente diferente. Como dedos gelados correndo pela espinha

— Você não tem o direito de exigir nada dele!

— Ah, mas eu tenho! Tenho todo o direito do mundo!

— Sirus! Do que vocês estão falando? Quem é ela?

— Aquela que se rebelou e destruiu tudo.

— A usurpadora! Pelas Planícies, Sirus! Ela sabe onde a Rainha está!

— Claro que sei! Eu sempre sei onde ela está. – diz a voz, sinistramente calma. – Nós estamos ligadas. Se eu quisesse fazer algo a ela, já teria feito. Essa não é a questão aqui.

— O que você quer de mim?! – Darius grita, sua voz ecoando pelas paredes de pedra.

— Eu quero a vida que me foi negada! Eu o mantive vivo, você me deve uma vida!

A meia oitava que a voz sobe ao dizer essas palavras desaparece em um instante, mas indiscutivelmente carrega um toque de histeria e malícia.

— Seu irmão ingrato já me recusou, mas eu sei que você sempre paga suas dívidas, Darius.

— Já chega! Vamos embora! – Sirus grita, agarrando o irmão pelo cotovelo – Fique longe de nós, estou avisando!

— E o que você acha que pode fazer contra mim, menino?

— Não abuse da minha paciência, bruxa, ou vai se arrepender!

— Vou esperar ansiosa! – uma risada maligna ecoa pelas paredes, junto com um sopro de vento gelado.

Sirus puxa o irmão rapidamente de volta a praia, onde o sol brilha e eles podem ouvir as risadas felizes dos amigos.

Darius está tão pálido que parece prestes a desmaiar.

Sirus senta-o em uma rocha e joga um pouco de água fria do mar em seu rosto.

— Irmão, fale comigo.

— Ela... ela é nossa... – Darius balbucia.

— Ela não é nada para nós! Você não deve nada a ela!

— Mas ela nos criou! Ela...

— Ela nos manteve vivos, mas nunca nos deu amor, atenção, ou mesmo qualquer ensinamento moral. Ela não é nossa mãe, Darius!

Sirus se abaixa entre as pernas do irmão e segura seu rosto com as mãos, forçando-o a olhar em seus olhos.

— Você lembra quem foi a primeira mulher que te aninhou contra o peito? A primeira que fez você se sentir amado e aceito? Quem te deu propósito na vida?

— A Rainha Vermelha... – Darius fecha os olhos e balança a cabeça em positivo. – É a ela que devo tudo. E ao Evander. Ele salvou minha vida inúmeras vezes...

— Assim como você salvou a dele. Nós somos uma equipe, uma família! Por favor, nunca duvide disso!

— Não estou duvidando! Eu sei onde é meu lugar... – Darius diz, esfregando o rosto. – Mas precisamos avisar a Rainha que a usurpadora sabe onde ela está!

— Sim, agora que nós dois frustramos as expectativas dela, ela pode tentar fazer algo contra nossa Rainha.

— Quando ela falou com você?

— No dia anterior à invasão do show... Tudo me leva a crer que aquilo foi a vingança dela.

— Por que não me disse nada?

— Eu... não sei bem. Tinha esquecido completamente até pressentir o que estava acontecendo com você agora há pouco.

Darius coloca-se em pé novamente, determinado a se reportar à Rainha.

— Foi no mesmo dia em que tivemos aquela discussão no ônibus, e Tommy mencionou o quão estranha aquela situação toda era... Acha que a usurpadora teve algo a ver com aquilo?

— É possível. Depois de falar com ela, eu me senti sujo e desconfortável. Talvez ela tenha colocado algum feitiço em mim, que acabou afetando vocês.

Darius meneia a cabeça, soturno, e se vira para seu irmão.

— Venha, temos uma festa para arruinar.

Sirus olha ao longe, além da curva da praia, e suspira. "Tempos sombrios vieram para ficar."

Aproximam-se do grupo na praia, lentamente e de mãos dadas, coisa que os gêmeos não faziam desde a infância.

Neste momento, eles precisam da força um do outro para fazer o que é necessário.

A primeira a perceber a chegada deles é Naria. A rosa sente o peso da atmosfera ao redor dos irmãos e alerta Tommy, que está nadando com Evander.

O Metamorfo ergue a cabeça do ombro de seu namorado e olha para a orla.

— Tem algo errado. – ele diz a Evander. – Os gêmeos sinistros estão mais sinistros que de costume.

— É assim que você os chama? – O vocalista ri.

— Era, antes de conhecê-los melhor... Temos que voltar. – Tommy começa a nadar de volta à praia, com Evander logo atrás.

Eles chegam até as pedras no mesmo momento em que Darius e Sirius estão se ajoelhando diante da Rainha.

— Majestade, lamento estragar a diversão, mas precisamos discutir algo com a senhora.

— Vocês parecem muito perturbados, meus queridos... Vamos entrar. Não há motivo para incomodar os outros.

Enquanto seguem a Rainha para dentro, Sirus gesticula para que Newton, Bhanks, Evander e Tommy os sigam.

Dentro do castelo, uma senhora idosa aproxima-se da Rainha com um robe pesado.

— Obrigada. - diz ela, passando os braços pelas mangas. – Por favor, peça que a Lady Curandeira e Mestre Kadmus me encontrem no salão branco.

A senhora sorri e faz uma mesura, para depois desaparecer pelo corredor. Alguns minutos depois, Aliz e Kadmus entram na sala decorada em tons claros.

— Aqui estamos. O que houve? – Kadmus pergunta, olhando para todas as expressões preocupadas ao seu redor.

— Antes de mais nada, existe algo que alguns de vocês não sabem a nosso respeito. – Darius começa, olhando para todos no salão. – Meu irmão e eu não fomos para uma Academia de Magos, como todos imaginavam. Fomos abandonados nas florestas do Sul com alguns meses de vida.

— Malditas Profundezas! – Bhanks exclama. – Sinto muito por vocês, caras!

Ambos os gêmeos dão sorrisos fracos e meneiam as cabeças em agradecimento ao amigo.

— Mas como sobreviveram? Quem acolheu vocês? – Newton pergunta.

— Ninguém. – Darius dá de ombros. – Nunca tivemos uma família, mas havia uma presença. Ela nos mantinha alimentados e aquecidos em uma velha cabana no coração da floresta.

— Nunca vimos seu rosto, mesmo quando éramos pequenos. Tivemos que aprender sobre nossa Magia sozinhos. – Sirus continua. – Até que veio o dia em que ela nos mandou viajar para o Norte, para o Castelo Vermelho. E depois disso, nunca mais ouvimos aquela voz.

— Até hoje. Ou, no caso do Sirus, alguns dias atrás.

— Ela se mostrou para vocês? – o Alquimista pergunta.

— Não exatamente, mas falou comigo na gruta sob o penhasco.

— Quem é ela então? – Alguém pergunta, mas os gêmeos estão concentrados demais no rosto da Rainha para saber quem foi.

— A usurpadora. – revela Darius.

— Ela está viva?!

— Ela sabe onde a Rainha está?

— Onde ela está agora?

A enxurrada de perguntas continua até que a Rainha ergue uma mão, silenciando a todos.

— Entrar em pânico não ajudará em nada. Se ela quisesse me fazer mal, já teria feito.

— Foi exatamente o que ela disse... – Darius diz – E... ela disse que vocês estão ligadas, Majestade... O que isso quer dizer?

A Rainha Vermelha respira fundo, fechando seus lindos olhos por alguns instantes, e depois exalando todo o ar em seus pulmões.

— Acho que já é hora de lhes contar isso... A usurpadora é minha irmã. Minha gêmea.

A sala é tomada por um silêncio pesado. Ninguém sabe o que dizer.

— Eu mesma só soube disso muito mais tarde. Séculos depois da Última Guerra... Ela veio me ver, aqui em Castelo Gracien.

— Como ela ainda está viva?! Eu... eu a matei! – Evander sussurra, sem pretender que alguém o ouvisse.

— Ela não pode morrer, a menos que eu também morra. Nossas almas estão ligadas. Ela sabe onde eu estou, e eu também sei onde ela está. Sempre.

— Ela disse que devemos nossas vidas a ela, e que deveríamos retribuir traindo a senhora, Majestade.

— Mas isso não vai acontecer! – Darius se apressa a dizer, com a voz trêmula, caindo de joelhos diante da soberana – Nossa lealdade e nosso amor são eternamente seus, minha Rainha!

— Eu sei, meu querido. – diz ela, pousando a mão no rosto de Darius, e sorrindo para ele.

— Perdão, Majestade, mas como é possível que não soubesse que tem uma irmã gêmea? – Tommy pergunta.

— Como manda a tradição, fomos separadas ao nascer e enviadas a Academias de Magos diferentes. E isso foi um erro... um erro que deveria ter sido previsto e evitado, mas, por algum motivo, não foi.

— Pergunta besta: por que foi um erro? – Tommy pergunta, entrelaçando seus dedos com os de Evander.

— Gêmeos nascidos com Magia são uma ocorrência rara, e uma situação extremamente delicada. – Aliz explica. – A tradição diz que não podemos ter laços familiares, então irmãos devem crescer separados, mas as almas de gêmeos mágicos sofrem muito quando estão separadas.

— Gêmeos tentando se encontrar já causaram desastres terríveis no passado. É por isso que são temidos em certas partes do país. – Evander complementa, olhando para seus amigos do outro lado da sala.

— Sim, foi por isso que nós dois fomos abandonados.

— Então é isso que está acontecendo agora? E o que aconteceu quatrocentos anos atrás? – Pergunta o Metamorfo. – A Última Guerra, o fim de seu modo de vida... tudo aquilo aconteceu porque a usurpadora queria encontrá-la, Majestade?

— De início, sim. A alma dela dói, assim como a minha, mas... alguma coisa aconteceu, e ela se... quebrou. Agora, só consegue pensar em destruir o sistema que provocou essa dor.

— O que devemos fazer?

— Primeiro de tudo, precisamos mantê-la longe de Darcy e de você, Tommy. Sob nenhuma hipótese ela pode saber a seu respeito.

— Por que não? – desta vez, foi Evander quem apertou a mão do namorado.

— Tommy é a chave de tudo e... – a Rainha para, obviamente deixando de completar a frase. – E Darcy seria muito valioso para ela, assim como é para nós, pois eu não posso desfazer os feitiços da minha irmã, assim como ela não pode desfazer os meus. Mas Darcy pode.

— A senhora acredita que ela travará outra guerra contra nós? – Newton pergunta, recostado contra a lareira.

— Acredito que ela causará o máximo de problemas que puder. Como da última vez, não estamos preparados para uma guerra, então espero que possamos impedi-la antes que chegue a tanto.

— Ela já está espalhando o terror pelo país, então não temos tempo a perder. – diz Sirus, ficando de pé.

— Precisamos salvar os Metamorfos. – Aliz exclama com voz rouca, e os outros percebem seus olhos vidrados.

— O que está vendo, querida? –a Rainha pergunta.

— Há vários Metamorfos presos em suas formas animais espalhados pelos cinco territórios. Se os libertarmos, a Magia da usurpadora ficará mais fraca.

Saindo do transe, Aliz olha para a Rainha, com a testa franzida.

— Desculpe por chamar sua irmã disso, minha senhora.

— Não se desculpe, minha querida. Sim, ela é minha irmã, mas também é a usurpadora que tirou tantas coisas de nós...

Layung ergue-se e junta as mãos no regaço.

— Temo que nosso momento de paz e felicidade tenha acabado, por ora.

— Devemos nos preparar para uma batalha – diz Kadmus. - Vai ser dureza, já que não fazemos ideia de como combater aqueles caralhos de golens de vento... Ah, desculpe, Majestade...

— Tudo bem, querido.

— Eu posso fazê-los desaparecer. – Tommy comenta, ficando de pé também.

— Não, Tommy. Você vai ficar aqui. – Evander declara.

— Evander, você prometeu! Disse que não ia me deixar pra trás!

— Eu sei, Gatinho, mas isso foi antes! Depois do que a Rainha acabou de dizer, não posso arriscar sua segurança! Você é importante demais.

— Importante pra quem?! – o Metamorfo grita, saindo da sala furioso.

— Por que ele sempre faz isso? – Evander resmunga, jogando os braços para o alto.

— Tommy tem muito que aprender. – a Rainha diz, dando tapinhas reconfortantes no braço do vocalista. – Dê-lhe tempo para absorver tudo, mas ele não pode sair da segurança do castelo.

— Darcy também não, mas teremos que levá-lo conosco. – Aliz afirma.

— Sim, infelizmente.

— Darcy estará seguro! – Newton afirma, confiante. – Eu cuidarei dele.

— Sei que sim, meu querido.

— Newton, será que tem algo sobre os golens de vento nos seus grimórios? – Sirus pergunta.

— Tomara, né? Com a quantidade que eu tenho... Vem, vamos começar a pesquisa.

— A Biblioteca também está à sua disposição. – Layung acrescenta, e não consegue conter o sorriso ao ver o brilho nos olhos de Newton. Com isso, ele, Bhanks, Kadmus e os gêmeos saem da sala.

No momento em que a porta se fecha, Aliz se vira para a Rainha.

— Layung, por que não contou a história toda a Tommy?

— Não faria bem nenhum, Aliz. A mente dele precisa estar limpa e focada. Saber a verdade só o confundiria.

— Do que Profundezas vocês estão falando? – Evander reclama, correndo os olhos de uma para outra.

— Também não posso lhe dizer, querido.

— Por quê?

— Porque ela quer manter segredo do Tommy, e sabe que você vai contar pra ele.

Evander não pode rebater aquela afirmação.

— Se você não souber, será melhor para todos. Nem Aliz deveria saber, mas...

— Não é como se eu tivesse escolha.

A Vidente esfrega o rosto e olha pela janela, vendo os Metamorfos ainda se divertindo na praia.

— Mas não vou reclamar. Aquele tempo que passei sem minha Visão foi a período mais assustador da minha vida!

— Culpa da minha irmã, infelizmente. Graças à Providência vocês encontraram Darcy logo em seguida.

— E aquelas brigas e discussões ridículas também foram ações dela, não é? – Evander lembra, e a Rainha concorda com a cabeça. – Então essa foi a energia estranha que Naria sentiu quando encontramos Darcy. Era o feitiço se quebrando devido à presença dele.

— Provavelmente, sim. Um dos muitos dons da minha irmã é lançar parasitas de Magia Sombria que demoram a agir e se espalham como humores malignos.

Evander suspira e passa a mão pelos cabelos grossos.

— Acho melhor eu ir. Tem um Gatinho muito zangado que não posso deixar sozinho por muito tempo... Com licença, Layung.

A Rainha sorri e aceita o beijo que Evander deposita nas costas de sua mão, pressionando-a contra o rosto dele brevemente antes que deixe a sala.

— Layung, manter segredo do Tommy é um erro!

— Aliz... – a Rainha suspira, exasperada.

Ela se senta novamente no sofá branco, ciente de que será uma longa conversa.

— Eu realmente não quero falar sobre isso agora.

A Vidente suspira e senta-se ao lado da amiga.

— Está bem, então será que você pode me ajudar a entender o que aconteceu e o que está acontecendo?

— Prometo que lhe direi tudo o que você pode saber.

— Certo... O que aconteceu depois que você veio para Castelo Gracien, depois da Guerra?

— Nada. – Aliz a olha desconfiada, então Layung complementa: Por muitos séculos, isso foi verdade. Mas então, Melynas me encontrou aqui... Ela estava diferente, sua energia parecia mais pura e amorosa. Nós conversamos e nos entendemos...

— Mas?

— Mas tudo aquilo que você já sabe, aconteceu e, bem... O que eu fiz foi horrível e sei disso. Não espero que Melynas me perdoe, mas ainda peço por isso à Providência, todos os dias.

— É uma situação muito delicada, de fato... Por que a Magia está voltando agora?

— A Providência precisava de tempo e ter crianças nascendo com Magia não lhe daria esse tempo, por isso ela deixou de conceder a Magia aos humanos, até que Tommy nasceu. Um feitiço foi lançado para proteger as pessoas que nasceriam com Magia, e esse feitiço também escondia o paradeiro de Tommy. Nem mesmo eu sabia onde ele estava depois que o entreguei a Marie.

— O que mudou, então?

— O feitiço foi quebrado quando Darcy e Tommy fizeram 30 anos.

— E quem lançou esse feitiço?

— Alguém com mais poder do que eu e Melynas jamais teremos.

Tanto Layung quanto Aliz sabiam de quem se tratava, mas nenhuma das duas ousou dizer o nome em voz alta.

Capítulo XIX

Frustração

Evander fecha a porta atrás de si e suspira. Não faz ideia de onde Tommy pode estar

O Castelo Gracien é um castelo pequeno, sim, mas ainda um castelo, com incontáveis cômodos, corredores e passagens onde seu Gatinho poderia se esconder; e o Mago sabe muito bem que se Tommy não quiser ser encontrado, ele não o encontrará.

Já que o salão branco fica na base do castelo, decide expandir sua Magia ao seu redor e para cima, na esperança de detectar a energia de Tommy.

Conforme a Magia se espalha, ele pode ver em sua mente, cada habitante do castelo, das crianças na praia brincando com Darcy, a Aliz e Layung conversando na sala atrás dele, e seus amigos na biblioteca.

Os Metamorfos que haviam se voluntariado para servir a Rainha estão na cozinha preparando a próxima refeição.

E então, lá está. A fulgurante energia dourada de Tommy vibrando ao redor dele.

Ele está triste. Tão triste que Evander sente como se seu próprio coração estivesse se partindo.

O esconderijo escolhido por Tommy é o telhado da torre mais alta. Evander caminha até lá sem pressa, escolhendo não se transportar para a torre, dando a ele a oportunidade de decidir se quer conversar ou não.

Quando chega às ameias da torre, Evander olha para cima e vê as pernas magras de Tommy balançando pelo beiral do telhado.

— Gatinho?

— Quê?

— Posso subir aí?

— Se você for capaz de usar suas mãos e pernas para escalar a parede, não acho que vá ter algum problema em subir. – ele responde, ácido.

Evander suspira. Tommy não estava disposto a facilitar aquela conversa.

Subindo nas ameias, usa os poderosos músculos dos braços para puxar seu corpo para cima do telhado.

Tommy não olha para ele quando Evander finalmente se senta ao seu lado.

Tem os olhos fixos no horizonte, onde o lilás do céu encontra com o púrpura do mar e eles permanecem em silêncio por um longo tempo.

Tudo o que o Metamorfo quer é se esgueirar para o colo de Evander e deixar o Mago abraçá-lo com força, mas seu coração dói com a promessa quebrada.

— Tommy, eu... – Evander começa e suspira, correndo uma mão pelos cabelos escuros – Não sei como lhe dizer isso...

— Dizer o quê? Como você foi capaz de quebrar a primeira promessa que me fez tão rapidamente e sem remorsos? Ou por que essa promessa significava tão pouco pra você?

— Não é nada disso! Eu... Você é tão jovem e tem tanto a aprender ainda... – o Mago começa, relembrando as palavras da Rainha.

— Me chamar de imaturo não vai te ajudar aqui, Meu Lorde Guerreiro.

— Por favor, não me chame assim! Você não! - Evander exclama e se Tommy estivesse olhando para ele, teria visto o Mago se encolher.

– Você é a única pessoa com quem posso ser eu mesmo... Não o Mago Guerreiro, não o comandante de um exército ou o cantor famoso, só... o Evander. – diz, apontando para seu coração.

— Você não perdeu tempo em ignorar esse fato alguns minutos atrás. Quando se trata da Rainha e o que ela quer...

— Tommy, pare! Por favor, não faça isso, não compare meu amor por você com o que eu sinto pela Rainha!

Incapaz de suportar a falta de contato entre eles por mais um segundo, Evander agarra os ombros de Tommy e o faz se virar em sua direção.

— Olhe *pra* mim, por favor!

Quando Tommy finalmente cede e seus olhares se cruzam e se prendem um no outro, Evander suspira aliviado.

— Eu te amo tanto que me assusta! É um sentimento tão forte e tão repentino que não sei o que fazer comigo mesmo. Por outro lado, eu confio em Layung com a minha vida e a minha alma. Confio na sabedoria e no julgamento dela e se ela me diz que você não deve sair desse castelo, vou obedecê-la, porque não saberia o que fazer se perdesse você, Tommy!

Tommy sente um nó se formar na garganta, porque sente exatamente o mesmo, mas para ele, não é uma razão boa o bastante para Evander deixá-lo para trás.

— E quanto a confiar no meu julgamento? Eu sei do que sou capaz! – argumenta.

— É claro que sabe, mas você não tem todo o conhecimento de que precisa. Nunca esteve em um campo de batalha e, se eu puder, deixarei isso assim de bom grado. Espero que a situação não fique tão ruim quanto há 400 anos, mas pode acontecer...

— Se isso for verdade, e tenho certeza de que é, você não vai poder me proteger o tempo todo, Evander! Vai chegar um momento em que serei um fardo. Eu preciso aprender! Aprender a me defender e às pessoas ao meu redor!

Eles se encaram por um longo momento. A verdade cruel do que Tommy dissera, pairando entre os dois.

— Eu posso ensinar você... – o Mago diz, finalmente. – Esgrima e a lutar com os punhos e facas... Alguns feitiços de ataque e defesa também.

— Não, você não pode. Você partirá em breve.

— Eu... Eu posso ficar... Para isso, posso ficar aqui. Quer dizer, a Rainha não me proibiria e os caras podem se virar sem mim.

— Você está falando sério?

— Sim. Estou, sim. – Evander sorri, porque, de repente, Tommy tem um sorriso tão grande no rosto, que é contagioso.

— Obrigado! – Tommy grita e pula no colo de Evander.

Ele sabe que está sendo egoísta, mas naquele momento, ele não liga a mínima.

— Muito obrigado por ficar comigo! Eu amo você!

Evander abraça Tommy contra seu peito por um longo tempo, sentindo o coração do seu Gatinho batendo compassado contra seu peito, enquanto seu próprio coração alterna entre a felicidade e a culpa.

— Venha, vamos descer. Eu preciso falar com a Rainha e nós temos que achar um jeito de neutralizar os golens de vento.

É claro que a Rainha não proíbe Evander de ficar com Tommy no castelo, ela já se sente muito culpada por esconder segredos das pessoas que mais ama, mas também não pode dizer que está totalmente feliz com a decisão de Evander.

Quem sabe como essa mudança pode afetar o desenrolar das coisas? O futuro é incerto.

Na biblioteca, os guerreiros estão praticamente mergulhados em livros e pergaminhos, e dias se passam em que eles mal olham pelas janelas. Evander e Tommy os ajudam sempre que não estão ocupados com as aulas de esgrima e feitiços em um dos inúmeros cômodos desabitados do Castelo Gracien.

Aos poucos o Metamorfo está pegando o jeito da Magia. Ele sente seu corpo mergulhado nela e isso faz sua própria Magia mais forte, mais maleável e mais responsiva.

Um dia, depois que Evander passou a tarde toda cutucando-o com a ponta de um florete sempre que Tommy baixava a guarda, perde a paciência:

— Merda!

E uma grande pilha de... bem, merda, cai do teto, entre ele e Evander. O Mago mais velho começa a rir incontrolavelmente enquanto seu namorado olha, embasbacado, para sua "criação."

— Ha! Ha! Ha! Muito engraçado. – ele diz, azedo – Como eu me livro disso?

O Mago acena no ar e a vil pilha de excrementos desaparece.

— Sua Magia realmente despertou! Isso é incrível, Gatinho!

— Mas não estou fazendo nada com ela além... – ele aponta para o chão entre eles – você sabe. Se ao menos eu pudesse ir com vocês e...

— Tommy, nós já tivemos essa conversa. Você não vai sair desse castelo!

— Eu sei! Eu sei. Só queria saber por que... Ela se recusa a me dizer qualquer coisa.

— Para mim também. A Rainha está escondendo algo de nós.

— E isso não te faz desconfiar dela nem um pouco? – Tommy replica, guardando seu florete. – Quer dizer... Eu sei que disse que confiava nela porque você confia, mas qual é! Isso é um pouco suspeito, não acha?

— Não, Tommy. Eu não acho. Eu confio em Layung...

— Completamente. Eu sei, droga!

— Olha, Tommy, não vou pedir que confie nela, já que você não a conhece por tanto tempo quanto eu, mas por favor, confie em mim! Sei que ela está fazendo o melhor que pode. Todos nós estamos.

Evander, então, aproxima-se de Tommy e o abraça por trás, pousando o queixo no ombro do Metamorfo.

— Todos nós queremos e precisamos que fique a salvo, até que encontremos um jeito de deter a usurpadora.

Tommy suspira e deixa a cabeça cair contra o peito de Evander, relaxando contra o calor do corpo dele.

— Eu sei e sinto muito. Vou tentar ser mais paciente.

Por um longo momento eles permanecem em silêncio, olhando pela janela, ainda nos braços um do outro, mas de repente, Tommy começa a rir, seus ombros balançando contra o peito de Evander.

— Eu realmente fiz uma pilha de merda aparecer do nada? – Ele consegue dizer entre risadas.

— Você fez uma bela pilha de merda, sim!

Evander começa a rir também e Tommy pode sentir mais do que o peito dele se mexendo contra seu corpo.

— Então... Você acha que se eu disser "foda" com bastante vontade, consigo que meu namorado super sexy me foda contra a parede como ele fez no outro dia?

— Não. – Evander rebate e Tommy gira dentro dos braços dele, ensaiando um beicinho – Tente dizer por favor... – sussurra e mordisca o pescoço de Tommy.

As mãos de Tommy voam para ele, arranhando pele, agarrando tecido e tentando arrancar as roupas de Evander.

— Gatinho, o que você está fazendo? – Evander exclama quando o Metamorfo ameaça se ajoelhar.

— Tentando entrar nas suas calças, o que mais?

— Aqui não, amor...

O Mago puxa seu namorado pelos ombros até que ele fica de pé novamente e então o beija com paixão, mas por pouco tempo.

— Tinha uma pilha de merda nesse chão alguns minutos atrás, lembra? Vamos para o nosso quarto.

Tommy não perde tempo, uma vez que eles aparecem em seu quarto, empurrando Evander para a cama e sentando-se sobre os quadris dele.

— Que bicho te mordeu, Gatinho? – o Mago pergunta, rindo enquanto Tommy tenta abrir a fivela do seu cinto.

— Estou frustrado e com tesão. Então cale a porra da boca e tira logo essa merda de roupa!

— Que boca suja! – Evander resmunga, invertendo suas posições na cama, para que possa se levantar e descartar as calças e os trapos em que sua camisa se transformara.

Enquanto isso, Tommy já está nu e olhando para ele com olhos famintos, o lábio inferior preso entre os dentes.

— Você é tão lindo! – Evander exclama, subindo na cama e engatinhando por cima de Tommy.

— Ev, eu não estou com disposição para preliminares. Eu quero que você me foda até eu não conseguir mais andar, e me dê outra coisa em que pensar além de toda essa... – ele abaixa o tom de voz, como se estivesse com medo que algo fosse cair do teto – merda que está acontecendo.

— Como quiser, amor.

Dizendo isso, Evander faz o Metamorfo se virar de bruços na cama.

— Fica de quatro pra mim, Gatinho. Vamos logo.

Tommy obedece e resmunga um pouco quando Evander acerta um tapa de leve em seu traseiro, mas todo o ar escapa de seus pulmões quando ele sente as mãos do namorado separando suas nádegas e seu hálito quente, próximo ao seu ponto mais sensível.

— Puta merda! – ele ofega conforme o Mago lambe uma trilha quente em sua pele.

Evander sorri contra a pele de seu namorado. Se Tommy está frustrado, o Mago vai assegurar que ele ponha tudo para fora com gritos de êxtase. Ele lambe e mordisca, arranha e lambe novamente, provocando o anel rosado de músculos, com sua língua e dentes. Tommy está arfando e gemendo, mas nada de gritos ainda, então Evander o penetra com a ponta de um dedo.

— Me deixa ouvir você, Gatinho! Sei que você está gostando.

— Bastardo desgraçado! Eu mal consigo respirar!

O homem de cabelos escuros solta uma risada brusca e volta a sua missão.

A cabeça de Tommy está girando e ele mal consegue puxar ar o suficiente para dentro de seus pulmões.

Suas pernas e braços parecem gelatina. Há um calor crescendo em sua pélvis e tudo o que pode fazer é arfar com o prazer que a língua de Evander está lhe dando.

E quando o dedo longo encontra sua próstata, ele finalmente grita, enterrando o rosto em um travesseiro.

— Ah! Aí está; que belo som! – Evander diz, malicioso, enquanto o penetra com mais um dedo. – E você tem um gosto tão bom...

— Puta merda! Evander, eu vou gozar!

— Ah não, não vai, não! Eu não acabei com você ainda!

Tommy sente uma pressão fria contra a pele e olha para baixo, para ver um objeto brilhando envolta da base de seu pênis e testículos.

— Você colocou um anel no meu...?! – ele exclama, olhando raivoso para Evander, por cima do ombro.

— Sim. Você me pediu para te foder até você não conseguir andar, e não posso fazer isso se você já estiver sensível por causa de um orgasmo, posso?

O Metamorfo resmunga, sem de fato discordar, e deixa sua cabeça pender entre os braços.

Por um segundo, Evander pensa se não é melhor parar por ali, mas então, Tommy remexe os quadris de leve e o pressiona contra os dedos de Evander, ainda dentro dele, como que o convidando a continuar.

Com cuidado, o Mago penetra seu amante em um movimento longo e lento, ambas as mãos segurando os quadris de Tommy com firmeza.

— Malditas Profundezas! Gatinho, por que você é sempre tão apertado?!

— Porque você não me come com frequência o suficiente! – o Metamorfo rebate, empurrando o corpo contra o de Evander.

Nenhum dos dois consegue mais falar a partir daquele ponto, suas mentes se concentrando no prazer que ambos estão dando e recebendo.

— Evander, eu não aguento mais isso! Tira esse negócio de mim!

— Implora *pra* mim. Implora bem bonitinho e talvez eu deixe você gozar, Gatinho...

— Seu bastardo pervertido! – Tommy resmunga, empurrando seu corpo contra o de Evander e agarrando os cabelos dele.

— Sou mesmo.

O Mago sorri maldoso e Tommy pode sentir os lábios deles se movendo contra a pele sensível atrás de sua orelha.

— Implora pra mim, Tommy.

Teimoso, Tommy morde a própria língua, tentando resistir um pouco mais, mas sabe que é inútil. O clímax está crescendo dentro dele, lutando para se libertar.

— Merda! Por favor, Evander! Me deixa gozar, por favor!

Satisfeito, Evander estala os dedos, fazendo o anel desaparecer, o que arranca um suspiro de alívio de Tommy.

Leva só mais algumas investidas para que Tommy perca a cabeça e mergulhe em um orgasmo delicioso.

Ele grita o nome de Evander, e a única coisa que mantém seu corpo ereto, são seus dedos firmemente entrelaçados ao cabelo comprido do Mago, e a pressão dos dedos magros puxa o cantor para seu próprio clímax.

Tommy está respirando pesadamente quando eles se deitam no colchão, o braço de Evander sobre suas costas e seus dedos entrelaçados.

— Tudo bem aí, Gatinho?

O loiro murmura alguma coisa e se espreguiça como o enorme gato que é, antes de virar a cabeça para encarar seu amante.

— Sim. – Sorri, seus olhos escondidos sob a franja. – E você?

— Muito bem, na verdade.

Vários minutos se passam em total silêncio.

Evander traça círculos na pele de Tommy, e o Metamorfo flutua em uma sonolência relaxada.

Algum tempo depois, Tommy acorda com a falta de calor ao seu lado.

Está contente e confortável, mas sente falta do calor do corpo de Evander.

Espiando para fora do cobertor, vê Evander parado, gloriosamente nu, perto de uma das janelas, braços cruzados e olhos fixos no horizonte.

Sua pele bronzeada é coberta de sardas, os músculos poderosos não deixam dúvida de que ele é um guerreiro letal e seus olhos podem ser tão imperiosos e implacáveis quanto carinhosos e gentis.

Tommy acha essa contradição fascinante.

— Eu posso ouvir as engrenagens em seu cérebro, Evander. – diz, baixinho e quando o namorado se afasta da janela para olhar para ele, Tommy estende uma mão, chamando-o de volta para a cama.

Evander deita-se sob as cobertas e o beija no rosto.

— Você está com dor?

— Nada mais do que eu pedi... – Tommy o beija de leve – E você? Você estava com uma expressão muito séria agora a pouco...

— Eu estava pensando... Lembrando.

— Então me conte como foi a primeira vez que você viu a Rainha.

O Mago suspira e puxa Tommy contra seu peito.

— Eu fui considerado apto a servir no Castelo, depois de quase 100 anos na Academia. Foi o dia mais feliz da minha vida até então. Minha ordenação aconteceria durante a celebração do milésimo aniversário da Rainha.

— Você ficou nervoso?

— Tá brincando?! Estava aterrorizado! Estava prestes a conhecer a pessoa mais importante e amada de todo o reino e eu seria seu protetor...

— *Baita* responsabilidade!

— Sim! Fora ser o próprio governante, não havia nada mais importante que alguém pudesse fazer... Acho que ela sentiu o meu nervosismo e veio me ver antes da cerimônia. Isso é totalmente fora do protocolo, mas ela não se importou, e... Bem, você a conhece... Sua voz e sorriso acalmariam até um vulcão! Conversamos por horas, até o chanceler vir buscá-la para a festa, então quando a cerimônia aconteceu, foi incrível. Alguns anos depois, Aliz e os outros se juntaram a nós no Castelo Vermelho.

— O que aconteceu com ela depois de... você sabe.

— Nossa, ela ficou tão abalada! Eu poderia viver mais 500 anos e nunca esquecer a expressão em seu rosto quando a decisão foi tomada.

— Ela ficou furiosa, eu posso entender...

— Não. Furiosa, não. Acho que nunca a vi zangada... Não. Ela ficou... desapontada. Tão completamente desapontada e triste e arrasada... Partiu meu coração.

— Você a amava...

— Sim, é claro. Todos nós a amávamos. Ainda amamos... Nossas vidas foram consagradas a ela. Ela é a personificação da nossa esperança e da nossa fé.

— Não foi isso o que eu quis dizer...

— Você quer dizer romanticamente? – Tommy assente – Não, eu não a amava desse jeito. Minhas preferencias estão em outro lugar, sabe?

Tommy ri e o beija.

— O que aconteceu com ela depois que o povo decidiu tomar o poder?

— Como disse, todos a amavam, então, eles concordaram em deixar que ela continuasse morando no Castelo Vermelho, mas Layung perdeu todo o seu poder, sua utilidade, então... ela desapareceu.

— Assim, sem mais nem menos?

— Não exatamente, mas sim. Ela desapareceu e nós nunca mais tivemos notícias dela, até que encontramos você.

— Você acha que, se nada tivesse mudado, o país estaria melhor do que está hoje? Que as pessoas teriam mais dinheiro e que a vida seria mais fácil para todos?

— Não há como saber, mas gosto de pensar que sim, seria melhor. As coisas seriam como eram naquela época, talvez até melhores.

— Conte mais sobre como era a vida naquela época?

— Não havia pobreza ou fome e a única separação de classes era entre o governo e o povo; e mesmo isso era apenas uma formalidade. Todos eram tratados igualmente, do Conselho Principal e a Guarda Real, até as criadas da cozinha e sapateiros. A Rainha era a única pessoa acima de todos nós.

— Parece tão perfeito! O que você fazia quando suas habilidades de guerreiro não eram necessárias?

— Exatamente a mesma coisa que faço hoje. Cantava na corte e em festas públicas. Eu sou bom com truques de mágica, também. As crianças me adoravam!

— Aposto que sim.

Horas mais tarde, o casal acorda com batidas altas e insistentes em sua porta e mal têm tempo de cobrir seus corpos nus antes de Aliz invadir o quarto.

— Nós encontramos! - a Curandeira grita, pulando na cama com eles. Kadmus permanece ao pé da cama, mãos nos quadris e expressão travessa.

— Encontraram o quê? – Tommy pergunta, evitando por pouco que o joelho da Maga o acertasse na virilha.

— Uma maneira de neutralizar os golens de vento! E os outros também, se eu estiver certa.

— O quê? Como? – Evander pergunta, sentando-se no colchão.

— Tudo depende do Tommy, como nós já suspeitávamos, mas é perfeito! Ele não vai nem precisar sair do Castelo!

— Isso é mais do que perfeito! O Mago celebra, abraçando a amiga.

— Venham até a biblioteca e eu conto a todos de uma vez.

Capítulo XX

Truques Novos

A voz um tanto histérica de Tommy ecoa nas paredes de pedra da biblioteca quando ele exclama:
— Vocês querem que eu faça o quê?
— Cristalize seu poder. – a Curandeira replica, com calma. – Assim poderemos levá-lo conosco.
— Isso é ridículo! Como vou transformar em matéria algo que não tem nenhuma?
— Bem... – Newton começa, mas Kadmus o interrompe.
— Vamos parar por aqui! Você não vai querer que o Newton comece a falar de Magia quântica, ou qualquer coisa que tenha a ver com isso... Acredite em mim, você não quer!
O Alquimista resmunga e mostra o dedo do meio para o amigo.
— Não fique zangado, New! – Aliz o beija na bochecha. - Magia quântica é um assunto fascinante, mas nós não temos tempo para isso agora.
— Tommy, querido. Venha aqui.
A Rainha Vermelha o chama, e o Metamorfo vai se sentar do outro lado da longa mesa de leitura, de frente para ela.

— Preciso deixar algo muito claro para você: sua Magia é tão poderosa quanto sua mente está preparada para que ela seja.

— E o quanto é isso?

— Bem, no seu caso, nós não sabemos. Por isso que as crianças nascidas com Magia iam para a Academia de Magos; para que os Mestres pudessem detectar, entender e treinar a criança em sua Magia. Newton, Evander, Aliz, Kadmus, Bhanks e eu sabemos exatamente a extensão da nossa Magia e tiramos o maior proveito dela. Você, Sirus e Darius, por outro lado, nunca foram avaliados, então, nós não sabemos.

— Mas sabemos que há uma Magia extraordinária em você. – Bhanks acrescenta, olhando para a Rainha em busca de aprovação antes de continuar – E que a sua é Magia Natural, então achamos que vale a pena tentar. Teoricamente, você pode condensar os elementos em uma forma física, que irá liberar seu poder quando atingirem uma superfície sólida.

— Granadas elementais... – Tommy murmura.

— Algo assim. – o Mago concorda. – Então? Quer tentar?

— Mas ninguém me explicou como faço isso!

— Nenhum de nós tentou isso antes, meu querido, então...

— Eu vou ter que descobrir sozinho.

Olhando para a Rainha, que sorri para ele, Tommy pergunta:

— *Pra* que servem todos esses livros empoeirados, se eles não têm uma receita *pra* uma coisa importante assim?

— Pois é... – Evander se aproxima e aperta carinhosamente o ombro de Tommy. – Eu sempre achei mais prático tentar do que procurar um livro a respeito. Vamos lá. Eu ajudo, Gatinho.

Duas horas depois, Newton está dedilhando a velha espineta da biblioteca; Aliz e Evander conversam com a Rainha em voz baixa enquanto Bhanks e Madras estão deitados na namoradeira dourada sob uma das janelas, apenas aproveitando a companhia um do outro.

Kadmus e os gêmeos foram para a praia lá praticar lutas de espadas enquanto Tommy está tentando aprender esse novo truque.

— Puta que me pariu! – ele grita, de repente, assustando todos na sala – Parece que meu cérebro está com câimbras! Não consigo fazer isso!

— Tommy, você está sangrando! – a Rainha exclama, correndo para ele.

Ela traz as palmas manchadas de vermelho para mais perto de seu rosto. Há várias pequenas lacerações na pele branca, como se algo tivesse explodido ali.

— Deve estar doendo muito! – Tommy não diz nada, apenas comprime os lábios tentando esconder a dor e a frustração – Deixe-me cuidar disso...

A Rainha cobre as palmas das mãos dele com as suas, sem tocá-las e fecha os olhos antes de se inclinar e soprar gentilmente sobre suas mãos.

Quando se afasta, as feridas se foram e a pele pálida dele parece reluzir com um leve brilho avermelhado.

— Pronto. Está se sentindo melhor? – Tommy assente, engolindo em seco.

Ele está à beira das lágrimas e Evander percebe isso, levantando-se para abraçar o namorado contra o peito.

— Está tudo bem, Gatinho. Descanse um pouco, você merece.

— Eu não posso! Tenho que conseguir fazer isso! Eu... Todos estão contando comigo e eu não... – E lá estão elas. Lágrimas pesadas de frustração, correndo por suas bochechas e fazendo seus olhos ficarem vermelhos e inchados.

Evander odeia ver seu Gatinho tão nervoso.

— Besteira! Você pode parar por algumas horas. Venha tirar uma soneca comigo.

— O que você acha que eu sou? Uma criança? – Tommy protesta, se afastando de Evander.

— Não. – o Mago replica, indo atrás dele e abraçando Tommy novamente, antes de beijar seu pescoço. – Você é um feiticeiro em treinamento de 30 anos de idade que namora um Mago de 529 anos, que precisa de seu namorado em seus braços para uma soneca muito necessária.

— Seu patife velho e manipulador! – Tommy ri, pousando o rosto no ombro de Evander. – Está bem, me leve para a cama, então.

Contrariando as expectativas de Tommy, eles não fazem sexo quando chegam ao quarto porque, uma vez que se despe e deita a cabeça em um travesseiro, sua mente desliga completamente e ele está dormindo antes que Evander possa se juntar a ele.

Aquilo era um sonho.

Ele se lembra de ter ido para a cama com Evander, mas agora está sozinho e com frio em uma rua escura. Ele olha para um lado e então, para o outro. Há uma luz fraca à sua direita que vem da entrada de uma pequena casa, com uma porta vermelha desbotada. Ele conhece aquela porta.

Uma nuvem de poeira vermelha aparece em frente à porta e ele pode ver uma mulher alta, de pele escura, carregando uma trouxa de tecido em seus braços.

A trouxa se mexe e choraminga enquanto a mulher bate à porta.

Uma luz se acende dentro da casa e a porta se abre devagar.

Ele vê uma mulher baixa na soleira, olhando nervosamente para a mulher de vermelho.

Virando a cabeça um pouco mais, pode ver uma garotinha também, cabelos loiros caindo em seu rosto, espreitando a rua por trás das saias da mãe.

Elas conversam, mas ele não consegue ouvir o que estão dizendo; então, a mulher mais alta entrega a trouxa para a outra, depois de beijar o que está dentro dela. A dona da casa desdobra alguns dos tecidos da trouxa, revelando um bebê, um recém-nascido, na verdade, que pisca grandes olhos castanhos para ela.

Ela fala outra vez e dessa vez, Tommy pode ouvi-la:

— Nós cuidaremos bem dele, Majestade! Ele será amado e crescerá para ser um bom homem.

— Eu sei que ele será a melhor pessoa que puder ser. Preciso ir agora, mas por favor, lembre-se! Ele não pode, em hipótese alguma, saber sobre sua origem!

— Sim, é claro!

Com um último olhar para a família, a mulher alta desaparece em sua nuvem de Magia.

O bebê começa a chorar alto, ecoando o som de um choro distante que vai sendo abafado pelo silêncio da noite.

Tommy acorda suado e assustado, olhando em volta do quarto escuro. Ele ainda ouve o choro distante e se sente compelido a descobrir a causa do choro e de onde ele vem. O Metamorfo joga as cobertas para o lado e se levanta, alcançando a porta em alguns passos.

— Tommy? – Evander o chama, mas ele não presta atenção – Tommy, baby, onde você pensa que vai pelado desse jeito?

— O choro... Eu... Eu preciso encontrar quem está chorando! Eu tenho que...

Agitado, olha da porta aberta, para Evander, que está se levantando da cama, e então, de volta para a porta.

— Gatinho, acalme-se! Não há ninguém chorando. Você deve ter sonhado...

Os braços de Evander fechando-se ao redor dele são a única coisa capaz de trazer Tommy de volta a realidade. Ele deixa um suspiro escapar e deita a cabeça no peito do Mago, esfregando o nariz contra a pele quente.

— Você está bem?

— Sim... Eu não sei o que aconteceu... Me desculpe, se te acordei.

— Não tem problema. Nós provavelmente deveríamos descer para jantar.

Tommy aproveita a grande refeição e a companhia de seus amigos, mas vez ou outra, se pega pensando no choro.

Aquilo foi realmente só um sonho? Parecia tão real...

A lua está alta no céu quando o Metamorfo entende que não vai mais conseguir dormir, então ele se levanta e sai do quarto na ponta dos pés, devidamente vestido desta vez.

Tommy quer ir para o telhado da torre, mas não quer ficar sozinho, também. Tensionando acordar Evander, pousa a mão de volta na maçaneta, mas desiste da ideia.

Por uma das janelas do corredor, vê os jardins e sorri. Logo, está sentado no telhado com o vaso de Naria ao seu lado.

— Ah! Ele finalmente se lembrou que eu existo! – a rosa diz e Tommy pode ver claramente seu rosto vermelho com as bochechas infladas em indignação.

— Sinto muito, meu amor! Sei que tenho negligenciado você...

— Relaxe, só estou provocando. Eu sei que você tem muito o que fazer.

— Seu pequeno diabrete vermelho! – ele ri, acariciando as pétalas e folhas. – Então, como estão as coisas com Darcy?

— Bem! Darcy é realmente muito gentil e nós meio que nos entendemos... Mas você não me trouxe aqui para cima no meio da noite para me perguntar como vai a vida.

— Não... Preciso de conselhos de alguém que não será condescendente comigo. Não consigo descobrir como fazer esse negócio e todos ficam dizendo que está tudo bem, que eu vou entender eventualmente... Como se não soubessem que nós podemos não ter esse "eventualmente."

— As granadas elementais, não é?

— Sim. Como você...

— Newton contou a Darcy e eu meio que escutei.

— Que rosa malcomportada eu criei! – ele brinca.

— Ei! Não é como se eu tivesse mãos para cobrir minhas orelhas, não é? - Tommy ri. – Bem, eu ouvi o que estavam dizendo e acho que talvez você esteja tentando demais. Provavelmente não é tão difícil, você só está fazendo errado.

— Ah! Que ótimo conselho, meu bem! Muito obrigado mesmo!

— Fica quieto, ainda não terminei. – A rosa esbraveja e Tommy pode jurar que sentiu a pontada de um espinho afiado nas costas de sua mão. – Quando a Rainha disse que sua Magia é tão poderosa quanto sua mente, ela quis dizer que contanto que você visualize algo, você consegue fazer.

— Acha que já não tentei isso? Como é que vou criar algo que eu não sei como é?!

— Você também não sabia como era o rosto de uma rosa, mas vê meu rosto, não?

— Isso é diferente! Eu conheço rostos. E um rosto é um rosto, não importa em que corpo esteja. Mas essas coisas não existem. Ninguém nunca tentou fazer isso antes.

— Bem se vê que você não é compositor...

— Naria, guarde seus espinho para você mesmo, *tá*? Estou no meio de uma crise aqui.

— Oh, pare de choramingar, Thomas! Que merda! – Surpreso, Tommy olha para a flor.

Em sua mente pode vê-la, claramente, cruzando os "braços" sobre seu caule viçoso.

— Você só está com medo de Evander deixá-lo para trás se lhe der as armas que ele precisa.

Um longo momento de silêncio se passa enquanto Tommy apenas encara Naria acusadoramente e ela o encara de volta com a confiança de uma resposta certeira brilhando em seus olhos cor de mel.

Finalmente, ele deixa um suspiro ruidoso escapar e seus ombros vergam.

— Sei que o que estou fazendo com ele não é justo. Não posso pedir que ele fique comigo enquanto seus homens estão lá fora, lutando... Mas tenho esse pressentimento horrível de que se o deixar ir, eu nunca mais verei seu rosto outra vez!

— Por que acha isso?

— Não sei. Só acho...

— Bem, se quer a minha opinião, e eu acho que quer... Eu diria que deve deixá-lo ir, porque é a coisa certa a fazer para todos nós, e deveria dar a ele as armas poderosas que você pode criar, para que as suas chances de perdê-lo sejam as menores possíveis.

— Você está certa, meu amor. Claro que está... Mas é tão difícil!

— Ninguém disse que a vida era fácil, meu querido, mas confie na Providência. Vai ficar tudo bem, você vai ver. Agora, se concentre na Magia e pense. Que forma você acha que as granadas deveriam ter?

Com a voz doce e paciente de Naria em sua mente, Tommy consegue se concentrar e pensar direito.

Ele pode se retirar para o interior de sua mente, onde seu leão está arranhando a grama dourada sob suas patas, encorajando-o.

Tommy supõe que as armas devem ser pequenas e fáceis de carregar, como um tipo de joia.

Talvez pedras preciosas, como safiras para água, rubis para fogo e diamantes para vento...

O leão chama sua atenção com um rosnado baixo e aponta para um brilho amarelo entre suas patas... É um citrino. *Para seu próprio poder*, o leão diz. Essa é a gema que irá neutralizar os golens do vento.

O Metamorfo segura a pedra na frente do leão, que ruge baixinho, soprando ar nela. Imediatamente, o citrino começa a brilhar por dentro e fica quente ao toque.

Ele coloca a pedra no bolso e pega uma safira na grama, olhando para o leão.

Água.

Tommy olha para a pedra na palma de sua mão e pensa em um riacho. Quando o riacho se forma a seus pés, coloca a pedra na água e observa como ela suga o líquido.

Ele faz o mesmo com um rubi e um diamante, submetendo-os a uma forte chama e um sopro de vento.

Quando o Metamorfo finalmente abre os olhos, sentindo-se bastante cansado, tem quatro pedras brilhantes na palma da mão.

— Você conseguiu, Tommy! - Naria diz, sorrindo para ele, que sorri de volta, mas seus olhos estão pesados e ele se sente enjoado de tão cansado. - Durma agora, meu amor. Descanse os olhos, eu velarei seus sonhos.

O Metamorfo acorda com o calor do sol no rosto.

Está um pouco desorientado e quase rola para fora do telhado, mas um par de mãos firmes o segura.

— Ei, vai com calma, Gatinho! Você não quer quebrar o pescoço, quer?

— Ev... - resmunga, grogue, esfregando os olhos – Por que está tão claro aqui... Eu... - Tommy pisca e olha em volta, olhos se arregalando. - Eu dormi aqui fora a noite toda?

— Dormiu. – Evander sorri para ele e o beija nos lábios. – Você está bem?

— Estou. Só fiquei cansado demais para voltar ao quarto ontem à noite. Eu... – Então, ele se lembra porque subira ali - Evander, eu consegui! Eu sei como criar as granadas! Veja!

O Mago olha para a mão de Tommy e seu sorriso se alarga quando ele vê as quatro joias coloridas.

— Gatinho, isso é incrível! *Você* é incrível!

— Não é tão difícil, afinal de contar, exatamente como Naria disse... Onde ela está?

— Eu a levei para Darcy. Essa luz direta não é boa para ela.

— Obrigado...

— Evander! – a voz de Aliz soa abaixo deles. – Que merda vocês estão fazendo aí em cima?

O casal espia pela beirada do telhado e ri.

— Estamos nos escondendo de você! – Tommy brinca, mas logo nota o olhar sombrio no rosto da Curandeira.

— Desçam aqui. Temos um problema. – Eles deslizam pela beirada e se aproximam dela. – Faz dois dias desde que falei com Stephen pela última vez, e Marie também não consegue falar com Diane.

— Merda! – o casal diz em uníssono. – Você vai até a casa? – Evander completa.

— Já fui. Eles não estão lá.

— Malditas Profundezas!

— Algum sinal de violência? – o Mago continua.

— Não. A casa está em perfeito estado, exceto por essa mensagem que foi gravada na porta da frente. – Ela mostra uma foto da porta em seu telefone, as palavras "Venham buscá-los!" gravadas na madeira escura.

— Puta merda! E você não viu isso?

— Não. Sempre que procurava por eles, via os dois jogando bilhar na sala de mídia. Quem quer que os tenha levado, enganou minha Visão.

— Temos que ir procurá-los! - Tommy exclama, rosto pálido e mãos fechadas em punhos. – Nós...

— *Nós* vamos atrás deles. *Você* vai ficar aqui. – Evander o interrompe, recebendo um olhar furioso de seu namorado.

— Diane é minha irmã, Evander! Se você acha que vou deixar você ir resgatá-la sem mim, está muito, muito enganado!

— Você vai ficar aqui, Tommy! – o Mago diz, com determinação nos olhos azuis e aquele tom de voz que deixa claro que está falando sério. – Por sua própria vontade, ou eu vou trancá-lo no quarto, mas você não vai sair desse castelo!

Evander aproxima-se e pousa uma mão no ombro de Tommy, mas o Metamorfo afasta seu braço, dando um passo atrás.

— Não se atreva! *Não. Se. Atreva!*

— Gatinho...

— Vai se foder! Você, suas regras e essa maldita Providência! – o loiro grita, desaparecendo em sua nuvem dourada.

— Malditas Profundezas! – o Mago resmunga, apertando a ponte do nariz. – Por que ele tem que ser tão teimoso, merda?! Não tenho tempo *pra* lidar com os chiliques dele!

— Não é um chilique, Ev... ele está de luto. – Aliz explica, uma expressão triste em seu rosto.

— Do que você está falando, Aliz? Diane não está morta!

— Não é isso...

A Curandeira suspira e dá as costas para Evander, olhando através das ameias.

— Tudo o que ele pensou ser verdade e tudo o que tinha como certo, está desmoronando: A vida como ele a conhecia, a pessoa que ele sempre pensou que fosse, a segurança de sua família... seu futuro com você... Ele está sucumbindo à pressão.

— Eu... O que eu faço, então?

— Nada. Ele está descontando tudo em você porque está mais próximo dele. Vou pedir que Marie converse com Tommy.

Tommy está furioso!

E ao mesmo tempo, se sente um idiota; o que o deixa ainda mais furioso.

Um lamento alto escapa de seus lábios e rapidamente se transforma em um rugido, conforme cede e deixa o leão tomar conta de seu corpo.

O leão é mais calmo e centrado. Mas mesmo ele está incomodado. Sua necessidade de proteger e lutar vão contra a proibição de Evander, mas ele sabe que o Mago só quer o bem de Tommy.

O leão caminha de um lado para o outro no salão de baile vazio e sua consciência humana continua socando paredes imaginarias e chutando rochas que não existem.

Então, uma ideia ilumina seus pensamentos: se não der as granadas elementais para Evander, ele terá que levá-lo, porque eles sabem que não podem derrotar os golens de vento sozinhos!

Feliz com a ideia e firme em sua decisão, ele volta à forma humana e sai do salão.

Sua mãe está vindo em sua direção.

— Nem se incomode, mãe. Já tomei minha decisão.

— E que decisão seria essa? – a Rainha pergunta, entrando no grande hall com Evander e Aliz.

— Não farei as granadas. – Tommy revela, cruzando os braços, muito satisfeito consigo mesmo. – A menos que me levem com vocês.

Evander solta o ar ruidosamente e olha para a Rainha, que tem o cenho franzido.

— Então, iremos sem elas. – o Mago diz.

— O quê? Não! Não seja ridículo, Evander! Você precisa da minha Magia...

— Eu preciso que você esteja a salvo. Não importa o que aconteça comigo.

— Tommy, por favor! Seja razoável, você é muito importante para que arrisquemos sua segurança! Eu não posso e não quero...

— Vossa Majestade, com todo o respeito, eu estou pouco me fodendo para o que a senhora quer. Não vou permitir que o homem que eu amo vá resgatar minha irmã sem mim ao seu lado!

— Você não me deixa nenhuma opção, Tommy... Eu sinto muito... – Evander diz e se aproxima do namorado, colocando uma mão sobre seus olhos, outra em sua bochecha e sussurrando o feitiço do sono em seu ouvido.

O corpo inconsciente do Metamorfo cai nos braços de Evander.

— Você está fazendo a coisa certa, Ev. – Kadmus diz, enquanto ajuda seu comandante a ajustar seu equipamento.

— É? Então por que sinto como se eu o estivesse traindo?

— Porque você está! – o outro Mago rebate, socando de leve o ombro de Evander. – Não disse que era fácil ou agradável. Na maioria das vezes, a coisa certa a se fazer não é nem uma nem outra.

Evander assente e ergue a cabeça para a torre leste, onde trancou o namorado.

Seu coração está pesado, mas não tão pesado quanto sua consciência.

— Estamos prontos para ir, Ev. – Bhanks anuncia, alguns passos atrás dele.

— Certo, tropa. As férias acabaram! Estamos de volta ao campo.

Olhando para cada rosto diante dele, continua com voz de comando:

— Vamos voltar para a mansão e ver o que conseguimos descobrir da pessoa que levou Diane e Stephen e continuaremos dali. Darcy, você é muito corajoso por aceitar ir conosco e por isso, nós lhe agradecemos. Por favor, fique sempre próximo de um de nós, para que possamos protegê-lo.

O Metamorfo assente, um pouco desconfortável em sua nova armadura de batalha.

Madras, a esposa de Bhanks aproxima-se do marido e o beija.

— Não se atreva a me deixar novamente! Volte para mim, Bhanks.

— Eu prometo, meu amor. Obrigada por ficar e cuidar da Rainha. Eu sei que queria ir conosco.

— Sim, mas ela precisa de mim aqui. Tommy também.

Evander ouve aquelas palavras e engole em seco.

— Muito bem, vamos indo. – diz, após limpar a garganta.

Eles se viram para a entrada do castelo, onde a Rainha Vermelha aguarda, cercada pelos Metamorfos.

— Vão, meus valorosos guerreiros, cumpram sua missão e voltem para casa e para seus entes queridos!

Evander arrisca outra olhada na direção da torre, ao mesmo tempo em que um grito de desespero alcança seus ouvidos. Uma explosão de luz dentro da torre é a última coisa que os guerreiros veem antes de desaparecerem no ar em suas nuvens de Magia.

Capítulo XXI

Sozinho

Tommy acorda de um sono pesado sem saber onde está. O cômodo lhe é estranho e, fora a cama onde está deitado, está completamente vazio.

Ao tentar sair, percebe que a porta está trancada.

— Que porra é essa... – resmunga, indo até a janela, que tem barras grossas bloqueando a abertura. Dali ele pode ver o pátio em frente ao castelo e... – Eu não acredito nisso!

Voltando para a porta, tenta a maçaneta novamente, sem sucesso. Não consegue nem mesmo se transportar para fora, é como se sua Magia estivesse adormecida.

— Ele me trancou! Ele me trancou na porra de uma torre!

Tommy grita e xinga, olhando pela janela novamente. Os guerreiros estão entrando em formação e se curvando diante da Rainha.

Estão partindo!

— Não! Não, não, não! Evander! Não! – A energia explode de seu corpo com tanta intensidade, que o joga contra uma parede. A cama e a porta viram poeira, enquanto ele deixa seus joelhos vergarem e cai no chão de madeira.

E lá estava novamente. Aquela certeza de que nunca mais veria o rosto de Evander novamente. E a culpa era toda dele.

Pouco depois, ouve passos se aproximando.

— Tommy... meu querido, olhe para mim, por favor.

— Por que eu deveria? Para que você possa me enfeitiçar e me fazer esquecer o que você fez?

— Eu não espero que você entenda... – a Rainha diz, aproximando-se, dedos entrelaçados na frente do corpo.

— Que bom! Como eu poderia entender algo que ninguém se importou de me contar? – ele interrompe.

Tommy sabe que está sendo rude, mas no momento, não tem forças para se importar com isso.

— Como sua Rainha, eu espero que você...

— Você não é a porra da minha Rainha!

Ele finalmente faz contato visual com ela, mas Layung quase deseja que ele não o tivesse feito. Há tanta raiva e mágoa em seus olhos!

— Eu nunca jurei obediência a você! Você não é nada para mim a não ser a mulher que me separou do homem que eu amo!

Um longo silêncio cai entre eles enquanto a Rainha pesa suas próximas palavras.

— Você está certo...

Ela se aproxima um pouco mais e se senta no chão de frente para o Metamorfo, que olha na direção dela, mas não para ela.

— Não sou sua Rainha, mas eu sou...

Layung para então, mordendo os lábios cheios, como se tentasse impedir que algo saia deles.

— O quê? O que você não está me contando?! – Tommy respira fundo e continua: – Você... Você é minha mãe?

Os olhos da Rainha arregalam-se por um segundo, mas ela se recompõe antes que Tommy possa pensar a respeito.

— Não, Tommy, não sou sua mãe. Eu queria ser, mas não sou.

— Então, a não ser que você esteja disposta a me contar tudo o que está escondendo de mim, não temos nada para conversar.

— Tommy...

— Me deixe em paz, por favor.

Durante todo o dia, ele permanece no chão da torre, exatamente na mesma posição.

Uma garota da cozinha vem lhe trazer um prato de comida de quando em quando, mas Tommy não consegue se fazer comer. Apenas fica lá, encarando a parede vazia à sua frente.

Ele cai no sono em algum momento e, quando acorda, percebe que está em sua cama, no quarto que dividia com Evander.

O cheiro da pele do Mago está por toda parte e Tommy pode até mesmo ouvir sua risada e os gemidos de prazer ecoando nas paredes de pedra.

É insuportável. As memórias... A culpa... Ele pula da cama e corre para fora do quarto.

O leão assume o controle de seu corpo outra vez e Tommy fica feliz por isso, pois se sente um estranho em sua própria pele.

Sem Evander, sente-se vazio e enregelado.

E tudo piora quando o Metamorfo se lembra de que Evander está lá fora, lutando com criaturas que não pode vencer, sem as armas de que precisa e tudo por culpa dele.

E para piorar, aquele maldito choro ainda assombra os cantos mais remotos de sua mente.

O som era constante, desde a noite em que sonhara com o momento em que a Rainha o dera para sua mãe. Estava sempre lá, arrastando sua mente para aquelas imagens, afogando sua alma na tristeza daquele choro.

Vagando a esmo pelos corredores iluminados do castelo, não encontra viva alma. Ou, talvez ele encontre, mas seu cérebro está tão embotado, que nem mesmo percebe.

De fato, Tommy está tão ausente que perde a oportunidade de escutar uma conversa muito importante, que está acontecendo no salão branco...

— Vossa Majestade tem que contar! Ele merece saber!

— Isso não trará nada de bom, Marie.

— Ele é um homem adulto, sabe? E um bom homem, também. Ele tomaria a decisão certa.

— Sei que ele é um bom homem. Você fez um ótimo trabalho, minha querida, mas talvez, esse seja o problema. Se soubesse a verdade, ele tentaria consertar coisas que não podem ser consertadas. Nosso futuro já está em perigo, não posso arriscar que algo saia errado.

— Mas ele sabe que a senhora está escondendo algo, Majestade, e depois do que aconteceu com Evander, ele está perdendo a fé na senhora. Isso não é pior? Se meu filho não confiar na senhora, as chances de que tome uma decisão ruim são enormes!

— Você está certa, é claro, mas eu simplesmente não sei mais o que fazer! – a Rainha reclina-se no sofá branco, dedos pressionando os olhos cansados. – Você sabe como tudo isso começou Marie?

A outra mulher balança a cabeça.

— Eu mexi com algo que não deveria e tentei consertar algo que não tinha o poder para consertar. Eu soube de fatos que não eram para o meu conhecimento.

— Conhecimento é algo poderoso... – Marie comenta, introspectiva.

— Sim, e agora tenho que lidar com as consequências de minhas ações.

Um curto momento de silêncio se passa antes que a Rainha continue:

— Sabe, é quase engraçado... o modo como as coisas aconteceram... Eu cresci com todos ao meu redor, e eu quero dizer literalmente *todos*, me dizendo que eu podia fazer o que quisesse, que tinha o poder e o direito a isso. Que eu era a Maga mais importante a nascer desde não sei quando; que no dia em que eu nasci, as duas luas se ergueram no céu só para mim, mas...

Ela se senta ereta novamente e abre um sorriso triste para a mãe de Tommy.

— O que ninguém me disse, é que a única coisa que não poderia nunca fazer, seria escapar das consequências dos meus próprios atos. Foi por isso que eu concordei em deixar Tommy crescer longe de tudo isso. – A Rainha abre os braços, indicando a sala onde elas estão, mas Marie sabe que ela quer dizer o país todo. – Se tornar um adulto que acha que pode fazer tudo o que quiser, é muito perigoso.

— Eu a entendo completamente, Majestade, e serei eternamente grata por ter me dado a oportunidade de criar uma criança tão especial como Tommy. Ele me deu muitas alegrias e muito orgulho! – Marie diz, sentando-se ao lado da Rainha e pegando as mãos delicadas nas suas. – Mas Tommy merece saber pelo menos qual é o seu destino, antes que ele tome alguma decisão drástica. E mais importante, precisa saber por que o homem que ele ama o deixou para trás sem pensar duas vezes.

Layung sabe que a mãe de Tommy está certa.

Ele merece saber e deveria saber sobre isso, se não sobre suas origens.

Depois de andar por, virtualmente o castelo inteiro, Tommy está de volta ao seu quarto e cai no sono, exausto, agarrado ao travesseiro de Evander.

Ele acorda horas mais tarde, com um peso no peito, sentindo-se preso, mesmo que não esteja mais trancado. É como se não houvesse ar o suficiente para respirar.

Aquele choro insistente continua em sua mente, deixando-o quase louco

Ele precisa sair!

Sair e se afastar daquelas paredes que o prendem! Precisa encontrar quem está chorando!

Tommy corre escada abaixo e tenta abrir a porta principal, que está trancada. Assim como as da cozinha e as do jardim. Também tenta se transportar para fora, mas sem sucesso.

Ele pode não estar mais preso em um quarto, mas ele está trancado dentro do castelo!

— Não! – choraminga, olhando em volta, um tanto desesperado. – Tem de haver alguma porta, em algum lugar, que não esteja trancada. Tem de haver...

Colocando as palmas das mãos na parede de pedra cinza e fechando os olhos, sente as pedras começarem a vibrar sob suas palmas. Uma após a outra e logo, todo o castelo está mandando sinais.

Agora ele pode ver.

Bem no fundo das masmorras, onde o mar cavou uma gruta nas fundações do castelo, há uma porta destrancada.

Ele corre por corredores e salões, descendo escadaria após escadaria, até seus pés tocarem a água salgada e o cheiro de umidade ser quase insuportável.

Há um túnel ali, tão escondido e esquecido nas profundezas do castelo que suas paredes estão cobertas de limo e teias de aranha.

Sua porta está no final daquele túnel.

Com uma chama flutuando à sua frente, Tommy avança pelo túnel o mais rápido que consegue e logo ali está: a porta.

Ele puxa e as dobradiças rangem; vento salgado atinge seu rosto e Tommy respira, aliviado. Pode ver a lua e as estrelas no céu, o mar à sua esquerda e uma floresta à sua direita. Liberdade!

Liberdade de quê? Pensa de repente, olhando para o túnel escuro e as entranhas do castelo. Do amor e apoio daqueles que se preocupam com ele... Pensar em seu comportamento o faz sentir-se mal. Todos no castelo só querem o que é melhor para ele, e eles parecem saber o que é melhor...

Não deveria se rebelar contra isso!

Está prestes a se virar e voltar para o quarto, quando o choro soa novamente em sua mente, mais alto do que nunca, e a necessidade de descobrir quem está chorando o domina novamente.

Tommy dá as costas para a porta e olha em volta.

Quase não há luz lá fora. A lua está muito pálida para realmente iluminar seu caminho. Mais uma vez ele acende uma chama sobre a cabeça e começa a andar, seguindo uma trilha esmaecida ao longo do penhasco.

Ele anda por tanto tempo que logo não pode mais ver o castelo atrás de si e, neste momento Tommy tem certeza de que quanto mais longe estiver da construção, melhor se sentirá.

Bem, ele não se sente mais preso, mas sente perigo no ar ao seu redor. Pode quase sentir o gosto.

Não há ondas no oceano e nenhum vento balança as lâminas de grama ao redor dele. Sem grilos ou pássaros... Assim como naquela cidade onde encontraram Darcy.

Todos os seus sentidos estão em alerta; seu leão está andando de um lado para o outro e até mesmo a chama que ele acendeu para iluminar seus passos oscila e cintila, inquieta.

Desviando o olhar da chama, vê o que parece uma casa incrustada no morro diante dele. Há uma pequena janela quadrada e uma porta, o telhado está coberto de musgo e samambaias, mas o mais importante: o choro está vindo de lá!

Tommy dá um passo à frente e depois outro, mas de alguma forma ele sabe que não deve chegar nem perto daquela casa.

Seu cérebro está gritando para que volte e quando dá mais um passo incerto à frente, o leão domina sua consciência humana e assume o controle do corpo, mudando para o poderoso animal e correndo de volta para o castelo, subindo o túnel e as escadas, até parar, ofegante, dentro do quarto.

Quando o leão devolve o controle à sua metade humana, Tommy está mentalmente exausto e cai de cara na cama, já dormindo.

Já passa do meio-dia quando Tommy acorda, sentindo como se tivesse bebido seu peso em bebida forte.

O cérebro parece lento, os membros pesados, e a boca parece recheada com bolas de paina e areia.

Ele conjura um copo de água e deseja saber como fazer remédios aparecerem do nada também.

A água ajuda; não se sente mais tão mal quando finalmente decide sair da cama. Há frutas em uma tigela na sala de estar do quarto e Tommy pega uma grande ameixa púrpura, mordendo-a com entusiasmo.

Cantarola de prazer com o sabor doce e lambe o suco que sai do canto da boca enquanto caminha até a janela.

É outro lindo dia em Cabo Gracien e ele se sente quase normal agora, como se ontem tivesse sido apenas um pesadelo.

Enquanto contempla o céu límpido, percebe algo ao longe, aproximando-se cada vez mais de sua janela.

Um pássaro! Um pássaro grande e colorido!

— Harry! - Tommy grita, abrindo a janela para que o Metamorfo passe.

O pássaro pousa no chão e logo toma a forma humana e o homem curva-se para Tommy.

— É bom vê-lo novamente, Mestre Tommy!

— Igualmente! Por onde você tem andado? Esperava encontrá-lo aqui, quando chegamos ao castelo.

— Sua Majestade me deu algum tempo de folga, depois que completei minha missão.

O homem de cabelos coloridos sorri para Tommy, dirigindo-se à tigela de frutas.

— Posso?

— Fique à vontade.

Harold morde uma pera e murmura contente, olhando para Tommy com curiosidade.

— Então, o que vocês têm feito ultimamente?

— Eu, nada. Evander e os outros voltaram para o Território Central porque a usurpadora sequestrou minha irmã e o marido de Aliz.

— Boa Providência! Você tem alguma notícia deles?

— Não. Eles partiram ontem.

— Você disse que ela pegou sua irmã... Por que está aqui sozinho, e não com eles, procurando por ela?

Tommy franze o cenho.

— É o que estou me perguntando também. A Rainha não quer que eu saia do castelo; diz que é muito perigoso, como seu eu fosse a porra de uma criança!

— Bem... Se a Rainha pensa assim, deve estar certa... – Harold dá de ombros.

— Isso foi a única coisa que me manteve aqui depois que consegui sair daquela torre.

— Torre?

— Oh, eu não lhe contei, não é? Meu incrível namorado me trancou em uma maldita torre para que não pudesse ir com ele!

— Uau! Isso foi... ruim. – Harold diz, mastigando os últimos bocados da pera.

— É... Bem, estou tentando não pensar nisso, no momento. Só assim vou conseguir permanecer são depois do que aconteceu e não descontar na Rainha... Outra vez.

— Você é um bom homem, Tommy. Muito melhor do que eu... Eu já teria pulado no pescoço de alguém a essa altura.

— Evander me pediu para confiar nele e na Rainha; então, é o que estou tentando fazer, apesar do fato de que ela está escondendo algo de mim me incomodar bastante...

— É, eu te entendo... A Rainha Vermelha tem muito segredos... Você vai ter que se acostumar com isso. Agora, tenho que ir. Obrigado pela pera!

— Mas você acabou de chegar!

— Minha Senhora já me deu outra missão.

— Uau, ela não perde tempo, não é?

— Não há nenhum a perder... Então, aqui eu me despeço.

O Metamorfo se curva e volta a forma de pássaro.

— Nos veremos logo, Mestre Tommy!

Tommy sente a solidão pesando novamente no exato momento em que Harold desaparece no horizonte; mas, hoje, ele não está disposto a deixá-la tomar conta de si, então lava o rosto, troca de roupa e sai do quarto em busca de companhia.

Encontra sua mãe e Naria no salão branco e passa algum tempo com elas, tentando assegurar à sua mãe de que está bem.

A Rainha aparece em algum momento e Tommy é rápido em se ajoelhar diante dela e se desculpar por seu comportamento no dia anterior.

— Você está perdoado, meu querido. – ela diz, beijando o cabelo dele. – Eu trago notícias de nossos guerreiros.

Marie e Tommy respiram fundo, ansiosos, mas não exatamente animados para saber o que encontraram.

— Como Aliz disse, não há sinais de violência na casa; então, Diane e Stephen devem estar bem, mas não há sequer um rastro deles.

— Merda! Como isso é possível? – Tommy exclama, segurando a mão da mãe nas suas. – O que eles planejam fazer agora?

— Eles retomarão o plano original de encontrar os outros Metamorfos perdidos e, com sorte, encontrarão alguns dos capangas da usurpadora e os farão falar. Enquanto isso, tentarei um feitiço de localização.

— Onde eles estão agora? – o Metamorfo pergunta, mas a Rainha aperta os lábios com força – Certo, você não vai me dizer... Eu não mereço saber, estou bem ciente disso... – ele aperta a ponte do nariz e solta o ar ruidosamente. – Existe alguma forma de eu enviar as granadas *pra* eles?

— Isso pode ser arranjado. – a Rainha sorri. – Quando terminar com as granadas, gostaria de falar com você.

Tommy assente e beija a bochecha de sua mãe antes de sair com Naria em seus braços.

Mais uma vez, a voz doce da rosa o ajuda a se concentrar até que sua mente esteja no lugar certo para criar as granadas.

Ele tem uma pilha respeitável de cada uma das quatro gemas coloridas quando um Metamorfo o encontra no salão de baile vazio.

— Acho que vou precisar de ajuda. – o homem de cabelos escuros diz, admirando o trabalho de Tommy.

— Elas não são tão pesadas, mas, sim, algumas mãos extras não fariam mal.

— Vou chamar alguns dos meus irmãos. A Rainha o espera no salão branco, Mestre Tommy.

— Você tem certeza de que não quer que eu...

— A Rainha está à sua espera. – o Metamorfo repete, em tom sério, e Tommy entende a mensagem.

— Melhor ir logo, então. Com licença.

No salão branco, Tommy encontra a Rainha de pé, sozinha, perto da janela, olhando para o mar sem fim.

Seu belo perfil está tenso e suas mãos de dedos longos, entrelaçadas sobre o peito.

Ela parece preocupada, até mesmo apreensiva, e isso aquece um pouco o coração dele. A Rainha ama e se preocupa com Evander e seus homens; Tommy não havia notado isso antes.

— Aqui estou eu, Majestade. – diz, depois de bater à porta.

Quando ela se vira para olhar para ele, Tommy pode ver a mudança em sua expressão. Seu sorriso é genuíno e faz seus olhos claros brilharem.

— Estou feliz que tenha vindo. Venha se sentar ao meu lado...

Ela estende uma mão para ele e o Metamorfo a segura, sentando-se com ela no sofá maior.

— Evander me disse que você nunca chegou a aprender sobre a Providência, e que tem algumas perguntas. Talvez eu possa respondê-las.

— Oh! Sim, é verdade, apesar de que muitas delas já foram respondidas, mas tem uma coisa que eu queria perguntar à senhora, Majestade.

— Sou toda ouvidos.

Tommy respira fundo, enquanto tenta encontrar as palavras certas.

— Evander disse que todos temos um destino a cumprir... Isso significa que algumas pessoas nascem para ser más, como a sua irmã? Ou que, quando um bebê morre sufocado enquanto dorme, ele estava destinado a ter uma vida curta...

— Ninguém está destinado a uma morte horrível. – Layung o tranquiliza. – Cada pessoa que nasce, seja Mago, Metamorfo ou Humano, tem uma longa vida a sua frente, com um destino especial que pertence somente a si. Se esse destino é algo importante apenas para a pessoa, ou para o mundo todo, não importa. Mas, você sabe, coisas ruins acontecem... Elas são as consequências de nossos próprios atos, ou os de pessoas próximas a nós.

Naquele momento, Tommy nota que os ombros da Rainha se curvam um pouco e ele se pergunta o que teria acontecido na vida dela.

— Uma pessoa se tornar má é a consequência de suas próprias escolhas. Atos de maldade pesam em sua alma e pode acontecer de ela ficar tão pesada que isso se manifesta enquanto a pessoa ainda está viva, e algumas vezes, pode provocar uma morte prematura.

— Mas, se a alma é pesada, ela vai para as Profundezas, não é? – a Rainha assente – E se aquela alma não vai cumprir seu destino... O que acontece, então?

— Para ser sincera com você, eu não sei. Ninguém sabe, na verdade. Este é um dos mistérios não revelados da Providência.

— Por que ninguém sabe isso? É importante!

— De fato é mesmo, mas eu acho que é a forma que a Providência encontrou de nos fazer viver nossas vidas ao máximo e não a desperdiçar, porque ninguém sabe o que acontecerá depois de nossa morte, se nosso destino não tiver sido cumprido.

— É inteligente, mas um pouco cruel...

— Tem razão, mas é muito eficiente, não acha? – Tommy assente, distraído. – Uma coisa que você deve ter sempre em mente, Tommy, é que você não pode mudar seu destino, mas pode criar seu próprio caminho até ele. Seus atos e decisões farão esse caminho mais fácil ou mais difícil.

— Isso é bastante justo, eu acho...

A Rainha sorri e aperta os dedos dele nos seus.

— Acho que quero um pouco de chá. O que acha?

— Eu aceito, obrigado.

Com um girar delicado das mãos, a Rainha conjura uma bandeja de prata com uma chaleira de porcelana branca e duas xícaras.

— Chá vermelho ou azul?

— Eu nunca provei chá azul, então, acho que vou me aventurar hoje.

Ela assente e o serve com a chaleira, enchendo uma xícara com o líquido azul escuro. Quando a Rainha começa a encher sua própria xícara, o chá que a preenche é vermelho escuro.

— Isso é tão incrível! – o Metamorfo comenta, olhando para as duas xícaras na bandeja. – Como o mundo pode viver sem Magia? Como as pessoas puderam escolher viver assim?

— Eu tenho me feito essa mesma pergunta desde o final da Última Guerra. – a Rainha responde, bebericando seu chá.

— Esta é outra coisa que não entendo: Por que sua irmã se rebelou contra o sistema, naquela época? Me parece que todos eram felizes com a forma como as coisas eram.

— Eu pensei muito e longamente sobre isso e, embora não possa ter certeza, tenho uma teoria...

— Que é...? - Tommy a encoraja, quando vários minutos se passam com a Rainha apenas olhando distraída para sua xícara.

— Minha irmã foi um instrumento para acertar as coisas...

— Isso não faz sentido, Majestade. Até onde sei, seu reino era um lugar perfeito para se viver.

— Sim, ele era, mas não existe perfeição na Natureza. Ou, melhor dizendo, existe, mas a perfeição na Natureza está em seu equilíbrio. Nada é perfeitamente bom, ou perfeitamente ruim. Nossa sociedade era perfeitamente boa, nosso modo de vida era perfeito e isso não pode se sustentar por muito tempo. Alguma coisa iria acabar acontecendo. Essa alguma coisa foi minha irmã.

— Mas... A senhora acabou de dizer que ninguém está destinado a fazer coisas ruins...

— Ela também não estava. O que ela deveria fazer era difícil e desagradável, mas não maligno. As ações dela mudaram isso, no entanto. Depois disso, tudo deu errado. Muito errado. As pessoas não deveriam temer a Magia depois da Última Guerra, mas, de alguma forma, tiveram medo e por isso, nós ainda não temos equilíbrio, e as pessoas estão sofrendo.

— Podemos fazer algo para mudar isso?

— Eu sinceramente espero que sim. - a Rainha se levanta, então, estendendo a mão para ele novamente. – Venha comigo, por favor.

Tommy segura a mão dela e se levanta, seguindo a Rainha de perto.

— Tive uma longa conversa com sua mãe ontem, e ela me convenceu a contar-lhe algo muito importante...

— O que é?

— Você vai ver.

Depois de um tempo caminhando por corredores que ele não conhecia, Layung abre um par de portas duplas, deixando-o entrar em um cômodo espaçoso.

O queixo de Tommy cai diante da beleza absoluta à sua frente. Há vitrais em todos os lugares; do teto, apoiado por colunas delicadas, até as enormes portas à sua frente. À esquerda, há um pequeno lago cercado por vegetação, que reflete uma das janelas que exibe o desenho de uma árvore frondosa.

À direita, ele vê um trono delicado feito de ouro e rubis, elevado por uma pequena plataforma. O sol da tarde está brilhando lá fora, lançando reflexos coloridos por toda parte.

— Essa tem que ser a sala mais linda que já vi! - exclama, virando-se para a Rainha.

— Sim. É por isso que Castelo Gracien sempre foi meu preferido: por causa dessa sala, e do oceano, é claro.

— Majestade, por que a senhora me trouxe aqui?

— Para lhe mostrar isso...

Ela toma a mão dele novamente, entrando na sala e direcionando seu olhar para a parede atrás deles.

De ambos os lados da porta por onde entraram, então pendurados retratos com molduras redondas e coloridas.

Ele corre os olhos por cada fileira, parando aqui e ali para analisar as pinturas. Todos os retratos parecem muito antigos, exceto pelo último, colocado ao lado do da Rainha Vermelha.

Ele tem uma moldura dourada e mostra o rosto de um jovem de cabelos loiros e expressivos olhos castanhos.

— Mas que merda é essa? – Tommy grita, dando vários passos para trás – O que nas Profundezas significa isso?

— Esses são os retratos dos Reis e Rainhas que vieram antes de nós. – a Rainha Vermelha explica, colocando uma mão cálida nas costas de Tommy, encorajando-o a se aproximar novamente.

— Nós? Vossa Majestade não pode estar dizendo o que acho que está...

— Mas eu estou, sim. Você é meu sucessor, Tommy.

Capítulo XXII

A Esmagadora Verdade

Com olhos arregalados e uma forte vertigem ameaçando derrubá-lo de seus pés, só o que Tommy consegue pronunciar à princípio, é uma torrente de negações:

— Não, não, não, não! Isso não pode estar certo... Não pode ser... Eu... Eu sou só um músico... Eu bombei em economia, na escola... Como que poderia governar um reino?

— Eu duvido que a escola o tenha ensinado qualquer coisa útil na administração de um reino...

A Rainha ri, gentil, batendo carinhosamente em suas costas.

— Mas não entre em pânico. Estarei ao seu lado enquanto precisar de mim, já que não foi preparado para isso enquanto crescia.

Tommy finalmente desvia o olhar dos retratos na parede, para olhar a Rainha nos olhos. Como de costume, suas feições estão calmas e compostas e até mesmo um tanto felizes.

— Majestade, eu...

— Acho que você pode me chamar pelo meu nome de nascimento, de agora em diante, Vossa Alteza Real.

— Layung... – ele diz em voz alta, testando o som do belo nome. – Eu estou tão completamente confuso... Quem determinou isso?

— A Providência. Você sabe sobre os sinais de que um bebê com Magia nasceu, não é? – Tommy assente – Na noite em que você nasceu, não havia sol no céu da meia-noite, mas um arco-íris. Foi a coisa mais linda que já vi!

— É por isso que minha Magia é tão forte? – a Rainha balança a cabeça afirmativamente, sorrindo. – E foi por isso que você me deu para a minha mãe... A tradição...

O sorriso no rosto de Layung diminui por um segundo, mas ela logo assente.

— Sim, a tradição. E falando nisso, – ela aponta para o trono do outro lado da sala – Venha aqui, sente-se e veja como se sente.

Incerto, Tommy aproxima-se da cadeira de aparência delicada, passando os dedos pelas filigranas de ouro e os grandes rubis.

Quando finalmente se senta, Tommy deixa escapar o ar que estava prendendo nos pulmões. Ele se sente... bem!

— É... É como no dia em que eu fiz Naria crescer... Eu me sinto... em paz.

Ao contrário do que esperava, Tommy sente-se à vontade sentado ali. Não havia estranheza nem dúvida em sua mente.

— Fico feliz. Com o tempo, o trono vai mudar e se transformar no *seu* trono. É assim que saberemos que você está pronto para reinar.

— Ah, então eu não tenho que começar já? – Tommy exclama e a Rainha ri com alegria, abraçando-o.

— É claro que não, meu querido! Você vai aprender a ser Rei em seu próprio tempo. Agora venha! Nós temos que apresentá-lo aos seus súditos.

— Eu tenho súditos?!

— Sim, você tem. – a Rainha ri novamente, uma mão entre os ombros de Tommy. – São poucos por enquanto, mas quando recuperarmos nosso reino, haverá muitos mais.

— Isso é estranho *pra* caralho! – ele diz sob o fôlego.

Com um gesto da outra mão, Layung abre as portas duplas da sala do trono e Tommy pode ver os Metamorfos esperando no hall. Sua mãe está lá também, com Naria nos braços.

— Queridos habitantes do Castelo Gracien, é uma honra para mim apresentar a vocês, Sua Alteza Real, Thomas Sabberton, o Príncipe Dourado.

Imediatamente, cada uma das pessoas à frente deles, ajoelha-se e coloca uma mão sobre o coração, baixando a cabeça.

— O que vocês estão fazendo? Não se atrevam a se curvar para mim! – Tommy grita, chocado. – Vocês são meus amigos e minha família! Por favor, levantem-se! Mãe, qual é!

Quando Marie ergue a cabeça para encarar Tommy, seu rosto está banhado em lágrimas.

O Metamorfo a toma nos braços e ela o beija na testa.

— Eu sei que você será um Rei maravilhoso, meu menino!

— É claro que será!

Todas as cabeças se voltam para o final do corredor, para ver quem dissera aquilo.

Aliz está parada lá, em sua armadura púrpura, com um sorriso plácido, mas triste, em seus lábios.

— Você será o melhor Rei que esse reino já teve!

— Ally! – Tommy corre na direção dela e a abraça apertado. – O que você está fazendo aqui? Evander veio com você?

— Não, querido. Sinto muito, ele ficou no acampamento. Vim buscar as joias que você fez e trazer isso para a Rainha.

Ela abre uma bolsa pendurada na cintura e tira duas peças de roupa: uma camisa azul e uma echarpe cor-de-rosa.

— Isso é da Diane, ela estava usando quando nos despedimos. – Tommy diz, apontando para echarpe.

— Sim. A camisa pertence a Stephen. Sua Majestade precisa de um item pessoal para o feitiço de localização.

— Vai funcionar? – o rapaz pergunta, voltando-se para a Rainha.

— Vai sim. Mas vai tomar muito tempo e energia. – Layung beija Aliz na testa e os leva para o salão branco. – Vocês conseguiram encontrar mais algum Metamorfo?

— Sim. Darcy é realmente boa nisso. Nós encontramos uma colônia em uma área deserta próxima à Capital.

— E quanto aos humanos? Eles ainda estão desaparecendo, como na cidade de Darcy? – Tommy pergunta.

— Sim e isso me deixa perdida! Quase não há sinais de violência; nós encontramos alguns corpos ao longo da estrada para a Capital, mas a cidade está completamente vazia.

— O que a usurpadora está tramando? – ele resmunga, mais para si mesmo.

— Ela está fazendo reféns, como fez com os Metamorfos na Última Guerra, pois sabe que isso afeta minhas forças e minha Magia.

A Rainha explica, andando de um lado para o outro; seu vestido escarlate é um contraste gritante com a mobília clara daquela sala.

— Você deve encontrar os humanos também, Aliz. Minha irmã não pode ficar mais poderosa enquanto eu enfraqueço!

— Por que ela ficaria mais forte?

— Ela alimenta sua Magia com desespero e medo. – Aliz explica – Quanto mais pessoas em seu poder, melhor para ela.

Alguns momentos de um silêncio tenso se passam, até que Tommy fala:

— E quanto à Antiga Capital? Ela já atacou a cidade?

— Até onde sabemos, ainda não. Parece que está arrasando o país aos poucos, vindo do Território Sul.

— Isso é exatamente o que ela fez na Última Guerra... – Layung comenta, olhando pela janela. – Por que repetir um plano que não deu certo?

— Bem, nós sabemos que ela não é uma boa estrategista, e a Antiga Capital tem mais significado emocional do que estratégico, então a atacará por último. – Aliz explica.

— Por que a Antiga Capital é tão importante para ela? – Tommy questiona.

— A Capital de nossos tempos era o centro nervoso do reino. Tudo partia de lá. Conquistar o Castelo e a população significava uma grande vitória, assim como conseguir mantê-los.

— Então podemos usar isso a nosso favor!

— O que quer dizer, Tommy? – a Rainha pergunta.

— Vocês conseguem reconstruir o Castelo Vermelho? – ele continua, seu olhar pulando de Aliz para a Rainha. – Deixá-lo inteiro e funcional novamente, para que as pessoas possam se proteger lá dentro?

— Sim, tecnicamente nós poderíamos fazer isso se todos os sete combinassem sua Magia, mas seria oneroso para nossas forças... – Aliz responde, olhando confusa para o Metamorfo. – Tommy, o que você está...

— Um símbolo de esperança! Se ela se alimenta de desespero, vamos dar esperança às pessoas; então, ela não terá do que se alimentar. Reconstruir o Castelo mostrará às pessoas que elas não estão sozinhas! E de quebra, protegeremos o que ela mais quer.

— Essa é uma ideia realmente boa... – a Rainha exclama; sua voz se erguendo a cada palavra. – Você é muito inteligente, meu querido!

— É uma boa ideia, mas como eu disse, usar essa quantidade de Magia vai drenar nossas forças e não podemos estar vulneráveis em um momento como esse, Layung!

— Eu sei, minha cara. É por isso que voltarei com você.

— O quê? Não! Isso não é uma opção! Não é seguro para você lá fora! Nem para você, Tommy, então nem se incomode. – Aliz grita, olhando de um para o outro.

— Aliz... – a Rainha tenta, mas a Vidente a interrompe.

— Não, Layung. Eu não vou concordar com isso!

— Para nossa sorte, ainda sou a sua Rainha, - Layung se aproxima da amiga, imponente – *E. Eu. Vou. Com. Você.*

Aliz solta um suspiro pesado e abaixa os olhos, mostrando respeito pela Rainha.

— Muito bem. Não é como se eu pudesse fazê-la mudar de ideia... Mas por apenas um dia. Eu a trarei de volta a tempo para o jantar amanhã.

— Apenas se nosso plano tiver sido concluído.

— Layung... – a Curandeira começa, mas fecha a boca quando a Rainha lhe lança um olhar reprovador. – Muito bem.

Ela resmunga, olhando para o céu, lá fora.

— Já é tarde, então nós partiremos ao amanhecer.

O castelo está silencioso novamente.

Com a Rainha fora, os habitantes não viam motivo para vagar pelos cômodos por muito tempo após o jantar; então. todos já tinham se recolhido para descansar e aguardar seu retorno.

Tommy está sozinho outra vez e se sentindo inquieto.

Talvez seja a ausência da Rainha, ou talvez seja o gigantesco pedaço de informação que ele recebera no dia anterior...

Ou talvez seja aquele maldito choro, sempre ecoando no fundo de sua mente.

Imerso nos próprios pensamentos, o Metamorfo assusta-se com as batidas na janela atrás dele.

Pulando de seu assento, vê a Ave das Altas Planícies batendo no vidro com o bico. Bufando, Tommy abre a janela.

— O que você tem contra portas, Harold?

— Me perdoe, Mestre Tommy, mas o que me traz aqui é algo de extrema urgência!

— Fale logo, então!

O Metamorfo mais velho deixa os ombros caírem e morde o lábio por um instante, antes de começar e se Tommy não estivesse tão irritado, teria percebido sua voz trêmula.

— Em meu caminho para cá, passei por uma velha cabana no pé da colina, não muito longe daqui. Ouvi gritos por socorro e choro! Estou quase certo de que era uma voz feminina!

— Minha irmã... Você acha que pode ser Diane?

— Não sei dizer, mas independente disso, alguém está em perigo! Temos que fazer alguma coisa...

— É claro... Eu... Merda! Não há ninguém que eu possa chamar para ajudar! Eu tenho que ir sozinho.

Harold assente, uma expressão soturna no rosto.

— Vamos logo, então. – diz, puxando Tommy para uma porta.

— Não posso sair pela porta da frente... Encontro você na parede leste.

Mais uma vez, o Metamorfo assente e muda para o corpo de pássaro, voando pela janela.

Tommy corre pelo castelo, para seu túnel secreto e porta afora.

— Por aqui, mestre Tommy. – Harold grita em sua mente, voando em círculos sobre a cabeça de Tommy e, então, apressando-se para frente, na direção da mesma cabana que o loiro descobrira algumas noites antes.

Ele se transforma no leão para que possa correr mais rápido; sua mente trabalhando a quilômetros por segundo, pensando e tentando formar um plano.

Seria possível que sua irmã estivesse tão próxima dele?

Era o choro dela que vinha tentando ignorar todo esse tempo?

Alcançam a cabana em minutos e Tommy sente novamente a energia perigosa e a quietude sobrenatural que cerca a pequena casa

Seu leão não está feliz com a decisão de entrar, mas dessa vez, Tommy não vai deixá-lo tomar o controle.

Muda de volta para humano e abre a porta, fazendo as maçanetas rangerem alto na noite quieta.

Sobrevoando a cabana, Harold grasna inquieto e voa para longe.

A escuridão é completa.

Tommy acende uma chama na palma da mão e se vê em um cômodo pequeno, com um catre de palha e uma cadeira de balanço.

Deixando os olhos vagarem pelo lugar, assusta-se quando a cadeira começa a se mover sozinha.

Segundos depois, uma figura pequena vestida com um manto negro aparece e está chorando!

Seria um fantasma? Uma criação da sua imaginação?

— Ah... Com licença... Você precisa de alguma ajuda?

A figura pequena assente e acena para ele se aproximar com uma mão ossuda.

Seu leão diz "*Não*," sua mente consciente grita "*Saia daí!*" mas Tommy não pode se virar para partir.

Ele simplesmente não consegue!

— O que eu posso fazer por você? – pergunta, com voz gentil, enquanto se agacha diante dela.

— Você é tão bonito! – a mulher diz, tocando o rosto dele. – Se parece tanto com seu pai...

Com isso, Tommy perde o equilíbrio e cai sentado no chão coberto de pó.

— O que você disse?

— Você me ouviu chorar e voltou para mim, como eu sabia que faria! Meu filho perdido...

— Me deixe ver seu rosto! Por favor!

O Metamorfo fica de joelhos e estica ambas as mãos para empurrar o capuz que esconde o rosto da mulher. Ela deixa que ele o faça; seus olhos fechados derramam lágrimas grossas.

Seus cabelos são longos e brancos e sua pele parece amarelada e sem vida. Os olhos negros têm círculos brancos ao redor das pupilas.

— Quem é você? Qual seu nome?

— Eu já fui chamada de Melynas, mas essa não é mais quem eu sou. Eles destruíram minha vida, roubaram meu filho de mim... Me transformaram no que eu sou hoje... não tenho mais nome. Sou simplesmente a manifestação da Escuridão!

A atitude calma desaparece de repente e Tommy pode sentir sua raiva e poder.

— Vão pagar pelo que fizeram! Principalmente ela! Você está comigo agora, meu filho e nada me deterá! Você vai me ajudar, não é? Vai ajudar sua mãe a se vingar de tudo que me fizeram!

— Não! Vingança é ruim! Fazer outros sofrerem porque você sofreu não vai consertar nada! – Tommy diz, levantando-se. – Me deixe levá-la para o Castelo Gracien e nós lhe daremos comida e algumas roupas e poderemos nos conhecer melhor. Minha mãe... bem, a mulher que me criou, vai adorar conhecê-la e...

— Você nunca mais chegará perto daquela mulher! – a velha grita, levantando-se da cadeira de balanço. – Se você não quer ir comigo por vontade própria, eu o levarei à força!

Com um movimento do punho magro, Tommy cai inconsciente.

Capítulo XXIII

Contra-ataque

No acampamento próximo à Velha Capital, Evander gira nos calcanhares, alertado pelo alarme no rosto dos soldados ao seu redor, para ver o que está acontecendo.

— Com todo respeito, Majestade, o que porras está fazendo aqui? – É a primeira coisa que diz quando a Rainha Vermelha emerge de sua nuvem de Magia,

— Eu tenho um plano. E era eu ou seu amado Metamorfo. – a Rainha rebate, ignorando a testa franzida do Mago.

— Honestamente, não estou satisfeito com nenhuma das opções, e...

— E, como eu disse à nossa querida amiga, - ela interrompe, apontando para Aliz – ainda sou sua Rainha e meu desejo é sua ordem; então, aqui estou. Agora escute, querido Evander. Seu amado formou um plano muito inteligente e estou aqui para fazê-lo se concretizar.

Então, Layung conta a Evander sobre a conversa que ela e Aliz tiveram com Tommy em Castelo Gracien.

— Isso realmente é uma grande ideia!

— Não fique tão surpreso, meu querido. Tommy é muito inteligente. Ele será um grande Rei, quando for a hora.

— Espera! O quê?!

— Aliz, minha querida, você não contou a ele?

— Eu não sei mais o que posso ou não contar a ele, então não, não contei. - a Vidente replica, dando de ombros.

— Oh, meu bem, eu sinto muito que se sinta assim...

— Será que podemos voltar ao ponto em questão aqui? – Evander interrompe – Tommy vai ser Rei? O meu Tommy?

— Sim, o seu Tommy. Ou, Sua Alteza Real, o Príncipe Dourado. – Layung responde, sorrindo.

— Inacreditável! - estarrecido, Evander passa os dedos pelo cabelo negro – Eu sabia que ele estava destinado a grandes coisas, mas eu nunca... Quer dizer... Uau!

— Ha! Ha! Impagável! - Kadmus aproxima-se, gargalhando entre as palavras – Você vai ser a Rainha Consorte, Ev!

Todo o acampamento, guerreiros e Metamorfos, começam a rir também, enquanto Evander passa de perplexo, a zangado.

— Muito engraçado, Kadmus. Mais uma dessas e eu terei você polindo meu protetor genital para o resto dos seus dias!

— Eca! – Kadmus rebate, tremendo dramaticamente – Algumas pessoas não têm senso de humor...

Evander lança um último olhar ao redor do acampamento para ter certeza de que todos pegaram o recado e então começa a falar:

— Muito bem, tropa, esse é nosso plano: Vamos marchar para a Velha Capital, em direção ao Castelo Vermelho e vamos reconstruí-lo e fortificá-lo. Lutaremos contra os capangas da usurpadora de lá. Vai ser difícil e perigoso e eu sei que não tenho o direito de pedir isso, mas ficaria honrado em ter os Metamorfos ao meu lado, com meus homens e nossa Rainha.

Os Magos Guerreiros bradam seu grito de guerra, no que são logo seguidos pelos Metamorfos.

— Vamos tomar nosso castelo de volta! - alguém grita.

Uma hora depois, a tropa de Magos e Metamorfos está marchando em direção à velha cidade que um dia fora o coração pulsante de seu reino e que, pela primeira vez em séculos, tem seus portões fechados.

— Isso não é bom. – Newton sussurra para Darcy, que tem seus dedos firmemente entrelaçados aos do Alquimista.

— Por que não?

— Eles estão com medo. Aqueles portões não se fecham desde a Última Guerra... A Velha Capital tem nossa verdadeira História em sua tradição; as pessoas aqui aprenderam sobre os horrores sofridos naquela época, quando as criaturas mágicas espalharam terror e caos pelas ruas.

— Eu sei, eu cresci aqui, lembra? Até me transformar pela primeira vez, achava que tudo isso era apenas uma história muito boa, mas nunca pensei que pudesse ser verdade... Mas acho que é bom que eles saibam, quer dizer, se sabem que Magia é real, saberão também que estamos aqui para ajudar!

— Talvez sim... Talvez não... Não podemos ter certeza de nada nesse momento.

Parando em frente ao enorme portão, tocam o sino de bronze na torre ao lado da entrada e esperam, até que uma pequena janela se abre e um par de assustados olhos castanhos espia para fora.

— Não adianta tentar me enganar, seus monstros! Estes portões ficarão fechados até que a Rainha volte! – a janela é fechada com força.

— Mas o que... – Newton e Evander trocam olhares.

— Ele não nos viu? A Rainha está bem aqui! – Kadmus brada, socando a porta de madeira maciça. – Abra essa maldita porta!

Gritos desesperados podem ser ouvidos por cima das ameias da muralha que cerca a cidade.

— Os monstros estão aqui! – alguém grita.

— Chamem o Prefeito! A Tropa de Guarda! Rápido!

— Eles acham que somos monstros? Como é possível? – Novamente, Kadmus soca o portão.

— Espere, Kadmus. – Darcy o interrompe, segurando seu braço.

A Metamorfa dá um passo à frente e pousa a mão espalmada nas pedras da muralha.

— Há um feitiço aqui. Um feitiço de ilusão.

— Você pode quebrá-lo? – o enorme guerreiro de pele acobreada pergunta.

Darcy fica em silêncio e pousa ambas as mãos na muralha. De olhos fechados, sente os elos do feitiço, que se enroscam por toda a muralha ao redor da cidade, partindo-se e desaparecendo.

— Tente tocar o sino mais uma vez. – diz, após alguns momentos.

O som metálico do enorme sino soa pelo ar seco e mais uma vez, a comitiva da Rainha espera que alguém abra a pequena janela no portão.

Sem paciência, Kadmus abre a janela com sua Magia e espia para dentro.

— Ei! Você aí! - ele grita para um guarda da Tropa. – Soldado! Abra esse portão, agora!

O guarda aproxima-se e olha para fora. Logo, sua voz chocada soa do outro lado:

— Abram o portão! Abram a porra desse portão!! É a Rainha Vermelha! Ela veio nos salvar! Como o Prefeito disse!

Espantados, os Magos Guerreiros trocam olhares entre si, antes de olharem para sua Rainha.

— Parece que estamos sendo esperados! – ela diz, com um sorriso plácido.

Os portões são abertos lentamente e a tropa volta a marchar; os guerreiros em formação com a Rainha no centro, e os Metamorfos ao redor deles. As aves circulam sobre a cabeça dela, e os grandes felinos protegem a retaguarda. Ursos, lobos, lebres e gatos domésticos caminham entre os Magos.

Aos poucos, a notícia da chegada da tropa espalha-se pela cidade e as janelas, que até então estiveram fechadas por dias, abrem-se devagar, e rostos ansiosos espiam para fora.

Quando alcançam a praça central, onde o Castelo Vermelho se ergue, majestoso mesmo em ruínas, o Prefeito está esperando por eles, com os três Delegados da cidade.

As pessoas começam a lotar a praça.

— Vossa Majestade! – o Prefeito saúda, apoiando-se em um joelho – É uma honra ser aquele que a recebe de volta ao Castelo Vermelho, mesmo que sob circunstâncias tão terríveis!

— Sr. Prefeito, muito obrigada! Estas são circunstâncias terríveis de fato, mas estou feliz por estar aqui. E devo dizer que estou muito satisfeita em saber que sua família manteve a tradição viva!

— Essa sempre foi a parte favorita da minha educação, aprender sobre a senhora e os tempos antigos. Estou muito honrado em finalmente conhecê-la.

— Este é o Comandante das minhas tropas. – ela aponta para Evander, parado estoicamente dois passos atrás dela.

— Ah, o poderoso Sr. Vikram! É um prazer conhecê-lo! Devo dizer que estávamos ansiosos pelo seu show aqui, Sr. Vikram. As crianças ficaram muito desapontadas quando a turnê foi cancelada.

— Acredite em mim, Sr. Prefeito, nós também ficamos muito desapontados! – Evander aproxima-se e eles trocam um aperto de mão. – Mas eu lhe prometo, quando tudo isso tiver acabado, eu e minha banda ficaremos felizes em fazer um grande show aqui na praça central.

— Não acredito que estejam falando sobre música e shows em um momento como esse! – um dos Delegados sussurra para seu colega.

— A música, Sr. Delegado, traz esperança e alegria ao povo e é exatamente disso que precisamos nesse momento. – Kadmus diz, assustando o homem baixo. – O Prefeito parece estar ciente disso, então, sugiro que o senhor converse com ele.

A Rainha sorri para o guerreiro antes de dar as costas às ruínas do castelo e se dirigir ao povo reunido ao redor da praça:

— Meus queridos cidadãos!

O silêncio toma conta da praça assim que Layung começa a falar.

— Eu sei que a maioria de vocês não acreditava que eu fosse real, mas eu lhes asseguro que sou; assim como meus Magos Guerreiros e os Metamorfos são reais. Nós viemos para ajudá-los, como fizemos tantos séculos atrás, e juntos, venceremos essa luta e traremos a paz de volta ao nosso reino.

— A senhora governará o país novamente? – alguém grita.

— Se vocês assim quiserem. – a Rainha responde, sem demonstrar emoções – Eu posso ser a Rainha escolhida pela Providência, mas tenho de obedecer aos desejos do povo. Quando as pessoas não me quiseram mais como sua governante, eu parti. Se vocês me quiserem de volta, então, eu voltarei, pois esse é o meu destino.

Um clamor se eleva pela praça com as palavras de Layung

— Agora, eu lhes apresento nosso amado Evander Vikram. Ele é meu campeão e comandante do meu exército.

— Boas pessoas da Velha Capital! – ele começa, depois que a onda de aplausos e gritos diminui – Eu lhes agradeço pela acolhida calorosa e por sua confiança. Neste momento, um grande mal ameaça esta cidade e nosso amado país. Meu exército é pequeno, mas nem por um instante pensaremos em desistir! Toda ajuda será bem-vinda, então, se entre vocês houver alguém que saiba lutar de qualquer forma que seja, ou mesmo alguém nascido com Magia, e que tenha a coragem para defender sua vida, sua família e sua Rainha, por favor, venha me procurar! Juntos, derrotaremos a escuridão e traremos Taah-Ren de volta à luz!

— Ótimo discurso, meu querido! – a Rainha elogia e se volta para o castelo arruinado. – Podemos?

Os sete Magos assentem e a seguem. A tarefa à sua frente é monumental e eles sabem que estarão exaustos quando terminarem.

— Ally, acho que você não deveria fazer isso... – Bhanks opina, olhando para a Curandeira. – Precisaremos da sua Magia para nos recuperarmos mais rapidamente.

— Se eu não fizer isso, vocês ficarão ainda mais debilitados, Bhanks.

— Eu posso ajudar?

Eles olham para a esquerda, para ver Darcy parada timidamente ao lado de Newton.

— É claro que pode, querida. Junte-se ao círculo. – a Rainha diz, sorrindo e pega a mão da Metamorfa. – Qualquer um que tenha Magia dentro de si pode se juntar a nós.

Os Metamorfos que vieram com eles, mais quatro ou cinco pessoas da cidade de aproximam do semicírculo de Magos, colocando suas mãos no ombro da pessoa à sua frente.

— Muito obrigada, a todos vocês! – a Rainha sussurra, uma lágrima correndo por seu rosto.

Os Magos reposicionam-se para acomodar os recém-chegados e, quando todos estão prontos, erguem suas mãos na direção das ruínas.

Layung, alguns passos à frente, começa a entoar um feitiço antigo.

Lentamente, uma luz branca forma-se aos pés da Rainha e, como arcos elétricos no ar, se propaga em direção às muralhas arruinadas.

Em contato com o cor-de-rosa das pedras, a luz sobe e se espalha, formando complexos arabescos.

Onde a luz branca toca, rachaduras começam a diminuir, buracos a se fechar e decorações a brotar.

Caixilhos quebrados voltam a ter vidros inteiros, que um segundo depois, são tomados por lindos padrões.

Batentes de portas e janelas assumem uma cor vermelha viva, como uma florada de rosas no ápice da primavera.

O pátio interno some de vista quando duas grandes portas de madeira escura surgem na moldura do arco principal, presas à pedra com alças douradas.

Os arabescos de luz sobem pelas paredes internas da estrutura, devolvendo vida e brilho, e se encontram acima do telhado para compor uma cúpula que parece ser feita de ouro puro.

As teias de luz apagam-se gradualmente, desaparecendo da pedra; sendo substituídas por madeira e vidro recém-produzidos.

Layung termina o feitiço e cai de joelhos; a cabeça para trás e o rosto banhado em lágrimas, mas seu rosto exibe mais lindo sorriso.

— Majestade, você está bem? – Evander corre para ela, ajoelhando-se atrás da Rainha, para que ela tenha algo em que se apoiar.

— Sim. Sim, eu estou, meu querido Evander.

Ela pousa uma mão em seu rosto, olhando brevemente nos olhos azuis e então, volta-se para o Castelo.

— Eu sabia que esse dia chegaria, mas parece mentira agora. O Castelo Vermelho está de volta a toda a sua glória... É como se uma parte de meu coração voltasse à vida.

— Não é só o castelo, tenho certeza. O povo a ama. Eles nunca a esqueceram.

— Sempre tive esperanças, mas houve momentos em que eu temi que tivessem me esquecido.

As pessoas ainda estão gritando e aplaudindo ao redor da praça; então, a Rainha pede a Evander que a ajude a se levantar.

Suas pernas estão fracas e trêmulas; fazendo-a se inclinar pesadamente contra o corpo forte do Mago.

Encarando a multidão novamente, ela acena e sorri.

— O Castelo Vermelho está inteiro mais uma vez, e por isso agradeço a cada um de vocês. Ele será a nossa fortaleza e ponto de reunião.

Agora, preciso que tragam seus idosos, doentes e crianças para dentro. Todos são bem-vindos para procurar abrigo aqui, mas precisaremos de toda a ajuda que pudermos; por isso, peço aos homens e mulheres saudáveis que se juntem a nós.

— Agora já chega, Minha Senhora. Você precisa descansar. – Aliz aproxima-se, sorrindo gentil. – Vamos para dentro. Os outros cuidarão das acomodações.

Quando a noite cai, todas as pessoas vulneráveis da Velha Capital estão abrigadas dentro das paredes resistentes do Castelo Vermelho e o resto da população está se preparando para lutar.

Kadmus estabelece uma barreira de Magia nos muros ao redor da cidade, enquanto Sirus e Newton imbuem arcos, flechas, espadas, lanças e escudos com Magia, para que mesmo aqueles que não têm fortes habilidades de luta possam ajudar.

O cheiro da comida permeia o ar dentro e fora do Castelo; as pessoas estão acampadas do lado de fora e nas casas perto da praça central e a energia geral é boa. Um pouco tensa, mas boa e cheia de esperança.

— Minha Senhora. – Evander e Aliz aproximam-se da Rainha após o jantar do dia seguinte à sua chegada. A mulher alta revira os olhos, pois já sabe o que querem.

— Não. Eu não vou voltar para Castelo Gracien agora. - ela anuncia, antes que possam dizer qualquer coisa.

— Layung, por favor! Seja razoável! – Aliz responde. – Não é seguro para você aqui!

— Meu povo precisa de mim aqui!

— Você não tem treinamento em batalha, Layung. O que planeja fazer se os golens invadirem a cidade? – o Mago questiona.

— Eu não vou fugir com medo, Evander! Eu fiz isso antes e me recuso a fazer isso desta vez! Não serei uma covarde novamente!

— Isso não é sobre covardia, Layung! – Evander rebate. – Não há ninguém aqui que seja mais importante que você! Devemos mantê-la a salvo a todo custo!

— Isso não é verdade. Tommy é infinitamente mais importante do que eu!

— E ele está sozinho no Castelo Gracien. – Aliz intervém. – Ele precisa de você por perto, agora mais do que nunca!

— Eu... – a Rainha começa, mas Kadmus e Newton a interrompem entrando na sala, apressados.

— Vocês viram Darius? – o Alquimista pergunta, afobado.

— Não. – os outros três respondem.

Evander acrescenta:

— Não o vejo desde a noite passada. Há muito a ser feito e presumi que ele estivesse ocupado pela cidade...

— Ele não está em lugar algum e Sirus está preocupado... Ele disse que o irmão estava um pouco inquieto nos últimos dias. Nervoso.

— Você acha que... – Aliz começa.

— Não! Claro que não! Ele nunca... – Kadmus interrompe a Curandeira, mas também é interrompido por uma Metamorfa que irrompe pela porta.

— Majestade! – a mulher de cabelos loiros grita, tropeçando para frente e ofegando pesadamente. – Eu sinto muito! Nós não sabemos o que aconteceu! Nós...

— Acalme-se, minha querida! Respire fundo... – quando a mulher já respira em um ritmo normal novamente, a Rainha sorri e aperta suas mãos. – Isso. Agora me diga o que aconteceu?

— É o Príncipe Dourado... Ele desapareceu! Ninguém o viu desde o jantar do dia em que a senhora partiu! Nós procuramos em todos os lugares, mas ele se foi!

De volta ao Cabo Gracien, mais precisamente dentro da caverna sob o penhasco, o guerreiro de cabelos ruivos está de pé, no escuro, esperando que a mulher que salvara sua vida e a do irmão, responda ao seu chamado.

— Fico feliz em ver que mudou de ideia, meu querido. – a voz etérea ecoa nas paredes úmidas. Você está pronto para abandonar a vida que conhecia antes e se juntar a mim?

— Estou... minha rainha.

— Bom. Agora venha, preciso que você cuide de alguém realmente especial.

— Eles virão atrás de mim...

— Não tenho a menor dúvida. Na verdade, estou contando com isso. Você terá a oportunidade de mostrar a quem deve sua lealdade muito em breve.

Darius curva-se para a caverna vazia enquanto uma névoa escura o envolve.

Quando abre os olhos, o guerreiro se vê em um vasto salão com uma única janela redonda e um mar de velas em castiçais altos.

Está sozinho, mas consegue sentir a presença dela no ar. É poderosa, mas tão fria e pesada que o Mago começa a questionar sua decisão.

— Espero que você me avise quando sentir seu irmão se aproximando. – a voz diz novamente e desta vez, uma figura aparece sob a luz da janela.

— É claro... – um momento de hesitação depois, ele acrescenta: - Posso fazer uma pergunta, minha senhora?

— Sim. – a mulher responde, arqueando uma sobrancelha perfeita.

Sua semelhança com a Rainha Vermelha deixa Darius desconfortável. Os traços do rosto são os mesmos, exceto pelos olhos negros como a noite sem lua e o cabelo que cai em ondas longas e brancas, como espuma do mar.

A Rainha Sombria é uma visão estonteante, mas a energia que emana de seu corpo faz o ruivo querer desviar os olhos.

— Por que você salvou a mim e ao meu irmão, tantos anos atrás? Você sabia o que aconteceria hoje?

— Não, não sabia. Salvar vocês foi a minha última boa ação. Enviá-los ao norte, por outro lado, foi um movimento muito bem calculado. Sabia que você e seu irmão poderiam me ser úteis. Sabe, eu lhes dei os nomes das duas luas que costumavam guiar meus passos na escuridão... Eu deveria saber que seu irmão seria uma decepção no dia em que a lua Sirus desapareceu do céu.

Darius está prestes a responder quando a Rainha Sombria ergue o queixo, olhando para a porta atrás dele, e no instante seguinte, o guerreiro sabe por quê.

— Eles estão vindo.

— Sim... E minha tola irmã está com eles. Que maravilha! – uma risada desagradável ecoa ao redor da sala vazia. – Agora é sua chance, meu Mago Guerreiro. Quero que você crie uma ilusão para os nossos convidados para que eu tenha tempo de tecer minha teia ao redor deles.

— Como quiser, minha rainha.

Capítulo XXIV

Causa e Consequência

Ele acorda com frio e desorientado.

Abrindo os olhos, Tommy vê uma vasta câmara sem janelas, iluminada por vários candelabros.

O chão está empoeirado e as paredes têm teias de aranha em cada canto.

— Tommy... – ele imediatamente se senta, olhando em volta. – Graças à Providência, você acordou!

— Diane! Estou tão feliz em ver você! – Tommy agarra a irmã contra o peito e suspira aliviado quando ela coloca os braços ao redor dele também. – Você está bem? Machucaram você?

— Estou bem. E você? Ela o manteve desacordado por um dia inteiro! Achei que tinha matado você!

— Não, não matou. Ela quer a Rainha e vai nos usar para chegar até ela... Você pode correr? Vou tirar a gente daqui! – ele olha freneticamente ao redor da sala vazia.

— Não, é impossível! Ele está em algum lugar por aqui... Ele não me deixa ir!

— Quem? Quem prendeu você aqui?

— Essa é minha deixa: Olá, Tommy!

O sangue nas veias de Tommy congela quando levanta os olhos e vê quem está parado a alguns metros de distância, diante da única porta.

— Stephen? O que está acontecendo?

— Você é lento, mesmo hein!

A risada desagradável provoca arrepios por todo o corpo de Tommy.

— Eu. Traí. Vocês.

— Não! Não pode ser! Você é um bom homem, você... Você ama Aliz e ela ama você... Como você pôde...

— Eu a amo sim, e meu amor por ela me trouxe aqui. Ela é tão poderosa e especial e eu era apenas... um humano insignificante. Queria ser como ela, ser igual a vocês; então, ela me amaria para sempre... A Rainha Sombria me ofereceu poder, e eu aceitei.

Stephen dá de ombros e um sorriso sarcástico curva seus lábios.

— Mas agora vejo que minhas ambições eram muito pequenas. Posso ter o mundo agora! Com ou sem Aliz, o mundo será meu.

— Ela enganou você! A usurpadora te enganou! Ela não pode te dar Magia!

— Oh, mas ela pode! Veja só!

Com um gesto do dedo indicador, ele faz Diane cair de joelhos, apertando o peito e ofegando pesadamente. Tommy ajoelha-se ao lado dela e vê uma fina linha vermelha ligando o dedo de Stephen ao centro do peito da irmã.

— Não! Seu desgraçado! Pare com isso! Não se atreva a machucar minha irmã!

Voltando a se levantar, Tommy dá dois passos na direção do outro homem.

— Ah! Não chegue perto de mim, ou vou arrancar o coração dela do peito!

Tommy congela; as mãos apertadas em punhos.

— Eu não preciso me aproximar de você! – diz, de repente, e faz um forte vento soprar na direção de Stephen, fazendo-o recuar e bater a cabeça na parede de pedra. – Venha, Diane! Rápido!

Ela pega a mão dele e correm pela porta que dá em um outro salão vazio iluminado por velas; este, com várias passagens.

— Eu não sei para onde ir! Você sabe onde estamos, Diane? ela balança a cabeça e olha em volta, mordendo o lábio. – Vamos tentar aquela porta ali! Temos que tentar sair...

— Não vamos conseguir! Ele nos encontrará! Eu já tentei escapar, Tommy. Ele me encontrou todas as vezes!

Ela está chorando alto agora e Tommy quer consolar sua irmã mais do que qualquer coisa, mas eles simplesmente não têm tempo!

— Diane, por favor! Vamos! Temos que tentar! Eu não vou ficar aqui e esperar que o traidor nos encontre!

Mais uma vez puxando sua irmã, Tommy corre para fora do quarto para se encontrar em um longo corredor com várias portas fechadas.

Maçaneta após maçaneta, todas as portas que encontram são barreiras sólidas de madeira que nem sequer rangem quando Tommy joga seu peso contra elas.

Quando a última porta, na extremidade oposta do corredor, se abre com facilidade e silenciosamente, ele olha para Diane.

— É uma armadilha. - ela diz, sem energia.

— Eu sei. Fique atrás de mim.

Ele empurra a porta e olha para dentro do cômodo. Finalmente há um ponto de luz natural, vindo de uma janela circular no alto da parede e nada mais.

— Muito gentil de sua parte finalmente se juntar a nós, Thomas.

O Metamorfo olha para o centro da sala, onde a velha senhora está; a luz da janela brilhando sobre ela.

— Entre, meu filho.

— Você não me engana mais! Você não é minha mãe, é a usurpadora!

— Não se atreva a me chamar assim, menino! - a mulher grita; trovões e relâmpagos sacudindo a janela redonda.

Uma névoa escura envolve a velha senhora e dela emerge uma magnífica jovem vestida de preto; cabelos brancos caem em cascata sobre os ombros e costas nuas. Seus olhos são lindos, mas aterrorizantes.

— Eu sou o que eles fizeram de mim! Eu sou a Rainha das Sombras e sou sua mãe!

— Não pode ser! – Diane sussurra, cobrindo os lábios com os dedos trêmulos. – Tommy, ela é realmente sua mãe?

— Não. Ela pode até ser a mulher que me deu à luz, mas Marie é minha mãe! – diz a última frase olhando para a usurpadora.

Sua semelhança com a Rainha Vermelha ainda fazendo o coração de Tommy falhar uma batida ou duas.

— E de quem é a culpa? – a usurpadora pergunta – Minha irmã roubou você de mim porque não suportou saber que eu tinha um homem que me amava, enquanto ela estava condenada a viver sozinha pela eternidade!

— Isso não é verdade, Melynas... – Os três olham para o lado escuro da sala. – Eu tive motivos para tirar Tommy de você!

— A Rainha está aqui? – Tommy pergunta, olhando para a mulher de cabelos brancos.

— Bem, acabou de arruinar minha surpresa, Layung! Você sempre estraga tudo, não é?!

Com um movimento de seu pulso, o resto da sala é iluminado por velas e, finalmente, Tommy pode ver a Rainha Vermelha, e Aliz, e Evander e Newton... Todos eles estão lá, exceto Darcy e Darius.

O Metamorfo sorri sabendo que ele e Diane ficarão bem agora que estão lá para resgatá-los. Mas... Eles não estão fazendo nenhuma tentativa de se mover ou lutar contra a usurpadora.

Parecem paralisados...

— O que está acontecendo? – sussurra, olhando para Evander, que tem o olhar colado no rosto de Tommy. – Evander...

— Me perdoe, Tommy! – o Mago diz – Você disse que tinha a sensação de que nunca mais nos veríamos novamente e eu tentei mudar isso, mas isso é ainda pior! Eu sinto muito...

— Evander, o que você...

— Ah, você gosta do valoroso comandante, não é, meu menino? – uma risada desagradável sai dos lábios da usurpadora. – Se você se comportar, posso ser convencida a mantê-lo vivo para você brincar.

— Deixe-os ir! – Tommy grita, dando um passo à frente. – Deixe-os ir ou eu juro que...

— Vai fazer o quê, menino?

Com uma sobrancelha perfeita levantada, ela olha para algo atrás dos ombros de Tommy e imediatamente um par de mãos fortes pousam em seus ombros e Diane é empurrada para frente para se juntar aos outros no centro da sala.

Tommy olha para trás para descobrir que as mãos pertencem a Darius.

— Não! Você também não, Darius! Malditas Profundezas, você não!

— Por que não? – o Mago rebate – Sou um homem inteligente, Gatinho, e ela salvou minha vida! Demorei algum tempo, mas finalmente percebi isso.

— Você é um traidor! – Tommy grita, tentando se livrar das poderosas mãos que o seguram no lugar. – Como pôde nos trair? Trair seu irmão??

— Chega disso! – a Rainha Sombria grita, trazendo a atenção de Tommy para ela. – Vou lhe dar uma escolha Thomas: Fique comigo ou sentencie essas pessoas à morte!

Para ilustrar o que diz, ela move os dedos, fazendo o grupo à sua frente gritar de dor e cair de joelhos, como acontecera antes com Diane.

Seus corações estão presos aos dedos dela por cordas vermelhas translúcidas. Quanto mais ela puxa, mais eles gritam em agonia.

— Pare! - ele grita e novamente o leão assume o controle, ficando em posição para pular sobre ela, mas a usurpadora consegue detê-lo, mantendo o leão paralisado dentro de uma barreira redonda.

— Você não é tão inteligente quanto Harold me fez pensar... A Rainha Sombria murmura, balançando a cabeça.

Seu domínio sobre ele é tão forte que o leão não consegue lutar contra, devolvendo o controle a Tommy.

— Harry está com você também?

— Claro, que está!

Seguindo a deixa, o Metamorfo entra na sala com Stephen, que mal olha na direção de Aliz.

— Ao contrário de vocês, Harold é inteligente o bastante para saber onde depositar sua lealdade.

— Stephen... – Aliz começa, quase sem voz. – Por quê? Por favor, apenas me diga por quê!

— Porque fiquei cansado de ser o pequeno marido humano da Vidente mais poderosa que nosso mundo já viu! Estou cansado de não ser nada em comparação a você!

— Você não pode estar falando sério! Você era tudo para mim! Você foi toda a minha vida por quinze anos! Há tanta dor nos olhos de Aliz que Tommy tem que desviar o olhar do rosto dela.

— Besteira! Isso é um monte enorme de besteira! Seus amigos sempre foram mais importantes do que eu! Você não pensaria duas vezes em me deixar por eles! Eu invejava tanto você... e pensei que se fôssemos iguais, se eu fosse um Mago também, você me daria a devida importância.

— Você me inveja?! Pelas Planícies, Stephen... eu sempre invejei você!

— Você só pode estar brincando!

— Não! Eu não estou. Houve momentos em que tudo que eu queria era ser Humana... Os Humanos podem fazer o que quiserem com suas vidas... Suas possibilidades são infinitas! Eu invejo tanto isso!

— Ha! Você é ainda mais tola do que eu pensava! – a usurpadora interrompe.

— Sim, de fato.

Stephen ri e se aproxima da esposa, agarrando seu queixo.

— Você é tão linda... Esse seu rosto nunca deixou de me excitar... Mas sabe do que mais? – beija-a nos lábios rapidamente antes que ela possa virar o rosto – Poder é muito mais excitante!

Aproveitando sua chance, Aliz lança seu corpo para frente, acertando-lhe o nariz com a testa.

Stephen recua gritando de dor, mas logo os gritos da Curandeira ultrapassam os dele, até ela cair inconsciente no chão.

Tommy olha para a usurpadora para vê-la sorrindo enquanto seus amigos sofrem.

— Chegou a hora, meu filho. Faça sua escolha! – ela diz, puxando as cordas mágicas um pouco mais.

— Como posso saber que você não vai matá-los, independentemente da minha decisão?

— Ah! Aí está a inteligência sobre a qual Harold tanto me falou!

O sorriso no rosto bonito faz Tommy estremecer.

— Não há como você saber, é claro. Mas essa é sua única escolha. Escolha a mim ou veja seus amigos morrerem.

Um longo momento de silêncio agoniante se passa antes que ela fale novamente.

— Talvez precise de um incentivo... Por acaso você já viu um coração sendo arrancado do peito de alguém? É muito desagradável...

Sem dar a Tommy a chance de responder, a usurpadora puxa os dedos da outra mão e Stephen começa a gritar e convulsionar no chão.

No segundo seguinte, seu coração ainda pulsante está na mão dela, pingando sangue em seu vestido preto.

— Pensando bem... É um som bastante delicioso, o que eles fazem quando seus corações atravessam carne e ossos...

— Você não pode ser tão... tão... – Tommy começa, mas é interrompido:

— O quê? Cruel? Maligna? – ela sorri, enquanto uma chama consome o coração de Stephen. – Ah, mas eu sou! Eu sou tudo isso e muito mais, meu filho, e eu vou lhe contar o porquê! Eu não nasci assim, sabe? Já fui uma garotinha com uma dor profunda em minha alma, como se um pedaço tivesse sido arrancado... E ninguém se importou em me dizer por que eu me sentia assim. Tive que descobrir a verdade por mim mesma e isso me deixou com tanta *raiva*! Imagine como é descobrir que você tem uma irmã e que essa irmã é o centro do mundo enquanto você é como todos os outros. Passei anos me perguntando por que minha irmã gêmea foi favorecida, enquanto eu fui deixada para apodrecer!

— Irmã! – a Rainha Vermelha começa e Tommy pode ouvir as lágrimas em sua voz – Por favor! Eu não sei por que eu fui escolhida para ser Rainha em vez de você, mas podemos começar tudo de novo, juntas desta vez. Já fizemos isso antes, podemos tentar de novo! Por favor, pare com essa loucura!

— Ah, não podemos não! Sabe, é tarde demais para mim, irmã. Minha alma é pesada. Tão pesada que eu nem preciso morrer para sentir como é o vazio. Eu o senti toda a minha vida... Você já sentiu isso? Como se não houvesse esperança no mundo?

A Rainha Sombria para um momento, olhando sua irmã nos olhos.

— Quando se olha no espelho, o que você vê, irmã? Não um poço interminável de raiva e ódio, eu aposto... Não há esperança para mim e você sabe por quê? Porque eu estou destinada a sofrer e estou destinada a trazer o caos para este mundo.

— Não! Não, isso não é verdade! Não importa o que lhe disseram! Você pode mudar sua vida a partir de agora. Seu destino já foi cumprido. Melynas, por favor!

— Pare de me chamar assim! – a Rainha Sombria grita, puxando as cordas mágicas. Os gritos de dor rivalizavam com o trovão ribombando lá fora. – Melynas não existe mais! Ela morreu à míngua por sua causa e de seus Magos!

O coração de Tommy bate desenfreado, e os nós de seus dedos sangram por bater na barreira mágica que o prende.

Ele não aguenta mais.

— Pare com isso! – grita. – Eu fico com você! Por favor... mãe! Estou implorando! Pare... – Soluços afogam sua voz e as lágrimas gotejam livremente de seus olhos.

Os gritos param imediatamente e a barreira ao redor dele desaparece, deixando-o de joelhos no chão sujo.

— Boa escolha, meu menino. – ela diz, abaixando a mão que estava torturando Evander e os outros. – Venha. Venha até mim e diga adeus aos seus amigos.

Tommy dá um passo à frente e depois outro, a cabeça baixa e as mãos apertadas em punhos ao lado de seu corpo. Quando está ao seu alcance, a Rainha Sombria passa um braço sobre seu ombro e peito, puxando o Metamorfo contra seu corpo frio.

— Jure por sua Magia que você vai ficar ao meu lado a partir de agora!

— Eu...

— Tommy, não! – Evander diz em um sussurro; a desolação em seus olhos azuis faz o coração de Tommy doer. – Por favor, não faça isso!

O Metamorfo fecha os olhos, uma lágrima solitária correndo pelo rosto.

— Eu juro.

— Você tem muita compaixão, meu menino... Mas não se preocupe, vamos tirar isso de você.

Com um estalar dos dedos magros, A Rainha Sombria faz o grupo de Evander desaparecer.

— O que você fez? Onde eles estão?

— Não se preocupe, meu filho. A hora deles ainda não chegou. Venha.

Tommy a segue, cabisbaixo, por corredores escuros e úmidos.

— Estes são seus aposentos. Lembre-se de não tentar vagar sozinho pelas ruínas, pode se perder e cair no poço das cobras.

Mais um cômodo escuro e úmido, sem janelas. Tommy vira-se para dizer algo, mas a porta se fecha e ele se vê sozinho.

Precisa saber se Evander e os outros estão bem!

Aproximando-se da parede, pousa as duas mãos na pedra fria, mas hesita. Ele quer mesmo saber? E se ela os estiver estraçalhando naquele exato momento?

Engolindo em seco, ele fecha os olhos e se concentra nas paredes ao seu redor, mandando ecos da sua Magia pedra por pedra, na tentativa de localizar seus amigos. Sente os cômodos vazios e tristes a cada parede que sua Magia transpõe, mas não há nenhum sinal deles.

— Merda! Por que não consigo encontrá-los?

Tommy continua tentando, até que sua energia se esvai e ele desmaia no chão.

Uma batida insistente na porta acaba por acordar Tommy, que se senta no chão sujo, esfregando o rosto para se livrar da poeira que grudara em suas lágrimas.

— Quem está aí?

— Mestre Tommy... – Harold abre uma fresta na porta e coloca a cabeça colorida para dentro. – Posso entrar? Eu trouxe comida.

— Seu traidor miserável! – Tommy grita, lançando-se contra a porta, que o Metamorfo fecha rapidamente. – Harold! Como você pode nos trair!? Tommy continua berrado e e esmurrando a porta, até que o cansaço o força a parar e seus joelhos vergam sob seu peso.

Aproveitando o silêncio, Harold volta a abrir a porta, mas não entra no quarto. Colocando uma cesta no chão à sua frente, diz sem olhar para Tommy:

— Nem com mais quatrocentos anos eu serei capaz de me redimir pelo que fiz e não espero que me perdoe, Mestre Tommy.

Tommy resmunga algo ininteligível e vai se sentar no catre, junto da parede mais distante.

— Não espero que me perdoe, mas gostaria que ouvisse meus motivos... – Harold continua e o jovem Príncipe continua calado. – Gostaria que soubesse que quando nos conhecemos, quando... você me livrou da minha prisão, eu estava sendo completamente sincero. Sequer sabia que a usurpadora estava viva, ou que era sua mãe. E eu era... sou leal à Rainha Vermelha.

— Mentiroso! A Rainha nem mesmo se lembra de você! Eu sei! Perguntei a ela em Cabo Gracien!

Com olhos brilhando de indignação, Tommy levanta-se do catre e se aproxima de Harold.

— Ela não se lembra de mim porque eu era um membro insignificante da corte, o assistente de um dos Magos do Conselho, responsável pelas Províncias do Sul.

— Você disse que foi à casa de Evander a mando da Rainha!

— Sim, eu menti sobre isso. Eu tinha a esperança de que alguém naquela casa pudesse me ajudar. Mas então... – Harold passa um longo momento em silêncio. – Então, quando você descobriu sua Magia e o feitiço que o protegia dela foi quebrado, a usurpadora me encontrou. Ela... ela pode ser muito persuasiva quando quer e eu me lembro o que ela causou em minha terra natal, quatrocentos anos atrás.

— Então como pôde ajudá-la? Não sabia que ela faria o mesmo, desta vez com o país inteiro?

Harold balança a cabeça com pesar.

— Eu sou um covarde, Mestre Tommy. Sempre fui e sempre serei... E como disse, não vou pedir o seu perdão, apenas queria que soubesse a verdade. Se pudesse, daria minha vida para reverter todo o mal que causei...

Sem dizer mais nada, Harold se vai, mas não sem antes fechar a porta, trancando Tommy no quarto novamente.

Sozinho novamente, Tommy deita-se mais uma vez, encarando o teto escuro; seu cérebro embotado demais para pensar no que Harold lhe dissera.

— Abra os olhos Thomas. – uma voz suave diz em seu ouvido, assustando-o. – Calma, menino. Sou apenas eu.

— O que você quer aqui?

— Eu lhe trouxe comida, seu ingrato! Um passarinho me contou que você exauriu sua energia ontem à noite, procurando pelo seu amante... Achei que fosse querer comer alguma coisa. – ela aponta para uma cesta com pães e bolos sobre uma mesinha.

— Não quero nada de você!

— Não está com fome, então?

Com uma expressão resignada, a usurpadora senta-se no catre ao lado dele.

Afastando-se, Tommy conjura uma pera e a morde sem desviar o olhar, mas o gosto da fruta é atroz e ele cospe o pedaço no chão, desejando poder lavar a boca.

Ela dá uma risada debochada.

— Esse lugar distorce a Magia de um jeito curioso, não acha? Talvez seja por isso que não conseguiu encontrar seu amante...

— O que quer de mim? Já não conseguiu tudo o que queria? Já tem Evander, a Rainha e os outros sob seu poder! O que mais você quer?

— Eu quero o que é meu por direito! Quero o amor que você dedica àquela outra mulher.

— Como eu poderia amar você como amo minha mãe? Marie é boa e gentil. Nunca machucou ninguém! Ela me criou e me amou primeiro!

— Eu amei você antes de qualquer um! – ela rebate, com a voz alterada – Eu teria dado o mundo a você, Thomas, se Layung não o tivesse tirado de mim!

— Ela...

— Eu nem mesmo vi seu rosto quando nasceu! Por trinta anos, eu sequer sabia se você estava vivo!

— Isso é cruel... Por que ela...

— Porque não suportava a minha felicidade! Ela tirou tudo de mim uma vez e fez isso de novo quando você nasceu!

— Isso não pode estar certo! A Layung que eu conheço, a quem Evander é tão completamente leal... Ela não faria algo assim por inveja. Deve haver um motivo...

— O motivo realmente importa? O fim justifica os meios, em qualquer situação? – ela diz e por um momento, Tommy pode ver um traço de humanidade em seus olhos, coisa que nunca esperara encontrar.

— Melynas... – Tommy começa, mas ela ergue um olhar raivoso para ele – Não vou chamá-la de mãe, se é isso o que está esperando de mim!

— Eu espero muita coisa de você, meu filho, mas me chamar de mãe não é uma delas. Não agora, pelo menos.

— Muito bem. Posso lhe fazer uma pergunta? – ela assente e Tommy cria coragem para se sentar mais perto dela no catre. – Por que sente todo esse ódio por Layung? Com certeza você sabe que não foi escolha dela ser Rainha...

Um longo silêncio se segue, um silêncio que Tommy não esperava. Ele pode ver no rosto da mulher à sua frente, a batalha que suas memórias travam contra o ódio tão enraizado no coração dela.

— Nossos pais me entregaram aos Magos e ficaram com ela. Quando olho para Layung, não posso deixar de ver a aura dourada de amor em volta dela e me lembrar que eles me negaram isso... Não é justo!

A vulnerabilidade naquelas palavras toca o coração de Tommy de forma inesperada e ele sente vontade de abraçá-la. Ao invés disso, ele diz:

— Não, não é mesmo. Mas também não é culpa de sua irmã... Eu imagino o quanto o amor de uma mãe possa fazer falta na vida de uma pessoa, mas mais alguém deve ter amado você, não?

— Eu achava que sim. Mas todos me abandonaram. Haphara... Saphyr... Rasul...

— Eu sinto muito. Nada disso deveria ter acontecido!

— É o que acontece quando a Providência vira as costas para você.

— A Providência virou as costas para você, ou foi o contrário? Tommy entende que dissera a coisa errada no instante seguinte.

Com um brilho furioso nos olhos negros, ela se levanta e o agarra pelo pescoço. Quando dá por si, estão novamente no salão com a janela redonda. Evander, a Rainha e os outros aparecem diante deles.

— Evander! Vocês estão bem?
— Tommy...
— Melynas, por favor, me ouça! Nós podemos...
— Calem-se! Eu estou farta disso! Posso não conseguir me livrar de você Layung, mas os vermes que a seguem são um ótimo prêmio de consolação!

Com isso, ela une os dedos da mão, puxando os fios de Magia ligados aos corações dos guerreiros, que caem ao chão gritando em agonia.

Ainda preso sob um dos braços dela, Tommy sente o mundo girar ao seu redor e uma dor profunda em seu peito.

— NÃO!

Tommy grita, e uma explosão de Magia atira a mulher longe, permitindo que ele fuja, para jogar os braços em volta do pescoço de Evander.

— Eu sinto muito! Evander, eu sinto muito! Isso é tudo culpa minha! – diz entre lágrimas e soluços, sentindo os braços do Mago apertarem sua cintura.

— Tommy... Olhe para mim! – Tommy balança a cabeça, o rosto escondido na dobra do pescoço de Evander. – Gatinho, olhe para cima e veja! Tudo vai ficar bem!

Finalmente, Tommy obedece. Todos estão olhando para o centro da sala, onde a usurpadora permanece imóvel.

— O que está acontecendo? Por que ela não está nos atacando?
— Shhh! Darius a prendeu em uma de suas ilusões. – Evander explica. – Agora, precisamos levar você, Diane e a Rainha para fora daqui.
— Mas, e as cordas em seus corações?
— Darcy já cuidou disso.

Olhando para onde seu namorado aponta, Tommy vê o Metamorfo ruivo acenando e sorrindo para eles.

— Vá com Darcy. Diane, minha senhora, vocês também!
— Evander...
— Tommy, vá! Não podemos arriscar que ela ponha as garras em você novamente! Vá agora, por favor!

Ele hesita por um segundo, mas sabe que Evander está certo. Esmagando seus lábios juntos em um beijo apressado, dá um passo para trás.

— Volte para casa, para mim! Eu te amo!

— Eu também te amo!

No exato segundo em que seus pés tocam a grama macia do lado de fora da fortaleza abandonada onde a usurpadora os mantinha cativos, um trovão ensurdecedor ressoa sobre suas cabeças e um raio atinge uma torre em ruínas.

— Ela está livre da ilusão. Temos que ir. Agora! – a Rainha Vermelha diz, pegando as mãos de Diane e Darcy.

Está pronta para fugir quando percebe que Tommy ainda olha para as ruínas.

— Tommy...

— Eu não posso! – ele diz, olhando da Rainha para a irmã. – Não posso deixá-lo e aos outros! Eles precisam de mim! Ela não pode ser morta e ela é... Ela é minha responsabilidade! Ela é maligna assim por minha causa!

— Tommy... – a Rainha começa, mas Diane a interrompe.

— Vá. Se você deve, então vá! Mas não se atreva a morrer lá dentro!

Ela se aproxima e o abraça, os dedos puxando firmemente o cabelo loiro para trazer o rosto dele perto do dela.

— Não se atreva a não voltar!

— Eu voltarei. Prometo. Diga à mamãe que a amo.

Diane assente e se afasta um passo, segurando a mão da Rainha Vermelha novamente.

Assim que a nuvem vermelha da Magia desaparece, Tommy volta para a fortaleza, conjurando uma armadura de ouro para si mesmo.

Em seu peito, um brasão mostrando um sol nascente coroado brilha como se tivesse luz própria.

O caos reina no salão amplo.

As pedras do chão desapareceram sob a horda de diabretes irritantes, e golens de todos os tipos atacam a tropa de Evander.

A usurpadora ainda está em seu lugar sob a luz que vem da janela redonda, e Harold voa sobre suas cabeças atacando um e outro guerreiro, tentando distraí-los.

O coração de Tommy falha uma batida quando vê o corpo de Darius no chão. Morto por sua traição por sua traição.

Ele muda para o leão, sabendo que assim tem mais chances contra os inimigos e avança, mordendo e arranhando, rugindo e atacando, até estar na linha de frente. Evander havia jogado uma de suas gemas azuis contra um golem de fogo, que, naquele momento, desaparecia em uma nuvem de vapor.

— Que porra você está fazendo aqui?! – a voz de Evander grita em sua mente.

— Desculpe amor, não posso te deixar para trás, esta luta também é minha!

Um riso estridente machuca seus ouvidos quando a usurpadora percebe sua presença.

— Você não conseguiu ficar longe, não é, menino?! Agora vai morrer com eles!

Erguendo as duas mãos, ela tenta acertá-los com um raio, mas no último momento, Tommy conjura uma barreira de pedra na frente dele e de Evander, e então, envia um jato de fogo na direção dela.

O fogo envolve a usurpadora, fazendo com que seus longos cabelos se agitem atrás dela e um grito agudo ecoe nas paredes.

Os diabretes e golens ficam estáticos, aparentemente sem saber o que fazer, e os guerreiros abaixam suas armas.

Um minuto se passa, e depois outro, mas quando as tropas estão começando a pensar que venceram, uma explosão brilhante estremece as paredes ao redor e a usurpadora ressurge diante deles; a risada maléfica e maníaca provocando arrepios na espinha de todos.

— Ninguém nunca lhe disse que eu não posso ser morta, menino? Esse homem cortou minha cabeça uma vez e, no entanto, aqui estou eu! – diz, apontando para Evander. – Se quiserem se livrar de mim, terão que matar sua preciosa Rainha Vermelha!

— Não há necessidade disso, Melynas! Nós duas podemos fazer isso sozinhas. – uma voz retumbante soa da porta.

— Irmã! Bem-vinda de volta! – a usurpadora diz com desdém, um sorriso zombeteiro curvando os lábios finos. – Você ficou um pouco mais corajosa desde a última vez em que nos enfrentamos. Chegue mais perto, se tem coragem!

— Não vou fugir de você novamente!

A Rainha Vermelha abre caminho através dos diabretes e soldados até parar entre Evander e o leão; olhos fixos na irmã.

— Layung, não! Por favor, não se coloque em perigo assim. – o Mago sussurra, colocando a mão em seu ombro.

— Evander, meu querido, você tem sido o meu campeão e bom amigo por tanto tempo, mas acima de tudo, você é o único homem que eu já amei. – ela sorri e toca seu rosto suavemente. – Não posso deixar que ela o machuque mais! O que está acontecendo hoje é minha culpa e apenas minha. É minha responsabilidade acabar com isso.

— Eu estou esperando você, irmã! – a outra cantarola, debochada.

— Por favor, cuidem um do outro.

A Rainha Vermelha avança, uma esfera de energia se formando em cada mão.

— Layung! – Aliz grita e tenta alcançar sua Rainha, mas Evander a detém.

— É a escolha dela, Aliz.

— Pessoal! – Newton chama do outro lado da sala – Ainda estamos bem ocupados aqui!

Os inimigos recuperaram-se da confusão momentânea e estão atacando os guerreiros novamente.

— Vamos acabar com essa bagunça! – Evander grita para seus homens.

— Eu pego Harold, diz Tommy, olhando em volta do salão para o Metamorfo traidor.

O pássaro está do outro lado do salão, empoleirado na borda da janela redonda. O leão de Tommy ruge silenciosamente e dois ramos de hera se infiltram pelo vidro quebrado, enroscando-se ao redor do Metamorfo.

— O que pretende fazer comigo, Mestre Tommy? Me matar? – Ouve em sua mente.

— Não. – bufa. – Não por enquanto, pelo menos. Deixarei que nosso povo decida.

Com isso, as heras cobrem todo o corpo de Harold, abafando seus guinchos de protesto.

Ao redor dele, a tropa de Magos Guerreiros está lidando com os últimos golens, mas, no centro da sala, as duas irmãs ainda duelam.

Um grito de dor ou frustração ecoa pelas paredes de vez em quando.

Tommy volta à forma humana e observa, horrorizado, enquanto lutam; sangue pingando e Magia explodindo.

As duas vão acabar morrendo!

— Não posso deixar isso acontecer! – ele diz, caindo de joelhos. – Evander! Não posso! O que eu faço?

Evander chega perto dele e se ajoelha ao lado de seu amor.

— Nada. Não há nada que possamos fazer, Gatinho. É o destino delas...

— Não! Não, não é! Layung me disse que o destino de sua irmã já estava cumprido e ela disse que estaria ao meu lado e me ensinaria a ser Rei. Ela não pode morrer hoje!

— Não há outra maneira de parar a usurpadora, Tommy...

— Há sim! Tem que haver! Vou encontrar uma maneira!

Por um longo momento, eles apenas observam o conflito diante deles. A Rainha Vermelha está tendo dificuldades, mas a usurpadora também falha.

— Encontre, então! – o Mago diz de repente. – Manterei nossa Rainha viva enquanto isso! Kadmus, você pode proteger Tommy?

O guerreiro de cabelos longos parece exausto, mas concorda e cria uma barreira ao redor do Metamorfo.

Tommy assente e abaixa a cabeça, fechando os olhos para submergir em seu subconsciente. Ele silencia os sons de batalha ao redor, os gritos e explosões, recuando para o canto da mente onde seu leão vive e onde sabe que pode encontrar qualquer resposta que precisar.

Quando abre os olhos novamente, vê Layung no chão, lutando para respirar, sangue escorrendo pela testa e o vestido rasgado e sujo.

Evander está lutando contra a usurpadora agora, tentando rebater seus ataques com uma espada de duas mãos.

Concentrando-se, Tommy chama as heras mais uma vez, pedindo que se enrolem em volta do corpo da usurpadora, restringindo seus movimentos.

Com os braços amarrados ao corpo, ela grita e amaldiçoa até que as vinhas cobrem seu rosto. Em seguida, o futuro Rei cria uma barreira de rocha sólida ao redor da feiticeira, enviando o jato de fogo para selá-la.

O fogo queima por um longo tempo, vívido e poderoso, até que uma chuva forte o apaga.

Quando toda a fumaça e vapor desaparecem, o grupo de guerreiros pode ver uma estátua feita de diamante negro.

Tommy cai de joelhos novamente, esgotado, mas satisfeito.

— Majestade? – Kadmus chama, correndo para onde a Rainha caiu. – Majestade, a senhora está bem?

— Sim, meu querido. Estou. Por favor, me ajude a levantar... – ele a toma em seus braços e a coloca de pé. – Obrigada.

A Rainha caminha com dificuldade até a estátua que já fora sua irmã e toca um ombro.

— Sinto muito, irmã... Melynas, eu sinto tanto!

Ela toca o ombro de diamante com a testa e uma lágrima cai no chão.

Uma luz brilhante cega os expectadores daquela cena tão triste.

Quando a luz se vai, a Rainha Vermelha está segurando uma pequena rosa negra em suas mãos, e a estátua desapareceu.

— O que aconteceu? – Sirus pergunta, olhando para a pedra preciosa nas mãos de sua Rainha.

— Eu a diminuí para que possa carregá-la sempre comigo. Nunca mais vou deixá-la sozinha. Nunca.

Um som de engasgo chama a atenção de Tommy e quando olha para a direita, fica satisfeito em ver que Darius está vivo; a pele queimada descascando de seu rosto e mãos, enquanto o irmão o ajuda a se levantar.

— Darius! Você está bem!

— Sim! Ter um irmão gêmeo não é tão ruim, afinal de contas! – o Mago retruca, olhando com carinho para seu gêmeo, mas o sorriso que tinha nos lábios morre de repente. – Ah, não...

Tommy segue o olhar de Darius e seu coração quase para de bater. Evander está no chão e uma poça de sangue se espalha sob seu corpo.

— NÃO! EVANDER! – ele tenta correr, mas tropeça e cai, as pernas fracas demais para sustentar seu peso.

Quando Tommy finalmente chega até Evander, o que vê faz seu sangue gelar nas veias. A ferida no abdômen do Mago é enorme e ele está perdendo muito sangue.

— Evander, não! Por favor, não morra! Por favor! Ally! – levanta a cabeça para procurar a Curandeira, encontrando-a reclinada contra a parede, olhos fechados e peito se movendo devagar. Ela não tem energia para curar Evander.

A Rainha ajoelha-se ao lado dele e puxa Tommy contra o peito. Evander não está mais respirando.

— Ele se foi, Tommy. – ela diz com lágrimas no rosto.

— Não! Por favor, não o deixe morrer! – Tommy agarra-se aos farrapos do vestido de Layung; suas palavras entrecortadas por soluços pesados – Por favor! Eu dou minha vida humana para ele! Passarei o resto dos meus dias como um leão, mas por favor, traga-o de volta para mim!

— Tommy, eu não posso fazer isso! Você será nosso Rei! Nós precisamos de você...

— Evander será um Rei muito melhor do que eu jamais poderia sonhar em ser! Por favor, Layung! Por favor! Não posso deixá-lo... Eu não posso viver sem ele...

Tommy está chorando tanto agora que não consegue articular outra frase coerente.

Sem dizer uma palavra, ela pega uma das mãos dele que está agarrada a seu vestido e coloca sobre o peito de Evander, cobrindo os dedos dele com os próprios.

Tommy começa a se sentir cada vez mais cansado. Seus olhos estão prestes a se fechar quando sente um peso sobre sua mão.

Forçando suas pálpebras a se abrirem mais uma vez, ele vê Newton, Darius, Sirus e Bhanks ao redor, as mãos deles também no peito de Evander. Kadmus está com Aliz, ambas as mãos sobre o esterno dela.

— O que...

— Todos nós daremos a ele um pouco das nossas vidas. –Bhanks diz, com um sorriso fraco. – Nenhum sacrifício será feito hoje.

Tommy começa a chorar de novo, mas de alívio desta vez. Suas pálpebras pesadas o dominam de vez e o Metamorfo cai contra o corpo da Rainha.

Capítulo XXV

Esse é Apenas o Começo

Tommy corre na direção da Rainha, assim que ela sai do quarto:
— Como ele está?
— Estável, mas ainda inconsciente... – Layung tenta confortar o sobrinho com um sorriso, mas Tommy pode ver que ela está preocupada também. – Aliz fez o melhor que pôde, mas é um longo caminho desde o Outro Lado.
— Eu sei. E como ela está?
— Física ou mentalmente? – a Rainha suspira e olha por sobre o ombro, para a porta fechada do quarto que Tommy divide com Evander.
— Ainda não consigo entender o que aconteceu! Quer dizer, Stephen era...
— Eu sei, querido. É revoltante, mas algumas coisas estão além do nosso entendimento.
Naquele momento, Aliz sai do quarto, parecendo cansada e magoada. Ela sorri debilmente para Tommy e desaparece pelo corredor.

— O que aconteceu com as pessoas na Velha Capital? – o Metamorfo pergunta, de repente, lembrando-se do que estava acontecendo quando Evander e os outros tiveram que partir em seu resgate.

— Tudo está bem. – dessa vez, o sorriso de Layung é genuinamente alegre. – Eles lutaram bravamente contra os diabretes e quando você aprisionou Melynas, os monstros desapareceram.

— Alguém morreu?

— Algumas pessoas, infelizmente.

— Cuidarei para que seus nomes sejam colocados no monumento do Castelo Vermelho.

— Não imagino modo melhor de honrar a bravura dessas pessoas! – ela abraça Tommy apertado contra o peito. – Aliz perguntou se você quer que ela faça a perna de Evander crescer novamente, agora que Darcy removeu o feitiço de bloqueio.

— Essa decisão não é minha, Layung. Quando ele acordar, dirá o que quer fazer.

— Muito bem. Vá ficar com ele agora. Evander vai precisar da sua presença.

Depois de receber um beijo na testa, o futuro Rei abre a porta pesada e espia para dentro antes de entrar.

O quarto está imerso em sombras lançadas pelas chamas na lareira. Ele se aproxima da cama onde o corpo inconsciente de Evander repousa.

Ele está tão pálido e parece tão frágil!

Tommy passa os dedos pelas mechas escuras de seu cabelo e beija os lábios secos.

— Eu não posso cantar para você, como você fez naquele dia, Ev... Por favor, volte para mim! Por favor!

Após um longo momento de silêncio, Tommy deita-se ao lado do Mago e muda para o leão. Eles têm uma conexão mental forte, então talvez o leão consiga alcançar Evander.

Com o focinho, o animal joga um braço de Evander sobre sua juba e se deita tão próximo quanto possível.

Quando ele fecha os olhos, a familiar clareira pontilhada por flores silvestres o recebe, banhada em uma luz amarela reconfortante.

Não há ninguém por perto, então ele chama o nome do Mago uma, duas, três vezes. Nada acontece, porém.

— Pare de procurar por ele, jovem Príncipe. – uma voz ressoa sobre a cabeça dele.

— Quem está aí?

— Ninguém. Eu não sou importante, mas você deve parar de procurar por ele.

— Por quê? Ele não está morto; eu posso levá-lo de volta comigo... Eu...

— Ele ainda não está pronto para voltar. Evander está aprendendo. E tem muito o que aprender ainda.

— Onde ele está? Ele está bem?

— Seu guerreiro está bem, jovem Príncipe. Ele está sob a tutela da Providência.

— O que isso quer dizer?

— Quer dizer que ele está sendo preparado para cumprir seu destino e você também deveria. Vá e não tente chamá-lo novamente. Seu guerreiro voltará para você quando for a hora, nem um segundo antes.

Com isso, uma luz branca muito forte o envolve, ejetando-o de sua própria mente.

O enorme animal abre os olhos e pisca, olhando ao redor por um momento, antes de voltar à forma humana.

— Que merda foi essa? – Tommy resmunga.

Rapidamente, levanta-se e deixa o quarto, à procura da Rainha.

— Era o Arauto da Morte. – Layung diz, assim que Tommy termina de lhe contar o que ouvira. – Não se preocupe, meu querido, a alma de Evander está em mãos excelentes.

— Só que... – Aliz começa, mas para de falar quando a Rainha lhe lança um olhar severo.

— Só que o quê? Tia, o que vocês não estão me contando? – a Rainha hesita por um momento, então Tommy insiste: - você prometeu que não esconderia mais nada de mim!

Layung suspira e balança a mão em um gesto displicente.

— Não é nada com que deva se preocupar, querido...

— Evander pode decidir ficar no Outro Lado, Tommy. – Aliz intervém, a despeito do aviso silencioso da Rainha.

— O quê? Por quê?

— Ele está nas Altas Planícies. A recompensa prometida para as almas boas. Ele pode muito bem preferir ficar lá.

— Por que ele ia querer isso?

— Exatamente! Por quê? – a Rainha coloca um braço ao redor dos ombros do sobrinho e traz a cabeça dele para seu ombro. – Ele tem uma missão a cumprir aqui, e tem que voltar para você! Evander não tem nenhum motivo para ficar nas Altas Planícies.

Aliz solta um suspiro pesado e Layung aperta os ombros de Tommy mais uma vez.

A rosa negra, presa a um anel de ouro em seu dedo, brilha sob a luz das lâmpadas.

Após seu encontro com o Arauto da Morte, Tommy fica tanto mais calmo, quanto mais apreensivo sobre a condição de Evander.

Ele sabe que seu Mago está bem, mas não poder ouvir sua voz ou olhar em seus olhos é um preço muito alto a pagar.

Dia após dia, ele banha o homem inconsciente, penteia seu cabelo e o faz beber um pouco do elixir que Newton prepara com as lágrimas de Aliz.

E ele fala. Mesmo sabendo que Evander não pode ouvi-lo, conversa com seu amado, contando sobre suas lições, sobre como as pessoas no reino estão reagindo à volta da Rainha e da Magia.

Conta a Evander sobre o noivado de Newton e Darcy e, para sua grande surpresa, sobre o romance que está nascendo entre sua irmã e Kadmus.

— Você precisa acordar, Ev! – ele diz um dia, meses depois da batalha final contra a usurpadora. – A festa de noivado de New e Darcy será logo e ele quer que você seja o padrinho! E ainda tem a cerimônia de inclusão dos nomes dos caídos na Batalha do Castelo Vermelho, no monólito... Preciso de você lá comigo!

Após um longo silêncio, ele continua, os olhos fixos nos belos traços do rosto do Mago:

— O trono já está mudando... O Castelo Vermelho também... Não posso fazer isso sem você, Evander! Você desperta o que há de melhor em mim e eu... preciso de você. Por favor!

Duas lágrimas silenciosas se libertam dos cílios de Tommy e caem no rosto do guerreiro. Uma luz branca intensa cobre o corpo sem vida, fazendo Tommy proteger o rosto com as mãos.

Quando o Metamorfo consegue ver novamente, Evander desapareceu.

A marca de seu corpo no colchão é a única evidência de que ele já estivera naquele quarto.

A partir desse dia, Tommy pareceu mergulhar num estupor profundo.

Seus amigos não o viam mais nas refeições; pratos deixados no quarto de Evander, de onde ele não saía mais, voltavam quase intocados horas depois. Quando um deles se aventurava a abrir a porta, constatavam que ele permanecia deitado na cama vazia, sem reação.

Sempre que se permite dormir, Tommy sonha com ele; seus olhos azuis e sorriso caloroso, as sardas e a voz doce e, às vezes, pode jurar que sente as mãos de Evander em seu corpo e seu cheiro no quarto. Nesses dias ele acorda suado e ofegante, e com uma tristeza esmagadora no peito.

Manhã, tarde ou noite, não importa. Tommy não expressa reação ao passar do tempo. Ele estava imóvel, tal qual a sombra de um objeto sob um foco de luz fixo, esperando.

Ele espera pela lua, depois pelo sol, desejando que um deles traga seu guerreiro de volta.

Encarapitado na janela mais alta da torre de guarda do portão principal, Tommy deixa sua mente vagar, sem pensar em Evander, para variar, ou no quanto sente falta dele.

Está pensando no reino, que se recupera lentamente, e nas novas habilidades Mágicas que descobriu.

O sol está nascendo em algum lugar acima da constante camada de pesadas nuvens de chuva que se formara sobre o castelo Gracien nos últimos dias.

O vento vindo do mar agita suavemente as copas das árvores na floresta que cerca o castelo e, bem acima dessa floresta, algumas nuvens se movem, dando passagem a um raio de sol, que muda a paleta de cores nas folhas.

Tommy pensa em Evander sempre que vê algo assim. *"Eu olho para você e para as coisas que você diz e faz, e isso me faz pensar naqueles raios de sol que escapam por entre nuvens escuras de tempestade..."*

A lembrança lhe provoca um sorriso, fraco e incerto, mas ainda assim, um sorriso. É um clichê dizer que Evander é seu raio de sol, ele sabe disso, mas também é a mais pura verdade! Sem ele por perto, seus dias são um desfile de nuvens de tempestade.

Um movimento em sua visão periférica o traz de volta para a realidade.

Uma figura aproxima-se do castelo, saindo da floresta.

Um homem alto, musculoso e de cabelos escuros... Ele está nu e vapor se desprende de seu corpo, como se sua pele fosse muito mais quente do que o ar a sua volta.

Conforme ele se aproxima, Tommy pode finalmente ver seu rosto e o coração do Metamorfo quase para de bater.

— Evander... – sussurra, e então, grita. – o homem olha para cima. – Evander!

O sorriso que curva os lábios grossos lança arrepios pela espinha de Tommy e lágrimas aos seus olhos.

Com um movimento do pulso, cria um redemoinho de vento sob seus pés, que o faz flutuar até o chão.

Evander dá dois passos à frente, um grande sorriso no rosto.

— Belo truque. – o Mago fala, após um momento. – Vem aqui, Gatinho!

Tommy dá um salto para a frente, enganchando os braços no pescoço dele e suspira, contente, quando os braços fortes envolvem sua cintura.

— Eu senti tanto a sua falta! – sussurra contra o pescoço de Evander.

— Eu sinto tanto, Gatinho! Achei que se mandasse os sonhos, você não sentiria tanto a minha ausência...

— Nada se compara a isso! – Tommy replica, apertando mais os braços ao redor dos ombros de Evander.

— Eu sei. Senti saudades também, sabe? – o Metamorfo assente e suspira novamente. – Me leve para a cama.

A nuvem dourada os cerca, então, transportando o casal para dentro, para seu quarto. Eles aparecem no meio do cômodo, braços ainda firmemente presos um ao outro e nenhum dos dois se move por um longo tempo.

Tommy está tentando parar de chorar e Evander apenas respira o cheiro de seu amor.

— Me deixe sentir sua pele contra a minha. – o Mago pede, beijando o pescoço de Tommy e mordiscando a pele sensível. – Eu me senti tão vazio sem você...

O jovem Príncipe funga e dá um passo atrás, pronto para puxar a camisa pela cabeça, mas Evander o impede.

— Deixa eu fazer isso?

Lentamente, de forma quase reverente, Evander tira a camisa de Tommy, correndo os dedos por cada linha e vale do corpo magro. Então ele segue para as calças escuras e a cueca.

— Por que parece que faz eras que eu não o vejo?

— Porque faz! Qualquer período de tempo sem você parece uma eternidade. Por favor, não faça isso de novo... Não vá embora!

— Nunca! Nunca mais, eu prometo! Senti tanto a sua falta que era como se uma parte de mim tivesse sido arrancada!

Tommy funga de novo e esconde o rosto contra o peito de Evander.

— Ei! Não chore, Tommy! Estou aqui agora.

Com um dedo sob o queixo dele, Evander faz o namorado olhar para ele e beija as lágrimas que correm por seu rosto.

— Agora, onde está aquele sorriso atrevido que eu amo tanto?

— Não sei... sorrisos não têm sido muito minha praia ultimamente...

— Vamos consertar isso, então.

Evander os transporta para a cama, caindo por cima dele e cobrindo o corpo de Tommy com beijos estalados e cócegas, até o Metamorfo começar a rir e se retorcer.

— Agora sim, esse é o Gatinho que eu conheço!

Tommy abre os olhos e sua expressão fica séria novamente.

Coloca as mãos nos dois lados do rosto de Evander e o puxa para mais perto até que os lábios do Mago estejam pressionados contra os seus.

É como se estivessem se beijando pela primeira vez.

Eles exploram a boca um do outro sem pressa, apenas saboreando e aproveitando o contato.

Logo, o beijo não é mais suficiente e suas mãos começam a se arrastar e vagar. A boca de Evander está no pênis de Tommy antes que o Metamorfo perceba, puxando um longo e alto gemido de seus lábios.

— Eu amo tanto esse som! – o Mago diz, seus dedos já circulando a entrada de Tommy. Vamos ver que outro som eu posso tirar de você..."

Um dedo o penetra e Tommy grita:

— Ah merda!

Suas mãos voam para o cabelo de Evander, segurando-o contra seu membro por um segundo. Ele pode sentir Evander sorrindo ao seu redor.

Não tão devagar quanto deveria, o Mago relaxa os músculos de seu amante, ansioso para estar dentro dele; o lubrificante que ele cria fazendo a pele de Tommy brilhar.

— Evander, porra! Está relaxado o suficiente! – Tommy choraminga. – Me come de uma vez!

— Ah essa boca imunda! – Evander brinca, beijando-o. Em um movimento inesperado, ele rola no colchão, trazendo Tommy consigo, que na nova posição pode se sentar sobre a pélvis do Mago. – Eu sou todo seu agora. Faça o que quiser.

E lá está o sorriso atrevido que ele tanto ama.

Colocando seu peso nos joelhos, Tommy agarra o membro de Evander, massageando um pouco e provocando sua própria entrada até que possa abaixar seu corpo sobre ele.

— Malditas Profundezas! – exclama quando a cabeça contundente passa pelo primeiro anel de músculos. – É grande pra cacete!

— Estou machucando você? Eu sabia que você não estava pronto...

— Evander! – Tommy interrompe, abaixando-se alguns centímetros – Cale a boca!

O Mago ri e relaxa contra os travesseiros; as mãos nos quadris de Tommy e os olhos colados em seu rosto.

— Por que nunca fizemos isso antes? - exclama quando Tommy está sentado em seus quadris novamente, movendo-se em pequenos círculos, com as mãos nas costelas de Evander e o rosto na mais absoluta felicidade.

Ele pisca e sorri por trás da franja loira.

— Porque você não me fode o suficiente.
— E eu só posso imaginar por quê!
— De fato!

O futuro Rei deita sobre Evander e planta beijos desleixados por todo o rosto sardento antes de endireitar sua postura novamente, sentindo o pênis grosso ir ainda mais fundo dentro dele.

Com movimentos cada vez mais frenéticos, ele traça seu caminho para o êxtase; as unhas deixando pequenas marcas crescentes no peito de Evander e deliciosos gemidos em *staccato* escapando de seus lábios entreabertos.

— Você fica tão bonito assim, Gatinho! - o Mago sussurra, correndo os dedos no peito e nas coxas de Tommy. - Eu não consigo parar de olhar para você!

— Você gosta do que vê, então?

Atrevido, Tommy tira o cabelo do rosto, sorrindo para Evander e girando os quadris.

Evander, puxa seu tronco para cima, sentando-se, peito a peito com Tommy e braços ao redor dele.

Surpreso com a mudança no ângulo em que o membro de Evander está atingindo sua próstata, Tommy abre os olhos para ver as íris azuis, agora escuras de desejo, a poucos centímetros de distância de seu rosto.

— Olá. - ele diz, sorrindo e esfregando o nariz no de Evander.

— Oi. Estava me sentindo solitário sozinho lá embaixo.

Eles se beijam por um longo tempo, movendo seus corpos em uníssono.

— Coloque suas pernas em volta de mim, Tommy. – Evander pede, levantando o Metamorfo pelo traseiro, para que ele possa esticar as pernas no colchão.

Quando Evander o abaixa novamente, Tommy geme alto e aperta ainda mais os ombros do Mago.

— Oh, isso foi bom! Faça de novo!

Ele obedece e Tommy geme ainda mais alto e desliza a mão entre eles para massagear seu pênis.

Alguns momentos depois, eles atingem o clímax. Juntos, enrolados um no outro e respirando o ar um do outro. Mais próximos do que nunca estiveram.

— Eu te amo! – Evander sussurra entre fôlegos pesados; a testa contra a de Tommy; os narizes se tocando e dedos entrelaçados.

O Metamorfo sorri e aperta sua mão.

— Também te amo.

Lentamente, Evander inclina-se para deitar na cama, levando Tommy com ele, para que se deite sobre o corpo musculoso.

— Você vai me dizer onde você estava nos últimos oito meses? – Tommy pergunta depois de quase uma hora de silêncio pacífico. Ele tem a cabeça no peito de Evander, ouvindo seu batimento cardíaco.

— Oito meses? Malditas Profundezas! Isso é muito tempo...

— Pode ter certeza. Então, onde você estava?

— Eu estava nas Altas Planícies... aprendendo.

— Isso o Arauto da Morte me disse.

— Você o conheceu?

— Mais ou menos. Tentei entrar em contato com você e ele me expulsou da minha própria mente. Muito rude, se você me perguntar... – Evander ri e o beija no alto da cabeça – O que você estava aprendendo?

— Nossa! Tantas coisas! Agora sei por que Melynas agiu daquela maneira e porque nossa Rainha tirou você dela... E eu sei o que fazer a partir de agora, para ajudá-lo e mantê-lo seguro.

— Você vai me manter seguro? Não importa o que aconteça? – Evander assente e beija a ponta do nariz de Tommy. – Mesmo se eu for teimoso e desconfiado e irritante e...

— Aconteça o que acontecer, eu vou te amar e proteger enquanto vivermos.

— Isso soa muito como votos de casamento...

— Poderia muito bem ser.

— Bem, o caso é que você tem que me pedir primeiro.

— O caso é – Evander repete, meio rindo – Que eu não posso pedir o Rei em casamento. Ninguém pode.

— Mesmo?

— Uhum. – o Mago responde, prolongando os us.

— Interessante... – Tommy então rola do peito de Evander, torcendo o nariz para o sêmen seco em sua pele.

Criando um pano e uma tigela de água morna e perfumada, ele limpa seu amante e depois a si mesmo.

— Por que seu corpo também desapareceu? Essa foi a pior parte; não ter sua presença física. Não saber o que aconteceu com você...

— Eu convenci a Providência a me conceder um desejo, já que fiquei longe de você por tanto tempo...

— E o que você desejou? Um pau maior? – o Metamorfo retruca, descaradamente – Achei mesmo que estava maior, mas eu supus que era impressão...

Rindo, Evander apoia a perna esquerda sobre o joelho direito, cutucando Tommy nas costelas com os dedos do pé.

— Não. Tente novamente.

Cutuca. Cócegas. Cutuca. Cutuca.

— Evander, pare com isso! Estou tentando pensar! Você é tão... – ele estica a mão para agarrar a perna de Evander e empurrá-la para longe de suas costelas, e é então, que o Príncipe Dourado percebe que sua mão não agarrou ouro frio e joias, mas pele quente e macia.

O Mago está rindo tanto agora que Tommy tem certeza de que sua expressão deve ser um espetáculo por si só.

— Cacete! Sua perna! Está de volta! Você tem sua perna de volta!

— Sim, eu tenho.

Secando as lágrimas que correm alegremente por suas bochechas, Evander olha para seus novos dedos do pé e panturrilha.

— Estava na hora, não acha?

— Sim... quero dizer, eu te amo independente disso e a prótese de ouro é linda, mas saber que você não sente mais dor é ótimo!

— Agora podemos dar a todo esse ouro e joias um uso melhor. – Evander diz, fazendo sua antiga perna protética flutuar até eles na cama.

Depois de alguns minutos de silêncio, sorri e circunda as mãos ao redor da peça flutuante até que ela é engolfada por sua nuvem de Magia azul.

Quando a poeira desaparece, Tommy pode ver uma bela coroa de joias nas palmas das mãos de Evander. A peça não é muito alta, feita de intricadas filigranas douradas e gemas roxas redondas.

— Então, o que acha?

— Eu acho que ela parece solitária... – Tommy responde, inclinando a cabeça um pouco e com um movimento de seu pulso, faz outra coroa aparecer em suas mãos. Esta também é feita de filigranas douradas, mas tem pedras azuis e vermelhas adornando-a.

O Mago sorri timidamente pela primeira vez em sua vida, olhando para o seu amor através dos cílios; a cor que tinge suas bochechas, ressaltando as sardas.

— Evander, você me dará a honra de tê-lo ao meu lado, como meu Rei, enquanto o povo nos quiser?

— Eu... Droga, claro! Claro que vou ficar ao seu lado, Tommy! Até o dia da minha morte e além!

— Como meu marido e meu rei. – Tommy acrescenta, colocando a coroa na cabeça de Evander.

— Como seu marido e seu rei. – Evander repete, pousando a coroa maior em suas mãos sobre os cabelos loiros e desgrenhados de Tommy.

Eles ficam ali por um momento, pensando que cena ridícula certamente fazem: dois sujeitos nus usando coroas de ouro e sorrindo um para o outro feito idiotas.

— Devíamos sair desse quarto. A Rainha provavelmente dará uma festa para você. – o jovem Príncipe diz, por fim.

— Eu sei... mas não quero.

— Ev, nós não podemos ficar! Layung e os outros estão nos esperando no Castelo Vermelho!

— Você está certo, é claro... – Evander levanta da cama e se dirige para o conjunto antigo de tina de porcelana e tigela com água, para lavar o rosto. – Eu queria ficar aqui e transar até você gritar meu nome, mas não podemos deixar a Rainha esperando, não é?

Evander ouve Tommy engasgar atrás dele e sorri maliciosamente, enquanto seca o rosto.

— Eu acho que nós... quero dizer... eu sou o futuro Rei, certo? Então acho que posso fazê-la esperar um pouco mais... É... Ela nem sabe que você está de volta, então...

Em movimentos rápidos, o Mago está de volta na cama, manipulando seu amante para que ele fique de bruços, com as pernas bem separadas e a dignidade esquecida ao lado das duas coroas de ouro no colchão.

Capítulo XXVI

Um Casamento Real

Aliz os está esperando quando a nuvem azul de Evander se desfaz diante da porta da sala do trono, no Castelo Vermelho.

— Três dias, Evander? Sério mesmo? – dispara, assim que o casal fica visível.

É um grande salão com piso de parquet, colunas adornando as paredes e uma área oval, ao fundo, que abriga o trono vermelho e dourado. Atrás dele, há um enorme retrato da Rainha Vermelha ladeado de painéis de tapeçaria.

— O que eu posso dizer? Senti saudades dele. – o Mago dá de ombros, segurando a mão de Tommy.

— E quanto a nós? Também sentimos sua falta! – ela diz, franzindo o cenho.

Com um "Awn" exagerado e debochado, Evander puxa a amiga para seus braços e a aperta contra o peito.

— Não há motivo para ciúmes... – Tommy começa, mas para de falar quando percebe o quão rouca sua voz está.

Aliz olha para ele por cima do ombro de Evander, com um sorriso de quem entendeu tudo.

O Metamorfo fica vermelho instantaneamente.

— Ele está vivo! – alguém grita e Evander olha para ver quem é; Bhanks aproxima-se de mãos dadas com Madras e seguido dos outros: Newton e Darcy, Darius e Sirus, Kadmus e Diane.

Evander sente seu coração inflar com todo o amor naquele salão. Sentiu tanta falta de seus amigos quanto de seu amor.

Bem... quase.

— É bom estar de volta! E um alívio vê-lo vivo e bem, Darius!

— Obrigado, Ev. – o gigante ruivo sorri, mas quando seus olhos caem sobre Tommy, sua expressão muda completamente.

Sem dizer uma palavra, ele se aproxima dois passos e se ajoelha diante do Metamorfo.

— Vossa Alteza Real, eu humildemente peço seu perdão.

— Quê? Pelo quê? – alarmado, e completamente envergonhado, Tommy olha em volta, para Evander e Aliz, que apenas dão de ombros.

— Pelo meu comportamento, Vossa Alteza. Eu não sou o tipo de pessoa que está sempre de bom humor, mas passei dos limites várias vezes. Fui desrespeitoso com você e traí a todos.

Tommy solta o ar preso em seus pulmões e fecha os olhos por um momento, tentando pensar na coisa certa a dizer naquele momento.

Layung está do outro lado do salão, sorrindo, mas sem oferecer muita ajuda.

— Você me enganou naquele dia, não vou negar isso, mas sei que você fez aquilo para nos dar uma vantagem sobre a usurpadora; então, pelo que me consta você merece uma medalha, e não meu perdão. – diz, colocando uma mão no ombro de Darius – E sobre seu comportamento anterior... Você está perdoado, apenas tente se lembrar de ficar calado, se não tiver nada agradável a dizer. Agora levante-se, por favor! Isso é ridículo...

O Guerreiro fica de pé e sorri.

— Vocês não podem ficar se ajoelhando na minha frente assim! É muito estranho!

Como se todos tivessem a ideia ao mesmo tempo, os sete guerreiros curvam-se para ele, com a mão sobre o coração, rindo, quando Tommy começa a xingar em voz alta.

— É melhor se acostumar com isso, Vossa Alteza. – Bhanks diz, aproximando-se para abraçar Evander. – Bem-vindo de volta, Comandante! Foi muito estranho ter minha mente só para mim por tanto tempo...

— Nem me fale! – Evander o abraça novamente.

Momentos depois, Layung cruza o salão com Marie a seu lado, as duas sorrindo para o casal.

— Seja bem-vindo de volta, meu querido!

— Obrigado, minha Rainha. Sra. Sabberton.

— Então... Tommy... Acredito que você tenha um grande anúncio a fazer. – Aliz comenta, um sorriso tão grande no rosto, que ele começará a doer a qualquer momento.

— De fato eu tenho! – com uma expressão deleitada em seu rosto, o Futuro Rei se dirige a sua família e amigos, bem como aos criados que estão ali. – Eu...

— Não, espere! – A Vidente interrompe. – Você não acha que deve fazer um anúncio oficial para a população, também?

— Mas isso vai levar tempo para arranjar e eu não quero esperar! – Tommy choraminga.

— Você já sabe sobre a Magia há quase um ano e ainda acha que precisa esperar pelas coisas? – Darius zomba, revirando os olhos, enquanto bate as mãos uma na outra, para criar um vórtice entre elas. Através dele, Tommy pode ver a cidade e as pessoas nas ruas – Majestade.

— Obrigada, Darius.

A Rainha posiciona-se em frente ao círculo e uma melodia suave começa a tocar, chamando a atenção das pessoas do outro lado.

— Meus queridos cidadãos, bom dia! É com grande orgulho que eu lhes apresento, o Príncipe Dourado!

Gritos e palmas alcançam o ouvido das pessoas na sala, através do vórtice e Tommy dá um passo à frente.

Ele deveria ter se acostumado a isso, durante os oito meses em que as pessoas o conhecem como o Príncipe Dourado, mas não está.

Sempre tem a sensação de que a Rainha está falando de outra pessoa.

— Estimados habitantes da Velha Capital. – começa, incapaz de conter a felicidade na voz. – Venho até vocês hoje com muito boas notícias: É com grande alegria que anuncio que nosso amado Lorde Guerreiro, Comandante do exército e cantor favorito, Evander Vikram, concordou em se tornar meu marido e, quando a momento chegar, governar o reino ao meu lado!

O volume do ruído que chega ao salão triplica com os gritos de "Vida longa aos Reis!" conforme Evander dá um passo à frente para ficar ao lado de Tommy.

— Haverá uma grande festa em cinco dias e todos os cidadãos estão convidados a comparecer. Venham celebrar conosco! – o Guerreiro anuncia, acenando para o povo.

Assim que Darius fecha o pequeno portal, o sorriso de Tommy vacila e ele esvazia os pulmões ruidosamente.

— Estou feliz que você esteja acostumado a ser uma figura pública, Ev. Vou precisar da sua ajuda com isso...

— Você se saiu muito bem, Gatinho, relaxe! Só tem que se lembrar de respirar enquanto fala.

— Só isso? Vou ficar bem, então... – o futuro Rei zomba, aceitando o copo d'água que uma empregada lhe oferece.

As coisas estão voltando a como costumavam ser no Castelo.

Pessoas haviam sido contratadas na cidade para trabalhar para a Rainha e mensagens enviadas aos governadores de todos os cinco territórios para que pudessem reunir o reino sob um único governante.

Os planos para restaurar a Academia dos Magos estavam decidivos, e logo as pessoas nascidas com Magia poderiam começar a estudar e aprender. No entanto, havia algo que Tommy não permitiria nesta nova era: a separação das famílias.

Toda criança merecia crescer com os pais e a família; então, a Academia seria um internato apenas para aqueles que não tivessem onde morar.

Olhando em volta enquanto Tommy bebe a água, Evander vê a Rainha olhando pela janela, uma expressão triste no rosto.

O que Layung dissera naquele dia, antes de enfrentar sua irmã, o atinge como um soco no estômago: *"Você é o único homem que eu amei..."* O Mago sente-se imediatamente culpado, apressando-se pela sala para falar com ela.

— Layung, eu sinto muito! – ele diz em um sussurro, tocando seu ombro.

— Por que, meu querido?

— Estamos esfregando nossa felicidade no seu rosto... Isso é cruel. Eu... gostaria que houvesse alguém para você. Para fazê-la feliz como eu sou.

— Oh não, querido! Não se sinta culpado pela sua felicidade! Eu sempre soube que esta vida não reservou um homem para mim e eu estou em paz com isso. É tudo minha culpa, de qualquer maneira... Dei meu coração para o único homem que nunca poderia ter.

Ela coloca a mão na bochecha de Evander como sempre costumava fazer e sorri.

— Ver você feliz com quem ama aquece meu coração. Por favor, não preste atenção nos raros momentos em que esse calor falha.

Evander tenta sorrir, mas sabe que o sorriso não alcança seus olhos.

— Tommy e eu entenderemos perfeitamente se quiser escolher outra pessoa para celebrar nossa união...

— Não diga bobagem, Evander! É meu dever e um prazer unir suas almas.

— Está bem, então.

— Vocês dois pensaram sobre o que vão querer para a cerimônia?

— Não... eu não tenho ideia do que posso querer... E suspeito que Tommy também não.

— É melhor você falar com ele, então. Cinco dias não é muito tempo para preparar um Casamento Real.

Evander então acena para Tommy, chamando-o para perto deles.

— Gatinho, a Rainha está nos apressando para planejar nossa cerimônia e o banquete.

— Não quero nada grande ou chique...

— Ah, mas não vai ser grande nem chique. – Layung diz, sorrindo. – Vai ser enorme e extravagante.

Rindo das expressões chocadas diante dela, ela bate as mãos suavemente em suas bochechas.

— Meus queridos, é o casamento dos futuros reis! Vocês devem se mostrar para as pessoas! Além disso, Evander já convidou a cidade inteira.

— Bem lembrado... – Tommy diz, olhando de lado para o noivo.

— E será o primeiro Casamento Real desde... bem, eu não tenho a menor ideia de quanto tempo faz. – Aliz interrompe, passando o braço pelo cotovelo de Tommy.

— Cerca de dois mil anos. – Layung esclarece.

— Cacete! Tommy e Evander murmuram.

— Nós vamos ajudá-lo, amor. Não se preocupe. Confie nas garotas!

— É disso que eu tenho medo... – o Príncipe rebate, provocando riso nas duas mulheres.

Ao pôr do sol no dia seguinte, Tommy está esparramado em um sofá do salão azul, com os pés no colo de Evander e recebendo uma massagem muito bem-vinda.

— Está se sentindo melhor, Gatinho?

— Sim! Oh querida Providência, sim! E eu juro a você, se uma dessas mulheres chamar meu nome mais uma vez hoje eu vou...

— Tommy!

— Ah, cacete! O quê?! – ele vira a cabeça olhando para quem quer que esteja na porta.

Darcy dá um passo para trás, uma mão sobre o coração.

— Desculpe! Não queria incomodá-lo, mas o jantar está servido.

— Droga, sinto muito, Darcy! Obrigado por nos avisar, nós já vamos.

Com um sorriso incerto, o Metamorfo ruivo desaparece no corredor.

— Vê o que elas estão fazendo comigo? – Tommy exclama, puxando os pés do colo de Evander abruptamente e colocando os sapatos de volta. – Eu gritei com o pobre Darcy... Newton vai me matar!

Por sua vez, Evander ri e levanta, puxando o noivo com ele.

— Vamos fazer o seguinte: vou distraí-las amanhã, então você pode descansar sua mente por um tempo. O que me diz?

— Você faria isso por mim? – o Príncipe diz, batendo os longos cílios, coquete.

— Não há nada neste mundo que eu não faria por você, Gatinho, mas...! – Tommy para sua caminhada feliz em direção à porta e olha por cima do ombro – Você não pode mudar as decisões que eu tomar enquanto estiver com elas.

E ali mesmo Tommy soube que sua resolução de manter a cerimônia o mais simples possível acabava de explodir em pedacinhos. Estranhamente, isso não o incomoda tanto quanto ele imaginava.

Ele exala e sorri.

— Claro, Ev. É o seu casamento também.

Quando Tommy acorda na manhã seguinte e desce as escadas para a sala de jantar privada, para tomar o café da manhã, ele se vê sozinho. Não há sinal de Evander ou de seu séquito de planejadoras de casamento no Castelo. É só ele e os empregados.

É pacífico e silencioso e... chato!

Acostumara-se a ter sempre alguém exigindo sua atenção, mas ele pedira aquilo; então, o futuro Rei está determinado a aproveitar seu tempo sozinho.

Está descansando no salão azul, seu cômodo favorito no Castelo Vermelho desde que se mudaram para lá, quando o mordomo bate à porta.

— Sinto muito por incomodá-lo, Vossa Alteza, mas nós temos um convidado na porta da frente e a Rainha não está aqui para recebê-lo.

— Um convidado? Quem é?

— Não me disse seu nome, Alteza. Ele é um pouco cheio de si, se puder ser honesto com o senhor.

— É mesmo? – o mordomo assente, solene. – Bem, mostre o caminho, amigo.

De pé no meio da antessala, está um homem alto com cabelos escuros e sobrancelhas franzidas. Seus lábios finos estão pressionados juntos enquanto examina a sala.

— Eu cuido disso, Starks. Obrigado. – Tommy sussurra antes que o hóspede possa vê-los.

O mordomo assente novamente e desaparece alegremente pelo corredor.

— Bom dia, senhor; sou Tommy Sabberton. A que devemos a honra de sua visita?

O homem analisa Tommy com um longo olhar desdenhoso de seu cabelo loiro bagunçado para as roupas folgadas que ele está usando e os pés descalços.

— Estou aqui para ver essa pessoa que se considera nossa Rainha.

— Receio que não seja possível no momento. Minha tia não s encontra no castelo, mas podemos entretê-lo até que ela chegue, senhor...

— Eu sou Clarence Throwbone, governador do Território Sul.

— Então, o senhor está aqui para o casamento? Não o esperávamos antes de amanhã, já que o Território Sul é tão longe.

— Eu vim aqui para acabar com a farsa em que essa mulher está tentando fazer todo o país acreditar.

— Farsa, senhor?

— Sim! Claro! É impossível que essa mulher seja quem ela diz ser! A Rainha Vermelha foi a última soberana que este país teve e ela foi deposta há quatrocentos anos!

— O senhor não está familiarizado com a existência da Magia, então?

— Outro monte de besteira! Não existe Magia!

— Não diga isso! – Tommy protesta. – Pensei que as famílias dos governadores fossem instruídas na verdadeira história...

— Será possível que eu seja a única pessoa lúcida em todo o país?! – o outro diz, levantando as mãos em exasperação.

— Pelo contrário, senhor. Vossa Senhoria parece ser o único que não está disposto a aceitar a verdade. A Providência guia nossas vidas e Magia é sua maneira de fazê-lo. Sugiro que tente entender isso o mais rápido possível.

— Isso é uma ameaça?! Quem você pensa que é, meu jovem?

Tommy está prestes a responder quando o mordomo interrompe novamente.

— Vossa Alteza Real, Sua Majestade chegou e espera pelo senhor e o visitante na sala do trono.

— Perfeito senso de oportunidade, como sempre! Obrigado, Starks. – e voltando ao governador, Tommy diz: - Podemos?

— Mostre o caminho... – o outro diz, envergonhado.

Tommy abre um sorriso malicioso e torce seu pulso, engolfando ambos em sua nuvem dourada de Magia.

Quando a nuvem desaparece, eles estão na sala do trono, Layung, confortavelmente sentada na imponente poltrona, sorri para o sobrinho.

— Bem-vindo ao Castelo Vermelho, Sr. Throwbone! – ela diz, enquanto Tommy avança para ficar ao seu lado; acima deles, o enorme retrato é impossível de ignorar.

— Grande Providência... Como isso é possível? – Throwbone exclama, os olhos arregalados.

— Através da Magia, naturalmente. O senhor não precisa me aceitar como sua Rainha, ou Tommy como seu futuro Rei, mas se for esse o caso, não poderemos oferecer ao seu Território nossa ajuda e proteção.

— Minha Senhora... Eu vim aqui para desmascarar uma farsa, mas agora não tenho certeza se há uma farsa a ser desmascarada...

— De fato não há, mas se o senhor precisa ver com seus próprios olhos, eu respeito isso. Acredito que o senhor tenha sido convidado para o Casamento Real em três dias. Por que não fica conosco, para poder tomar sua decisão?

— Ah sim! O Casamento Real! Obrigado pelo convite e parabéns, gentil senhor. Posso conhecer a noiva sortuda?

— Na verdade, é um noivo sortudo. – diz Evander, entrando na sala por uma porta lateral. - E este seria eu.

Throwbone engasga com o ar quando o Mago se curva para a Rainha e depois se abaixa para beijar o noivo nos lábios.

Tommy ri, mas tenta esconder sob uma tosse falsa.

— O quê? Mas... Ele é um homem... E ele também é um homem... Isso não é... eu não...

— Tia... Você se importa se nós... - Tommy começa, sussurrando no ouvido de Layung.

— Claro que não, meu querido, vá em frente. Acredito que Aliz e Madras estavam procurando por você. – a Rainha responde, levantando-se do trono para pegar o convidado pelo braço e afastá-lo do casal.

— Você acha que ele vai nos causar algum problema? – o futuro Rei pergunta ao seu noivo, puxando-o para o lado oposto.

— Eu espero que não...

Evander lança um último olhar para seu convidado antes de abaixar o rosto para Tommy.

— Como foi seu dia de folga?

— Ótimo! Dormi até tarde e tinha panquecas no café da manhã. Então sentei na sala azul para ouvir música. Ah! Eu pratiquei um pouco com meu baixo.

— Estou feliz que você tenha se divertido, Gatinho.

— Obrigado por sacrificar sua manhã por mim.

— Sem problema. Foi muito divertido passar algum tempo com as meninas. Já fizemos muita coisa!

Tommy está prestes a responder quando uma porta se abre no outro extremo do corredor.

— Ah, aí está você! – Aliz grita, marchando em direção ao casal. – Evander, Madras concorda com a gente que devemos ter diamantes e safiras como o principal ponto de atenção...

— Diamantes e safiras? Evander!

Acontece que Tommy não tinha nada a temer. Embora tivessem importunado a vida dele nos últimos cinco dias; juntas, Diane, sua mãe, Layung, Aliz e Madras formaram a equipe dos sonhos do planejamento nupcial e ele fica muito contente com o que elas prepararam.

No dia marcado para o casamento, os governadores dos cinco territórios estavam presentes como convidados especiais e a Praça Central em frente ao Castelo Vermelho foi decorada com postes vermelhos altos, ligados uns aos outros por seda dourada, formando um teto improvisado.

Lâmpadas pequenas como vagalumes iluminariam a festa depois do pôr-do-sol e um pequeno altar ornamentado fora colocado no centro da praça.

Havia flores por toda parte e entre os postes, safiras e diamantes pendiam de fios dourados.

— Isso é espetacular! – Tommy exclama, olhando através da janela do seu quarto para o longo tapete vermelho e dourado que liga os dois lados opostos do castelo através da praça.

— O que você esperava, irmãozinho? – Diane diz, sorrindo tão amplamente que seus olhos desaparecem em suas bochechas. – Agora, venha aqui, eu preciso consertar sua bainha!

O Príncipe Dourado afasta-se da janela e volta para onde sua irmã estava sentada no chão, seu lugar favorito para sentar, com agulha e linha na mão.

Entregando a peça de roupa para Diane, ele senta-se na cama.

Naquela manhã, Tommy ficou tão nervoso e irrequieto, que vestiu as roupas da cerimônia assim que acordou; então, é claro, a bainha da túnica cintilante ficou presa em alguma coisa e se rasgou quase completamente.

— Tudo bem, acontece. Claro, seria muito mais rápido consertar se você conhecesse aquele feitiço de costura...

— Bem, me perdoe se minha educação para governar um país não inclui aprender a consertar roupas!

Diane ri e termina os pontos.

— Aqui está. – ela se levanta e passa um longo minuto apenas olhando para ele enquanto Tommy veste a túnica.

— O quê? Há algo de errado com o meu rosto? Tem uma espinha no meu nariz?

— Não! Não, seu rosto está perfeito, como sempre... Eu só estava pensando... Não é todo dia que seu irmãozinho se casa e se torna Rei, você sabe.

— Eu não sou Rei ainda. Vai demorar um bom tempo...

— Eu sei, mas...

Diane suspira e senta na cama luxuosa, chamando-o para se sentar ao lado dela.

— Eu me lembro de todos os detalhes da noite em que a Rainha Vermelha trouxe você para nós. Lembro-me de olhar nos seus olhos naquele dia e ver estrelas. Você não passava de um pequeno recém-nascido, mas sabia que era especial, que faria grandes coisas.

— Sou quem sou hoje por causa de você e da mamãe, Di. Não importa o que eu faça, vocês duas são as melhores coisas da minha vida... E agora tenho Evander também. – ele diz com um sorriso bobo.

— Sim, agora você tem Evander. Estou tão feliz por vocês terem se encontrado! Quer dizer, vocês encontraram a alma um do outro e isso é tão raro!

— Acho que a Providência realmente sabe o que está fazendo.

Do outro lado do castelo, Evander olha pela janela para a mesma visão que Tommy estava admirando alguns minutos antes.

Já faz um dia desde a última vez que viu o rosto de seu Gatinho e a separação forçada é torturante.

— Lembre-me de novo por que isso é necessário? – ele pergunta para ninguém em particular.

— Tradição, meu amigo. – Bhanks responde. – Passar algum tempo longe do seu amor é bom para você colocar seus pensamentos de volta nos trilhos. Para ter certeza de que ambos querem continuar com isso.

— Mas eu acabei de passar oito meses longe dele! Não é suficiente?

— Mais do que suficiente! – Kadmus diz com um sorriso simpático no rosto, entregando a Evander o cinto ornamentado com a espada de sua Ordenação.

O noivo está vestido com um casaco comprido de tapeçaria preto, gola e punhos de veludo, e dezesseis botões de ouro com um leão impresso.

Ele prende o cinto em volta da cintura fina e se vira para o grande espelho na parede.

Seu cabelo está no topete que Tommy gosta tanto e não há uma única ruga no casaco ou uma partícula de poeira nas calças justas, mas ele ainda não se sente pronto.

— Está faltando alguma coisa... – murmura para seu próprio reflexo.

— Que tal um sorriso?

Olhando para a porta do quarto, ele vê Aliz, incrivelmente linda em seu vestido roxo, cabelos loiros soltos sobre os ombros e os olhos verdes perfeitamente maquiados.

— Oi linda! – sorri para sua melhor amiga.

— Agora, esse é o Evander que eu conheço e amo.

A Curandeira entra no quarto, acenando para os Magos que estão saindo.

— O que está incomodando você, meu querido?

— Não tenho certeza, para ser honesto.

— Se você quer ser sincero comigo, me diga a verdade. Eu sei que você sabe o que está te incomodando.

Evander fecha os olhos e suprime a necessidade de passar os dedos pelo cabelo perfeitamente penteado.

— Estou me sentindo culpado por você e por Layung... O que aconteceu foi tão... E agora Tommy e eu...

— Você não pode estar falando sério! Evander, qual é! – Aliz quase grita, meio rindo, meio séria. – Meu bem, o que aconteceu com Stephen foi escolha dele! Eu estou magoada? Sim, claro que estou, mas isso não significa que você deva se sentir culpado por perseguir sua felicidade!

— Eu sei... Mas é agridoce. Eu queria que vocês duas fossem tão felizes quanto eu sou.

— Ninguém poderia ser tão feliz quanto você hoje, amor... Bem, exceto por Tommy.

O Mago finalmente sorri genuinamente, pensando em seu futuro marido.

— Acho que você está certa...

— E como tenho certeza que Layung lhe disse, não se preocupe conosco. Ela aceitou seu destino e meu coração vai se curar no devido tempo.

— Sim, ela me disse isso no outro dia.

— Bem, então, vamos lá! Seu futuro marido está esperando por você.

Música de trombetas eleva-se na praça encobrindo os gritos das pessoas reunidas ali e fazendo com que as borboletas nos estômagos dos noivos se rebelem.

Está na hora.

Layung está em seu lugar no centro da praça, linda e radiante em seu vestido de baile vermelho e turbante cravejado de joias; seus amigos e a família de Tommy estão em cada um de seus lados e as pessoas por toda a volta.

As portas na frente deles abrem-se sozinhas e podem finalmente ver um ao outro, mesmo que de longe.

A música sobe em um crescendo, incentivando-os a se mover.

Olhos presos um no outro, caminham para o centro da praça sob a ovação de seus súditos e amigos.

Seus sorrisos tornam-se cada vez maiores à medida que se aproximam.

No centro, entrelaçam os dedos e caminham juntos até onde a Rainha está esperando.

— Tem certeza de que você não quer desistir? – Evander pergunta, apenas meio brincando.

— Nah. – Tommy retruca, olhando para ele de lado – E você?

— De jeito nenhum! – mais dois passos e o Mago fala de novo: - A propósito, você está deslumbrante.

Tommy olha para a própria jaqueta e sorri. É feita de lã branca com gola de pele preta, punhos e cordões dourados ornamentados atravessando a área do peito.

— Esta era a menos extravagante entre as escolhas que Layung me deu...

— Combina com você.

— Obrigado...

E, de repente, não há mais tempo para conversar pois eles alcançam o altar de mármore vermelho aos pés do antigo monólito.

— Queridos amigos e súditos, estamos reunidos aqui hoje para celebrar e testemunhar a união dessas duas almas. – ela começa. – Hoje não importa se você é um rei ou um plebeu, um guerreiro ou um cantor. A única coisa que importa hoje é o amor que sentem e as promessas que farão um ao outro.

Tommy pega as duas mãos de Evander e diz:

— Eu não tenho uma história de vida heroica; tive uma vida bem simples e boa até agora, mas nada poderia ter me preparado para esse momento. Você é a razão pela qual estou vivo. É por sua causa que sei que posso ser um bom Rei para o nosso povo e agradeço à Providência por entrelaçar nossas vidas. A partir deste dia, agora e para sempre, estarei ao seu lado, Evander. Aconteça o que acontecer, vou estimá-lo e protegê-lo enquanto eu viver.

Evander sorri e beija os dedos de Tommy antes de dizer seus votos também:

— Eu já passei por muita coisa nesses quase quinhentos anos, e houve muitos momentos em que tudo o que eu queria era desistir. Eu vi coisas e fiz coisas que não posso fingir que entendo por que aconteceram, mas uma coisa eu sei: todas essas coisas me trouxeram até aqui, a este momento, e sou grato à Providência por fazer de você, o meu destino. A partir deste dia, agora e para sempre, estarei ao seu lado, Thomas, aconteça o que acontecer, vou estimá-lo e protegê-lo enquanto eu viver.

Com sua visão periférica, Tommy pode ver sua mãe e sua irmã aceitando os lencinhos que Kadmus oferece.

Aliz e Madras estão chorando também, mas o que mais o surpreende é ver Darius lutando contra as lágrimas.

Darcy, com uma mão na de Newton e outra em torno do vaso de Naria, sorri amplamente.

O futuro Rei sorri levemente e volta sua atenção para a Rainha, que está falando de novo.

— Apoiem suas testas um no outro. – comanda. – Deste dia em diante, suas almas estarão ligadas uma à outra, para sempre.

Um coro de "Ohs" e "Ahs" pode ser ouvido da multidão quando duas esferas brilhantes, uma dourada e uma azul, elevam-se das cabeças dos noivos, flutuando acima deles.

Com um gesto das mãos da Rainha, as esferas se partem ao meio e uma de cada metade troca de lado com a outra, fundindo-se na metade oposta para formar esferas inteiras de duas cores.

Elas flutuam lentamente de volta para baixo e os noivos respiram fundo, sorrindo um para o outro.

— Eu posso sentir você. – Tommy sussurra, colocando a mão sobre o coração do marido.

— Posso sentir você também. – Evander responde, fazendo o mesmo.

Layung sai de trás do altar e coloca as mãos nos ombros de ambos os homens:

— Amados habitantes da Velha Capital, queridos amigos e estimados convidados: Eu lhes apresento Suas Altezas Reais, O Príncipe Dourado e seu Príncipe Consorte! Que suas vidas sejam cheias de felicidade!

— Abençoado seja o Casal Real! – a multidão grita, aplaudindo. – Louvada seja a Rainha Vermelha!

Naquela mesma noite, depois que a festa acabou e todos estão em suas camas, Aliz está olhando pela janela de seu quarto, para a lua pálida no céu escuro. Seus olhos estão desfocados, no entanto, e sua mente olhando para anos futuros.

Ela vê o reino inteiro novamente, os cinco territórios unidos. Não há mais fome ou miséria; as pessoas são felizes e saudáveis.

Aliz vê a si mesma vestindo azul e dourado, andando pelos corredores da Academia de Magos cercada de crianças. A Magia novamente pulsando no ar.

De repente, a visão muda e tudo fica escuro. As únicas figuras contra as trevas são a Rainha, em prantos, Evander caído a seus pés, e Tommy, que, em seguida, desaparece em meio a um estranho redemoinho.

Este livro foi composto por letra em Adobe Garamond Pro
11,8/16,0 e impresso em papel Pólen Soft 70g/m².